UNE VIEILLE HISTOIRE

Nouvelle version

JONATHAN LITTELL

UNE VIEILLE HISTOIRE

Nouvelle version

roman

GALLIMARD

*Il a été tiré de l'édition originale de cet ouvrage
quarante exemplaires sur vélin rivoli
des papeteries Arjowiggins numérotés de 1 à 40.*

Tout cela était réel, notez-le.

MAURICE BLANCHOT,
La folie du jour

I

Ma tête creva la surface et ma bouche s'ouvrit pour happer l'air tandis que, dans un vacarme d'éclaboussures, mes mains trouvaient le bord, prenaient appui et, transférant la force de ma lancée aux épaules, hissaient mon corps ruisselant hors de l'eau. Je restai un instant en équilibre au bord, désorienté par les échos assourdis des cris et des bruits d'eau, étourdi par la vision fragmentée de parties de mon corps dans les grandes glaces encadrant le bassin. Autour de mes pieds, une flaque allait en s'élargissant ; un enfant fila devant moi, manquant de me faire partir à la renverse. Je me ressaisis, ôtai mon bonnet et mes lunettes, et, jetant un dernier regard par-dessus mon épaule à la ligne luisante de mes muscles dorsaux, sortis par les portes battantes. Séché, revêtu d'un survêtement gris et soyeux, agréable à la peau, je retrouvai le couloir. Je dépassai sans hésiter une bifurcation, puis une autre, il faisait assez sombre ici et la lumière indistincte laissait à peine entrevoir les murs, je me mis à courir, à petites foulées comme pour un footing. Les parois, de couleur terne, défilaient sur les côtés, il me semblait parfois apercevoir une ouverture, ou tout au moins un pan plus sombre, je ne pouvais vraiment m'en assurer, parfois aussi le tissu de ma veste effleurait le mur et je me déportais vers le centre du couloir, celui-ci devait s'incurver, mais alors légèrement, presque imperceptiblement, juste assez pour mettre en doute l'équilibre de la course, déjà je transpirais, il ne faisait pourtant ni chaud ni froid, je respirais avec régularité, inspirant tous les trois pas une goulée d'air insipide avant de la rejeter en sifflant, coudes serrés au corps pour éviter de heurter les murs, qui tantôt paraissaient s'éloigner et tantôt se rapprocher, comme si le couloir en venait à serpenter. Devant, je ne distinguais rien, j'avançais presque au hasard, au-dessus de ma tête je ne voyais aucun plafond, peut-être courais-je enfin à l'air libre, peut-être pas. Un vif choc au coude projeta un éclat de douleur à travers mon bras, j'y portai tout de suite l'autre main et me retournai : un objet, sur le mur, luisant, se détachait de la grisaille. Je posai les doigts dessus, il s'agissait d'une poignée, j'appuyai et la porte s'ouvrit, m'entraînant après elle. Je me retrouvai dans un jardin familier, paisible : le soleil brillait, des taches de lumière parsemaient les feuilles entremêlées du lierre et des bougainvillées, proprement taillés sur leur treillage ; plus loin, les troncs noueux de vieilles glycines émergeaient du sol pour monter recouvrir de verdure la haute façade de la maison, dressée devant moi comme une tour. Il faisait chaud et j'essuyai de ma manche la sueur qui perlait sur mon visage. Sur le côté, en partie caché par la demeure, une piscine ou un bassin faisait miroiter ses eaux, un plan bleu entouré de dalles de calcaire, sa surface pâle ridée de blanc, à moitié ombragée par les longues frondes arquées d'un palmier trapu et massif. Un chat gris se coula entre mes jambes et, la queue dressée, frotta son dos contre mon mollet. Je le repoussai de la pointe du pied et il fila vers la maison, disparaissant par une porte entrebâillée. Je le suivis. Du fond du couloir, par une autre porte entrouverte, me parvenait une série de curieux bruits, des occlusives plus ou moins graves, entrecoupées de sifflements : l'enfant devait jouer à la guerre, renversant l'un après l'autre ses soldats de plomb dans un déluge de tirs et d'explosions. Je le laissai et m'engageai dans l'escalier en colimaçon qui menait à l'étage, marquant une pause sur le palier pour contempler un instant le regard sérieux, perdu dans le vide, de la grande reproduction encadrée de *La dame à l'hermine* suspendue là. La femme se trouvait dans la cuisine ; au bruit de mes pas, elle posa son couteau, se retourna avec un sourire, et vint se serrer contre moi avec tendresse. Elle portait une robe d'intérieur gris perle, fine et légère, je caressai à travers le tissu son flanc suave, puis plongeai mon visage dans ses cheveux blond vénitien, relevés en un chignon savamment décoiffé, pour en humer l'odeur de bruyère, de mousse et d'amande. Elle laissa fuser un rire léger et se dégagea de mon étreinte. «Je prépare à manger. Il y en a encore pour un moment.» Elle m'effleura le visage du bout des doigts. «Le petit joue.» — «Oui, je sais. Je l'ai entendu en entrant.» — «Tu pourras le mettre au bain ?» — «Bien sûr. La journée a été bonne ?» — «Oui. J'ai récupéré les photos, elles sont en haut sur le meuble. Ah, autre chose : on a un problème avec le circuit électrique. La voisine a appelé.» — «Qu'est-ce qu'elle disait ?» — «Apparemment il y a des pics de tension, ça provoque des délestages chez eux.» J'eus un mouvement d'énervement : «Elle délire. Je l'ai fait refaire deux fois, ce circuit. Par un professionnel.» Elle sourit et je lui tournai le dos pour redescendre les marches. Les bruits de bataille avaient cessé. Avant d'ouvrir la porte, je passai dans la salle d'eau attenante pour faire couler le bain, vérifiant la température afin qu'il ne soit pas trop chaud. Alors j'entrai dans la chambre de l'enfant. Il ne portait qu'un t-shirt ; fesses nues, il se tenait accroupi et filmait avec une petite caméra numérique le chat qui, à vifs coups de patte, reculant puis bondissant, s'amusait à renverser les cavaliers de plomb, armés de lances et de carabines, alignés avec soin sur le grand tapis persan. Je le contemplai un moment, comme à travers une paroi de verre. Puis je m'avançai et lui tapotai les fesses : « Allez, au bain, c'est l'heure. » Il laissa tomber l'appareil et se jeta dans mes bras en piaillant. Je le soulevai et le portai jusqu'à la salle de bains, où je lui ôtai son t-shirt avant de le déposer dans l'eau. Tout de suite, il se mit à frapper la surface du plat des mains, éclaboussant les murs en riant. Je ris avec lui mais en même temps reculai, m'adossant à la porte pour le regarder au moment où il se laissait couler tout entier sous l'étendue liquide.

Au repas, l'enfant, assis entre nous, babillait au sujet de ses batailles. Je l'écoutais distraitement, savourant le vin frais et les langoustines sautées à l'ail. La femme, son visage fin encadré de mèches blondes échappées de son chignon, souriait et buvait aussi. L'enfant se tut enfin pour s'acharner sur une langoustine, tentant de briser une des pinces entre ses petites dents de lait ; je m'essuyai les lèvres et, du bout des doigts, lui caressai les cheveux, blonds comme ceux de sa mère. Son repas terminé, il débarrassa vite et fila par l'escalier, frottant ses doigts graisseux sur son pyjama tandis que je le grondais gentiment. Je finis de ranger pendant que la femme descendait le coucher, puis me lavai soigneusement les mains avant de revenir achever mon vin. Un boîtier traînait sur la chaîne, un enregistrement récent de *Don Giovanni* ; je mis le troisième disque et vins m'asseoir devant la baie vitrée, contemplant, tout en mordant une petite pomme rouge piochée dans une jatte, la lumière safranée du soir déposée sur les masses vertes du jardin. Le Commandeur était sur le point de se présenter au souper et je songeai au sens de cette figure moralisante et accusatrice. Il exigeait avant tout d'imposer sa loi au fils rebelle ; mais celui-ci ne l'avait-il pas embroché dès le début du premier acte ? Visiblement, ça n'avait servi à rien, car le voilà qui revenait, encore plus monumental et mortifère, ruine de tous les plaisirs. Or la fin approchait, néanmoins le fils résistait pied à pied, comme un gamin têtu, retors et buté, refusant toute adhésion à cette loi morte, désuète, étouffante, même s'il y allait de sa vie. Dehors il faisait nuit ; je déposai le trognon de la pomme pour aller allumer une à une les lampes du salon, puis je me reversai un verre. Déjà le disque prenait fin, dans un petit final bouffon qui sonnait comme l'ultime écho du rire moqueur lancé par l'intraitable garnement. Dans ma bouche, les notes boisées du vin se mêlaient au goût sucré, légèrement écœurant de la pomme. Un peu plus tard, la femme remonta, et je la suivis jusqu'à l'étage supérieur. Ses hanches, dans la pénombre de l'escalier, se balançaient tranquillement. Tandis qu'elle se douchait je passai vite en revue les photographies posées sur la commode : elles me représentaient toutes en compagnie de l'enfant, à différentes époques et dans différentes situations, au cirque, à la plage, sur une barque. Aucune d'entre elles n'arrêta mon regard et je les reposai là avant de me déshabiller, examinant mes muscles élancés dans la grande glace verticale qui se dressait à côté de la porte. Vu de dos, mon corps me paraissait presque féminin, je détaillai les fesses, blanches et rondes comme celles de la femme ; seuls mes cheveux, blonds aussi mais courts, paraissaient m'en différencier. Lorsqu'elle émergea de la salle de bains, nue et encore humide, ses beaux cheveux enroulés dans une serviette, je l'attirai par les épaules et la poussai sur le couvre-lit, un épais tissu doré brodé de longues herbes vertes. Elle s'abattit sur le ventre avec un petit cri et je tendis la main pour couper la lumière. Maintenant, seule la lueur blafarde de la lune éclairait la chambre, elle coulait à travers les vitres derrière lesquelles se détachaient les torsions folles des pousses de glycine, illuminant les feuilles vertes de la broderie et le corps blanc étalé dessus, le dos droit et fin, les reins, la double courbe des fesses. Je m'allongeai sur ce corps et il frissonna. La serviette était tombée et la chevelure recouvrait le visage. De la pointe des pieds, je lui écartai les jambes, je passai une main sous son ventre pour lui soulever les reins, et je pressai mon sexe dressé contre elle ; mais elle était sèche, je me reculai un peu, versai de la salive sur mes doigts et l'en enduisis, la massant avec lenteur. Alors je pus entrer avec aisance. Sa respiration s'accéléra, son derrière, sous moi, se mit à bouger, son corps, maintenu entre mes deux mains, se tendit et un cri lui échappa, aussitôt interrompu. Moi-même je me sentais fondre de douceur, une longue aiguille de plaisir me transperçait le dos, toute fine, m'étirant la peau de la nuque et l'électrisant. Je tournai la tête : dans la glace, blanchis par la lumière de la lune, je voyais de nouveau mon cul et le haut de mes cuisses nerveuses, les siennes aussi coincées en dessous, avec entre elles des formes sombres, rougeâtres, indistinctes. Fasciné par ce spectacle incongru, je ralentis mon mouvement, la femme, son corps perdu dans les herbes brodées du couvre-lit, haletait, sa main cherchait ma hanche, je la voyais dans le miroir, les ongles laqués incrustés dans mes muscles, alors à côté de la glace la porte s'ouvrit et dans le pan de lumière lunaire j'aperçus le petit visage pointu de l'enfant, les yeux grands ouverts et les lèvres têtues, butées. Je me figeai. Le visage aussi resta immobile ; tout près de lui, je voyais encore dans le miroir la double masse des fesses et la confusion obscure des organes entre elles. Je sentais le plaisir monter, la femme gémissait, je me retirai abruptement et roulai sur le flanc, ma verge, humide, écarlate, palpitait, je jouissais à longs traits, comme sans m'en apercevoir, le visage du gosse avait disparu dans l'obscurité de l'escalier, on entendait ses petits pieds nus frapper à toute vitesse la pierre des marches, la femme me regardait d'un air éperdu et confus, je jouissais encore. En nage, la respiration entrecoupée, je me rabattis tout à fait sur le dos et m'essuyai distraitement le ventre du drap tandis que la femme, déjà debout, enfilait un peignoir pour aller suivre l'enfant.

Je devais dormir lorsqu'elle se recoucha. Quand je m'éveillai, le ciel, derrière les vitres, pâlissait. Les tentacules de la glycine balançaient mollement ; des oiseaux, nichés dans les branches, se mettaient à chanter, un concert de pépiements aigus. La femme me tournait à moitié le dos, le visage de nouveau caché sous ses cheveux défaits, je la laissai et passai dans la salle de bains où, bien campé sur mes jambes, je pissai longuement, les yeux fermés, attentif au son perlé du jet frappant l'eau de la cuvette. Au moment où, penché devant la glace, je me brossais les dents, la lumière matinale, tombant de biais sur le jet d'eau, forma comme un tourbillon tremblotant sur le pourtour rond du lavabo. Cela dura un bref instant ; déjà, le soleil avançait, et lorsque je recrachai le dentifrice un peu d'ombre recouvrait la porcelaine blanche. J'enfilai mon survêtement et descendis. Je ne m'arrêtai pas au salon mais continuai jusqu'à l'étage inférieur où le garçon, roulé en boule dans son étroit lit en bois, le chat blotti tout contre lui, sa tête calée sur un nounours rose aux yeux de verre bleu, dormait. Je m'assis sur le rebord et contemplai son visage sévère, éclairé par la lueur de l'aube. Ici aussi le chant des oiseaux emplissait la pièce. L'enfant semblait respirer avec difficulté, la sueur plaquait ses cheveux blonds sur son front, je les dégageai des doigts et il ouvrit les yeux. « Tu t'en vas ? » dit-il sans bouger. Je hochai la tête. « Je ne veux pas », reprit-il en me fixant d'un air obstiné, presque avide. — « Mais je dois. » — « Pourquoi ? » Je considérai cela puis répondis : « Parce que j'en ai envie. » Son regard, à la fois impuissant et entêté, s'était voilé : « Donc, quand tu es heureux, je suis malheureux. Et quand je suis heureux, tu es malheureux. » — « Mais non, ce n'est pas ça. Tu n'y es pas du tout. » Le chat avait redressé la tête et me fixait de ses yeux jaunes, sans ciller. Je me penchai, embrassai avec délicatesse le front moite du garçon, me relevai et sortis. Dans le jardin, tout était tranquille, les feuilles bruissaient légèrement, cachant les mouvements saccadés des oiseaux qui ne se taisaient toujours pas, il faisait déjà chaud, une forte chaleur matinale qui collait à la peau. La porte s'ouvrit facilement et je retrouvai le couloir où je me lançai dans une course mesurée, les larges foulées rythmées par ma respiration. Le couloir me paraissait un peu plus clair, il me semblait mieux en percevoir les courbes, même si je n'arrivais à en situer avec précision ni les murs ni le plafond, si tant est qu'il y en eût un. La température, ici, était plutôt modérée, mais mon corps, échauffé par la course, suait dans mes vêtements, le pantalon collait à mes reins, ce qui ne m'empêchait pas, telle une machine bien huilée, de maintenir la régularité de mon rythme. Je dépassai sans ralentir des ouvertures plus noires, des croisements ou juste des alcôves peut-être ; enfin quelque chose, à main gauche, attira mon attention, un éclat métallique qui flottait au coin de ma vision ; sans hésiter, je saisis la poignée, ouvris la porte et franchis le seuil. Mon pied s'enfonça dans une surface molle et je m'arrêtai net. Je me trouvais dans une chambre assez large, mi-sombre, avec peu de meubles ; aux murs, les vignes dorées du papier peint grimpaient en s'entrelaçant ; une moquette rouge foncé, couleur de sang, recouvrait le sol. De l'autre côté de la pièce, au-delà du lit recouvert d'un tissu aux longues herbes vertes imprimées sur fond doré, une figure aux cheveux jais coupés court se tenait devant la fenêtre ; les volets étaient tirés, mais elle fixait quelque chose dans la vitre, son propre reflet peut-être. Moi-même je la contemplai un instant, avec un sentiment distant et léger, presque effrayé. Au bruit de la porte qui se refermait, elle se retourna, et je vis alors qu'il s'agissait d'une femme, une belle femme au visage mat et anguleux qui me regardait sans bouger de sa place, un sourire à peine douloureux flottant sur ses lèvres. Puis elle vint s'allonger sur le lit, les bras tendus vers moi. J'hésitai un instant avant d'ôter mes baskets de la pointe des pieds, sans me baisser, et allai me coucher sur elle, en appui sur mes coudes, jouant du bout des doigts avec ses cheveux drus. Son visage flottait juste sous le mien, grave, sérieux ; elle me toucha délicatement la nuque et releva la tête pour appuyer ses lèvres contre les miennes. Un instant, celles-ci restèrent raides, puis elles se relâchèrent, acceptant le baiser. Ma barbe mal rasée devait lui râper la peau, mais cela avait l'air de la réjouir, elle m'enlaça les reins de ses jambes et m'attira sur elle pour m'embrasser goulûment, me caressant avec ardeur les cheveux, les épaules, les biceps, me reniflant le cou et les cheveux comme pour s'imprégner de mon odeur. Ses propres mèches me chatouillaient le nez, m'emplissant le visage d'une odeur de terre et de cannelle. Alors j'aventurai mes mains, entreprenant tant bien que

mal de déboutonner sa blouse en tulle clair, écartant le
soutien-gorge rigide pour lui frôler un sein. Son téton se
dressa tout de suite entre mes doigts, elle tendit la poitrine
pour presser le sein dans ma paume, arquant dans le même
mouvement les fesses pour coller son entrejambe contre ma
cuisse. Puis elle me repoussa, et je reculai sur les genoux
pendant que ses doigts palpaient ma verge à travers le tissu
du survêtement, se glissaient derrière l'élastique du slip
pour effleurer la peau et les poils bouclés, fouillaient plus
bas, soupesaient mes testicules. Je ne bandais qu'à moitié,
elle abaissa le slip et dégagea mon sexe, se pencha et le prit
entre ses lèvres. Faisant glisser le prépuce sur le gland, elle
le roula sur sa langue tandis que je jouais de nouveau avec
ses épais cheveux noirs, puis l'aspira plus avant, poussant
ses lèvres tout contre mon pubis. Je ne bandais toujours
pas vraiment et ma verge tenait aisément dans sa bouche,
elle esquissa un mouvement de va-et-vient, me griffant en
même temps la peau des hanches, cela ne faisait que m'irri-
ter et je me retirai, fourrant à nouveau mon sexe dans mon
slip et remontant mon survêtement. Sans se démonter, elle
se redressa sur ses genoux et, souriante, demanda : « Tu as
faim ? » Sans attendre ma réponse, elle décrocha le combiné
posé près du lit, composa un numéro et, brandissant un
dépliant en carton, énuméra quelques plats. Je me levai et
secouai mes jambes engourdies, puis passai dans la salle
de bains où je tournai les lourds robinets de porcelaine
de la baignoire, les doigts sous le jet pour en évaluer la
température.

Dans l'eau, dos à moi, elle laissa aller son long corps brun
contre le mien, et je lui caressai les bras, le ventre, le dessus
des seins qui flottaient à la surface de l'eau floconneuse

du bain. De nombreuses petites cicatrices décoraient sa peau mate, des bosses assez épaisses et plus ou moins longues selon les endroits, en écartant la mousse j'en comptai trois à l'épaule gauche, une à l'aine, une grande aux côtes, juste sous le sein droit, une autre fourchue à l'angle de la mâchoire. Des coups secs retentirent à la porte de la chambre. La fille se retourna dans un grand bruit d'eau, me posa un baiser rapide sur les lèvres, et bondit hors de la baignoire, glissant son corps ruisselant dans un large peignoir éponge avant de filer ouvrir. Je me laissai aller à l'eau, mon visage affleurant à peine. Un sentiment d'énervement faisait résonner mon corps, une angoisse vague, impossible à saisir, qui laissait derrière elle comme une sensation de vide. Quelques bruits, étouffés par l'eau recouvrant mes oreilles, me parvenaient indistinctement. À mon tour, je sortis du bain, me séchai, enfilai l'autre peignoir suspendu là et sans prendre la peine de le refermer revins dans la chambre. De nouveau agenouillée sur l'imprimé vert, la fille contemplait un grand plateau où s'alignaient des plats en bois laqué emplis de poisson cru et de légumes confits. Deux bières dorées moussaient dans des verres un peu évasés. « Ça m'a manqué, de manger avec toi », dit-elle avec un sourire affectueux. Je ne répondis rien et vins m'asseoir en face d'elle. Elle leva son verre et trinqua avec moi, me regardant droit dans les yeux ; puis elle s'empara d'une paire de baguettes et commença à manger. Toujours silencieux, je l'imitai. Le cliquetis des baguettes était le seul bruit : derrière les volets, où j'imaginais une rue ou une cour, il n'y avait aucun son ; seule la lampe posée au chevet du lit nous éclairait de son halo jaunâtre, en tournant la tête j'apercevais nos reflets dans les carreaux de la fenêtre, deux formes floues drapées de blanc, nettement détachées du champ d'herbes vertes du tissu imprimé. La présence de la fille me troublait, et malgré une attraction violente pour son corps élancé je me sentais aussi éloigné d'elle que de son reflet brouillé dans les vitres. Tout à coup elle rompit le silence : « Raconte-moi quelque chose », m'intima-t-elle avec un petit sourire ambigu. Je toussotai, avalai encore un bout de poisson, puis finis par répondre : « J'ai fait un rêve terrible récemment. » — « Tu t'en souviens ? » — « On tuait un enfant. Un petit garçon, tout blond. C'était horrible. » — « C'est qui, qui le tuait ? Et comment ? » — « Je ne m'en souviens plus. » Elle réfléchit : « Peut-être que c'était toi, le petit garçon ? » Je me rembrunis : « Tu es folle. Pourquoi tu dis ça ? » Elle eut un bref rire plein de tendresse : « Ne te fâche pas. Je disais ça comme ça. Ouh, qu'est-ce qu'il fait sec ici. » Elle acheva d'une traite sa bière, se leva et, laissant glisser le peignoir au sol, se dirigea vers la salle de bains. D'un regard presque abstrait je suivis le mouvement souple de ses épaules, ses reins, ses fesses. Elle ressortit un instant plus tard avec un petit tube, une quelconque crème prise parmi les produits offerts par l'établissement qu'elle vida dans sa main, l'étalant d'abord à grands traits sur son corps puis massant plus soigneusement sa peau pour bien l'enduire. Je m'accoudai sur l'étendue verdoyante de l'imprimé afin de l'observer et elle leva sur moi un œil narquois : « Tu pourrais m'aider, au lieu de mater. » Mon visage se referma mais elle l'ignora, s'avançant pour piocher un dernier légume confit et le croquer avant de lécher ses doigts brillants d'huile tout en continuant à me toiser. Puis elle débarrassa le plateau qu'elle posa au sol, dans un coin, ses fesses brunes tendues droit vers moi. Revenue près du lit elle braqua un index vers mon peignoir : « Tu vas garder ça ? Ce n'est pas grave. » Elle se coula sur le lit et se hissa sur ses coudes, repoussant les pans de coton et prenant une nouvelle fois ma verge flasque dans sa belle bouche. Ses fesses se cambrèrent, elle écarta les cuisses et enserra mes bourses d'une main, s'activant avec vigueur. Mais je ne bandais toujours pas. Un peu agacé, je contemplai les moulures du plafond, puis tournai la tête : dans les vitres, au-delà du lit, je pouvais distinguer la double courbe allongée de son derrière, dressé sur le champ de longues herbes vertes, une zone plus obscure, confuse mais rehaussée par un éclat rose et luisant, incurvée en son centre. Elle repoussa davantage mon peignoir, avança à genoux jusqu'à me chevaucher, et pressa son sexe, fluide maintenant et gonflé, tout contre le mien, le massant patiemment entre ses lèvres écartées. Sérieux, je la contemplai et me mis en devoir de lui caresser les cuisses. Elle se raidit, mains croisées sur sa nuque rasée, et darda ses petits seins aux pointes tendues : « Touche-les », ordonna-t-elle. Je m'exécutai, tentant sans trop de succès de masquer mon manque d'enthousiasme. Exaspérée, elle pinça entre ses doigts ma queue toujours molle et tenta de l'enfourner dans son vagin, espérant sans doute, mais en vain, qu'elle durcirait enfin. Je la repoussai avec dépit, doucement, et dégageai mes jambes tout en rabattant un pan du peignoir sur mon bas-ventre. « Je suis désolé, marmonnai-je, un peu honteux. Je n'y arrive pas. » Elle sourit amicalement et se pencha pour m'embrasser, me caressant l'épaule et le cou puis appuyant subitement une des cicatrices décorant sa peau mate contre mes lèvres. « Ce n'est pas grave, ne t'en fais pas. Mais peut-être vaudrait-il mieux que j'y aille. » Ma poitrine se serra et une tristesse grise m'envahit. Je ne ressentais aucun désir, même la moiteur de son sexe, dans lequel j'avais à contrecœur poussé mes doigts, n'éveillait rien en moi, mais je ne voulais pas qu'elle parte. « Reste. S'il te plaît. » Pour appuyer mon propos, je remuai un peu les doigts, et elle soupira, tordant son bassin contre leur pression. De nouveau, je levai la tête pour contempler le reflet de ses fesses tendues dans la vitre : au même moment, la lumière s'éteignit, effaçant l'image et plongeant la chambre dans le noir, j'avais beau écarquiller les yeux je ne voyais plus rien, ce devait être une panne d'électricité, j'accélérai le mouvement de mes doigts, étalant ses sécrétions sur ses lèvres et ses poils rêches et cherchant la pointe au centre de ses chairs, dure comme un bourgeon prêt à s'ouvrir, elle soupira de nouveau, tout contre mon oreille, ses doigts s'étaient crispés sur ma poitrine et de l'autre main elle tirait convulsivement mes cheveux, son souffle, rauque, laissait fuser des petits gémissements, enfin elle se cabra et me mordit la base du crâne, envoyant une brève lame de douleur à travers ma tête qui se confondit avec son râle, coupé net tandis qu'elle s'effondrait, à moitié affalée sur mon corps. Je restai immobile, ma main inconfortablement coincée entre ses jambes qui tressaillaient encore, mes yeux grands ouverts dans l'obscurité, écoutant sa respiration siffler à côté de moi.

Le retour de la lumière me réveilla et j'ouvris les yeux. La lampe de chevet était allumée ; la fille, debout à côté du lit, passait son slip et se débattait avec un jeans presque trop étroit pour ses hanches. « Tu t'en vas ? » Elle tira un téléphone portable de sa poche, consulta l'écran, puis le rangea d'un geste sec. « Oui, fit-elle. Il est temps. » Je la fixai en essayant de masquer mon accablement. « Reste encore un peu. Tu ne veux pas ? » — « Je dois y aller », dit-elle à voix basse. — « Mais pourquoi ? » Son regard, impuissant et buté, s'était voilé : « Parce que j'en ai envie. » Il n'y avait rien à répondre à cela et je l'observai en silence achever de s'habiller. Prête, elle se pencha, m'embrassa furtivement sur les lèvres, et sortit. Je me rabattis sur le dos, la main posée sur mon ventre, puis repoussai rageusement des pieds le tissu imprimé. Ma bouche était sèche, pâteuse ; je me levai d'un coup et me rendis à la salle de bains où je bus longuement à même le robinet, clignant des yeux sous la vive lumière blanche du néon. En ressortant je considérai la chambre vide : le lit défait, mon survêtement roulé en boule, le plateau posé dans le coin, les vignes dorées du papier peint, qui semblaient fourmiller sur les murs, le reflet pâle et trouble de mon corps fatigué dans la vitre, toutes ces formes vagues et ces objets éparpillés faisaient écho au grésillement creux occupant mon corps, évidant tous mes sentiments. Ma peau était rêche : Il faudrait baisser le chauffage, me dis-je avec une moue. Mais je ne voyais pas de thermostat, ni de manette sur le radiateur. Je remplis enfin d'eau les deux verres de bière vides et les posai sur la fonte peinte du radiateur avant de couper la lumière et de me recoucher, la tête enserrée dans une colère sourde et morose, sans objet. Le sommeil ne venait pas et je me retournai sur le ventre, glissant ma main entre mes jambes. Mais je ne me branlai pas, je ne ressentais toujours aucune envie, je me contentai de jouer machinalement avec la masse molle de mon sexe, la malaxant entre mes doigts. Je finis par m'endormir ainsi, une main entre les cuisses, l'autre repliée sous ma joue. La sonnerie du téléphone me réveilla tout à fait. Je décrochai sans réfléchir : c'était une horloge automatique, et je raccrochai immédiatement. Je restai étendu un moment, étirant mes membres. Enfin je me redressai, passai dans la salle de bains, et me plantai pesamment devant la cuvette pour pisser. Face au miroir, je me sentis tout d'un coup vieux : mon corps, le beau corps puissant et ferme de ma jeunesse, s'affaissait, fondait, s'en allait. Je me jetai de l'eau sur le visage et les cheveux, me coiffant à la hâte avec les doigts, et ressortis me rhabiller.

La matière lisse et soyeuse du survêtement glissait agréablement sur ma peau, c'était réconfortant. À la sortie de la chambre, j'hésitai : il y avait deux portes, l'une en face de l'autre, je ne l'avais pas remarqué. Laquelle la fille avait-elle empruntée ? C'était sans importance. J'en ouvris une au hasard et franchis le seuil d'un pas assuré ; déjà mes pieds, chaussés de baskets légères comme des plumes, retrouvaient leurs petites foulées, je ramenai mes coudes contre mes côtes et me concentrai sur mon souffle, inspirant par la bouche au rythme de mes pas. L'air ici était moins sec, la sueur perla vite sur mon visage, trempa mes aisselles, le creux de mes reins, je longeais le couloir gris, lançant mes pieds avec à peine un bruit. Il faisait sombre, mais cela ne me gênait pas trop, on y voyait assez bien ; pourtant, je ne pouvais distinguer aucune source lumineuse, les murs paraissaient lisses, égaux, indistincts, je me demandais vaguement d'où pouvait venir l'éclairage, information qui au fond m'importait peu. Ici et là une partie plus obscure semblait ouvrir sur un réduit, voire un tunnel menant Dieu sait où, je passai mon chemin sans ralentir, suivant la courbe qui se prolongeait, et comme un enfant je tendis la main et laissai mes doigts traîner le long du mur, jusqu'à ce qu'ils percutent un objet que je n'avais pas aperçu. C'était une poignée, je la poussai et ouvris la porte. Tout de suite, je sus que cet espace me convenait. C'était un vaste studio très clair, aux murs couverts de livres, avec au fond une baie vitrée donnant sur des amas de petits immeubles étagés devant une bande de mer grise et lumineuse. Je vins appuyer mes mains sur la longue table placée devant la vitre et détaillai la ville, contemplant les changements de couleur des façades au fur et à mesure que la lumière baissait, roulant distraitement sous mes doigts les pommes rouges, vertes et jaunes entassées là dans un grand bol. Un pigeon fila à travers le ciel, virant sur l'aile ; je le suivis un instant des yeux, puis me détournai. Un boîtier de disque traînait sur une chaîne, de vieux enregistrements de concertos pour piano de Mozart ; j'en mis un au hasard et déambulai de par le studio en écoutant les premières notes, laissant mon regard errer sur le dos des livres et les nombreuses gravures et reproductions accrochées entre les bibliothèques. Les notes gaies et lucides de la musique dansaient à travers la pièce, m'emplissant d'un sentiment de légèreté sereine. Je me servis un verre d'eau-de-vie, allumai un petit cigare trouvé dans une boîte, et m'enfonçai dans un divan en cuir noir pour feuilleter un album posé sur la table basse. De format horizontal, relié de toile blanche, il montrait des séries de photographies de femmes et d'hommes nus, effectuant divers mouvements décomposés en séquences par le dispositif de prise de vue. Je m'arrêtai sur une planche : un homme, d'un mouvement puissant, en faisait pivoter un autre autour de son corps pour le jeter au sol, ventre à terre, avant de s'abattre sur lui pour le plaquer là, sa tête comme confondue avec celle de son adversaire alors que les doubles globes blancs des fesses et les lignes nerveuses des cuisses se chevauchaient, un empilement sinueux de formes, à jamais figé par le déclenchement successif des obturateurs.

Il faisait frais dans ce studio, presque froid. Je changeai le disque et fouillai dans les placards à la recherche de quoi manger. Il n'y avait pas grand-chose, mais je pus me composer un repas revigorant de sardines à l'huile, d'oignon cru, de pain noir et de vin rosé tiré du frigo. Tandis que je l'achevais mon corps picotait de froid, je débarrassai rapidement et allai faire couler la douche, attendant l'arrivée de l'eau chaude pour me déshabiller et me plonger dessous. Sous le flot j'étirai mes muscles, jouissant des sensations traversant ce corps, long et nerveux. Dans la chambre, je me séchai devant une grande glace ronde placée au pied du lit, un simple matelas reposant à même le sol, recouvert d'une épaisse courtepointe dont chaque carré représentait une touffe d'herbes vertes sur fond doré. Le miroir ne reflétait que la partie inférieure de mon corps, qui, malgré la petite verge recroquevillée sur les bourses, m'apparaissait presque comme un corps féminin, image qui ne me causait aucune inquiétude mais bien plutôt un sentiment de plaisir diffus et caressant. Je me tournai pour contempler de profil la cambrure de la cuisse, la courbe des reins, l'ovale délicat de la fesse. Je me mis à genoux sur le lit, dos au miroir, et tournai la tête. Le cul, cachant le haut du corps, faisait maintenant face au cercle du miroir, je trouvais cela très beau et je le contemplai un moment avant d'enfin me laisser aller de tout mon long sur la courtepointe. Je n'avais plus froid et je m'endormis ainsi, comme couché dans un champ d'herbes, bercé par les cadences allègres, moqueuses, ludiques d'un dernier concerto. Lorsque je me réveillai il faisait noir, tout était silencieux, la chair de poule hérissait ma peau et je me glissai sous les draps, les serrant autour de moi pour me réchauffer. Mais je ne parvenais pas à me rendormir et finalement je me relevai, la courtepointe drapée autour de mes épaules, pour aller boire un verre d'eau à la kitchenette. Par la baie vitrée, en contrebas, j'apercevais dans le noir un losange de lumière, la fenêtre d'un appartement voisin formant un plan traversé de biais par un long divan de tissu blanc sur lequel s'était coulée une jeune femme en sous-vêtements fins. Un petit miroir rond était fixé au-dessus du divan et elle se maquillait, dressée sur ses genoux, les reins un peu cambrés pour assu-

28

rer son équilibre. De temps à autre, elle levait le bras pour ajuster l'angle du miroir, fixé à un support mobile, ou bien le rapprocher de son visage, et ce geste étirait son sein niché dans un soutien-gorge à balconnet et faisait saillir le bord du pectoral, comme un câble laiteux attaché à l'épaule. Elle accomplissait ces gestes avec rapidité et précision, absorbée dans le bonheur inconscient de cette routine si familière à son corps. Je la regardai un moment puis retournai me coucher. Le sommeil me mena rapidement à l'entrée d'une maison, une maison qui devait être la mienne, fermée à clef après une longue absence. Une série de portes donnaient sur la cuisine, d'où fila un chat gris dès que j'ouvris. La pièce puait la merde et les déchets, le chat avait dû rester enfermé durant mon absence et avait tout souillé : Peu importe, me dis-je en haussant les épaules, ma femme nettoiera. J'ouvris la porte qui menait au jardinet de derrière, pour aérer, puis descendis à la cave ; là, je traversai un long couloir qui débouchait sur une sorte de grotte, ouverte sur le grand jardin de devant. Mes ouvriers attendaient là. « Alors, Emilio, lançai-je, où en sont les travaux ? » Celui à qui je m'étais adressé s'avança, chapeau entre les mains, et me fit signe de le suivre vers l'extérieur. La vue qui m'accueillit m'emplit d'horreur : le jardin, qui auparavant dessinait de belles courbes vallonnées, protégées de la vue des voisins, était maintenant entièrement comblé, formant une surface plane de plain-pied avec la maison suivante. Éperdu, je regardai autour de moi : la vieille grange en ruine attenante à la maison avait disparu, Emilio, dans un excès de zèle, l'avait sans doute démolie pour niveler le jardin. Hors de moi, je m'en pris à lui avec violence : « Mais Emilio ! Ce n'est pas du tout ce que je vous avais demandé ! » Emilio tentait de se défendre timidement, je courais de part et d'autre, constatant l'étendue des dégâts. Le jardin ainsi rénové aboutissait aux fenêtres de la maison voisine, à peine cachées par quelques arbustes, et prolongeait maintenant un chemin vicinal qui se terminait auparavant aux abords de ma propriété. Justement, une voiture arrivait par là et traversait mon jardin, klaxonnant joyeusement au passage. « Voyons, Emilio ! m'écriai-je. Mais regardez donc ! Et ma grange ? Qui donc vous a donné l'ordre de la raser ? » En vain, je réfléchissais au moyen de réparer tout ça, mais les dommages étaient trop importants, cela me paraissait une tâche impossible. La voiture ressortait du jardin par un portail ouvert près de la maison des voisins, et je la suivis, écumant toujours. « Bon, déjà, vous allez me fermer tout ça ! » aboyai-je, désignant le chemin. « C'est une propriété privée ici, nom de Dieu, pas une départementale ! » Je m'avançai et contemplai la ruelle. Une autre voiture venait vers moi, conduite par une femme blonde. Emilio était sorti aussi et se tenait à mes côtés, un peu en retrait. La voiture ralentissait, comme pour se garer, mais ne s'arrêta pas et vint mollement s'écraser dans un grand bruit de tôle contre le pilier de pierre qui soutenait le portail. Je m'approchai à la hâte mais la conductrice, les mains encore sur le volant, n'avait rien. Je crus reconnaître ma voisine, qui ressemblait d'ailleurs curieusement à ma femme ainsi qu'à ma mère – deux femmes qui elles non plus ne savaient pas conduire –, et je me penchai pour parler avec elle de notre nouveau problème de voisinage ; mais elle ne me laissa même pas le temps d'ouvrir la bouche avant de déverser une litanie de plaintes par la vitre baissée : « Ah, vous, justement ! Savez-vous que votre circuit électrique déraille complètement ? Il y a des pics de tension tout le temps, ça provoque des délestages dans le voisinage. » Ces mots m'emplirent de fureur et je me mis à crier à mon tour : « Madame, vous exagérez ! Ce circuit, je l'ai fait entièrement réviser par un électricien professionnel, deux fois de suite. Ça suffit, enfin ! » Lorsque je me réveillai une lumière froide tombait dans la chambre, faisant briller le champ doré de la courte-pointe mais ne réchauffant rien. Je me levai et m'habillai rapidement, dévorai une pomme verte raflée au passage, et sortis. Dans le couloir je repris ma course sans hésiter, l'effort me détendait et achevait de disperser les bribes du sommeil. Encore distrait, toutefois, je me heurtai à quelques reprises aux murs, la lueur indistincte brouillait les repères et je ne parvenais pas toujours à les situer avec précision, parfois apparaissaient des zones plus foncées, de nouveaux boyaux peut-être ou bien des niches, je les évitais et m'efforçais de rester au centre du couloir, avançant à petites foulées régulières, mes baskets frappant avec un son feutré un sol aussi lisse que les parois. Je respirais de manière égale, en petites bouffées rapides, je ne me fatiguais pas, je savais que je pouvais courir longtemps ainsi. De temps à autre, je dirigeais mon regard sur les côtés, et c'est ainsi que je remarquai une protubérance cuivrée, une poignée dont je me saisis pour ouvrir une porte que je franchis sans ralentir. Quelques pas plus loin m'attendait une belle femme orgueilleuse, au physique pulpeux. Elle se tenait une main sur la hanche ; l'autre approchait de ses lèvres, peintes couleur sang, un fume-cigarette en ivoire : « Tu es en retard, chérie », murmura-t-elle en rejetant un nuage de fumée et en me prenant par la main. « Mon Dieu, tu sues. Et tu n'es même pas habillée. » Des bracelets dorés tintaient à son poignet ; je me penchai et effleurai des lèvres son épaule dénudée, le nez dans ses longues boucles aux reflets roux, inspirant leur riche odeur d'ambre, légèrement musquée. « Pardonne-moi. J'ai dû courir. » — « Ce n'est pas grave. Viens. » Je la suivis à travers une grande pièce, au fond de laquelle une porte-fenêtre ouverte donnait sur l'extérieur. Une pelouse d'un vert brillant, sur laquelle deux beaux dalmatiens, se poursuivant en jappant, traçaient de grandes ellipses erratiques, s'étendait jusqu'à des bosquets de palmiers, de ficus et de bougainvillées ; un groupe de jeunes femmes, en shorts moulants et bikinis ou débardeurs, jouaient au volley-ball. « Tout le monde est déjà là », fit mon amie sur un léger ton de reproche, en gravissant un escalier de pierre qui longeait la façade de la demeure. Ses hauts talons aiguilles claquaient à chaque pas et ses hanches ondulaient devant moi. L'escalier débouchait sur une vaste terrasse dallée en terre cuite, parsemée de chaises longues et de parasols jaune canari, au centre de laquelle clapotaient les eaux vert émeraude d'une piscine rectangulaire. Une grande fille élancée aux cheveux jais coupés court, la poitrine nue, faisait des longueurs ; près du bord, couchée ventre au sol en appui sur ses coudes, une autre jeune femme, blonde avec un chignon torsadé, me suivait du regard d'un air moqueur ; ses jolis petits pieds, aux ongles couleur fraise, se balançaient au-dessus de ses fesses rebondies, enserrées dans un maillot blanc à rayures bleues qui laissait nu son dos élancé. Je contemplai ce corps magnifique avec une pointe d'envie ; mais déjà mon amie m'entraînait par une autre porte coulissante dans un vaste salon à la moquette et aux murs gris pâle, avec des draperies orange brûlé et jaune citron, étagé sur plusieurs plans et meublé avec élégance et retenue dans des tons verts assortis à la pelouse visible depuis l'intérieur. Au centre trônait une sorte de couche ou de divan aux dimensions imposantes, sans dossier, tapissé d'une épaisse toile dorée décorée d'herbe verte. Nous contournâmes ce meuble pour suivre un couloir qui menait à une chambre à coucher, dont les grandes baies donnaient de plain-pied sur la piscine. La salle de bains attenante, au sol ardoise et aux murs

carrelés de blanc, me parut immense. « Douche-toi là »,
ordonna mon amie. « Je vais te trouver de quoi t'habiller.
Quelque chose de classique, non ? » Elle effleura mon menton de ses ongles vernis : « Et rase-toi. Tu râpes. » Je me
déshabillai en quelques mouvements et fis ce qu'elle m'ordonnait. J'achevais juste de me raser lorsqu'elle revint avec
une pile de vêtements qu'elle déposa sur une chaise. La
séance d'essayage dura un bon moment, les tailles ne
convenaient pas toujours ; elle me passa un soutien-gorge
de dentelle grise dont les balconnets arrondissaient un peu
mes formes, une culotte en tulle brodée et des bas de soie
surmontés d'une large bande de dentelle, gris eux aussi
mais d'une teinte plus foncée, couleur d'acier. Juchée sur
les talons des escarpins dans lesquels j'avais glissé mes
pieds, j'admirai dans le miroir le galbe de mes fesses et de
mes cuisses rehaussé par la dentelle, retardant le moment
de revêtir la robe. Celle-ci était sublime, une longue gaine
moulante de lin et de viscose gris perle tricotés pour former
un fin jersey soyeux, sans la moindre couture, et doublée
à l'intérieur d'une soie rose pâle qui se coula délicatement
sur ma peau tandis que je l'enfilais par-dessus ma tête. Les
bretelles laissaient à découvert mes épaules anguleuses ;
devant, le tissu, modelé par le soutien-gorge, me formait
une poitrine menue mais charmante. Mon amie lissa le
tissu sur mes hanches, sans quitter des yeux notre reflet
dans la glace. Puis elle me maquilla, du gris bleuté pour les
paupières, une couleur plutôt rosée pour les lèvres et une
teinte rose aussi mais plus foncée pour les ongles, et me
lissa les cheveux avec du gel, laissant une mèche plaquée
en travers du front et remontant les côtés avec des petites
pinces ; elle m'enfila quelques bijoux en argent, simples et
ouvragés avec goût ; le tout fut parachevé de plusieurs
gouttes de parfum, une exquise senteur florale, lestée en

son cœur par une note orientale à peine perceptible. Je me campai sur mes escarpins et esquissai un mouvement. « Tu es superbe », susurra d'une voix rauque mon amie à l'intention de la grande femme au port de reine qui me dévorait du regard depuis la glace, les yeux agrandis par le khôl et le rimmel, brûlants d'excitation. « Je ne serai peut-être pas la plus belle de la soirée », murmurai-je en pivotant sur mes talons et mirant par-dessus mon épaule le dos et les reins de la figure dans le miroir, « mais mon cul en fera bander plus d'une. »

La fête battait son plein. Le tourbillon de femmes, tout autour de moi, me donnait un léger vertige, le bruit résonnait dans mes oreilles, musique, rires, cris, tintement des verres et des bijoux, je me trouvais au centre d'une sarabande d'œillades, de moues, de sourires, de frôlements, de gestes caressants, éléments de mouvements redoublés dans les longues glaces encadrant le salon. La robe, étroite, m'obligeait à des pas menus, et j'étais encore peu à l'aise sur mes talons ; mais mon équilibre s'affirmait, et avec lui je prenais de l'assurance et commençais à rire, parler, me mouvoir aussi librement que mes compagnes. Mon amie m'offrait un cocktail, un gin-tonic frais, pétillant, presque amer, et se penchait pour me glisser quelques mots à l'oreille : « Tout est parfait ici, n'est-ce pas ? Nous sommes entre nous. » Il y avait trop de bruit pour se faire entendre et je hochai la tête. Sur une partie du salon un peu surélevée, trois filles dansaient en se déhanchant, leurs jolis derrières serrés dans des minijupes ou des shorts, leurs jambes longues et nues et lisses. Tout près de moi, une femme hautaine, au corps sculptural, exagéré, qui me dépassait quasiment d'une tête, se fixait dans une glace, ses deux mains remontant ses hanches et son ventre pour venir soupeser gravement ses seins bombés. La jeune femme aux cheveux blonds glacés noués en chignon, que j'avais vue tantôt au bord de la piscine en maillot rayé, se joignit à nous, vêtue maintenant d'une courte robe brodée, une étole violette drapée sur ses épaules étroites. Sa main se posa familièrement dans le creux de mon dos et elle m'effleura le cou des lèvres : « Quelle belle robe ! Elle te va bien. » Je rosis de plaisir et, attirant sa nuque de la main, pressai ma bouche contre la sienne. Près de nous, mon amie riait ; dans la glace devant moi, je voyais le dos et les reins de la jeune femme, nos corps enlacés, mon propre regard passant par-dessus ses mèches qui sentaient la bruyère, la mousse et l'amande. Enfin elle se dégagea et me contempla avec un bref sourire joyeux ; puis, me caressant le visage du bout des doigts, elle s'éloigna : « À tout à l'heure. » Je bus une gorgée en la regardant disparaître dans la foule. Mon amie riait toujours et me tendait un bâton de rouge : campée devant le miroir, je retouchai avec soin le tracé de mes lèvres ; lorsque je les roulai l'une contre l'autre, en ce geste si intimement féminin, j'en éprouvai une joie sensuelle qui se diffusa dans tout mon corps. Près de moi plusieurs filles s'embrassaient maintenant, sur les canapés ou debout contre les murs, je voyais des mains aux ongles bariolés errer sur les cuisses et les fesses et disparaître sous les robes ou les jupes, des seins apparaissaient, rebondis, le mamelon dressé et appelant les lèvres, la fille coiffée à la garçonne qui faisait des longueurs dans la piscine se trouvait agenouillée entre les cuisses de la grande femme sculpturale ; celle-ci, par-dessus la tête penchée sur elle, se mirait toujours dans la glace, je me tournai vers son reflet et tentai de croiser son regard mais il restait rivé sur lui-même, impénétrable, ainsi je pouvais la contempler à loisir, sans qu'elle le remarque, vu sous cet

angle son visage prenait un aspect dur, anguleux, presque
masculin, son regard, au fur et à mesure que la tête aux
cheveux noirs descendait le long de son corps, s'assombrissait, prenait un air farouche, démesuré ; et lorsque enfin la
fille, des deux mains, lui eut écarté les cuisses pour poser
sa belle bouche peinte sur son sexe, ses yeux s'animèrent
d'une joie furieuse, dévorante, superbe. Je buvais à petits
coups sans quitter des yeux le spectacle dans la glace, mon
amie observait également par-dessus mon épaule le couple
et je voyais aussi, devant mon propre reflet, celui de ses
formes généreuses et de ses cheveux bouclés. Un petit plateau argenté qui circulait parmi les convives arriva jusqu'à
nous ; je me penchai, pinçai entre deux doigts la paille en
verre, et inspirai par le nez une ligne de poudre blanche,
suivie d'une autre ; un frémissement traversa mon corps,
je me redressai, cambrée nerveusement sur mes jambes
tendues par les hauts talons, et lissai d'une main le tissu
tricoté sur ma hanche et ma fesse. Mon amie prenait à son
tour de la cocaïne et je l'aidai à tenir le plateau. Puis je le
fis passer et la saisis par la main pour l'entraîner dehors.
En franchissant le seuil de la baie coulissante je frissonnai,
il faisait frais hors de la maison, humide aussi, l'herbe, sous
les feux des spots disposés un peu partout, brillait de rosée.
Des projecteurs encastrés dans les parois éclairaient la piscine, qui formait un rectangle d'une blancheur éclatante au
milieu de l'obscurité. « Il y a beaucoup de lumière, dis-je à
mon amie. Tu es sûre que les plombs ne risquent pas de
sauter ? » — « Ne t'en fais pas. Le circuit a été revu par
une entreprise spécialisée, deux fois même. » Tout autour,
des dizaines de convives discutaient ou s'embrassaient en
buvant, riant, fumant. Plusieurs filles, en string ou en maillot, nageaient dans les eaux illuminées, leurs beaux corps
élancés déformés par les ondulations. Au bord, agenouillée,

vêtue d'une simple culotte de fine dentelle noire et violette, la jeune femme au chignon torsadé que j'avais embrassée détaillait son image irisée dans les remous de l'eau. D'où je me tenais, je voyais son profil : sa longue nuque dégagée par le chignon, son épaule aiguë, la courbe gracieuse de son dos étaient presque celles d'un garçon ; mais la forme arrondie de ses hanches, lorsqu'elle se releva d'un mouvement souple, les fesses fermes qui tendaient le tissu translucide de la culotte étaient bien celles d'une femme, une vraie femme. Je buvais toujours, mon amie m'avait passé un autre gin-tonic et mon rouge à lèvres maculait le rebord du verre, je sentais ma peau se hérisser dans les sous-vêtements qui l'enserraient, chercher avec délice, aux endroits où elle restait nue, le contact de la doublure soyeuse de la robe. La jeune femme blonde, mains sur les genoux et fesses en arrière comme une petite fille, se contemplait toujours dans les eaux blanches de la piscine, et ce spectacle m'emplissait de joie. Puis d'un coup elle se redressa, bras levés et petits seins menus dardés en avant, prit son élan, et plongea, effaçant son reflet. Je regardai son corps pâle filer sous l'eau, bras le long des flancs, propulsé par les pieds. Mon amie me caressait les reins et les fesses, faisant glisser le jersey liquide de la robe sur le tissu plus crissant de la doublure, mais je m'en apercevais à peine. «Elle te plaît, fit sa voix dans mon oreille. Plus que moi.» — «Ce n'est pas ça, dis-je tristement. Je suis jalouse de son corps. Le mien ne sera jamais comme ça.» — «Tu es très belle, aussi.» — «Peut-être. Mais ce n'est pas la même chose.» Je me pressai contre elle, le cœur battant. La fille se hissait hors de l'eau lumineuse, ruisselante, les cheveux défaits et trempés, sa culotte mouillée plaquée sur son petit sexe délicat. Une autre femme lui présentait une serviette et elle s'en recouvrit les épaules avant de courir vers nous à pas menus : « Donne-moi à boire ! » s'écria-t-elle en partant d'un grand éclat de rire cristallin. Toujours appuyée contre mon amie qui m'effleurait maintenant le ventre, je lui offris mon verre avec un sourire affectueux. Je me sentais heureuse et légère, l'esprit dilaté par l'alcool et la cocaïne, envahi par la plénitude du corps ambigu que me formaient les beaux habits prêtés par mon amie. « Tu vas prendre froid », dis-je à la fille blonde qui frissonnait, tendant les doigts pour essuyer l'eau qui perlait sur la peau hérissée de son bras. « Viens te sécher. »

Seule à présent dans la salle de bains, j'examinai mon visage à la lumière crue et sans pitié du néon. Sous son masque de couleurs et de poudres il me paraissait creusé, presque fiévreux. Je repassai rapidement un peu de fard sur mes pommettes brûlantes avant de retourner dans le salon. La jeune femme blonde, son chignon refait, m'avait précédée et, son image redoublée dans les glaces, dansait presque nue devant la grande couche verte et dorée. Tout autour régnait une vaste confusion des corps ; en partie ou bien entièrement dévêtus, ils s'enlaçaient sur les divans et la moquette, s'ouvrant les uns aux autres en un joyeux communisme sauvage où les organes, les mains et les bouches avides prenaient le pas sur les individus, les éclatant, les brouillant, les mêlant en une marée de cris et de soupirs rauques, secouée de spasmes irréguliers. Je cherchai des yeux mon amie : elle se tenait toujours au-delà de la baie vitrée, campée avec un air ironique sur ses hauts talons, fumant une cigarette et contemplant d'un regard indifférent, à travers le verre, cette utopie désordonnée des corps au centre de laquelle je me frayai lentement un chemin. Arrivée devant la fille blonde, je la pris par les épaules et la couchai sur le ventre, poussant sa poitrine menue et son visage dans les longues herbes sinueuses de la toile. Comme involontairement, elle écarta les jambes, je m'agenouillai derrière elle sur le divan et caressai ses cuisses fines et nerveuses ; lorsque je tirai à moi le fin tissu de sa culotte, ses fesses se creusèrent avant de se relâcher et de s'écarter sous la pression de mes doigts. Je me baissai et frôlai des lèvres la peau encore hérissée du cul ; les coudes serrés contre ses côtes, elle frissonna ; alors je lui passai la langue dans la raie, goûtant comme une légère amertume au contact de l'anus, froncé au milieu d'une petite touffe de poils blonds. Je glissai une main sous son corps étroit, le long du ventre puis de l'aine, repoussant le tissu mouillé de sa culotte pour rouler entre mes doigts sa petite verge molle et ses bourses recroquevillées. Elle se mit à gémir, je lui lapais l'anus à coups secs tout en jouant avec son sexe, ma propre queue s'était durcie et je me redressai pour l'extraire de ma culotte et relever ma robe, je l'enduisis de salive puis attirai contre mon ventre le dos et les fesses nues de la fille et me glissai en elle d'un coup avant de me rabattre en avant, mes dents sur les poils frisés de sa nuque. La jeune femme, ses mains crispées sur la toile du divan, le souffle entrecoupé, râlait de plaisir, je délaissai sa verge flasque pour lui caresser un sein, me tournant un peu et m'appuyant de l'autre main sur sa nuque : ainsi je pouvais apercevoir une partie de nos corps dans le miroir, mes fesses, toujours moulées sous le jersey de la robe, qui dessinaient une courbe gris perle rehaussée par la lumière du plafonnier, avec sous elles, cramoisis, nus sauf pour la fine bande froissée de la culotte, cambrés sur la tapisserie verte et dorée du divan, la cuisse et le cul de la fille blonde. Je serrai son petit corps fin entre mes mains puis revins chercher sa verge, elle bandait maintenant et le sexe, raidi, paraissait minuscule entre mes doigts, je le branlai tout en continuant de lui fouiller le cul, elle haletait et jouit en couinant sur ma main, son derrière et son dos tressaillant de manière continue. Puis elle s'affaissa sur le champ d'herbes, laissant couler mon sexe hors d'elle. Je n'avais toujours pas joui et ma verge palpitait, je haletais comme elle, mes mains en appui sur ses longues cuisses blanches. Mais déjà un autre corps venait s'installer contre le mien et je relevai la tête pour la frotter contre la sienne : il s'agissait de la grande fille coiffée à la garçonne, dont les cheveux noirs et drus, pressés contre mon visage, emplissaient mes narines d'une odeur de terre et de cannelle. Je tournai la tête pour lui embrasser les lèvres : juste devant mes yeux, une épaisse cicatrice fourchue lui barrait l'angle de la mâchoire. Entièrement nue, elle se pressait contre mon dos, me caressait la poitrine, écartait mes cuisses avec ses genoux ; puis elle remonta tout à fait ma robe sur mes reins, tira ma culotte juste sous les fesses et se mit à son tour à me masser l'anus, de la pulpe du pouce, humide de salive. Derrière la vitre, mon amie, impassible, nous observait attentivement ; la fille blonde s'était lovée en boule, et, retirée sur le côté du divan, nous regardait aussi avec de grands yeux humides de plaisir. La verge de la fille aux cheveux noirs pesait contre mes fesses, lourde, chaude et tendre ; pressée contre ses reins palpitants d'excitation, je sentais mon corps se durcir, prendre pour un bref moment toute la densité d'un galet avant de doucement se mettre à fondre. La main passée derrière moi, le cœur battant, je guidai la verge glissante de salive vers mon anus, elle appuya et m'élargit et entra, m'emplissant de joie le dos entier, le déployant sous le tissu de la robe. Je ne bandais plus du tout, mon sexe rebondissait contre la dentelle de ma culotte baissée, mes cuisses gainées de soie se poussaient tout contre les cuisses musclées de la fille qui s'enfonçait en moi d'un mouvement puissant, je m'affalai sur une épaule, me tordant un peu de côté, ainsi je pouvais de nouveau voir cadrées dans les glaces des parties de nos corps, un amas mobile de chairs et de morceaux de vêtements disparates entassés sur l'étendue verdoyante du divan, avec au sommet le cul bombé de la fille, qui tressautait à chaque saillie, puis sous lui ma cuisse et la courbe de ma fesse, délimitées par le gris du bas et de la robe retroussée. Ses mains s'appuyaient de tout leur poids sur ma nuque et ma tête et c'est ainsi qu'ouvert en deux par sa verge magnifique mon corps s'arracha à lui-même, se projetant telle une ombre sur ceux qui l'entouraient, celui qui le dominait et les autres tout autour, flous et disloqués par le plaisir qui les soulevait comme une vaste houle.

Lorsque j'ouvris les yeux nous étions toutes les trois étalées sur le divan, nos membres mêlés les uns aux autres, nues mis à part quelques pièces de tulle et de dentelle. J'avais la bouche pâteuse, des crampes endolorissaient mes muscles. La jeune femme aux cheveux blonds glacés dormait sur le ventre, entièrement nue, celle aux cheveux noirs gisait sur le dos, sa longue verge reposant sur sa cuisse. Je l'effleurai du bout des doigts, mais la fille ne se réveilla pas. Je me redressai, m'assis sur le bord de la grande couche, et ôtai l'escarpin qui m'était resté au pied toute la nuit, ainsi que le bas de soie. Malgré la douleur acide qui vrillait par intermittence ma tête, un grand sentiment de paix et de plénitude emplissait mon corps. Autour de nous, d'autres filles dormaient aussi, éparpillées sur les canapés et les épaisses moquettes. Plusieurs bandaient dans leur sommeil, l'une, une petite fille toute fine avec une poitrine démesurée, se caressait distraitement le sein et poussait de petits jappements. De mon amie je ne voyais nulle trace. Je me levai et errai à travers la maison silencieuse pour retrouver la salle de bains où je m'assis sur la cuvette pour uriner. Puis je me démaquillai et me douchai, m'étirant de plaisir sous le jet chaud. Mes vêtements de sport traînaient toujours dans le coin et je les enfilai en un tournemain après m'être séché. Dans le salon, mes deux compagnes dormaient toujours, blotties maintenant l'une contre l'autre au milieu du champ vert et doré du grand divan. La fille coiffée à la garçonne s'était tournée sur le flanc et leurs bassins s'emboîtaient, les fesses, fines et nerveuses, de la jeune femme blonde à moitié cachées sous celles plus musclées de l'autre. Mes baskets ne faisaient aucun bruit sur la moquette et je ne réveillai personne en sortant. Je descendis, traversai la maison et ouvris la porte du fond pour passer dans le couloir ; dès que je la refermai, je me mis à courir, remontant la fermeture éclair de mon survêtement jusqu'au cou. Je ne comptais pas mes foulées, elles tombaient les unes après les autres, fermes et régulières comme mon souffle, je me dirigeais tant bien que mal dans la luminosité diffuse, essayant de deviner la courbe du couloir, anxieux de percuter un mur. De temps en temps, lorsque ça devenait trop sombre, je tendais une main pour me guider, mais parfois mes doigts ne trouvaient que du vide, une autre galerie peut-être ou juste un renfoncement, je chancelais mais ne m'arrêtais pas, m'efforçant de garder le cap. Lorsque ma main cogna un objet métallique, je sus tout de suite que c'était une poignée de porte, je marquai le pas pour la saisir et ouvris. Une lumière tendre et rosâtre illuminait l'espace. Je continuai à avancer, sans y penser, puis me rejetai violemment en arrière : un pas de plus, et je basculais dans le vide. Je me trouvais perché sur une corniche courbe, sans rambarde ; tout autour s'étendaient les crêtes irrégulières d'une immense ville, paisible et silencieuse dans le crépuscule. D'un côté, tout était déjà gris, les tours, rondes, cubiques, conoïdes, ne se découpaient plus sur le ciel que comme des silhouettes indistinctes ; de l'autre, leurs surfaces métallisées ou vitrées reflétaient encore les dernières lueurs du jour, un bleu pâle strié de rose, de blanc et de touches orange. Pas à pas, collé à la paroi, j'avançai sur la corniche. Les murs étaient lisses, couverts d'un revêtement mat et doux au toucher, sans fenêtres, ouvertures ou aspérités. Mais un peu plus loin la corniche s'ouvrait sur un escalier, qui s'enroulait en une étroite spirale le long des flancs de la haute tour au sommet de laquelle je me tenais. Gardant une épaule bien calée contre le mur, je m'y engageai avec précaution, les yeux rivés sur mes pieds, à peine conscient des nombreux autres édifices dressés tout autour, présences muettes occupant le coin de mon regard. Les marches n'en finissaient pas, comme si je descendais le pas d'une vis qui elle, au fur et à mesure de mon avancée, tournait en sens inverse, me maintenant à la même hauteur. Tout à coup une figure humaine se rua vers moi et me dépassa sur l'extérieur, me cognant contre le mur et disparaissant derrière moi aussi vite qu'elle était apparue ; une autre la suivit presque aussitôt, puis une autre encore, elles passaient tellement rapidement, fonçant sur les marches, que je ne pouvais deviner s'il s'agissait d'hommes ou de femmes ; bientôt je me retrouvai collé entre le mur et un torrent humain ininterrompu, qui grondait vers le haut de la tour en un flot à peine dévié par ma présence. De temps à autre une des figures trébuchait et basculait dans le vide, sans un cri ; tout de suite l'écart ainsi formé se refermait, comme une petite plaie à l'instant cicatrisée. Je me plaquai face à la paroi, bras écartés, et continuai ma descente, péniblement, constamment heurté par l'afflux. À un moment, je jetai un coup d'œil par-dessus mon épaule : tout en bas s'étendait une vaste esplanade illuminée, noire de monde, un chaos humain en apparence inextricable, mais qui peu à peu s'agglomérait en processions bien distinctes, toutes incurvées vers un même point que je pouvais deviner juste sous mes pieds, à la base de la tour. Ce point était bien l'issue de l'escalier, où j'aboutis enfin avec soulagement après une descente interminable, éprouvante. Les gens ne cessaient d'affluer autour de moi ; mais étonnamment, les colonnes fusionnaient sans heurt, chacun prenait sa place dans une file unique sans ralentir et sans se bousculer, s'élançant selon un rythme parfait. Arrivé sur l'esplanade, je me frayai un chemin à travers la foule, me glissant dans l'espace laissé vide entre deux files, me débattant pour ne pas me faire emporter en sens inverse. Ici et là gisaient les corps de ceux tombés de l'escalier, membres rompus et crânes éclatés, disloqués au milieu de petites flaques de sang dont les rigoles se rejoignaient parfois, sans que la foule progressant au trot ne marquât la moindre pause pour les éviter. Une lumière violente, artificielle, régnait sur cette scène insensée, mais je ne pouvais en déterminer l'origine. Au fond de l'esplanade, je pus marcher plus librement : les gens, ici, étaient plus dispersés, et tous n'avançaient pas, mais se réunissaient en groupes compacts où, tournés les uns vers les autres, ils chuchotaient furieusement. Je ne voyais que leurs dos, ils se serraient tellement qu'il m'était impossible de me glisser entre eux, et je tendis le cou pour saisir leurs conversations angoissées ; mais les voix ne me parvenaient que par bribes, et je ne comprenais pas tout, il était question d'un virulent conflit politique, d'aspirations folles mais irréalisables, d'une répression emballée, hors de tout contrôle. Ballotté ainsi de groupe en groupe, j'étais emporté insidieusement vers des niveaux toujours plus bas de la ville, au sein d'interminables et sombres souterrains où les groupes dispersés se reformaient en colonnes qui se mettaient en branle les unes le long des autres, de plus en plus régulières et organisées, en des trajectoires sinusoïdales venant dessiner de longues volutes enroulées entre les piliers de soutènement. Les gens, maintenant, chantaient, des cantiques lents et graves, différents d'une file à l'autre, mais tous infiniment riches, pleins d'espoir et de joie. Cette sorte de pèlerinage spontané semblait tendre vers un but unique, quelque part au fond de la forêt de piliers, mais je ne pouvais rien distinguer au-delà des multitudes humaines rangées tout autour de moi. Subitement les chants se muèrent en cris, l'ordonnance spontanée du mouvement éclata en de grands remous désordonnés, une femme se retrouva projetée contre moi et je heurtai à mon tour un homme, la foule dissoute grouillait de tous côtés, une masse informe saisie de panique, je faillis tomber mais parvins à maintenir mon équilibre, un autre corps buta contre mon dos et glissa à mes pieds, je baissai les yeux, il s'agissait d'une femme aux cheveux jais coupés court, ses yeux et sa bouche écarquillés, la peau mate de sa mâchoire fendue comme un fruit, éclaboussant son visage de sang frais. Tout à coup une autre figure se dressa devant moi, un homme au torse nu et au crâne rasé peint en blanc, brandissant en silence un crochet d'acier brillant. Submergé par une terreur sauvage, quasi animale, je tentai à mon tour de fuir, mais je ne savais pas quelle direction prendre, la cohue me cernait de toute part et je ne voyais aucune issue, alors le crochet vint se ficher dans mon épaule, juste dans le coin sous l'omoplate, la douleur me perça le cou et le bras et je hurlai, de l'autre main je tentai en vain de saisir le crochet mais le nervi, ricanant, me faisait virevolter et je parvenais à peine à rester sur mes pieds, la souffrance était intense et j'essayai d'articuler quelques mots, d'implorer sa pitié, en vain, insensiblement il m'entraînait à travers la pagaille là où il le voulait, vers un grand escalier qui descendait en s'élargissant des deux côtés, je titubai, gémissant de douleur, enfin, au bord de la première marche, il dégagea d'un geste souple le crochet de ma chair et en même temps me décocha un coup de pied au centre de la poitrine, m'envoyant rouler sur les marches le long desquelles je dégringolai la tête serrée entre les mains, impuissant à ralentir cette chute effrayante qui, semblait-il, ne prendrait jamais fin.

Je me réveillai étendu sur le ventre dans de l'herbe. De violents élancements traversaient mon épaule, emplissant tout mon côté d'une douleur sourde, opaque, éreintante. Peu à peu je pris conscience de voix, des murmures aux sources multiples, entrecoupés de brefs éclats. Avec un long grognement, je me retournai sur le dos, puis, prenant appui sur mon bras valide, me redressai. Tout autour de moi, des gens, assis sur l'herbe, discutaient en mangeant ; plus loin, une cuisine de campagne dégageait une odeur appétissante. Je me trouvais dans une sorte de petit parc, une place ronde bordée de hautes façades, dont les fenêtres alignées avec régularité semblaient nous contempler muettement. Quelqu'un me proposa une assiette fumante emplie de haricots rouges, ainsi qu'une cuiller de fer-blanc. Je le remerciai, plein de reconnaissance, et, sifflant tout bas afin de tromper la douleur pulsant à chaque mouvement, calai l'assiette sur mes genoux pour dévorer avec précipitation le plat. Cela manquait de sel, mais peu m'importait, j'avais bien trop faim et je raclai soigneusement l'écuelle, nettoyant avec les doigts les dernières coulées de sauce avant de rendre mon plat. Ce ne fut qu'alors que je prêtai attention aux conversations, elles portaient toutes sur le même thème, la guerre insensée que livrait le pouvoir aux croyances, aux pratiques et aux traditions les plus anciennes de la population, celles auxquelles elle était le plus profondément attachée, et qui fondaient le socle même de la vie commune. Je ne prenais pas part à ces discussions ; de toute façon, j'ignorais de quoi il retournait : j'étais un étranger ici, et même si je me retrouvais pris dans le conflit, je ne me sentais pas concerné par ces querelles absconses, peu compréhensibles. Mais une jeune femme blonde au chignon soigneusement enroulé, sans une mèche qui dépassait, me toisait avec sévérité : « Et vous, qu'en pensez-vous ? Vous ne dites rien. Faut-il chercher l'apaisement avec les puissances dominantes, ou au contraire le combat ? » — « Il faut se battre, bien sûr », répondis-je sans réfléchir. Elle considéra mes paroles en silence, caressant distraitement un chat gris qui se faufilait entre les groupes, son museau cherchant les restes des repas. Puis elle se leva : « Venez », ordonna-t-elle sèchement, se dirigeant vers une des rues débouchant sur la place. Je me levai à mon tour et la suivis, massant mon épaule blessée. Cette rue, comme toutes les autres, disparaissait entre les immeubles en s'incurvant, et j'imaginais qu'ensemble elles traçaient à travers la ville des motifs réticulés, formant, sur un plan, si un tel plan existait, comme des entrelacs serpentins. Devant moi, la jeune femme marchait d'un pas ferme, ses hanches à peine remuées par un balancement contrôlé dont le rythme semblait épouser celui des pointes lancinantes irradiant encore mon dos. Sur les murs, de petites affiches collées à la sauvette clamaient des slogans dérisoires, sans aucune commune mesure avec le déchaînement bestial du pouvoir ; ici et là, nous croisions un cadavre au corps convulsé, dernier signe immobile de la cruauté sans limites qui l'avait arraché à la vie. Il nous arrivait d'apercevoir une figure furtive ; petit à petit, les rues se repeuplaient, les gens se rapprochaient, s'adressaient la parole, marchaient côte à côte. La jeune femme blonde, avec qui j'aurais bien aimé continuer la discussion, s'était fondue dans ce groupe, je ne l'apercevais presque plus ; j'étais maintenant entouré d'hommes armés, déployés en tirailleurs, marchant d'un pas ferme et martial. Au-dessus de nous, le soleil brillait, pâle et froid, sur une population abêtie, pétrifiée, dépouillée de toute consistance par la violence paroxystique du régime ; mais là où nous étions, la vie reprenait ; déjà, des secteurs entiers passaient sous notre contrôle. Nous avancions maintenant dans une large galerie courbe lorsqu'une unité de nervis en uniformes verts nous attaqua. Le combat, incertain au début, fut d'une brutalité intense ; de part et d'autre, des hommes tombaient, frappés à mort ; enfin, nous eûmes le dessus, et les ennemis survivants se replièrent, laissant la place libre. L'un d'eux était tombé entre nos mains ; à genoux sur le béton humide de la galerie, bras écartés, il plaidait pour sa vie. Certains se laissaient fléchir : ce n'était pas à nous, avançaient-ils, de nous montrer aussi impitoyables que ceux que nous combattions. À ces mots une rage sourde et impuissante me gonfla le visage, je sentais le sang battre dans mes tempes, et il me semblait que le souffle allait venir à me manquer ; affolé, j'arrachai le pistolet des mains d'un de mes camarades, l'armai, et d'un geste décidé tirai trois coups dans la poitrine du nervi, qui s'effondra comme une masse. Je dirigeai l'arme vers son crâne, pour le coup de grâce, mais il n'y en avait pas besoin, l'homme était mort. Tout autour, mes compagnons, la jeune femme au chignon parmi eux, me regardaient avec stupeur et comme une sombre admiration ; moi-même, j'étais bouleversé par mon geste ; jamais je ne m'étais connu capable d'une telle fureur. Je ne prononçai aucune parole : je rendis froidement le pistolet à son propriétaire, et enfin me détournai du cadavre.

La jeune femme blonde, son chignon toujours aussi impeccable, m'avait mené à un appartement clandestin, une cachette sûre au sein des quartiers les plus dangereux pour nous, d'où nous devions déclencher une série d'attentats qui déstabiliseraient l'équilibre du pouvoir et peut-être renverseraient la situation. Les choses, en effet, tournaient à notre avantage ; même des enfants, à peine en âge de se servir d'une arme, se soulevaient à leur tour ; palliant notre faiblesse numérique, ils s'organisaient entre eux, formant des meutes enragées qui se ruaient comme des loups sur la troupe des nervis, profitant de la surprise pour les tuer ou les mutiler avant de se saisir de leurs armes et de s'égailler comme une nuée tourbillonnante, disparaissant dans les bas-fonds. Ceci inquiétait profondément les éminences du régime, il fallait en profiter. L'appartement où nous nous trouvions était presque vide ; l'unique meuble était un grand matelas à moitié moisi, recouvert d'un épais tapis à motif d'herbes vertes sur une trame dorée, quasiment en lambeaux. Mais cela importait peu, tout était prêt, il n'y avait qu'à attendre. Derrière moi, la jeune femme, son sac déposé dans un coin, s'installait pour patienter, croquant avec lenteur une pomme jaune un peu fripée. En contrebas, sous les fenêtres masquées par des stores baissés, s'étendait un petit stade où s'entraînait une unité de nervis fraîchement recrutés. Distrait par les élancements tiraillant encore mon épaule, je les regardais placidement, par la fente entre deux lattes, confiant dans le fait que leurs efforts ne ser-

49

viraient à rien, que notre heure était venue. Par la croisée entrebâillée, j'entendais distinctement la voix de leur chef qui aboyait les mots d'ordre, les commandements. Tout à coup une horde d'enfants surgit des vestiaires, déferla sur le terrain en vagues successives et, en quelques instants, massacra un grand nombre de recrues dont les survivants, affolés, refluaient vers les gradins. Horrifié, je retins ma respiration : cette action, entreprise avec une audace folle au cœur même du dispositif ennemi, n'était pas planifiée, ces enfants ne pouvaient pas être au courant de nos plans, ils avaient dû se risquer sur un coup de tête, prêts à tout pour affirmer leur valeur, leur courage, leur détermination. Et le piège se referma sur eux. De chaque côté du stade apparut une masse compacte de soudards en uniformes bleus, une nouvelle troupe d'élite dont la formation inquiétait nos combattants les plus aguerris. Rapidement, avec des gestes précis et efficaces, ils désarmèrent les enfants ; puis un des nervis, d'un mouvement sec, leur coupa l'un après l'autre la gorge, laissant choir derrière lui les petits corps avec un geste désinvolte. La femme au chignon, suffoquée, m'avait rejoint à la fenêtre et regardait avec moi. C'est à ce moment que je reconnus parmi les derniers combattants un petit garçon blond au visage étroit, visiblement un des chefs du groupe ; calme, muet, il regardait ses camarades mourir. Désemparé, je l'observais à travers le store, je me sentais infiniment proche de lui, tout mon corps se tendait pour le prendre dans mes bras et le serrer contre moi, mais entre nous il y avait la vitre, l'espace, et les escadrons de tueurs, je ne pouvais rien faire d'autre que le fixer, avec désespoir. On le fit mettre à genoux, lui tira la tête en arrière par les cheveux, et lui ouvrit de force la mâchoire ; l'exécuteur, une longue dague à la main, s'avança et la brandit au-dessus de sa bouche, la pointe entre les dents. L'enfant restait

50

tranquille, il était prêt pour la mort, mais il se dégagea des mains qui le tenaient et articula d'une voix fluette et égale des mots que je distinguai clairement : « S'il vous plaît, pas comme ça. Je ne souhaite pas souffrir. Ce n'est pas nécessaire. » La femme à mes côtés retenait un gémissement ; les nervis se concertaient ; puis l'un d'eux tira d'une poche un carré de tissu jaune, qu'il imbiba d'eau. Effaré, le souffle coupé, incapable de bouger un muscle, je restais les yeux rivés sur la scène. Le nervi étala sur le visage têtu de l'enfant le tissu mouillé, qui épousa la forme du front, des orbites et du nez, venant se coller à l'intérieur de la bouche contre la langue et le palais. Alors, tirant de nouveau sa tête en arrière, on lui enfonça le couteau dans la bouche, à travers le tissu, jusqu'à la garde. Mon cri, arraché de ma gorge malgré moi, emplit la pièce et résonna par-dessus le stade. Instantanément, plusieurs nervis se tournèrent dans notre direction et sans hésiter ouvrirent le feu. Une des toutes premières balles frappa la jeune femme au front, éclaboussant de sang vif ses mèches blondes et l'envoyant voler en arrière dans une grande torsion qui s'acheva face au sol sur le tapis aux herbes vertes, où elle resta immobile, les membres éparpillés comme ceux d'une poupée, jetée dans un coin par un enfant rageur. Moi-même j'avais vivement reculé tandis que les vitres volaient en éclats tout autour de moi, toujours transporté par une peine atroce, bien trop vive pour mes sens, je titubais, sans même la présence d'esprit de me baisser ou de me couvrir le visage, enfin je reconnus la porte de l'appartement, ma main, par réflexe, saisit la poignée et ouvrit, je reculai dans le couloir et tout de suite me mis à courir. Un immense sentiment d'horreur m'étreignait encore, mon épaule envoyait fuser des pointes de douleur jusqu'à ma poitrine, je manquai de m'écraser contre un mur et il me fallut un certain temps avant que je ne parvienne à retrouver un équilibre et un rythme à peu près assuré. Le couloir était sombre, je ne distinguais qu'à peine mon chemin, et je devais régulièrement réajuster ma course afin d'éviter les parois, clairement incurvées, ainsi que les renfoncements encore plus obscurs qui apparaissaient ici et là, des embranchements peut-être, mais qui auraient tout aussi bien pu se révéler de simples anfractuosités si j'avais tenu à les explorer. Ma respiration venait difficilement, une angoisse sourde me faisait manquer d'air, je m'efforçais de lancer un pied devant l'autre, de continuer ma course sans faillir, enfin j'émergeai dans la lumière blanche du vestiaire, où je passai vite mon maillot et mon bonnet de bain avant de repousser les portes battantes pour pénétrer dans un grand espace bleu aux lumières incertaines, empli de sons étouffés, cris réverbérés, clapotis, éclaboussures. De longues glaces fixées aux murs redoublaient l'espace, ajoutant à la confusion et reflétant des parcelles de corps dont j'avais du mal à saisir si elles m'appartenaient ou non. Désorienté, je trébuchai et pivotai sur moi-même, puis subitement parvins à me redresser pour tendre mes muscles, prendre mon élan, et lancer mon corps telle une flèche dans l'eau claire et accueillante de la piscine.

II

J'enchaînai les longueurs sans les compter, heureux de la force de mes muscles et de la sensation fluide et caressante de l'eau, marquant à peine la pause aux extrémités du bassin avant de me relancer avec une vigueur chaque fois renouvelée. Enfin, entièrement immergé, la surface chatoyant au-dessus de moi, j'achevai mon parcours. Ma tête surgit à l'air libre, mes deux mains trouvèrent le rebord, prirent leur appui, et, d'une traction, hissèrent mon corps ruisselant hors du bassin. Désorienté par la lumière bleue et les sons, j'arrachai mon bonnet et mes lunettes et restai là un instant, l'eau dégoulinant de mon corps pour former une flaque à mes pieds. Les clapotements, les cris et les rires résonnaient autour de moi, les grandes glaces encadrant la piscine me renvoyaient de toute part des fragments de mon corps, une épaule ici, une cuisse là, le flanc, le pectoral, la nuque, la longue courbe du dos. Près de moi une jeune fille élancée plongea en un rapide mouvement souple. Je me ressaisis et me dirigeai vers les portes battantes que je repoussai d'un coup ferme. Séché, revêtu d'un survêtement gris soyeux, agréable à la peau, je me retrouvai dans le couloir et me mis à courir à petites foulées, mes baskets blanches frappant le sol d'un pas léger, ma respiration sifflant entre mes lèvres. Il régnait ici une lueur diffuse, presque opaque, je ne voyais aucune source de lumière et pouvais juste assez distinguer les parois pour me diriger ; par endroits, des zones plus ternes encore semblaient indiquer des carrefours ou à la rigueur des sortes de dépressions, je les ignorais et continuais droit, tant bien que mal car le couloir paraissait s'incurver et je devais constamment corriger ma course pour éviter de me cogner aux murs. Parfois, pour me guider, je tendais les doigts, et c'est ainsi qu'ils heurtèrent un objet métallique, une poignée dont je me saisis et que je poussai d'un geste décidé, suivant sans marquer de pause le mouvement de la porte qui s'ouvrait pour franchir le seuil. Mon pied s'enfonça dans l'herbe et je m'arrêtai afin de regarder autour de moi. C'était un grand jardin, paisible et lumineux, le soleil faisait reluire les feuilles entremêlées de bougainvillées et de lierre soigneusement taillés sur leur treillage, la verdure touffue aussi des vieilles glycines qui émergeaient du sol pour aller couvrir la façade de la maison, dressée contre le ciel bleu comme une haute tour. La chaleur était forte, la sueur perlait sur mon front, je l'essuyai de ma manche tout en avançant vers la piscine à moitié cachée sur le côté. Ses eaux pâles et calmes, un long rectangle miroitant au centre d'une margelle dallée de calcaire, reflétaient les petites touffes de nuages blancs suspendus immobiles dans le ciel, masquées à l'autre extrémité par l'ombre dentelée, légèrement mouvante, des longues frondes arquées d'un palmier massif et trapu. Songeur, j'effleurai la surface, puis ôtai mes vêtements pour m'y glisser doucement. Le liquide frais se referma sur mon corps et je coulai mollement avant de remonter reprendre mon souffle et de me laisser aller sur le dos, les yeux fermés, visage tourné vers le ciel. Après un temps je roulai sur le ventre et plongeai de nouveau vers le fond, le touchant de la main avant d'effectuer un demi-tour sur moi-même, jouissant du pouvoir de me déplacer aussi librement, dans n'importe quelle direction, freiné seulement par la résistance de l'eau. J'ouvris les yeux ; une petite ombre, agitée au milieu des reflets de lumière blanche dansant sur le fond bleu de la piscine, attira mon attention, et je levai la tête pour en chercher l'origine : juste au-dessus de moi, ballotté à la surface de l'eau, un nounours rose me fixait de ses yeux en verre. Derrière lui, brouillée par les remous, une figure se tenait debout au bord du bassin. D'un coup de pied, je remontai à la surface, clignant des yeux et avalant l'air frais. Le nounours flottait juste à côté de moi et je l'attrapai pour le rapporter au petit garçon blond qui se tenait là en me contemplant tranquillement, sans la moindre expression. J'appuyai mes coudes sur le rebord et lui tendis le jouet trempé : « Il est à toi ? » L'enfant le prit de ma main, puis le jeta négligemment sur l'herbe. « Il est mort. Son avion a explosé et il est tombé du ciel. Tu n'as pas vu qu'il était brûlé ? » — « Je ne l'avais pas remarqué. » L'enfant pinça les lèvres : « Pourquoi tu es tout nu ? » — « Je n'avais pas mon maillot. Mais ici ça n'est pas grave, non ? » — « Ça ne se fait pas », décréta-t-il catégoriquement. — « Bon, d'accord. » Quelques brasses m'amenèrent à l'extrémité où j'avais laissé mon survêtement et je me hissai hors de l'eau par une petite échelle, éclaboussant les dalles chaudes. Tournant pudiquement le dos à l'enfant, je me servis de ma veste pour me sécher la peau, puis me saisis de ma culotte et de mon pantalon. Immédiatement, des dizaines de petites fourmis noires recouvrirent mes doigts et se mirent à errer sur mes mains et mes avant-bras. « Ah, zut ! » m'exclamai-je en lâchant le jogging dans l'herbe et en me brossant avec vigueur la peau pour en chasser ces insectes importuns. Je ramassai le caleçon, le secouai, le brossai aussi, puis l'enfilai avant de répéter l'opération avec le pantalon. Cela prit plus longtemps, il grouillait de petites fourmis et je dus le retrousser pour les ôter une à une. L'apparition d'un chat gris, qui se mit à donner des coups de patte aux jambes tressautantes du pantalon, compliqua ma tâche ; je le repoussai du pied, il recula puis revint aussitôt à la charge, indifférent à la gêne qu'il me causait. Excédé, je lâchai de nouveau le pantalon, saisis une longue baguette de bambou fin qui traînait là et lui en décochai un coup sifflant sur le derrière. Le chat hurla et bondit de côté, puis fila sans demander son reste se cacher sous un buisson. « Méchant ! » s'écria le petit garçon dans mon dos. « Tu es méchant ! » Sans me retourner, je recommençai à nettoyer mes vêtements. L'enfant passa à côté de moi, son nounours rose à la main : « Il ne faut pas faire des choses comme ça ! » lança-t-il sans s'arrêter, avant de disparaître dans la maison. Je haussai les épaules, achevai de m'habiller, et, me peignant les mèches des doigts, lui emboîtai le pas. Du fond du couloir qu'il avait emprunté, au-delà d'un escalier en colimaçon, blanc et lumineux, provenaient, par une porte entrouverte, de petits bruits de langue ; l'enfant, apparemment, tentait d'appeler à lui le chat. J'entrai à sa suite : couché sur un grand tapis parsemé de cavaliers en plomb armés de lances et de carabines, il braquait une petite caméra numérique en direction de l'obscurité sous son lit. Je le contemplai un moment, comme à travers du verre, puis demandai : « Il est caché là-dessous ? » — « Chut », fit l'enfant sans tourner la tête. Je regardai autour de moi. Au mur, à côté de grandes affiches de cinéma, étaient accrochées plusieurs photographies encadrées : elles représentaient toutes le petit garçon, à différentes époques et dans différentes situations, au cirque, à la plage, sur une barque, en compagnie d'une belle femme blonde, ses longs cheveux noués en chignon, que je ne connaissais pas. Tout à coup, les lumières s'éteignirent, plongeant la chambre dans une demi-obscurité ; l'enfant referma d'un geste sec l'écran de sa caméra et se redressa sur ses genoux, tendu, inquiet. Une voix de femme nous parvint du haut de la maison : « Ce n'est rien, mon chéri. Les plombs ont sauté. » Quelques instants plus tard la lumière revint, suivie des premières notes de trompette, joyeuses, du long final de *Don Giovanni*, puis de la voix souveraine du dissolu lui-même. Le petit garçon tendit l'oreille et écouta avec moi : Leporello servait à manger à son maître tout en rouspétant, je traduisais les phrases, l'enfant riait gaiement. Au moment où l'amante délaissée allait entrer en scène, on baissa brusquement le volume et la voix de la femme retentit de nouveau dans l'escalier : « Mon chéri ! À table ! C'est prêt. » C'était, à n'en pas douter, la voix d'une femme blonde, peut-être même celle des photos ? L'enfant se mit debout et me regarda tandis que la musique reprenait ; mais je ressentais comme un subit coup de fatigue et je fis un geste en direction de la porte : « Vas-y. Je vous rejoindrai. » L'enfant fila, fermant la porte derrière lui. Exténué, je me couchai dans son lit ; il était bien trop petit pour moi, je dus me mettre sur le flanc et replier les genoux pour pouvoir tenir. J'imaginai le chat juste sous moi, tapi, aux aguets. Sans bouger, je regardai par la fenêtre : au loin, des nuages noirs ourlés d'or et d'argent reposaient lourdement sur un ciel pâle ; les dernières lueurs du jour, s'étalant sous eux, jetaient des reflets pourpres sur les feuilles du jardin.

Lorsque je me réveillai il faisait tout à fait nuit. Le garçon dormait dans le demi-cercle formé par mes genoux et mes bras, tout blotti contre moi. Patiemment, déplaçant mes membres avec soin pour ne pas le réveiller, je me dégageai et me relevai pour l'enjamber. Une subite crampe à la jambe faillit me faire basculer sur le tapis, mais je me retins à temps au montant du lit. Massant mes cuisses engourdies, je contemplai l'enfant. La lumière de la lune, versant par la fenêtre, illuminait son profil sévère et son front trempé de sueur. Il faisait toujours aussi chaud et je tendis les doigts pour dégager délicatement les cheveux blonds collés à sa peau. L'enfant ne se réveilla pas. Marchant avec précaution pour ne pas renverser les cavaliers de plomb, je quittai la chambre et m'engageai dans l'escalier en colimaçon, m'arrêtant un instant sur le palier pour admirer la grande reproduction encadrée de *La dame à l'hermine* accrochée là. Il y avait très peu de lumière, mais malgré l'obscurité je pouvais deviner derrière le verre le regard déterminé, perdu dans le vide, de la jeune femme ainsi figée pour l'éternité. Dans le salon, tout était sombre et silencieux ; la lune éclairait des pans de meubles, une table basse en verre, un canapé couleur crème, la grande table à manger, où traînaient encore deux verres de vin blanc tachés d'empreintes grasses. Dans la cuisine flottait une odeur de fruits de mer ; la vaisselle, rincée à la va-vite, s'entassait dans l'évier. La femme devait déjà être en haut, couchée. Je m'engageai dans l'escalier qui montait, attentif au moindre bruit, surpris par ce qui me semblait être un léger gémissement, à peine identifiable. La porte de la chambre était entrouverte et je la poussai sans un son. Sur le lit, dorées par la lueur de la lune malgré l'épais duvet brun les recouvrant, les fesses charnues d'un homme aux cheveux noirs allaient et venaient avec lenteur sur celles, à moitié cachées sous elles, d'une femme. Les deux corps étaient comme enfoncés dans une étendue de longues herbes vertes sur fond doré, le motif de la housse de couette sans doute ; entre les cuisses musclées de l'homme, agitées de secousses nerveuses, je distinguais confusément une masse rougeâtre et molle. La femme n'émettait presque aucun son, juste, à intervalles, ce doux gémissement que j'avais entendu dans l'escalier ; l'homme, lui, haletait lourdement. Étonné par ce spectacle incongru, je restai figé sur le seuil, retenant ma respiration. Mais mon corps vacilla et je dus avancer un pied pour garder mon équilibre ; une lame du parquet grinça, et l'homme tourna la tête, braqua un instant les yeux sur moi, puis bondit du lit avec un cri rauque, sa verge humide dressée devant son ventre. « Qui êtes-vous ? rugit-il avec fureur. Que voulez-vous ? » La femme, son chignon blond cendré à moitié défait, s'était retournée aussi et, ramenant maladroitement la couette sur son corps, poussait des cris perçants. L'homme regardait autour de lui, quêtant visiblement une arme : « Appelle la police ! Appelle la police ! » beuglait-il. — « Le petit ! hurla la femme. Où est le petit ? » — « Monsieur... », risquai-je timidement, tendant les bras vers lui, mains ouvertes en un geste conciliatoire. La femme s'était rabattue sur le lit et sa main cherchait le téléphone sur la table de nuit ; elle le heurta, il tomba, elle bascula en avant, bras tendu pour le rattraper, exposant de nouveau son derrière, blanc sur le champ d'herbes vertes ; au milieu de ses cris hystériques, j'entendais distinctement la tonalité du téléphone décroché, un bip-bip morne, régulier. L'homme s'était rejeté en arrière et avait saisi une chaise en bois, qu'il brandissait devant lui comme un dompteur face au lion sur une piste de cirque. « Monsieur... », tentai-je encore une fois, mais il n'écoutait rien, il se rua sur moi en hurlant des mots incohérents, chaise brandie pour me frapper. Juste avant de parer le coup je remarquai qu'il bandait toujours. Puis le pied de la chaise s'abattit avec force sur mon cubitus, la douleur éclata à travers mon bras, je me jetai en arrière, la femme criait aussi, le combiné du téléphone devant sa bouche, l'homme attaqua de nouveau et mon coude heurta une grande glace à côté de la porte, fracturant le verre qui s'éparpilla au sol en tintant, je reçus un autre coup qui me força à reculer au-delà du seuil, mon pied manqua le bord de la marche et je perdis l'équilibre, me cognant au mur et rebondissant pour dégringoler l'escalier, à moitié sur mes pieds, à moitié sur mon derrière. La chaise vint frapper la paroi derrière moi, je parvins juste à me jeter de côté pour l'éviter. En haut les deux hurlaient encore, des phrases contradictoires, sans queue ni tête, simple expression d'une panique irréfléchie. Ce malentendu me serrait le cœur, j'étais certain que s'ils pouvaient se calmer et me laisser m'expliquer tout s'éclaircirait ; mais déjà l'homme lançait d'autres objets vers moi, une lampe en porcelaine vint éclater juste à mes pieds, je ne demandai pas mon reste et dévalai le second escalier, franchissant la porte principale et traversant la pelouse au pas de course, en nage dans la forte chaleur de la nuit, pour me ruer sur la porte du fond qui s'ouvrit aisément sous la pression de ma main. Dès qu'elle se referma derrière moi je ralentis le pas et entamai un footing, soulagé par la fraîcheur relative qui régnait ici. La cadence de ma respiration rythmait celle de mes foulées ; tout paraissait un peu flou, indistinct, je ne voyais même pas le plafond, si tant est qu'il y en eût un, mais cela ne me gênait pas, je devinais plus que je les distinguais avec précision les murs, la grisaille ténébreuse qui indiquait ici et là un croisement ou tout au moins une encoignure, j'évitais chaque obstacle pour suivre la longue sinuosité du couloir, frappant nerveusement de temps en temps une paroi pour m'assurer de sa solidité et de la douceur de son revêtement, et c'est ainsi que ma main tomba sur une protubérance métallique : je m'en saisis, tournai et poussai. La porte s'ouvrit et mon élan m'entraîna au-delà du seuil, où mon pied s'enfonça dans une surface moelleuse. Je me trouvais dans une chambre plutôt large, mal éclairée, avec peu de meubles ; aux murs, les vignes ternes d'un papier peint passé grimpaient en colonnes parallèles ; une moquette rouge, délavée, tachée et virant au gris, recouvrait le sol. Au fond de la chambre, au-delà du lit recouvert d'un drap doré imprimé d'herbes vertes, une figure aux cheveux noirs coupés très court me tournait le dos, fixant quelque chose, bien que les volets fussent clos, dans une vitre de la fenêtre, son propre reflet peut-être. Je claquai la porte derrière moi et elle sursauta, puis se retourna : je vis alors qu'il s'agissait d'une belle jeune femme, lourdement maquillée, avec du vernis à ongles bleu égyptien, du fard à paupières tirant vers le lavande, et du gloss couleur glycine faisant luire ses lèvres épaisses, charnues. Mais toutes ces peintures n'ôtaient rien à sa beauté vulgaire, et d'une certaine manière m'attisaient encore plus. « Quoi, encore habillée ? » aboyai-je brutalement, pris d'impatience. Sans me quitter des yeux, elle remonta sa longue robe grise sur ses hanches, puis au-dessus de ses seins, et la fit coulisser par-dessus sa tête, la laissant tomber à ses pieds. Dessous elle ne portait rien, et je détaillai son long corps fin, à la peau un peu brune qui par endroits prenait des reflets dorés, ses petits seins comme des pommes accrochées à ses côtes, l'épaisse toison entre ses cuisses. Je bandais sous mon jogging et je franchis en quelques pas l'espace nous séparant, l'attrapant par un poignet et passant avec avidité mon autre main sur ses seins, son flanc, sa fesse, la tirant vers moi avant de la pousser sur une chaise placée contre le mur. En quelques mouvements, je me déshabillai à mon tour puis, me penchant vers elle, je lui relevai les jambes et lui calai les talons sur le siège, exposant son petit sexe noyé dans les poils frisés, caressant puis tordant du bout des doigts les rebords de sa vulve. Sa bouche bariolée s'entrouvrit et je me redressai pour y enfoncer ma verge, m'appuyant d'une main contre le vieux papier peint et serrant de l'autre ses courts cheveux jais pour mieux presser sa tête contre moi. Elle eut un haut-le-cœur, se retira abruptement en toussant et en déglutissant, puis, se ressaisissant, entoura la base de ma queue d'une main et se mit de nouveau à en sucer le bout, roulant le gland sur sa langue avec application. Je déchargeai rapidement, serrant les fesses et plaquant son visage contre mon ventre, me vidant à longs traits entre ses lèvres violacées. Dès que je me retirai, débandant déjà, elle fila vers la salle de bains ; par la porte ouverte, je l'entendis cracher à plusieurs reprises, puis faire couler l'eau du robinet. Sans attendre qu'elle revienne je m'approchai du téléphone posé près de la tête du lit, décrochai pour composer un numéro à deux chiffres, et, brandissant un dépliant en carton posé là, énumérai quelques plats à l'homme qui me répondit. La fille ressortait, essuyant ses lèvres avec une serviette. Je la regardai d'un air dubitatif : «Va te doucher», lui ordonnai-je, la suivant pour refermer la porte de la salle de bains derrière elle.

Lorsqu'on frappa la fille était toujours sous la douche. Je passai un peignoir éponge et allai ouvrir, prenant le grand plateau qu'on me tendait pour le déposer sur le lit. Puis j'entrai dans la salle de bains. La fille se tenait nuque baissée sous le jet d'eau, bras le long du corps, à moitié brouillée dans un nuage de vapeur. «Le repas est là», lui intimai-je sèchement avant de revenir m'asseoir en tailleur sur les draps vert et or, devant le plateau où s'alignaient des plats en bois laqué couverts de poisson cru et de légumes confits. Deux bières dorées moussaient dans de hauts verres à peine évasés et je bus une gorgée avant de commencer à manger, sans attendre la jeune femme. À part le cliquetis des baguettes tout était silencieux, derrière les volets, qui dominaient, je le supposais, une rue ou une cour, rien ne faisait de bruit ; seule une lampe, posée au chevet du lit, m'éclairait de son faible halo jaune, j'apercevais mon reflet dans les carreaux de la fenêtre, une silhouette un peu floue, enveloppée de blanc, qui se détachait du champ d'herbe des draps. La fille, séchée et toujours nue, émergea enfin de la salle de bains et vint s'agenouiller face à moi sur le tissu synthétique. Elle avait refait son maquillage et je le trouvais d'une vulgarité inouïe, mais son corps étroit et souple gardait tous ses attraits et je le parcourus des yeux, notant les nombreuses petites cicatrices qui marquaient sa peau brune au grain soyeux, assez épaisses par endroits pour former des bosses, j'en distinguais trois à l'épaule gauche, une à l'aine, une grande aux côtes, juste sous le sein droit, et une autre fourchue à l'angle de la mâchoire. Je lui offris un des plats mais elle secoua la tête ; à la place, elle prit entre ses doigts le second verre de bière et le vida à longs traits, sans s'arrêter pour respirer. Il faisait très sec dans cette chambre, ma peau tirait légèrement sur mes mains et mon visage ; j'achevai les derniers petits légumes et mon propre verre de bière avant de me lever pour aller déposer le plateau dans un coin de la chambre, laissant négligemment tomber mon peignoir à côté. La fille promena un regard impavide sur mon corps, sans marquer d'arrêt sur ma verge qui se dressait à nouveau, puis se rabattit sur les herbes vertes des draps, ses jambes écartées découvrant l'amande rose de sa vulve, les yeux fixés au plafond, muets. Je contournai le lit et fouillai les tiroirs de la table de nuit, en extrayant plusieurs préservatifs que je jetai sur le drap près de sa tête avant de dérouler le dernier sur mon érection. Puis je vins m'installer à genoux entre ses cuisses, coinçai ses mollets sur mes épaules, et appuyai ma queue contre la minuscule ouverture, écartant les lèvres des pouces et forçant des reins. Elle gémit et détourna la tête, son sexe, tout sec, résistait à ma pression, je me retirai, crachai sur mes doigts et enduisis l'ouverture de salive, puis recommençai. Cette fois cela pénétra un peu et je crachai de nouveau, directement sur le préservatif. La fille se mordait les lèvres, pour finir cela entra, je bloquai la plante de ses pieds contre mes pectoraux et m'appuyai des deux mains sur l'arrière de ses cuisses pour commencer à frapper mon bassin contre ses fesses, l'ouvrant tout à fait maintenant et faisant tressauter ses petits seins et ses épaules à chaque coup. Le préservatif m'empêchait de ressentir grand-chose, mais son long corps mince et surtout la forte odeur de son sexe, mêlée aux effluves écœurants du parfum capiteux dont elle s'était aspergée, m'enivrait, j'aspirai ces arômes à pleins poumons et me cognai de plus en plus fortement contre elle, jouissant autant du sentiment de puissance que me donnait la position de nos corps que de la résistance un peu élastique de son sexe étroit. Finalement je marquai une pause, me retirant et rabattant ses jambes sur le côté. Je tirai sur ses cuisses et ses fesses et les ramenai vers moi, l'incitant à se dresser sur les genoux, cul en l'air. Elle se laissa faire sans protester et s'appuya sur les coudes, doigts rabattus sur sa nuque. J'écartai des deux mains ses longues fesses, contemplant l'anneau froncé de l'anus, comme un petit bouton brun posé au-dessus des chairs roses et velues de la vulve. Ma bouche était tout à fait sèche et je peinai à faire remonter de la salive ; enfin j'en laissai couler un filet sur l'ouverture, que je massai du pouce avant d'y appuyer mon gland, jaune pâle sous le latex. Elle passa une main dans son dos et me guida, cambrant les reins et poussant aussi jusqu'à ce que ma verge se retrouve à moitié enfoncée, plantée au centre du cul rebondi que j'empoignai et tirai contre moi, malaxant les fesses tout en reprenant un mouvement de va-et-vient. La fille geignit et s'agrippa au tissu du drap, froissant les longues herbes vertes entre ses ongles bleus ; je me penchai en avant, nez sur ses cheveux et sa nuque, et la flairai tandis que je la pénétrais tout à fait. Gardant son cul serré entre mes cuisses, je me hissai sur mes pieds, pris appui sur ses épaules et me retournai : dans la vitre, répétée dans chacun des petits carreaux verticaux, je voyais l'image des deux globes blancs de mes fesses et de la masse rougeâtre de mes organes entre elles, s'abattant violemment contre la chair lisse et dorée, à peine visible dans le reflet. Le regard rivé sur les deux culs soudés dans la vitre, j'accélérai le mouvement ; subitement, la lumière s'éteignit, effaçant l'image et plongeant la chambre dans le noir, j'avais beau écarquiller les yeux je ne voyais plus rien, et je jouis ainsi pressé contre son petit corps agile, lui tordant le bras dans le dos et mordant son épaule, reins bandés de toutes mes forces contre son cul, des étoiles encore dans les yeux.

Je me retirai vite et jetai la capote dans un coin de la chambre ; puis je tâtonnai vers le téléphone et composai le numéro de la réception. Une voix fatiguée me répondit en s'excusant : « Il s'agit d'une panne générale, monsieur. Nous faisons de notre mieux. Voulez-vous que nous vous apportions des bougies ? » Je raccrochai sans répondre et me rabattis vers la fille, parcourant son corps de mes mains, écrasant ses seins et pressant mes doigts dans sa vulve de nouveau sèche. Elle se laissait faire comme une poupée, sans la moindre résistance mais aussi sans le moindre mouvement encourageant, cela m'ennuya vite et je lui tournai le dos pour m'endormir, étalé sur le tissu râpeux du drap. Le retour de la lumière me tira du sommeil. J'avais la langue sèche, pâteuse ; repoussant le corps flasque de la fille, qui dormait bouche ouverte avec un léger ronflement, je m'extirpai du lit et titubai jusqu'à la salle de bains où, momentanément aveuglé par la violente lumière du néon que je coupai tout de suite, je me penchai sur le lavabo pour boire au robinet. En ressortant je contemplai de nouveau la jeune femme : son corps étroit gisait inerte au milieu du champ d'herbes vertes, tout froissé, du drap, et sa peau, sous la lueur pâle de la lampe, prenait une teinte d'ivoire sale. Elle dormait sur le dos, jambes un peu écartées, une main posée sur le pubis ; ses petits seins s'étaient affaissés sur eux-mêmes, formant comme deux soucoupes molles sur sa poitrine. Il faudrait baisser le chauffage, me dis-je confusément, mais je ne voyais aucun thermostat, aucune manette. Je retournai à la salle de bains, emplis deux verres d'eau, et les posai sur le radiateur. Puis je montai sur le lit, pris une des jambes de la fille par la cheville, et l'écartai, exposant sa vulve. Son ronflement marqua une pause, puis reprit. Repoussant plus encore le genou pour dégager le sexe, je me mouillai un doigt de salive et le promenai sur les lèvres violacées, les écartant pour révéler le cœur rosâtre, avant de l'enfoncer en tournant dans son vagin. Son ronflement cessa de nouveau et elle retira sa main, mais sans bouger autrement. Alors je laissai couler de la salive sur ma paume et empoignai ma verge à moitié dure, faisant aller et venir ma main sur la peau, de plus en plus vite, tout en bougeant mon autre doigt dans son sexe déjà sec. Elle n'émettait aucun son, ses mains, posées sur le tissu bariolé près de sa tête, restaient flaccides, à moitié fermées. Ma verge, déjà, s'irritait, je crachai de nouveau dans ma paume et, retirant l'autre doigt, me branlai tout contre sa vulve, jouissant enfin en un bref spasme irritant sur son pubis. Je restai là un instant, respirant lourdement, ma verge déjà molle encore à la main, à contempler les gouttes laiteuses accrochées aux épais poils noirs ; puis je coupai la lumière et m'abattis sur le drap. Des bruits d'eau me réveillèrent tout à fait. La lumière était de nouveau allumée et j'étais seul sur le lit. Je me redressai et enfilai mes vêtements ; je n'avais pas encore mis mes baskets lorsque la fille, nue, sortit de la salle de bains. Me jetant un regard rapide, elle se dirigea vers le coin où sa robe gisait en boule, la secoua, et l'enfila par-dessus sa tête. Puis elle passa ses chaussures, des sandalettes à talons, pianota sur un téléphone portable qu'elle tira de son sac, et vint vers moi, paume tendue. « Je dois y aller. Tu me donnes l'argent ? » Je la dévisageai avec surprise : « L'argent ? » — « Oui, l'argent. » Elle cita un chiffre, assez élevé, ses yeux sombres, durs et fermés, droit dans les miens. Rapidement, je fouillai mes poches, puis écartai les mains : « Je n'ai pas d'argent, en réalité. » Sa bouche se tordit : « Tu te fous de moi ou quoi ? » Elle se mit à crier, une litanie d'injures, d'insanités. « Avec tout ce que tu m'as fait, tu ne veux pas payer ! Mais tu te prends pour qui ? » J'essayai de la calmer : « Ce n'est pas que je ne veux pas, c'est que je n'ai rien. » — « Qu'est-ce qu'on va faire, alors ? Et comment je vais rentrer chez moi ? » Elle recommença à m'abreuver d'insultes, c'était très désagréable et je ne savais pas comment me débarrasser d'elle : elle restait plantée là et refusait de partir, comme si l'argent qu'elle désirait allait subitement se matérialiser. Tout à coup, j'eus une idée : « Écoute, je reviens la semaine prochaine, et là je te donnerai plein d'argent. » Elle me contempla avec méfiance : « Plein ? » — « Plein. » — « Combien ? » Je dis un chiffre ridicule, dix fois supérieur à celui qu'elle demandait. Son visage s'illumina comme celui d'une petite fille : « Vraiment ? » — « Vraiment. » Elle rit, se pencha, et m'embrassa sur la bouche : « Ah, tu vas revenir avec des billets de banque, c'est bien. » Elle était toute joyeuse. Elle tapota de nouveau sur son téléphone, le jeta dans son sac, et me sourit, montrant ses dents très blanches. « À la semaine prochaine, alors ! » Elle me fit un signe amical, et, me souriant toujours, sortit. Je me rabattis sur le lit et parcourus des yeux les moulures de stuc effritées entourant le plafond. Décidément, me disais-je, cette fille est vraiment trop ennuyeuse. Enfin je me relevai, enfilai et laçai mes baskets, et me dirigeai à mon tour vers la sortie. Sur le seuil, j'hésitai : il y avait deux portes, l'une en face de l'autre, je ne l'avais pas remarqué et je ne savais pas par laquelle la fille était partie. Mais cela n'avait pas d'importance, elle avait disparu depuis un moment et j'en choisis une au hasard ; dès qu'elle se referma derrière moi mes jambes prirent un pas de course, mes baskets foulant le sol uni avec légèreté. Il faisait bien moins sec ici que dans la chambre et je sentis vite la sueur recouvrir ma peau sous le survêtement, formant par endroits des taches humides sur le tissu. Tout était très gris, ma vue se brouillait et je ne distinguais presque rien, à peine peut-être quelques rectangles un peu plus sombres qui auraient aussi bien pu dessiner des niches ou des alcôves que des embranchements, je m'efforçais de rester au centre du couloir, ce qui n'était pas aisé car il s'incurvait constamment, de temps en temps je manquais de percuter un mur et je titubais en me redressant, mais jamais je ne cessais de courir, je lançais mes pas en tendant une main, doigts ouverts, pour m'assurer de l'emplacement des parois, et c'est ainsi que je remarquai un peu par chance un objet métallique, une poignée semblait-il, sur laquelle mes doigts se refermèrent instinctivement pour pousser la porte. Sans lâcher prise, je passai le seuil. L'espace qui s'ouvrait là, un vaste studio, m'accueillit comme un refuge et je le traversai en chancelant, m'appuyant aux murs et aux bibliothèques qui les recouvraient, pour parvenir à la grande baie vitrée du fond, devant laquelle je m'effondrai dans un fauteuil en cuir noir. Je me sentais désorienté, sans pensées mais terriblement mal avec moi-même, ce n'était pas une douleur physique, non, il s'agissait d'autre chose, une angoisse sourde qui me tordait l'esprit et m'empêchait de jouir de la vue paisible qui s'offrait à moi, des entassements de petits immeubles bariolés, étagés jusqu'au double mur formé par la longue bande bleue de la mer et la bande plus pâle, virant au gris à la limite de l'horizon, du ciel. Je restai là un long moment, respirant entre mes lèvres, avant de me hisser péniblement hors du fauteuil pour aller rôder à travers le studio. Un boîtier de disque traînait sur la chaîne, des enregistrements anciens de concertos pour piano de Mozart, mais je n'avais aucune envie de musique, pas plus que des pommes, jaunes, rouges et vertes, empilées dans un grand bol posé sur la table. Tout me paraissait futile, vidé de sens et d'intérêt, les livres serrés sur les étagères, les reproductions et les gravures accrochées aux murs. Dans un coin, entre une armoire en métal et la bibliothèque, je remarquai un mouvement et me penchai : le tapis, à cet endroit, grouillait de petits insectes ronds et rouges. À mon approche, ils se dispersèrent, filant se réfugier sous les meubles, abandonnant le tapis en partie dévoré, dont la chaîne, apparente, laissait voir le sol carrelé recouvert d'une fine poussière grise et parsemé de cadavres desséchés de ces insectes. Cette vision m'emplit de dégoût, une horreur sourde et impuissante, je ne savais pas quoi faire de ces bestioles qui se rendaient peu à peu maîtres de cet espace. Je m'éloignai vivement, me servis un verre d'eau-de-vie et le bus d'une traite avant de m'en verser un autre et de m'enfoncer dans le divan, fait de cuir noir comme le fauteuil, roulant entre mes doigts un petit cigare que je n'allumai pas. Un album se trouvait là, posé sur une table basse, je le feuilletai distraitement : de format horizontal, relié de toile blanche, il montrait des femmes et des hommes nus, effectuant divers mouvements décomposés en séquences par le dispositif de prise de vue. Un grand coup mat sur la baie vitrée me fit lever la tête, abruptement : un pigeon voltigeait devant le verre, sonné, désorienté, battant frénétiquement des ailes pour rester en l'air, avant d'enfin ressaisir son équilibre aérien et de disparaître en un long glissement vertical. Le cœur palpitant, je gardai un moment les yeux rivés sur l'espace vacant, cherchant à en reprendre possession. Enfin je les baissai de nouveau sur le livre de photographies, me remettant à en tourner un peu au hasard les pages. Je ne m'arrêtai à aucune planche en particulier, elles défilaient devant mon regard, séries figées de dos, de cuisses, et de culs blancs, saisis pour l'éternité par le déclenchement successif des obturateurs dans des poses qui ne formaient plus un mouvement unique mais servaient plutôt à mettre en relief ces corps blancs et ce à quoi ils se réduisaient, dos, culs et cuisses.

Il faisait frais dans cet appartement, presque froid. Je fouillai dans les placards à la recherche de quoi manger et me composai un repas sommaire de sardines à l'huile, d'oignon cru, de pain noir et de vin rosé tiré du frigo quasi vide. Je terminai la bouteille, mon corps tremblant de froid sous mon mince survêtement ; à peine eus-je fini de débarrasser que je sentis mon abdomen se contracter, le repas remonta d'un coup, le vin encore glacé mêlé aux débris d'oignon et de sardines en une bouillie épaisse qui éclaboussa l'évier, cela se calma un instant et je courus main devant la bouche à la salle de bains, de nouveau tout revenait et j'achevai de me vider dans la cuvette de porcelaine blanche, les larmes aux yeux, la gorge brûlée par la mixture acide, le ventre tordu par les spasmes. Quand ce fut fini je me rinçai abondamment la bouche, puis m'assis à même le sol pour reprendre mon souffle. Enfin je me relevai. Dans la kitchenette, je me versai une grande rasade d'eau-de-vie que j'avalai sans respirer, cela ajoutait à la sensation de brûlure mais atténua le goût immonde qui m'emplissait encore la bouche, je lavai tant bien que mal l'évier et retournai à la salle de bains me faire couler une douche, me déshabillant tout en attendant l'arrivée de l'eau chaude. Mais mon corps épuisé restait au seuil de la cabine, enveloppé sans bouger dans les volutes de vapeur, j'avais du mal à me situer, je promenai mes mains le long de mes flancs, mes hanches, mes fesses et mes cuisses, sans parvenir à retrouver le sens de cet assemblage qui se délitait et m'échappait. Enfin je coupai l'eau et retournai dans la chambre, me planter devant une grande glace ronde penchée au pied du lit, un simple matelas sans cadre ni sommier recouvert d'un couvre-lit très fin, en partie effiloché, brodé de longues herbes vertes sur un fond doré. Mon corps, dans la glace, me paraissait illisible, je contemplai abstraitement les membres et le torse, seule la verge veineuse, oubliée et inutile entre les cuisses, me paraissait lui assigner une position, c'était en tout cas un corps flou, indistinct, et quand je me retournais il le devenait encore plus, réduit à quelques lignes, courbes et pans de peau éclairés qui auraient pu appartenir à n'importe qui. Je me mis à genoux sur le couvre-lit, dos au miroir, en tournant la tête je voyais les globes blancs des fesses avec nichée au milieu la fleur jaunâtre de l'anus, je serrai les cuisses pour cacher les bourses, ne laissant ainsi dans le champ de ma vision que le derrière, l'anus et les herbes vertes du couvre-lit, je tirai sur une fesse et l'anus cligna doucement, comme s'il se mirait, s'ouvrant tel un iris sur sa profondeur insondable, éblouissante, ouverture qui me paraissait la seule partie encore entière de ce corps en voie de désagré-gation, peinant dans le miroir à se réorganiser autour de lui. Je m'humectai un doigt de salive et le passai sur le rebord de la cavité, pressant en petits cercles, puis fermai les yeux et enfonçai une phalange, le contact me rassurait et je pous-sai encore, cela répandait une sensation de bien-être tout autour qui se diffusait à travers mes membres frigorifiés, leur dessinant une forme, approximative encore, mais bien réelle. L'interphone sonna et je retirai le doigt en ouvrant les yeux. J'attendis. Il sonna de nouveau, à longs coups répétés, grinçants. Je me levai et du même doigt appuyai rageusement sur le bouton : « Oui ? » aboyai-je. Une voix de femme me répondit, une voix tranquille et ferme, une voix de femme blonde, pensai-je sans comprendre com-ment j'aurais pu le savoir. « Monsieur, disait-elle, j'habite comme vous cet immeuble, votre circuit électrique a des pics de tension très importants qui provoquent des déles-tages chez tous vos voisins. Il faut que ça cesse. » La colère me gonfla le visage et je criai dans l'interphone d'une voix entrecoupée, tremblante : « Madame, j'ai fait vérifier ce circuit par un électricien qualifié, deux fois même. Vous ne pensez pas que ça suffit ? » J'ôtai mon doigt du bouton d'un geste sec, puis débranchai l'interphone pour qu'il ne puisse sonner de nouveau. Toujours furieux, désemparé, je m'allongeai sur le couvre-lit, couché sur le ventre, bras écartés, et m'endormis brutalement.

Lorsque je me réveillai je tremblais de froid. Je me levai et me couvris les épaules du tissu en guenilles, puis parcourus le studio dans le noir pour aller me poster devant la grande baie. Dans l'angle de la pièce, les insectes rouges devaient avoir repris leur besogne, mais je ne m'en approchai pas. En contrebas, j'apercevais dans le noir un losange de lumière, la fenêtre d'un appartement voisin formant un plan traversé de biais par un long divan de tissu blanc sur lequel s'était laissée couler une jeune femme nue, vite suivie d'un homme en érection. Celui-ci lui releva les jambes pour l'enfiler, allant et venant avec un rythme régulier, saccadé, quasi mécanique, puis la retourna sur les genoux et reprit son mouvement, toujours au même rythme. Après quelques instants ils changèrent de nouveau de position, cette fois c'était lui qui était assis sur le divan et elle qui s'accroupissait sur lui, mais le rythme restait identique, presque comique, le rythme d'un vieux film de Buster Keaton tourné en seize images seconde, ils enchaînaient ainsi les figures comme s'ils essayaient systématiquement toutes les positions préconisées par un magazine féminin ou un manuel allemand d'harmonie du couple, je regardai encore un moment les lunes redoublées de leurs culs, face au losange lumineux de la vitre, puis me lassai et retournai m'allonger sur le matelas, toujours enroulé dans le couvre-lit qui me protégeait un peu de la fraîcheur de la nuit. Je rêvai de travaux interminables et mal réalisés, et aussi d'une femme blonde, ma mère ou ma femme, je ne pouvais en être certain, qui ne savait pas conduire et ne voulait pas apprendre. Quand je me réveillai de nouveau une lumière froide tombait dans la chambre, faisant scintiller la trame dorée du tissu mais ne réchauffant rien. Je me levai et m'habillai en quelques mouvements, croquai la première pomme qui me tomba sous la main dans le bol, et me dirigeai vers la porte. À l'instant de l'ouvrir j'hésitai, la main sur la poignée, quelque chose me retenait vaguement, la voix de la femme dans l'interphone peut-être, mais ce sentiment fugace s'évanouit aussi vite qu'il était apparu, je tirai la porte et sortis. Immédiatement une douce tiédeur envahit mes membres, et, subitement détendu, je me mis à courir d'un pas régulier et peu rapide, coudes au corps, fixant le sol devant mes pieds, aussi gris et difficile à situer que les murs ou le plafond, quasi invisible dans l'obscurité, si tant est qu'il y en eût un, qui sait, peut-être ce long couloir était-il ouvert sur l'extérieur, on ne pouvait être sûr de rien. De temps en temps une de mes manches frôlait une paroi et je corrigeais ma course par réflexe, m'efforçant de suivre la courbe imperceptible sans dévier, ne prêtant pas attention aux zones plus obscures qui auraient tout aussi bien pu se révéler des renfoncements que des abris de sécurité ou encore d'autres couloirs. Je n'éprouvais aucune difficulté, je respirais avec aise, emplissant mes poumons et irriguant d'oxygène mon corps qui avançait d'un pas souple, uniforme, égal. Une petite tache brillante, sur un des murs, attira mon attention, c'était la poignée d'une porte que j'ouvris, franchissant le seuil sans ralentir. Deux pas plus loin je dus stopper net pour éviter de me cogner à un homme nu qui me gratifia d'un regard reptilien, à la fois interloqué et vide, avant de reculer d'un pas puis de s'éloigner. Un autre homme, les bras et les cuisses recouverts de motifs abstraits tatoués à l'encre noire, achevait de se déshabiller, un autre encore tirait sur sa verge et ses bourses pour les faire passer par une sorte d'anneau métallique.

L'air était moite, gorgé d'humidité, mais il faisait plus frais ici que dans le couloir, je suais encore et commençai à me dévêtir à mon tour, ouvrant l'un des nombreux casiers qui couvraient les murs pour y jeter mes vêtements. Un jeune employé me tendit une serviette de bain, des tongs et un cadenas, je verrouillai le casier et me ceignis les reins de la serviette, puis suivis les autres types qui avaient disparu dans l'obscurité au fond de la petite salle. Le sol, carrelé et mouillé, glissait un peu, une odeur indéfinissable, gênante, emplissait l'air, je débouchai sur un petit bar autour duquel se tenaient quelques hommes, en serviette ou bien entièrement nus à part les tongs. Un jeune gars souriant et orgueilleux, des reflets roux dans ses cheveux bouclés, les tétons percés chacun d'un petit anneau, s'approcha de moi et me passa la main sur l'épaule : « Qu'est-ce que tu bois ? » — « Ce que tu veux. » Tandis que le barman préparait les cocktails mon nouvel ami me dévisagea d'un air méfiant ; quand je goûtai le gin-tonic, clair, frais, pétillant, presque amer, il se pencha pour me glisser quelques mots à l'oreille : « Tu viens souvent, ici ? » — « Je ne sais pas. Ça dépend. » — « Je ne me souviens pas de t'avoir vu. Mais c'est vrai qu'on ne vient pas pour regarder. » Il s'éloigna pour rejoindre ses compagnons, me laissant boire seul. J'achevai le verre et m'engageai dans l'escalier qui menait à l'étage inférieur. L'odeur s'intensifiait en descendant, se précisait, ça sentait les pieds et la sueur rance des mâles, mêlé à de forts effluves animaux, des relents de sperme et de merde. En bas s'ouvrait, de plusieurs côtés, un dédale sombre de couloirs, de cabines et de recoins, gardé par un colosse noir de peau, nu et immobile. Je contemplai son visage impassible, sa poitrine musclée, sa longue verge épaisse, puis me dirigeai vers les douches où je me rinçai le corps avant d'aller m'asseoir dans une cabine très chaude, emplie de vapeur. D'autres hommes la partageaient avec moi, personne ne parlait, je ne restai pas longtemps et sortis me doucher une nouvelle fois avant de revenir, tongs claquant sur les dalles, en direction du cerbère noir qui semblait ne pas avoir bougé d'un pouce. Parvenu à sa hauteur, j'hésitai, puis lui effleurai l'arête de la hanche ; il se dégagea d'un mouvement, le regard toujours fermé, je n'insistai pas et m'enfonçai dans le labyrinthe, avançant à petits pas dans la pénombre. Par endroits se tenaient des hommes, la plupart en serviette, silhouettes à peine discernables dans l'obscurité, certains debout dans le couloir, d'autres assis dans une cabine, les mains sur la verge ou bien derrière la nuque. En les croisant j'entendais comme un murmure imperceptible, des paroles peut-être mais impossibles à comprendre, ou peut-être aussi juste des sons inarticulés, des râles entrecoupés de cris balbutiants. Dans une pièce, à peine moins sombre que les couloirs, plusieurs gars nus et luisants de sueur s'affairaient autour d'un autre, suspendu jambes en l'air dans une sorte de hamac en cuir ; plus loin, dans une petite cabine sans lumière, un homme aux épaules poilues et au dos puissant, accroupi sur les cuisses d'un autre, faisait aller et venir ses reins, sans un son. Au hasard, je tentai d'aborder un des types postés dans le couloir, plaçant ma main sur sa poitrine, mais il la repoussa sans mot dire et je continuai mon chemin, répétant l'opération à chaque personne que je croisais, avec aussi peu de succès. Dépité, je m'aventurai dans une cabine où un homme nu, imberbe, plutôt gras, se tenait couché sur une banquette, sa serviette sur son visage ; je m'approchai, il ne réagit pas, je posai la main sur sa verge flasque : pas un mouvement n'accueillit le contact, pas même un tressaillement. Je pris la verge et les bourses entre mes doigts et les caressai, le type ne bougeait toujours pas, je me penchai et aspirai la verge entre mes lèvres, elle restait molle, je la roulai dans ma bouche tout en serrant les bourses, puis je me mis à la sucer, tétant comme s'il s'était agi d'un pis, mais il n'y avait rien à faire, elle ne durcissait pas, enfin je me retirai et laissai là l'homme affalé pour reprendre ma circulation à travers le couloir. Au fond, je découvris une petite salle ronde avec un bassin d'eau plein de bulles : mon nouvel ami, celui qui m'avait offert à boire, s'y trouvait plongé jusqu'à la poitrine en compagnie de deux autres types, aspirant par le nez, avec une paille en verre, de la poudre blanche disposée en lignes sur un petit plateau. Lorsqu'il me vit il me tendit le plateau et la paille, sans un mot ; je m'en saisis et l'imitai, inspirant d'abord une ligne, puis une autre ; un frisson traversa mon corps, je passai le plateau à son voisin et me redressai, cambré nerveusement sur mes cuisses, lissant d'une main la serviette sur ma hanche et ma fesse. J'aurais voulu me glisser avec eux dans l'eau mais il n'y avait plus de place ; alors je fis demi-tour et m'enfonçai de nouveau dans le labyrinthe. Ici et là des hommes se suçaient la verge, se léchaient le cul, ou se pénétraient, peu étaient seuls et ceux-ci, inexplicablement, dédaignaient mes avances, ils semblaient préférer rester solitaires, raidis dans le noir, les yeux vides, à se caresser avec application. Dans la pièce au hamac, le jeune éphèbe suspendu se trouvait maintenant seul, affalé la tête en arrière, les jambes ballantes, le corps maculé de sperme et marbré de traces de coups ou de brû- lures de cigarette, vidé, inerte, perdu dans un autre espace. J'aurais pu lui relever les jambes et l'enfiler à mon tour, mais je préférai rester là à le regarder gémir doucement, replié en lui-même et parti très loin, j'aurais bien aimé être à sa place, toutefois il semblait que je ne devais pas maîtri- ser les règles obscures de ce lieu car nul ne voulait de moi. Je me couchai un long moment nu dans une cabine, le cul tourné vers l'entrée, la cocaïne bourdonnant à travers mon corps, or personne ne venait me caresser ou prendre ce que j'offrais si volontiers, de temps à autre je sentais une vague présence dans l'ouverture mais quand je me retournais elle avait déjà disparu ; exaspéré, je me relevai enfin, ailleurs c'était pareil, le géant noir, à l'entrée, lorsque je m'accroupis devant lui pour prendre en bouche sa verge lourde et veineuse, me décocha une taloche qui m'envoya valser sur les fesses, dans la pièce du fond mon ami me redonnait sans sourciller de la cocaïne, cependant personne ne me faisait de place dans le bassin, l'excitation confuse traversant mon corps ne me laissait aucune relâche et me repoussait pour un nouveau tour du labyrinthe, tout aussi vain, mes membres énervés et tendus à se rompre.

Je passai à nouveau sous la douche ; l'eau froide battait contre mon visage, que je m'imaginais prématurément vieilli, fané, lassé par l'envie. Lorsque je ressortis j'aperçus, au-delà du sauna et du labyrinthe, une salle que je n'avais pas encore remarquée : derrière une grande paroi en verre, debout dans la pénombre, une dizaine d'hommes nus s'entrelaçaient. Je les regardai un moment puis me joignis à eux, et cette fois personne ne chercha à me repousser. Très vite, la masse des corps me happa, des mains couraient sur mon corps et me malaxaient les fesses, des doigts humides venaient pétrir mon anus, des visages mal rasés pressaient leurs lèvres contre les miennes, des bouches me suçaient puis me mordillaient douloureusement les tétons, mes propres mains, à tâtons, trouvaient des verges raidies et les caressaient, l'odeur de sueur et de chair m'enivrait et je perdais pied, je m'accroupis, une verge au fond de la gorge, une autre frottée contre ma joue, une troisième battant contre mon front, des poignes puissantes me tenaient les cheveux et la nuque et dirigeaient ma tête, les sexes cognaient mes lèvres arrondies et se pressaient contre mon palais, m'étouffant à moitié, ils se retirèrent enfin et une paire de fesses poilues prirent leur place, appuyées contre mon visage, je tirai la langue et absorbai le goût âcre et amer de l'anus, une autre langue, gourmande, faisait de même avec le mien, le vrillant tandis que plusieurs mains écartaient mes fesses, petit à petit je me retrouvai écrasé au sol, un bras ou un pied y bloquait ma nuque et l'on me relevait le cul pour venir y ficher une première verge, je grognai sous la pression et pour ma peine on me souleva la tête pour enfoncer une autre queue dans ma bouche, les deux sexes allaient et venaient en moi, m'écartelant et me remplissant d'un feu blanc qui m'incendiait de part en part, me faisant trembler de plaisir à un point tel que des mains devaient me soutenir pour que je ne m'effondre pas, l'homme derrière moi forçait à grands coups sourds mon cul maintenu presque à la verticale, enfin il se raidit tout à fait, pris par la jouissance, son sexe se vidait en tressaillant puis avant même de ramollir se retira d'un coup, entraînant derrière lui le latex flasque du préservatif empli de sperme, un autre prit de suite sa place et tout recommença, dans ma bouche aussi les verges se succédaient, j'avais perdu toute notion du temps, un homme jouit brutalement sur mon visage et le sperme, poisseux, me recouvrit les orbites et les lèvres, je l'essuyai tant bien que mal et battis des paupières pour les décoller, j'étais entouré de fragments de corps, des mains, des cuisses velues ou bien glabres et tatouées, des sexes épais, dressés et décalottés, je refermai les yeux et me laissai aller à tous ces membres qui me trituraient, me perçaient, m'ouvraient encore plus grand, mon corps me paraissait démesurément arrondi, élargi comme une corolle gonflée de sève, cabré aussi en arc de cercle par les décharges de plaisir qui le tendaient jusqu'à le rompre avant de le lâcher d'un coup, reprenant à l'instant même leurs pulsations croissantes, cela bouleversait mes sens et épuisait mes muscles qui tremblotaient de plus belle, je rouvris les yeux, la paroi de verre, près de moi, reflétait indistinctement l'entremêlement des corps, on ne pouvait rien y discerner avec précision si ce n'était des culs, super-posés et brillant comme des lunes, derrière la vitre aussi il y avait une figure, difficile à distinguer, enfin je saisis, c'était un petit enfant, un garçonnet blond au visage pointu, tout nu, qui nous regardait à travers la paroi de verre avec des yeux grands ouverts, les lèvres têtues, butées. Je me figeai, le visage aussi restait immobile, autour de moi la cohue des corps piétinait, grognait, ahanait ; une gêne diffuse m'envahissait, me détachait de mon propre corps. Que faisait ici ce garçon ? me demandai-je. L'entrée de l'éta-blissement n'était-elle donc pas interdite aux mineurs ? Le garçon, muet et obstiné, continuait à me fixer, et je tentai de me dégager de l'homme qui me pénétrait avec brutalité, mais ses mains se resserrèrent sur mes hanches et me maintinrent impitoyablement rivé à son membre qui allait et venait à une cadence effrénée, je le repoussai en vain, le garçonnet ne nous quittait pas du regard, la panique me submergeait et je me débattis de plus belle, d'autres mains vinrent me tordre les bras et me plaquer derechef les épaules au sol, un pied écrasait ma tête contre les dalles tandis que la verge se retirait d'un coup pour asperger mon cul de foutre, déjà une autre venait la rem-placer pour se délecter de moi, alors je fermai encore une fois les paupières, effaçant et le petit garçon, et les organes qui m'entouraient, et je me laissai aller à la tempête de chair, mon corps comme arraché à lui-même, éclaboussant tout ce qui l'entourait avant d'être emporté par une mer noire et déchaînée.

Lorsque j'ouvris de nouveau les yeux j'étais seul, couché à même le carrelage. Je me retournai sur le dos et me couvris instinctivement le sexe des mains, comme pour le protéger de coups qui ne venaient pas. Des coulées de sperme séchaient sur ma peau, me maculaient le visage, les cheveux. Je songeai au jeune homme dans le hamac, abandonné à lui-même ; moi aussi, maintenant, je devais présenter cette apparence éperdue. Mais mon esprit ne parvenait pas à se détacher de mon corps, moulu, meurtri, abasourdi. Je n'avais pas encore joui et je tentai mollement de me branler, mais ma verge refusait de durcir et enfin je me levai et allai me doucher. Je restai un long moment sous le jet d'eau, les jambes encore tremblantes, les membres brisés de fatigue, je laissais rouler ma tête et ma nuque sous le flux qui petit à petit rinçait toutes les saletés collées à ma peau et réchauffait mes muscles. Enfin je coupai l'eau avant de me diriger vers l'escalier. Ma serviette avait disparu, je me promenais nu, toujours mouillé. En chemin, je croisai plusieurs hommes, ils ne me prêtèrent pas la moindre attention, je n'avais aucun moyen de savoir s'ils faisaient partie de ceux qui s'étaient servis de moi ou pas, mais je n'en éprouvais qu'une très vague curiosité, quasi abstraite. Au bar, je demandai une serviette, me séchai et m'en enveloppai les reins, puis commandai un autre gin-tonic que j'allai siroter sur une banquette en similicuir, face à un écran de télévision où passaient sans le son des scènes pornographiques. Les images, changeantes et répétitives, défilaient sous mes yeux, ceux-ci, par moments, les examinaient machinalement, mais tout de suite glissaient sur elles, sans s'y accrocher, devenus aussi indifférents aux séries de verges gonflées pénétrant des séries de culs ronds et blancs qu'aux grandes photographies d'étendues de hautes herbes, brillantes sur un sol doré, qui couvraient le mur derrière le bar. Mis à part le serveur, il ne restait plus grand monde, près de moi un homme buvait un soda et tiraillait avec ennui son membre tout en fixant l'écran d'un regard morne, j'achevai mon cocktail, me levai, et retournai aux vestiaires. Mon corps vibrait toujours, excédé de sensations mais encore fiévreux, j'espérais vaguement recroiser mon ami aux tétons percés, celui qui m'avait payé un verre à mon arrivée, je voulais lui en offrir un à mon tour puis caresser avec gourmandise le beau corps racé d'un de ses compagnons, mais il n'y avait personne, aussi je retirai mes vêtements de mon casier, les enfilai, et me dirigeai vers la porte ; dès qu'elle se referma derrière moi, je me mis à courir. L'effort revigorait mes muscles exacerbés, je les sentais se détendre et retrouver leur équilibre naturel et ordonné qui me propulsait d'un pas ni trop lent ni trop rapide, égal, rythmé par la respiration qui sifflait entre mes lèvres. Dans la demi-obscurité qui régnait ici, je devinais plus que je ne les voyais les murs du couloir, ils paraissaient s'incurver et je devais régulièrement ajuster ma course pour ne pas en heurter un, par intervalles des pans plus sombres semblaient indiquer un autre passage ou même une sorte de souterrain, je les ignorais et courais la tête vide, sans songer à rien, heureux du déploiement aisé de mon corps, qui s'ajustait tout naturellement au déroulement de cet espace dont on ne devinait pas la fin, je me sentais comme un enfant libre de toute contrainte et sans préoccupation, ici et là mes doigts battaient gaiement contre les parois, par jeu autant que pour assurer mon orientation, et c'est ainsi qu'ils rencontrèrent une sorte de projection métallique, une poignée semblait-il sur laquelle j'appuyai en poussant, ouvrant une porte par laquelle je passai sans ralentir, d'un bond souple. Je me retrouvai sur un palier noir de crasse, recouvert de paires de chaussures jetées en vrac. Une autre porte, en métal celle-là, était légèrement entrebâillée : j'ôtai mes baskets et la poussai. Une femme voilée, son corps généreux caché sous une longue robe brune, poussa un petit cri en m'apercevant : « Aïe, mon fils ! Te voilà ! Aïe, je me faisais du souci pour toi. Tu es sorti comme ça ? Ça ne va pas. Ça ne va pas du tout, tu vas prendre froid. Viens avec moi. » Elle m'entraîna dans une chambre où des cageots de pommes et des sacs de farine encombraient le lit, fouilla dans une armoire, et en tira un grand anorak noir, usé mais assez propre. « Tiens, prends ça. Ça aussi », ajouta-t-elle en me tendant un bonnet en laine noire. J'ouvris enfin la bouche : « Merci, ma tante. Tu as de quoi manger ? » Son visage s'assombrit. « Il n'y a presque plus rien, et je n'ai pas eu le temps de faire cuire le pain. Tu peux prendre des pommes, si tu veux. » — « Non merci, ça ira. » Elle me mena à un salon où des petits matelas et des coussins couleur cannelle et avocat, décorés de motifs floraux, étaient disposés le long des murs ; le gros poêle en fonte, placé au milieu de la pièce, n'émettait aucune chaleur, et il régnait ici un froid humide ; je frissonnai et m'assis en tailleur, me blottissant contre les coussins et frottant mes mains. Une grosse détonation sourde, au loin, fit trembler la vitre dans son cadre, mais aucun de nous deux n'y prêta attention. La femme me tendit un vieux téléphone portable. « Tiens, je te l'ai gardé. Je l'ai chargé, comme il fallait. » Je la remerciai et l'allumai, allant directement au dossier photo que je parcourus à la hâte, mon pouce faisant voltiger l'une à la suite de l'autre des images de cadavres, de blessés agonisant, d'immeubles dévastés. La femme continuait de parler : « J'ai vu les vidéos que tu as postées sur internet, l'autre jour. C'est bien, c'est très bien. Il faut que les gens sachent ce que le régime nous fait. » Hochant la tête à ces paroles, je consultai la configuration mémoire : le téléphone était presque plein, je ne pourrais plus filmer avant de le vider. À l'entrée, on frappait, et la femme se leva pour aller ouvrir. J'entendis des salutations feutrées, et mis l'appareil en veille avant de le glisser dans une poche de l'anorak ; déjà un camarade, un jeune homme mal rasé aux beaux yeux pétillants, vêtu d'une veste en treillis recouvrant un jogging criard, rouge et bleu barré de bandes satinées, faisait son entrée. « Salut à toi, lança-t-il avec un sourire crispé. Tu es prêt ? » Il avait gardé les mains dans les poches de sa veste, et je lui rendis son salut sans lui tendre la mienne. « Oui, c'est bon, je crois. Mais il me faudra un ordinateur. » — « On verra ce soir. Les funérailles vont bientôt commencer. » Je me levai : « Allons-y, alors. » Sur le palier, nous enfilâmes tous les deux nos baskets, sans défaire les lacets ; la femme me contemplait en serrant fortement les mains et murmura, émue : « Que Dieu te garde, mon fils. Que Dieu te garde. » Dehors, il bruinait. Je frissonnai de nouveau et regardai les petits immeubles criblés d'éclats, la ruelle encombrée de débris, le ciel gris et triste. Le jeune homme avait ouvert la portière avant d'une vieille voiture déglinguée, à la peinture mauve striée et écaillée : « Tiens, mon frère, assieds-toi là. » J'hésitai : les places à l'arrière, surtout celle du milieu, me semblaient plus sûres. « Mets-toi devant, toi, proposai-je enfin. J'irai derrière. » Il sourit de nouveau, méchamment : « Non, non. Tu es notre invité. » Haussant les épaules, je me glissai à côté du conducteur, qui me salua gaiement, ses dents blanches éclatantes au milieu de sa barbe fournie ; deux autres jeunes gars assis à l'arrière me saluèrent aussi avant de se tasser pour laisser une place à leur ami. Dans la ruelle, slalomant d'une main pour éviter les véhicules garés, un âne, des femmes et des enfants qui marchaient en longeant les murs, le conducteur enfonça une cassette, une douce mélopée entraînante. Une cigarette fichée dans sa barbe, il fumait sans l'ôter des lèvres ; au moment où il me lançait un regard goguenard, je me penchai vers la porte en me tournant vers lui, levant mon téléphone pour le photographier. Devant nous, plusieurs hommes armés, revêtus de pièces d'uniformes disparates, barraient la rue ; le chauffeur baissa sa vitre et échangea quelques paroles avec eux ; puis il redémarra sur les chapeaux de roue, vira, et accéléra. Devant nous s'ouvrait une large avenue que nous traversâmes en trombe, faisant une grande embardée pour éviter la carcasse d'une moto couchée là, tandis qu'un des gars à l'arrière murmurait une courte prière : « Au nom de Dieu, au nom de Dieu. » La voiture s'engouffra dans une ruelle ; « Dieu est grand ! » exulta le conducteur en freinant brutalement. Derrière moi les jeunes gens répétaient allègrement sa phrase, « Dieu est grand, Dieu est grand ».

Le mort était un garçon de treize ans, abattu par un tireur embusqué la veille au soir pendant qu'il coupait du bois devant le pas de sa porte. Son grand frère et ses amis, le corps secoué de sanglots, se pressaient autour du cercueil ouvert, rajustant les fleurs en plastique disposées sur le cadavre et lui caressant les joues avec une tendresse infinie, éperdue. Le père se tenait plus loin, entouré de proches, les bras croisés sur sa poitrine, emmuré dans sa dignité et sa douleur. J'effectuai quelques clichés ; mon camarade, planté devant le catafalque, déclamait un rapide discours ; les autres gars filmaient. Après la prière la foule se déversa dans la rue, le cercueil juché sur deux rangées d'épaules. Nous suivîmes le cortège à pied, au milieu des slogans vengeurs et des appels à Dieu scandés par la foule. Le cimetière se trouvait de l'autre côté, en direction de la citadelle, au-delà de ruelles étroites rendues plus grises encore par la buée sombre et jaune du brouillard matinal. Le cercueil ballotté comme une barque passait de main en main par-dessus les têtes ; à l'approche du cimetière, les combattants tirèrent quelques rafales en l'air tandis que la foule se défaisait, les enfants filant entre les pieds des grands pour ramasser les douilles brûlantes. C'était un endroit dangereux : seuls les proches y accompagnaient le corps. Déjà mes compagnons s'engouffraient derrière le cercueil, à travers une brèche pratiquée dans le mur du cimetière, mais je temporisais. Mon camarade se retourna avec un regard surpris : « Tu ne viens pas ? » — « Ça ne servirait à rien, fis-je, penaud, en agitant mon téléphone. Il est presque plein, je n'ai plus de mémoire. » Il me toisa froidement : « Pourquoi tu es venu, alors ? » Puis il disparut à son tour par la brèche. Mains dans les poches, je m'adossai au mur, contemplant la buée formée par mon haleine ; au loin, quelques tirs résonnaient dans la brume ; à chaque détonation, mes épaules se crispaient par réflexe et je rentrais la tête dans les épaules, honteux mais incapable de maîtriser le mouvement. Peu à peu, le froid humide pénétrait mon anorak, et je m'arrachai enfin du mur pour taper du pied, perturbé par l'inquiétude sourde qui refusait de me lâcher autant que par les tremblements de mes membres. Finalement les hommes réapparurent par la brèche, émergeant du brouillard et des tombes éparpillées dans la boue pour ressortir en file dans la rue. Une ligne se formait devant les proches du garçon mort, et je m'y joignis pour leur murmurer une parole de condoléances, puis reculai pour prendre au moins une photo ; déjà, le chauffeur, qui nous avait rejoints au volant de la voiture, klaxonnait ; les portières claquaient encore quand il démarra en trombe. De nouveau nous enchaînions ruelles encombrées de gravats et grandes avenues qu'il fallait traverser pied au plancher, à cause des tirs. Une camionnette débaula de la rue en face au même instant que nous ; le chauffeur donna un grand coup de volant sans même freiner, et les véhicules se frôlèrent tandis que les garçons explosaient de rire ; moi, mon cœur bondissait dans ma poitrine. Au loin, les bombardements avaient repris, des détonations sourdes, assez espacées. Je n'avais aucune idée d'où nous allions, et regardai défiler avec une angoisse indécise la ville en ruine. Nous roulions maintenant sur une longue avenue, qui ne devait pas être trop exposée ; tout à coup, le conducteur vira à droite, se faufilant derrière un immeuble avant de couper le moteur. Nous nous extirpâmes tous du véhicule ; devant retentissaient des tirs, des petits pop-pop pareils au bruit d'un bouchon de champagne qui saute ; puis une détonation toute proche me fit bondir, un fracas subit comme un échafaudage qui s'effondre d'un coup. Les jeunes gars, caméras à la main, se mirent à courir, et je les suivis. Une autre explosion retentit, faisant sauter quelques vitres ; des enfants détalaient dans tous les sens, des hommes criaient ; je tentai de prendre une ou deux images, mais la confusion était telle que je ne parvenais pas à cadrer. Un des gars m'entraîna par la manche dans une ruelle plus étroite. Devant nous, des combattants groupés tendaient leurs mains au-dessus de leurs têtes ; deux autres, debout sur un auvent en béton, descendaient un camarade blessé, qu'ils tenaient par un bras et une jambe. Je me plaçai derrière le groupe et levai mon téléphone : le blessé, un homme au visage maigre et barbu, avait encore les yeux ouverts, et son regard était terriblement lointain, comme s'il était tout à fait détaché de ce qui lui arrivait. J'appuyai sur le déclencheur juste au moment où le groupe au sol allait le recevoir, comme un Christ descendu de sa croix. Mais le jeune à la caméra me tirait par le bras ; haletants, nous nous faufilâmes entre deux camionnettes pour pénétrer dans une petite cour emplie de gens surexcités, leurs mains et leurs vêtements maculés de sang ; sur le côté, un civil un peu gras se tenait accroupi contre un mur, les poings serrés sur ses genoux, et hurlait sans discontinuer, le visage levé vers le ciel. À l'intérieur du local c'était bien pire. Plusieurs hommes en blouses couleur menthe se tenaient groupés autour d'une table d'opération, s'affairant sur un jeune gars torse nu, couvert de sang, la base du crâne traversée d'une balle, qui se tordait sans un son dans tous les sens, se cabrait, se redressait pour vomir un flot de sang avant de s'effondrer à nouveau, les yeux révulsés. D'autres blessés étaient couchés à même le sol ; un vieillard à moustache levait un bras en un geste implorant, à côté d'une femme appuyée sur ses mains, la tête couverte d'un voile blanc défait et ensanglanté, le visage égaré taché de grosses gouttes rouges, comme si une pierre tombant dans une mare de sang l'avait éclaboussée. Un petit chat gris se tenait près d'eux, lapant le sang qui s'écoulait pour venir former une mare brillante sur le carrelage. Les jeunes qui m'avaient amené là promenaient leurs objectifs sur les blessés, filmant bas afin de laisser les visages des soignants hors champ ; je me calai dans un coin et pour m'occuper visionnai mes vieilles photos, essayant de décider lesquelles je pourrais effacer. De nouvelles explosions secouèrent les vitres. Dans la rue retentissaient des klaxons frénétiques ; je courus à la porte de la petite cour et levai mon téléphone juste à temps pour photographier un cadavre qu'on faisait glisser du cul d'une camionnette, tête la première, pour le déposer sans ménagement sur le trottoir. Tout l'arrière de la camionnette paraissait tapissé de morceaux de chair, des lambeaux de muscles mélangés à de gros caillots coagulés pour former une immonde gelée rouge sombre. Mais vu sur le petit écran de mon téléphone, ce spectacle affreux perdait toute sa charge, se rapetissait, prenait une teinte presque abstraite qu'il ne perdrait pas, je le savais, lorsque, téléchargé et diffusé, il se répercuterait sur les écrans du monde entier, arrachant peut-être à certains de ceux qui le contempleraient une brève inspiration d'horreur, déjà oubliée dans le temps du geste nécessaire pour passer à l'image suivante.

Lorsque je baissai enfin le téléphone je me rendis compte que je tremblais de faim. Je n'avais encore rien avalé de la journée, et regrettais amèrement les pommes refusées le matin. Je retournai dans la clinique improvisée, où les choses s'étaient un peu calmées. Le jeune homme blessé à la tête et le vieillard avaient été évacués vers une clinique mieux équipée, une infirmière nettoyait la table d'opération avec une éponge et du désinfectant ; je fis rapidement une dernière image avec une seconde table disposée de travers, le carrelage blanc maculé de traces de pas ensanglantées, et les flaques rouges le long du mur, puis saisis mon cama-rade par l'épaule : « Tu crois qu'on peut manger ? » Il alla échanger quelques mots avec un des médecins, qui, un pistolet à la ceinture, achevait de recoudre une estafilade sur le bras d'une vieille femme, puis revint vers moi : « Le docteur va nous emmener manger chez lui. On en profitera pour recueillir des témoignages. » Le médecin habitait deux rues plus loin. Pendant que sa femme s'affairait dans la cuisine, il commença, le bas du visage caché par un masque chirurgical, à décrire devant les caméras les ravages causés depuis le matin par les tireurs gouvernementaux postés au bout de la grande avenue. Son récit fut presque tout de suite interrompu par un klaxon frénétique, puis un jeune combattant qui passa la tête par la porte pour crier quelques mots. Tous se levèrent d'un même mouvement pour repartir en courant vers le poste de soins, sans même remarquer que je restais assis, trop épuisé et affamé pour penser à autre chose que la nourriture en cours de préparation. Un peu plus tard ils revinrent ; mon camarade, me voyant assis là, me lança un regard étrange, mais ne dit rien. Le repas n'était toujours pas prêt et le médecin reprit son récit. De nouveaux klaxons retentirent dans la ruelle. Je n'en pouvais plus de faim, mon corps m'obéissait à peine, mais mon camarade, cette fois, tirait rageusement ma manche, il n'y avait pas le choix, je m'arrachai au divan pour suivre mes compagnons. Le chaos à l'intérieur de la petite clinique était tel que je mis de longs instants à ordonner mes impressions. Un blessé se débattait sur une des tables, un autre, assis par terre, déchirait calmement son pantalon ; sur la seconde table, juste devant moi, un beau jeune gars à moitié nu, le torse criblé de petits trous, hoqueta et mourut avant même que je ne puisse braquer mon téléphone. Deux corps découverts étaient couchés près du poêle : je reconnus avec une bouffée d'angoisse le jeune homme blessé à la tête et le vieillard à moustache, ils avaient dû mourir en route et on les avait ramenés ici. Derrière eux, un de ceux qui m'accompagnaient sanglotait, incapable de se maîtriser ; les deux autres, blêmes, continuaient à filmer. Des hommes déposèrent le nouveau mort près des deux autres et je photographiai les trois, un peu au hasard. Le blessé au sol s'était hissé sur une banquette et se fichait une seringue dans la cuisse, avant de commencer à recoudre lui-même son entaille avec un petit sourire ironique. Mon effroi grandissait, je respirais péniblement ; lever mon téléphone, appuyer sur le déclencheur semblaient les seuls gestes dont j'étais capable ; mais de nouveau, la mémoire était pleine. Je sortis. Je tremblais, tenir debout était devenu un effort sans nom ; un combattant jeta un coup d'œil sur mon visage et sans un mot me tendit une cigarette allumée ; j'eus à peine le temps de tirer dessus, une énorme détonation m'assourdit et de surprise me fit lâcher la cigarette ; quand je cessai de ciller, je distinguai un nuage de fumée au bout de la rue, quelques centaines de mètres plus loin. Mon camarade m'avait rejoint et m'attrapa par le coude pour me tirer vers le lieu de l'explosion ; je tentai un instant de résister, mais il me secoua furieusement et je me laissai entraîner. Des femmes et des enfants, terrorisés, fuyaient vers nous, nous dépassaient sans s'arrêter ; trébuchant sur les gravats, je remarquai une vieille guimbarde bleu saphir recouverte de plâtre et de poussière de béton, puis quatre hommes qui traînaient sur un matelas le corps tordu d'un mort, ses mains couvertes de poussière rebondissant sur le bitume. La rue devant l'immeuble touché était pleine de corps, les portes béantes vomissaient encore des gens hurlants, couverts de poussière ; la peur d'un second obus chantait à travers mes fibres, stridente, tous mes muscles criaient à la fuite, je me contrôlai tant bien que mal et me forçai à suivre mon camarade, tentant en vain de trier mes photos pour refaire de la place sur mon téléphone. Devant moi gisait, sur le ventre, le cadavre d'une jeune femme dénudée par l'explosion ; la poussière grège qui recouvrait son corps absorbait le sang, son derrière, blanc au milieu des décombres, obsédait mon regard, mais quelque chose me retenait et je ne pouvais la photographier, enfin un homme accourut, jetant maladroitement sur elle une bâche verdâtre. J'escaladai péniblement les blocs de béton et les barres en fer tordues et pénétrai dans l'immeuble. Une demi-douzaine d'hommes s'activaient dans l'escalier dévasté, perchés en un équilibre précaire pour se passer de main en main un jeune homme à la tête renversée vers le bas, le visage rouge de sang. L'explosion avait dû éventrer la cage d'escalier, la lumière du jour se déversait depuis le haut, éclairant le bras levé et le visage du garçon le plus haut perché, qui contemplait avec désarroi la descente du corps. Une terreur violente m'envahissait maintenant, un besoin irrésistible de me cacher, tout me paraissait fragile et dangereux, ces murs en parpaings et en béton, je le savais, ne protégeaient de rien, à tout instant je pouvais me retrouver comme la fille dans la rue, moi aussi pudiquement caché sous une bâche, enseveli sous les décombres, ou simplement volatilisé. Je me tournai vers mon camarade et étudiai ses traits tendus mais fermes ; la vue de son propre regard sur le mien m'effraya, et je le photographiai en guise d'autoportrait rêvé avant de dire doucement : « On s'en va ? Je crois qu'il serait temps d'y aller. » Il me décocha un coup d'œil lourd, cette fois, d'un mépris évident et continua de filmer la scène. Confus, je ressortis de l'immeuble ; dans la rue, les corps sous les bâches s'alignaient sur le trottoir, des hommes couraient dans tous les sens en criant des phrases brèves, des interjections emplies d'un désespoir brutal. Mes mains tremblaient violemment, je ne parvenais même plus à tenir mon téléphone. Les autres jeunes gars nous avaient rejoints, filmant la scène dans la rue, et mon camarade ressortit à son tour de l'immeuble en ruine, refermant d'un geste sec le viseur de sa caméra : « C'est bon, on a assez ici. » Ses yeux scrutaient les miens, inquisiteurs, hostiles. « Allons continuer ailleurs. » On nous fit monter sur la plateforme d'une camionnette ouverte ; je me couchai sur le dos, pour me mettre à l'abri de la paroi latérale, mais mes camarades restèrent debout ou accroupis, riant et se moquant de moi sans retenue ; j'avais cru que la camionnette nous mènerait hors du quartier, or elle nous déposa à peine quelques rues plus loin, près de la grande avenue par où nous étions arrivés. Des tirs résonnaient de tous côtés, des rafales et des coups isolés, impossibles à localiser à cause de l'écho. J'hésitai, confus. « On court, aboya mon camarade. Allez. » Au-delà d'une rangée de boutiques fermées, notre voiture attendait toujours. « On va devoir reprendre l'avenue », rigola un des jeunes gars. L'idée me terrorisait, mais nous n'avions visiblement pas le choix. Hésitant, j'indiquai la portière avant du petit véhicule mauve : « Je me mets encore là ? » Les yeux de mon camarade brillaient de colère : « Décidément, tu veux toujours la meilleure place. Je vais regretter de t'avoir amené avec nous. » Honteux, penaud, je bafouillai : « Non, non, ce n'est pas ça. Je demandais, juste. » — « Alors cette fois tu montes derrière. » La sentence était sans appel et je me serrai sur la banquette étroite avec les deux autres jeunes gars tandis que mon camarade s'installait à côté du chauffeur. Une angoisse suffocante me nouait le ventre, mes membres me pesaient, j'essayai de me tasser le plus bas possible sur le siège, mais mon anorak, trop volumineux, m'en empêchait, et je ressentais cruellement la vulnérabilité de ma colonne vertébrale, exposée sans la moindre protection aux tireurs postés dans notre dos. Le chauffeur fit demi-tour, embraya, accéléra, puis obliqua dans l'avenue, accélérant encore, autant que le permettait le moteur poussif. Comme mes compagnons, je murmurai une prière, sans sens mais avec ferveur. Le temps avait ralenti, nous filâmes sur cette avenue un moment effroyablement long ; dès que la voiture vira de nouveau, enfilant une rue perpendiculaire, tout le monde éclata en rires et en cris nerveux : « Dieu est grand ! » La voiture continuait, je m'agrippais à mes genoux, effrayé à l'idée de me remettre à trembler si je les lâchais. Après un détour par un quartier que je ne connaissais pas, le chauffeur vint se garer devant un immeuble en construction, non loin d'un barrage gardé par plusieurs combattants. J'ouvris la portière et sortis, m'appuyant sur le toit du véhicule lorsque je vacillai. Un des combattants m'indiqua charitablement une petite chaise d'écolier placée sous la dalle de béton de l'étage inachevé, près d'un poêle miraculeusement allumé, contre lequel je me pressai en tendant les mains, un voile d'images sur les yeux. Je me sentais comme une machine, mais une machine privée de courant, dont les fusibles auraient disjoncté sous une surcharge ; néanmoins, mes pensées étaient claires, lucides. On me tendit un sandwich et je l'approchai de mes lèvres pour en mordiller le bord, incapable d'avaler une bouchée, malgré ma faiblesse et ma faim. Une camionnette déboula en klaxonnant rageusement et les combattants s'écartèrent du barrage pour la laisser passer en trombe. « Encore un blessé ! » cria un des garçons en courant vers la voiture. Résigné, je m'arrachai à mon siège, laissant là le sandwich, et repris ma place à l'arrière. « Alors », m'exclamai-je d'une voix mauvaise pendant que les autres s'entassaient avec moi, « qu'est-ce que ça va être cette fois, les jeunes ? Une jambe arrachée ? Un brûlé, un type éventré ? Un enfant ? » Excédé, je ponctuais ma liste d'éclats de rire suraigus. « Alors ? » — « Ce n'est pas drôle, mon frère », marmonna un des gars avec énervement. — « Ils ont traversé l'avenue », fit remarquer le chauffeur d'une voix morne, en faisant tourner son moteur sans embrayer. « Ça tire encore. On les suit ou non ? » Les trois jeunes se regardèrent ; le chauffeur avait ouvert sa vitre et fumait tranquillement en attendant les ordres. « Laissons tomber, trancha enfin mon camarade. On rentre. »

Les tirs, du côté de la citadelle, résonnaient sans discontinuer, ponctués de détonations brèves, des roquettes sans doute, ainsi que d'explosions plus violentes, bombes ou obus qui quelque part dans la nuit tombante écrasaient immeubles et corps, au hasard. J'étais sorti sur le perron fumer une cigarette. Il pleuvait maintenant, une pluie égale qui tambourinait sur les toits, les auvents en tôle, la dalle de béton de la petite cour de l'immeuble. Une prière chantée, relayée par un puissant haut-parleur, s'éleva dans le soir, et je restai là un long moment à fumer et à écouter la prière, la pluie, et les échos sourds des explosions. Puis je rentrai. L'appartement que nous occupions pour la nuit se situait au rez-de-chaussée d'un immeuble déserté. Sur les petits matelas disposés comme une longue banquette tout autour du salon, revêtus d'un tissu bon marché couleur d'herbe, entrelacé de fils dorés, les garçons s'affairaient sur leurs ordinateurs portables, mettant en ligne, grâce à une petite antenne satellite perchée sur le rebord d'une fenêtre grillagée, leurs clips vidéo du jour. J'aurais dû faire comme eux, emprunter un ordinateur et vider mon téléphone pour envoyer mes meilleures images, mais je me sentais sale, triste, abattu, je n'en avais pas le courage. À la place, je m'enfermai dans la salle de bains ; il n'y avait pas d'électricité, mais je m'étais muni d'une bougie et d'une lampe frontale, qui jetait des reflets violents dans le miroir crasseux au-dessus du lavabo. L'eau coulait encore et je me rinçai le visage et les mains. Puis, avec difficulté, je me déshabillai, gardant mon pantalon. Mes vêtements, imbibés de sueur et de la poussière de l'explosion, collaient à ma peau ; j'avais la chair de poule, et je me frottai vite le torse, le cou et les aisselles, sans savon, avant de les renfiler. Je me brossai longuement les dents, comme perdu dans le geste monotone, sans pouvoir m'arrêter, puis finalement baissai mon pantalon et mon slip pour m'accroupir sur le plateau des toilettes à l'orientale avant de me rincer avec de l'eau, les jambes flageolantes. Dans le salon, un des garçons avait lancé le poêle à mazout, et je m'affalai sur un des petits matelas au sol, heureux de la chaleur. L'électricité revint d'un coup alors que j'allumais une nouvelle cigarette ; mon camarade, qui travaillait toujours, me jeta un rapide regard de dédain, que j'ignorai. Un combattant entra, fusil en bandoulière, et déposa une casserole sur le poêle. Le chauffeur alla chercher des couverts à la cuisine, et mon camarade, qui n'avait pas quitté son survêtement criard, fit le service, me tendant sans un mot un grand bol fumant rempli de haricots rouges avec une cuiller en fer-blanc. Je le remerciai et me mis à enfourner les haricots, avidement. Le plat manquait de sel mais je m'en moquais, toute ma faim était revenue et je dévorai le bol en quelques instants avant d'en redemander ; j'en aurais bien repris une troisième fois, mais déjà la casserole était vide, mes camarades aussi avalaient leur portion en silence. Je raclai le fond de mon bol puis m'affaissai contre les coussins, me laissant aller à la douce chaleur se diffusant à travers mon corps épuisé. Je me sentais évidé, creux, des crampes au bas du dos ajoutaient à ma fatigue et je craignais un début de migraine. Les jeunes emportaient les reliefs du repas lorsque les lumières s'éteignirent brusquement ; l'un d'eux étouffa un juron, actionna son briquet, et disposa une bougie sur une soucoupe près du poêle. Un autre apporta une lampe à huile, qui répandait une calme lumière chaude au centre de la pièce. Je m'allongeai sur le matelas le plus proche du poêle et fermai les yeux. Un bref coup de pied, léger mais peu amical, me les fit rouvrir presque aussitôt : mon camarade se tenait au-dessus de moi, le visage crispé. « Tu ne vas pas en plus prendre la meilleure place, non ? » Il leva un doigt et indiqua le coin le plus éloigné : « Mets-toi là-bas. » J'ouvris la bouche pour protester mais il me coupa. « Estime-toi heureux qu'on te laisse rester ici. Je me demande bien pourquoi on t'a pris avec nous. » Je me levai sans demander mon reste et allai dans la demi-pénombre m'installer là où il me l'avait ordonné. À cette distance du poêle, il faisait bien moins chaud, et je m'enroulai dans mon anorak, ramenant mes genoux contre ma poitrine pour exposer le moins possible mes membres au froid. De l'autre côté de la pièce, j'entendais les jeunes gars s'affairer en blaguant, déployant chacun plusieurs couvertures. J'aurais bien aimé leur en demander une, mais je n'osais pas me faire de nouveau remarquer. Enfin je sombrai dans des rêves inquiets, denses et follement structurés : une armée d'ouvriers s'échinait à reconstruire un immeuble bombardé, déjà couvert d'échafaudages, mais sans ordre ni plan, replâtrant à la va-vite les murs sans même penser à d'abord poser le circuit électrique ; plus tard, je me retrouvai dans une voiture qui fonçait à travers des avenues sous le feu nourri des snipers, conduite n'importe comment par une femme blonde qui aurait pu être, je ne sais pas pourquoi, ma mère, ou encore aussi ma femme, et qui n'avait pas son permis et manquait à tout moment de nous envoyer contre un mur, chaque fois néanmoins évité de justesse dans un grand bruit de tôle froissée. Le retour de l'électricité me réveilla et je restai un long moment à cligner des yeux, effaré par le rêve et la lumière crue. Près du poêle, qui ronronnait toujours paisiblement, les garçons dormaient sans un mouvement. Je ne bougeai pas non plus, j'écoutais leur respiration lourde, régulière, entrecoupée de petits ronflements satisfaits. Après un temps je me levai et, les yeux rivés sur les dormeurs, tirai pas à pas mon matelas pour le rapprocher du poêle. Au moindre bruit, je m'immobilisais ; quand je parvins à mon but, sans qu'aucun d'eux ne s'éveille, j'allai éteindre la lumière, puis revins me coucher, toujours sous mon anorak mais étendu sur le ventre, mes membres endoloris par les crampes se mouvant lentement dans la chaleur du poêle sur le tissu vert et or du petit matelas. Cette fois je ne fis aucun rêve. Une main, me secouant rudement, me réveilla de nouveau. Je m'assis sur mon séant, le jour entrait par les fenêtres grillagées, je clignai des yeux et me frottai le visage, tentant de ressaisir les lambeaux de souvenirs de la nuit qui déjà s'éparpillaient, s'effilochaient entre mes doigts. « On va bientôt partir, faisait celui qui m'avait réveillé. On ne peut pas rester. » Je me sentais sale, mes sous-vêtements, crasseux, collaient à ma peau. Mais il n'y avait rien à faire. Je sirotai le thé qu'avec une mauvaise grâce visible on avait posé devant moi ; le conducteur était sorti faire chauffer son moteur, le combattant qui gardait l'appartement repliait les couvertures, les trois jeunes gens vérifiaient les batteries de leurs caméras, mises à charger durant les quelques heures de courant. J'avais oublié de brancher mon téléphone, mais la batterie affichait encore une barre, cela suffirait. Mon camarade avait repassé sa veste bleu et rouge et s'affairait en évitant mon regard. « On va où, aujourd'hui ? » demandai-je en prenant place dans la voiture. Un des gars nomma un quartier, je le connaissais, il fallait passer devant une demi-douzaine de tireurs embusqués pour y arriver. Un accès de migraine me forait les tempes, mais j'étais trop épuisé malgré le sommeil pour protester, et je me laissai emporter en silence, fumant une cigarette au goût amer et fermant les yeux chaque fois que le chauffeur donnait un grand coup d'accélérateur.

La petite clinique clandestine était tranquille. J'examinai distraitement les rares instruments et le minuscule stock de médicaments, puis montai à l'étage, dans un salon au tapis mélèze, me chauffer près du poêle après avoir quitté mon anorak et mon bonnet. L'unique décoration, sur les murs peints d'un beige un peu olive, était la photographie d'un jeune homme barbu, au coin barré par une bande noire. Dehors, ça tirait un peu, des rafales occasionnelles, peu soutenues. Les hommes discutaient entre eux, à voix basse ; un petit garçon me resservait constamment du thé, tout étonné de voir un inconnu ici. J'achevais une troisième tasse lorsque j'entendis des cris. J'attrapai mon téléphone, traversai l'appartement en courant, enfonçai mes pieds dans mes baskets sans passer les talons, et dévalai l'escalier à la suite d'hommes qui échangeaient des exclamations rapides. Dans la salle de la clinique, un petit garçon aux épais cheveux blonds et au visage pointu reposait sur la table d'opération, torse nu, une traînée de sang à l'épaule, du sang aussi aux commissures des lèvres. Il était déjà mort. Près de la porte, un type roux, le visage crispé et livide, marmonnait sans discontinuer : « Gloire à Dieu. Gloire à Dieu. » Le chirurgien, impassible, croisait les mains de l'enfant et les nouait avec une bande de gaze. Je levai mon téléphone et fis une image. Deux hommes soulevèrent le corps du garçon ; dès qu'il quitta la table, sa tête bascula en arrière, lourdement. On le porta dans une salle voisine entièrement vide, éclairée au néon, et on le déposa à même le sol, que sa tête branlante vint heurter avec un son mat avant de rouler sur le côté. C'était un revêtement en linoléum, constellé d'éclats noirs, gris et saumon, et le corps du garçon blond, couché dessus, semblait voguer au milieu d'un champ d'étoiles. Il avait l'air bien seul là sur le sol froid, et cela me faisait de la peine pour lui, mais je braquai quand même de nouveau mon téléphone et fis la photo. Avant que je ne puisse en prendre une autre un bruit assourdissant traversa l'immeuble, les murs tremblèrent et une pluie de poussière et de débris me tomba dessus. Instinctivement, je me recroquevillai sur mon téléphone ; le néon vacilla, puis mourut tout à fait, je laissai là le corps du petit et sortis dans le couloir, des gens hurlaient, trébuchaient, se heurtaient, une fumée noire et étouffante emplissait l'escalier par lequel j'étais descendu, j'enfilai à la hâte les talons de mes baskets et me mis à courir à mon tour vers l'entrée, mais les gens refluaient vers moi, me bousculaient, l'entrée devait être bloquée ou en feu, je fis demi-tour pour courir vers l'arrière, un choc violent me fit lâcher mon téléphone, j'essayai de me retourner pour le chercher à tâtons mais une autre personne cogna contre moi, une femme dont le voile, dans la panique, était tombé sur ses épaules, révélant de beaux cheveux blonds ramassés en chignon, elle me repoussa avec désespoir et je reculai, je n'y voyais presque rien et j'étouffais dans la fumée, je restai penché et me laissai emporter, tâtonnant dans le noir jusqu'à ce que ma main rencontre une poignée : sans réfléchir, j'ouvris la porte et déboulai dans un couloir faiblement éclairé où j'aspirai avidement l'air propre, riche d'odeurs de pierre et de métal, toussant puis reprenant vite un peu de vigueur et me mettant à courir. Mes forces revenaient, ma respiration m'emplissait d'énergie et mes longues foulées frappaient le sol avec régularité, même si j'avais du mal à garder mon équilibre, je titubais un peu, désorienté par le manque de lumière et de repères, et me cognai brutalement contre un mur sans interrompre ma course, cherchant à tâtons le moyen de naviguer entre les parois, évitant les secteurs plus foncés qui auraient pu se révéler des oubliettes, ou bien des galeries latérales menant Dieu sait où, enfin je déboulai dans le vestiaire et me changeai à la hâte, tirant mon bonnet de bain sur mes mèches et repoussant les portes battantes, pour me retrouver dans une vaste salle bleue emplie d'échos de cris et de bruits d'eau. Tout autour, de longues glaces encadrant le bassin me renvoyaient des reflets de mon corps, fragmentés et impossibles à relier entre eux, je vacillais encore, puis je me ressaisis et m'élançai, corps tendu, fesses serrées, pour plonger droit comme une lance dans l'eau fraîche et luisante.

III

J'achevais une longueur après l'autre, sans les compter, me délectant de ma force et du contact sensuel de l'eau, ramenant mes pieds sous moi à chaque extrémité du bassin pour en frapper la paroi et me relancer avec puissance dans l'autre direction. Enfin, filant en apnée les yeux grands ouverts, les bras le long du corps, je couvris les derniers mètres. Ma tête jaillit de la surface, lèvres entrouvertes pour emplir mes poumons d'air, mes mains trouvèrent le bord, prirent appui, et, se servant de mon élan, hissèrent mon corps ruisselant hors de l'eau. Soudainement désorientée par les échos, je clignai des yeux, ôtai mon bonnet et mes lunettes, et laissai l'eau s'écouler de ma peau sur les dalles tandis que je cherchais distraitement à identifier mon corps parmi tous ceux reflétés dans les longues glaces encadrant la piscine. Mais je ne parvenais à saisir que des fragments, une épaule, une nuque, un buste, une cuisse, que je peinais à rattacher à qui que ce soit. Une crampe me saisit le bas du ventre, je me caressai l'abdomen, puis essuyai l'eau du haut de mes seins, dont les pointes dressées tendaient le tissu du maillot. Sans lever la tête, je sentais sur mon corps le regard appuyé d'un homme un peu bedonnant, qui ignorait les plaintes de son enfant pour me dévorer des yeux. Je me ressaisis et, me détournant des miroirs, passai les portes battantes en direction des vestiaires. Séchée, revêtue d'un survêtement gris et soyeux, agréable à la peau, mes longues mèches blondes relevées en un rapide chignon, je retrouvai le couloir et après quelques pas entamai un footing à petites foulées régulières, les coudes collés au corps. Mes baskets blanches se posaient au sol avec légèreté, ma respiration rythmait ma course, je dépassai sans hésiter une intersection, puis une autre, peut-être s'agissait-il seulement de renfoncements, difficile à jauger, il faisait plutôt sombre ici et je distinguais à peine les murs, la vague lumière me permettait juste de me diriger sans heurts, car le couloir, semblait-il, n'était pas droit, mais paraissait s'incurver dans un sens ou dans l'autre, je devais constamment ajuster ma course. La sueur, déjà, coulait sous le tissu de mon jogging, pourtant il ne faisait pas chaud ici, ni d'ailleurs spécialement froid, j'essuyai mon front sans ralentir, et c'est ainsi qu'en se rabaissant ma main cogna une protubérance métallique, une poignée que je tournai sans réfléchir, ouvrant une porte à peine discernable dans le mur. Je la franchis et marquai une pause, les pieds dans de l'herbe. Autour de moi s'étendait un grand jardin familier. Une belle lumière d'été venait jouer sur les feuilles entremêlées des bougainvillées et du lierre, bien entretenus sur leurs treillages, puis, au-delà, déposait des touches désordonnées sur la haute glycine qui, émergeant d'épais troncs entrelacés, montait recouvrir la façade de la maison, dressée en travers du bleu du ciel comme une haute tour. J'avais chaud et je suais de plus belle, le tissu de mon t-shirt collait à mes seins, mes aisselles et mes flancs, j'ouvris la veste et m'essuyai le front d'une manche, glissant prestement les mèches échappées de mon chignon derrière mes oreilles. Des bruits de voix provenaient de la piscine et je m'en approchai. Le soleil scintillait sur les eaux vides, dessinant sur la surface bleue des ondulations blanches, constamment mouvantes, qui venaient mourir sous l'ombre crénelée de longues frondes arquées jaillissant d'un tronc de palmier massif, court et trapu. Plusieurs personnes se tenaient autour du bassin, assises sous des parasols jaunes ou debout sur les dalles grises de la bordure, vêtues de tenues légères et élégantes, des verres ou des cigarettes à la main. Sur le côté, un vieillard en polo et en pantalon blanc, assis une jambe croisée sur l'autre, très raide et digne avec sa moustache blanche, lisait un journal ; je lui tournai vite le dos, mais de toute façon il ne me remarqua pas. Un peu plus loin, un petit garçon blond jouait avec un chat. Un grand homme en chemise blanche, blond lui aussi, à la peau claire et duveteuse et au regard dégagé, s'avança vers moi d'un air joyeux et m'embrassa : « Ah, enfin, s'exclama-t-il. Tout le monde est déjà là. » Sa présence chaleureuse me rassura sourdement, mais je reculai d'un pas et posai ma main sur sa poitrine : « Je dois monter me changer. Je vous rejoindrai pour l'apéritif. » Je me détournai et me dirigeai vers l'entrée de la maison, saluant d'un geste de la main quelques personnes qui me faisaient signe ou levaient leurs verres en souriant. Dans le couloir, j'hésitai avant de m'engager dans l'escalier en colimaçon et continuai vers le fond où je poussai la porte. Du seuil, j'examinai la chambre vide de l'enfant, les rangées de cavaliers de plomb soigneusement alignés sur le tapis, la caméra posée sur une tablette, les affiches de cinéma, les photos encadrées accrochées au mur. Celles-ci représentaient toutes l'enfant, à différents âges et à différents endroits, en compagnie de l'homme aux cheveux blonds. Mais ces images ne me disaient rien, et je rebroussai chemin pour prendre l'escalier, accordant à peine un regard, au passage, à la grande reproduction de *La dame à l'hermine* suspendue là. En haut, une vieille femme sortait de la cuisine, essuyant ses doigts fanés sur un tablier à fleurs. Elle me prit les deux mains avec un sourire et m'embrassa sur les joues ; je tressaillis au contact de sa peau fripée, extraordinairement douce, comme celle d'une pêche oubliée sur un meuble « Tu as vu ton père ? Il est en bas. » Je hochai la tête : « Il lisait. Je n'ai pas voulu le déranger. » Elle me contempla, souriant toujours : « Tu as l'air en forme. Tu fais du sport, c'est bien. Tu as passé ton permis ? » — « Je l'ai loupé. Mais je reprends des cours. » Elle hocha la tête à son tour : « Il faut que tu le passes. Moi, je ne l'ai jamais eu. De toute façon ton père ne m'aurait pas laissée conduire. Mais ton mari n'est pas comme ça. Les temps changent. » Je la fixai avec dureté, sans chercher à adoucir ce regard : « Oui. Les temps changent. » Je m'éloignai d'elle et montai à l'étage suivant. Le soleil, filtré à travers les branches folles de la glycine, illuminait la chambre, faisant briller le fond doré des draps, sur lequel couraient de longues herbes vertes imprimées. Je me déshabillai vite et examinai mon corps dans la glace verticale dressée au pied du lit, glissant la paume de mes mains sur mon abdomen, mes hanches, le haut de mes fesses, avant de me détourner avec un soupir de découragement. Je pensai à la vieille femme dans la cuisine. L'idée de son ventre, maintenant sec, m'emplissait d'un dégoût terne, triste. Puis me revint l'image du vieillard à moustache près de la piscine et ma nuque se tendit. J'allai à la commode, ouvris un tiroir, et en tirai un grand album relié que je posai sur le plateau. Je le feuilletai pensivement, tournant les pages une à une. La plupart des photographies me représentaient, plus jeune ou même enfant, en compagnie du vieil homme et de la vieille femme, plus jeunes eux aussi, avec des traits lisses et une chevelure fournie. À les regarder ainsi, je sentais monter une rage sourde, épaisse, qui me noircissait la pensée. D'un geste brusque, je refermai l'album et appuyai mes deux mains sur le bord de la commode, respirant fortement pour tenter de calmer les battements de mon cœur, le regard rivé sur la couverture. Enfin je le rangeai dans le tiroir et allai me faire couler un bain. J'y versai des sels et de la mousse, puis y entrai d'un coup, laissant la chaleur mordre ma peau. Je fermai les yeux, et me perdis dans le doux crissement des bulles et la sensation enveloppante qui peu à peu détendait mes muscles crispés. Lorsque je rouvris les yeux je vis l'enfant, assis sur la cuvette fermée des toilettes, les mains sur les genoux, balançant paisiblement ses jambes. Il me regardait et avait l'air heureux. Je le regardai aussi, sans rien dire, puis refermai les yeux.

Lorsque je redescendis le jour achevait de mourir, tachant fugitivement le ciel de rose et d'orange, déposant une lumière ambrée sur les masses vertes du jardin et jetant de longues lignes dorées en travers du salon, autour des convives qui se rassemblaient là, buvant, fumant, et discutant, sur des tons allant de l'ardeur à l'ennui, des nouvelles de la semaine. J'avais mis ma belle robe grise, un court fourreau moulant de lin et de viscose, coupé à mi-cuisses ; et le grand homme blond, debout face à la vieille femme près de la baie vitrée, me suivait tandis que je descendais les marches d'un regard fiévreux, avide. Près de lui, engoncé dans le canapé de cuir, le vieillard fumait un cigare en contemplant les derniers reflets du crépuscule. Je me versai un verre de vin blanc et me mêlai aux convives, tentant avec le sourire de m'intéresser aux conversations. Dans mon dos, le vieillard s'était levé pour rejoindre l'homme blond, et il lui parlait sur un ton aimable et cultivé d'insignifiantes histoires de travaux, liés à des problèmes d'électricité semblait-il. La nuit tombait tout à fait et j'aidai la vieille femme à allumer les lumières du salon, une à une. Enfin on passa à table. Les convives, d'excellente humeur, heureux tous de la présence des uns et des autres, sirotaient leur vin et humaient le plat principal, des langoustines sautées à l'ail. Les propos enjoués fusaient ; le vieillard, assis en tête, pontifiait sur un ton madré au sujet des dernières évolutions politiques ; près de lui, le petit garçon blond babillait à propos de batailles imaginaires pendant que la vieille femme lui décortiquait patiemment ses langoustines. Je resservis mon voisin de gauche, puis fis circuler la bouteille de vin, notant à la lueur des bougies les taches de doigts la maculant. L'enfant, maintenant, s'était baissé sous la table, et je devinai à un frôlement contre ma cheville qu'il offrait des bouts de langoustine au chat. L'homme blond le grondait affectueusement tout en l'encourageant à remonter achever son plat ; l'enfant émergea avec un rire, essuya ses doigts graisseux sur son chandail, et s'acharna avec ses petites dents de lait à écraser une pince ; enfin il se leva d'un bond et, débarrassant sa place à la hâte, détala vers sa chambre. L'homme se leva et le suivit alors que le vieillard, interrompant sa conversation, tapotait son verre avec le bord d'un couteau. Le silence se fit et les convives tendirent leurs verres. Le regard brillant du vieillard était venu se fixer sur moi, un fin sourire soulevait les coins de sa moustache taillée avec soin ; tout, en lui, disait son pouvoir, sa maîtrise, sa sûreté de soi. « À la plus jolie de toutes les filles », prononça-t-il avec hauteur. Je serrai les dents et déglutis convulsivement tandis que les convives, ravis, reprenaient en chœur le toast. La vieille femme aussi me regardait, d'un air à la fois tendre et impitoyable. À mon tour, je levai mon verre, et, baissant les yeux, me forçai à y porter les lèvres. L'homme blond était revenu et commençait à débarrasser. Je sortis de table et l'aidai sans un mot, naviguant entre les convives qui s'égaillaient à travers le salon dans un brouhaha joyeux. Dehors, il faisait nuit, et la baie vitrée reflétait leurs poses élégantes et étudiées, comme un grand tableau mondain, parfaitement composé. Des verres circulaient, des cigarettes, des petits cigares. Le vieil homme s'était penché sur la stéréo et lançait un disque, consultant la pochette pour trouver une piste précise ; dès les premières notes, je reconnus un enregistrement récent de *Don Giovanni*, l'air fameux du catalogue. De nouveau, je sentis une fureur muette m'étreindre les côtes, songeant avec mépris au catalogue minable et sordide qui devait hanter les souvenirs du vieillard. Tout se réduisait-il donc à cela ? La vieille femme le regardait aussi, mais je n'arrivais pas à lire son regard. Les pensées qui me soulevaient du sol comme par un croc de boucher lui laissaient-elles, à elle, un sentiment de nostalgie heureuse ? Ou bien baignait-elle, elle aussi, dans un dégoût aussi poisseux que le mien, seulement mieux masqué, ou bien encore poli par le temps, durci, passé à l'état d'objet posé sur un bureau et contemplé de loin, fétiche ayant absorbé la dernière des mauvaises passions ?

Les convives, un à un, avaient pris congé. L'homme blond avait escorté les deux vieillards à leur chambre, qui se situait juste avant celle de l'enfant dans le couloir du bas ; je rangeais dans l'évier les derniers verres, après avoir rempli et actionné le lave-vaisselle. L'homme me rejoignit et sans un mot m'attira vers le haut, me précédant dans l'escalier.

Dans la pénombre, j'admirai le balancement puissant de ses hanches, mais avec distance, comme s'il s'était agi d'un beau plan de film. Je ressentais envers cet homme et son corps une grande affection, mais cette affection elle-même s'était détachée de moi et, plaquée tout contre lui, vivait d'une vie autonome, me laissant isolée, pleine d'effroi, à l'affût de quelque chose dont je ne pouvais déterminer ni l'origine, ni la forme, ni le but. Tandis qu'il se douchait je me déshabillai, rangeant la robe dans l'armoire et jetant au panier à linge mes sous-vêtements ; puis, sans un regard cette fois pour le miroir au pied du lit, je m'étendis sur les draps, couchée sur le flanc, ma peau nue, très blanche sous la lueur de la lune, se découpant nettement devant mes yeux sur l'entrelacement des longues herbes vertes. L'homme était sorti de la salle de bains et, agenouillé sur le lit derrière moi, pressait son corps encore humide contre le mien. Je glissai ma main dans mon dos et, sans tourner la tête, caressai son ventre ferme, ses poils épais et bouclés, la peau très douce de sa verge qui, molle encore, se dressait imperceptiblement sous mes doigts. Sa propre main parcourait ma peau, effleurait mon sein, mes côtes, repoussait mes cheveux défaits sur mon visage pendant que ses lèvres chatouillaient ma nuque. J'étendis ma jambe et me tournai sur le ventre, pressant mes fesses contre lui ; sa main me passa sur le pubis pour venir jouer avec les lèvres de mon sexe, les pinçant, les roulant l'une contre l'autre avant de les séparer, le sang les gonflait et mon bassin se tendait de lui-même, ses doigts creusaient, insistaient, se mettaient à les masser, les recouvrant du fluide qui s'épandait entre elles. Je cambrai les reins et agrippai des deux mains le tissu du drap alors que son sexe se frayait un chemin à l'intérieur du mien, l'ouvrant tout à fait et l'inondant de chaleur. Lentement, ses hanches se mirent à bouger, diffusant cette chaleur qui montait m'irriguer tout le bassin ; mais c'était comme le bassin d'une autre qui prenait tout ce plaisir, loin de moi, tout à fait détaché. Je me hissai sur une épaule et tournai la tête sous son bras : dans la glace, blanchis par la lumière de la lune, je distinguais nettement son cul et le haut de ses cuisses nerveuses couvertes de duvet blond, les miennes aussi coincées en dessous, avec suspendues entre elles des formes sombres, rougeâtres, indistinctes. Fascinée par ce spectacle incongru, je vis alors pour un long moment défiler dans le miroir les culs de tous les hommes qui s'étaient ainsi pressés contre le mien, avec patience, fébrilité, joie ou frénésie, leurs verges aussi, raides et tressaillant de plaisir, m'ouvrant encore et me faisant sombrer dans une jouissance obscure qui n'avait plus rien à voir avec ce long corps blanc perdu dans les herbes vertes des draps, pantelant et offert, le mien semblait-il.

Lorsque j'ouvris les yeux il faisait encore nuit. La lune s'était éloignée, seuls quelques reflets indistincts illuminaient encore les feuilles de la glycine qui ondulaient avec un léger froissement devant la fenêtre. Un drap, maintenant, nous recouvrait, l'homme avait dû le tirer sur nous ; je sentais son corps chaud et détendu tout contre le mien, il respirait d'une manière régulière, profonde, enfoncé dans le sommeil. Je me dégageai de lui avec précaution, repoussai le drap, et m'assis sur le bord du lit, face à la fenêtre. Distraitement, j'effleurai mes poils raidis par les humeurs et le sperme séché, qui avait aussi coulé sur ma cuisse, tiraillant la peau. Puis je me levai, enfilai une robe de chambre, et descendis, la pierre des marches froide sous mes pieds nus. Dans le salon, j'hésitai à me verser un verre de vin ou à fumer une cigarette ; finalement, je piochai une pomme rouge dans la jatte posée sur le buffet et mordis dedans, la savourant tandis qu'un peu de jus perlait aux commissures de mes lèvres. Je la croquai jusqu'au trognon, que je déposai sur la table avant de descendre à l'étage suivant. Dans le couloir, la porte de la chambre des invités était entrebâillée et j'y passai la tête, regardant un instant les visages, très nets sous la lueur blanche de la lune qui ici tombait à pic, des deux vieillards. Le sommeil les avait affaissés, les paupières fermées pendaient comme un linge mouillé sur leurs yeux ; je me demandais comment ils pouvaient dormir ainsi, alors que l'âge et la décrépitude rongeaient patiemment leurs chairs. L'enfant, lui, dormait avec le chat et son nounours, sa couverture à moitié rejetée, le front moite. Je repoussai avec délicatesse ses cheveux, réveillant le chat qui sauta au bas du lit et fila par la porte restée ouverte, puis ôtai mon peignoir et me glissai sous les draps, me blottissant tout contre l'enfant et tirant la couverture sur moi. Je fermai les yeux. Ma tête était vide, aucune de mes pensées, disjointes, ne prenait forme ni ne s'achevait, mais je restais lucide, pleinement éveillée, incapable de trouver le sommeil. Je rouvris les yeux et fixai le triangle de lumière qui, répandu par le plafonnier du couloir resté allumé, s'enfonçait dans la chambre par l'ouverture de la porte. Cela dura un très long moment, durant lequel des pensées sans suite se bousculaient derrière mes yeux, voletant comme de petits papillons de nuit autour de la flamme d'une bougie avant d'enfin venir y roussir leurs ailes pour tomber se noyer dans la cire liquide. Puis une ombre passa à travers le triangle lumineux et une terreur d'enfant effaça tout. Le vieillard, vêtu d'un pyjama vert pistache à rayures blanches, était entré dans la chambre et se dirigeait vers moi. Il s'assit sur le rebord du lit et tendit la main pour caresser d'un geste doux mon front inondé de sueur et en dégager les mèches trempées. Ses lèvres sèches et évidées par l'âge murmuraient des mots sans suite : « Ma fille, ma petite fille. » Je me redressai d'un mouvement, laissant tomber la couverture sur mes reins, et le giflai : « Tu n'as rien à faire ici ! Va-t'en ! » Médusé, il me contempla d'un air ahuri ; son regard tomba sur mes seins nus, s'y attarda, puis revint vers mon visage. Je le giflai de nouveau. Il se leva, les traits défaits, me tourna le dos, et sortit en titubant un peu. J'attendis le son du léger déclic de sa porte se refermant avant de me recoucher aux côtés du petit garçon et de m'endormir. Je rêvai de mes cours de conduite : le professeur, rendu furieux par mon incompétence, me tançait vertement, mais je l'ignorais et continuais ma route, grillant des feux rouges, prenant des allées à contresens, confondant des voies de garage avec des rues, mais toujours circulant avec légèreté, sans causer d'accident, souverainement libre. Lorsque j'ouvris de nouveau les yeux le ciel, derrière les vitres, rosissait ; des oiseaux, nichés dans les plantes du jardin, commençaient l'un après l'autre à chanter, un concert de pépiements joyeux. Près de moi l'enfant dormait profondément, ses poings serrés, son nez et sa bouche pressés contre le nounours rose qui me fixait de ses yeux de verre bleu. Je me levai le plus doucement possible, passai ma robe de chambre, et montai. En haut l'homme dormait aussi, étalé sur le ventre, son dos puissant à moitié découvert par le drap, une jambe repliée, les bras en croix. Je le contemplai tandis que j'enfilais en silence mon survêtement. Au moment de repartir j'aperçus ma silhouette dans la grande glace verticale, dressée devant le tissu vert et doré qui vu sous cet angle cachait dans ses plis le corps du dormeur ; mais j'évitai de croiser mon regard, me détournai et sortis. Dehors, tout était tranquille, les feuilles bruissaient, cachant les mouvements saccadés des oiseaux qui lâchaient sans discontinuer leurs longs trilles effrénés. Une forte chaleur matinale imbibait déjà mes vêtements de sueur. Je traversai sans me hâter le jardin, ouvris la porte du fond, et m'engageai dans le couloir où je repris sans hésiter ma course, lançant mes pieds devant moi en courtes foulées cadencées. Il faisait nettement plus frais, ici, or je suais toujours et le jogging collait à mes membres, je frissonnai même mais ne ralentis pas le rythme, inspirant et expirant l'air avec régularité. Il ne faisait ni sombre ni clair, je devinais plutôt que je ne distinguais avec précision les parois, et ici et là une zone un peu plus foncée, une ouverture peut-être, ou bien juste un réduit. Le couloir n'était pas droit, je devais constamment me déporter vers un côté ou l'autre pour rester au milieu et cet effort me causait une légère inquiétude, je craignais de me cogner ou même carrément de tomber, mais rien de tel n'arrivait et je continuais, reprenant confiance. Quelque chose, devant moi, brillait sur le mur, non pas une décoration comme je le crus tout d'abord mais une poignée de porte : je la tournai sans réfléchir et la porte s'ouvrit, me cédant le passage. Au-delà du seuil le sol était mou, je marquai une pause et examinai la chambre dans laquelle je me trouvais, assez large, ni trop sombre ni trop lumineuse, avec peu de meubles. Sur les murs, des vignes dorées en léger relief grimpaient en colonnes régulières ; une moquette rouge foncé, couleur sang, recouvrait le sol. Derrière le lit, décoré d'une lourde toile brodée de longues herbes vertes, une figure aux cheveux noirs faisait face à la fenêtre. Les volets étaient tirés et on ne voyait rien derrière les vitres, néanmoins cette figure les contemplait fixement, y étudiant peut-être son propre reflet ; moi-même je la voyais comme à travers une paroi de verre, paroi que je craignais instinctivement, sans comprendre pourquoi, de briser. Puis la figure se retourna et je vis qu'il s'agissait d'un homme, un type d'âge mûr qui en m'apercevant laissa flotter sur son visage mat et anguleux un petit sourire ironique. D'un mouvement lourd, il se détacha de la fenêtre et contourna le lit pour se rapprocher de moi. « C'était combien, déjà ? » marmonnait-il d'une voix sourde. Je donnai un prix, un peu au hasard, et il sortit de son veston un portefeuille dont il tira quelques billets. Je les rangeai dans la poche de mon survêtement tandis qu'il entreprenait de défaire sa ceinture et sa braguette pour en extirper une verge épaisse et flasque : « À genoux, maintenant. » Sans un mot, je m'exécutai, posant mes deux mains sur les coutures de son pantalon et prenant la queue entre mes lèvres. L'homme me plaqua la main sur le chignon et me força lourdement tout contre lui, pressant mon nez dans son pubis, emplissant ma bouche de sa queue qui gonflait et cognait contre mon palais et le fond de ma gorge. Je m'efforçai de respirer par le nez, vaguement dégoûtée par l'odeur fade, mêlée de déodorant, que dégageaient ses poils épais et bien plus clairs que ses cheveux, je tétais tant bien que mal la verge mais ses mains m'empêchaient de la sucer correctement, un sentiment d'étouffement me dominait et je tentais de le maîtriser, en vain, un haut-le-cœur me fit hoqueter et presque rendre sur son sexe, je m'arrachai à lui d'un coup, affolée, déglutissant convulsivement. L'homme me décocha une légère taloche en travers du visage, juste assez pour me faire reprendre mes sens. « Tu as besoin de leçons, je vois », prononça-t-il d'une voix dénuée d'intonation. Sa verge, tendue entre les pans ouverts de son pantalon, oscillait juste devant moi. « Déshabille-toi », ordonna-t-il, toujours sur le même ton neutre. Je me mis debout et, en équilibre sur un pied puis sur l'autre, ôtai mes baskets et mon pantalon. « La culotte aussi. Et le haut.

Mais garde tes nichons recouverts. » J'obéis, les yeux baissés afin d'éviter son regard que je sentais posé sur mon corps, jaugeant, évaluant, calculant. Il me plaça une main sous le menton, me redressant devant lui et me forçant à me tenir sur la pointe des pieds, nue à part le soutien-gorge et les socquettes, les bras le long du corps. Je fixai les entrelacs des vignes du papier peint tandis que son autre main allait fouiller dans ma vulve. « T'es bien sèche, dis-moi », lâcha-t-il. Sa main se retira, puis il me lança une grande gifle, qui me fit venir les larmes aux yeux. Je secouai la tête et prononçai enfin quelques mots : « Ça, c'est plus cher. » — « Ta gueule », rétorqua-t-il sans élever la voix. Un énorme coup au ventre me coupa le souffle et me plia en deux. Je tombai à genoux, suffoquant, tentant désespérément d'inspirer assez d'air pour rester consciente. Un autre coup au visage déclencha une pluie d'éclairs dans ma tête. Je sentis mon corps basculer sur la moquette, le monde tourna, puis vira au noir.

Mon visage était pressé contre une matière douce et un peu étouffante. Un goût de métal emplissait ma bouche ; je crachai, clignai des yeux, tentai de me relever, mais quelque chose entravait mes mains. Mes pieds, toujours chaussés de socquettes, cherchèrent un appui, glissèrent, battirent un peu. Je crachai de nouveau : tout devant mes yeux était rouge, j'étais couchée sur la moquette, les poignets fixés dans le dos par quelque chose de métallique, des menottes sans doute. Je portais encore ma brassière de sport. À quelques pas de là, j'entendais couler de l'eau, un débit puissant, celui d'un bain. Encore sonnée, je tordis mon corps, ramenai une cuisse sous mon ventre, et me hissai à genoux, les jambes tremblant sous l'effort. À ce moment-là deux mollets nus et bruns apparurent dans mon champ de vision, une main agrippa mon chignon, le tordit et tira, envoyant une douleur fulgurante à travers mon crâne et me forçant à ramper sur la moquette, aussi rapidement que possible, pour me retrouver toujours à genoux sur le carrelage blanc et froid de la salle de bains, où un coup de pied à l'épaule m'envoya sans ménagement sur le dos. Impuissante, le cœur battant et la gorge serrée par l'angoisse, je me débattis comme une tortue renversée sur sa carapace. L'homme se tenait debout devant moi, nu, les bras ballants, son ventre bronzé un peu bedonnant au-dessus de son sexe maintenant tout recroquevillé. Il le prit entre deux doigts, le décalotta, et se mit à m'uriner dessus, m'arrosant le visage et le cou. Je serrai les yeux et tentai de détourner la tête en crachotant le liquide amer et chaud. Lorsque le flot cessa je crachai encore et ouvris la bouche pour dire quelque chose ; mais déjà l'homme s'était baissé pour me saisir par les aisselles, me hissait sur le rebord de la baignoire, et me faisait basculer d'un coup dans l'eau. Le visage vers le fond, le nez plein de liquide, je me débattis avec les pieds, sentant les bulles d'air s'échapper par ma bouche ; je réussis enfin à me retourner et, appuyant mes mains entravées sur le fond, à pousser ma bouche au-dessus de la surface pour aspirer un peu d'air. Sa main ouverte recouvrit mon visage : « Tu es sale, il faut te laver », déclarat-il distinctement avant de me repousser sous l'eau. La tête contre le fond de la baignoire, je battais en vain des pieds ; dans mes poumons, l'air se viciait, brûlait, recouvrait tout d'un voile rouge qui me faisait bourdonner l'intérieur du visage. Je ne comprenais rien à ce qui m'arrivait, la panique, animale, avait oblitéré toutes mes pensées. Tout à coup la pression se relâcha et ma tête jaillit hors de l'eau, toussant, haletant, avalant spasmodiquement l'air qu'on m'offrait comme un cadeau inespéré. Au même moment l'homme me fourra un tissu mouillé entre les dents et me gifla de nouveau. Je clignai des yeux, secouai la tête : du bruit parvenait de la chambre, on frappait à la porte, l'homme enfila un peignoir, me cala plus profondément le tissu dans la bouche, et sortit, tirant la porte derrière lui. Je restai là assise dans le bain, le soutien-gorge trempé collé à ma peau, les cheveux mouillés, échappés de mon chignon défait, plaqués sur mon visage, inspirant comme je le pouvais par le nez, tentant en vain de recracher le tissu. Puis je fis un violent effort pour me calmer et tendre l'oreille. Je distinguais confusément des voix, suivies du bruit d'une serrure qui se refermait. Suspendue au moindre son, j'attendis. La porte se rouvrit et l'homme s'avança vers moi, son peignoir ouvert. D'un mouvement, il me hissa hors de la baignoire, me jeta au sol, et me traîna par le tissu gorgé d'eau de la brassière jusqu'à la moquette près du lit où il me laissa retomber. Je ne me débattais plus, je me laissais faire sans la moindre résistance, les muscles tétanisés par la terreur et l'adrénaline. J'étais recroquevillée en boule, sur le flanc, les jambes serrées ; du pied, l'homme me poussa sur le dos et m'écarta les genoux. Puis il se pencha sur moi : « Si tu bouges, je te tue. Compris ? » Je hochai la tête, le regard rivé sur ses yeux gris, aquatiques, sans expression. Il alla s'asseoir sur le lit, les jambes croisées, ses yeux morts toujours fixés sur moi. Devant lui, posé sur la toile verte et dorée, se trouvait un plateau avec de petits plats et un verre un peu évasé où moussait de la bière dorée. Il prit des baguettes et commença à manger, ça ressemblait à des tranches de poisson cru, à des légumes confits. Tout en essayant de maîtriser les battements affolés de mon cœur, je ne perdais de vue aucun de ses gestes, mais je n'émettais pas de bruit et ne bougeais pas, gardant les cuisses ouvertes comme il m'avait disposée, mon sexe exposé à sa vue. À part le cliquetis des baguettes et mon halètement, étouffé par le bâillon humide, il n'y avait pas le moindre son ; au-delà des volets, qui devaient donner sur une rue ou une cour, tout était silencieux ; une lampe unique, au chevet du lit, éclairait la scène d'un halo pâle, et je pouvais distinguer dans la vitre le reflet du dos de l'homme, multiplié par les carreaux. Tout en mangeant et en buvant il jouait distraitement avec sa queue, aussi flasque que ses épaisses bourses poilues, un peu aplaties sur les herbes vertes de la toile tendue. Il acheva ainsi son repas, sans un mot. Lorsqu'il eut fini il vida son verre de bière, entassa minutieusement les petits plats sur le plateau, et alla le déposer dans un coin de la chambre. Puis il revint vers moi et, laissant glisser au sol son peignoir, s'accroupit près de mon torse. Un objet métallique brillait entre ses doigts : avant que je ne puisse l'identifier il m'en avait piqué l'épaule, trois fois de suite. Je me cabrai, hurlai dans le bâillon qui me suffoquait, me tordis ; affolée, je braquai les yeux vers mon épaule, où une tache rouge s'étendait sur la peau ; puis une autre brûlure, à la mâchoire cette fois-ci, me retourna le corps dans l'autre sens ; je redressai les épaules, frappai ma tête contre la moquette, tentai de lancer un coup de pied qu'il dévia avec un petit rire ennuyé ; tranquillement, il continuait à me décocher au hasard des petites piques, peu profondes mais qui chaque fois faisaient éclore en moi une gerbe de terreur folle, je poussais de toutes mes forces des cris étouffés, je ne voyais plus rien, le couteau, quelque part au-dessus de moi, se promenait, cherchant un autre point où agacer mon corps. Lorsque l'homme se mit de nouveau à me traîner je ne sentais quasiment plus rien. Ma tête et ma poitrine rebondirent sur quelque chose de souple, j'ouvris les yeux et reconnus la toile brodée décorant le lit. Les mains de l'homme, derrière moi, tiraient mes fesses en l'air, les écartaient, fouillaient entre elles, c'était pénible mais étrangement rassurant après les piqûres du couteau, je l'entendis cracher, puis une main vint écraser mon visage contre le tissu rêche, déjà mouillé par endroits au contact de ma brassière trempée, je sentais sa verge se presser contre ma vulve, ça je connaissais, je respirai comme je le pouvais par le nez et poussai à mon tour, essayant de m'ouvrir à lui pour éviter le plus possible la douleur qui fusa néanmoins dans mon bassin avant de se répandre, de s'étaler, venant rejoindre et se nouer aux autres pointes de douleur qui pulsaient à travers mon corps, y irradiaient pour n'en laisser plus rien qu'une vaste meurtrissure dont subitement mon esprit se détacha, l'abandonnant aux grands coups répétés qui butaient contre son bassin, faisant trembloter ses fesses, ses épaules et ses joues. J'ouvris les yeux : sur le côté, dans les vitres, je voyais le corps de l'homme nu arc-bouté sur le mien, son cul bistré qui tremblait tandis qu'il s'escrimait, avec sous lui la ligne de ma propre cuisse et le haut de mon corps, toujours en partie vêtu, comme flottant dans les herbes ondoyantes de la toile. D'un coup, la lumière s'éteignit, effaçant l'image et plongeant la chambre dans le noir, j'avais beau écarquiller les yeux je ne voyais plus rien, ce devait être une panne d'électricité, l'homme, imperturbable dans son déchaînement, continuait à me crever méthodiquement le sexe, mais toutes les sensations chaotiques et terrifiantes qui m'écartelaient s'étaient éloignées de moi, je les ressentais depuis une grande distance, elles m'appartenaient toujours mais ne m'affectaient plus, et je les contemplais avec froideur, presque avec ironie. Enfin il s'immobilisa et se tendit contre mes fesses, il devait jouir et j'imaginai son sperme giclant dans mon vagin ; puis il s'arracha d'un coup, sa verge déjà molle glissant de mon sexe en un débordement de fluides, et s'abattit sur le lit à côté de moi. Je ne voyais toujours rien, il faisait trop noir pour que mes yeux puissent s'ajuster, mais je sentais sa présence, allongé sur la toile, il pantelait, sifflait un peu, je me taisais et ne remuai pas, peu à peu sa respiration s'égalisait, une grande fatigue aussi me recouvrait, la douleur serpentait toujours sous ma peau, âcre, tiède, je me concentrai sur sa respiration au fur et à mesure qu'il s'endormait, et m'endormis avec lui.

La lumière revint tout aussi abruptement qu'elle avait disparu et j'ouvris les yeux. Pour un long moment, encore empêtrée dans des rêves confus où j'essayais de diriger un véhicule avec des mains liées qui m'empêchaient de tenir proprement le volant ou d'actionner le levier de vitesse, j'eus du mal à saisir où j'étais. Puis tout reflua d'un coup et je me retrouvai dans mon corps traversé par les battements sourds de la douleur. Il faisait une chaleur terrible, ma peau était sèche et hérissée, ma bouche, toujours obstruée par le tissu, me paraissait un magma pâteux. Je tentai en vain d'y faire venir un peu de salive puis, très lentement, je tournai la tête : l'homme, à mes côtés, retourné maintenant sur le ventre, dormait encore, il ronflait même un peu, son incongru qui emplissait le silence de la pièce. Sans le quitter des yeux, j'écartai une jambe puis attendis. Il ne bougea pas, le ronflement continuait. Alors je déplaçai l'autre jambe, puis mon épaule, puis ma tête, et glissai doucement à bas du lit. Debout dans mes socquettes et mon soutien-gorge humide, souillée de sang, un liquide baveux filtrant de mon sexe, les mains toujours chevillées dans mon dos, je restai là un long instant à contempler le corps de l'homme. Son ronflement s'interrompit, sa main bougea, vint gratter sa nuque, puis le bruit, régulier et exaspérant, reprit. Pas à pas, les yeux toujours rivés sur lui, je me déplaçai en arrière vers la chaise où étaient déposés ses vêtements. Le pantalon pendait sur le dossier, par-dessus le veston. Je fléchis les genoux et, dos tourné à la chaise, palpai une à une les poches. Très vite je repérai une petite clef ; glissant les doigts dans la poche, je m'en emparai. La retourner dans le bon sens, dans mon dos, puis la glisser sans faire de bruit dans la serrure d'un des bracelets s'avéra un exercice très délicat, qui me bloqua de longs moments durant la respiration. Enfin je pus faire jouer le cliquet et le bracelet s'ouvrit avec un léger chuintement métallique qui me parut détoner à travers la pièce. L'homme n'avait toujours pas bougé. Je ramenai mes bras devant moi, retirai de ma bouche le morceau de tissu, et approchai la clef du second bracelet ; mais ma main, engourdie par la longue immobilité, se mit à trembler violemment, je dus lutter d'interminables secondes avant de réussir à la calmer suffisamment pour insérer la clef dans la serrure. Ignorant les crampes fulgurantes qui me tenaillaient les bras, je m'avançai vers le lit et examinai les mains de l'homme. L'une traînait en arrière, le long des fesses ; l'autre était recourbée autour de la tête. Avec toute la minutie dont j'étais capable, je glissai la pointe d'un des bracelets sous le poignet couché près des cheveux, appuyant sur la toile brodée pour toucher le moins possible la peau, et refermai le cliquet avec une légère série de bruits métalliques qui ne troublèrent pas son ronflement. Puis, d'un geste rapide, je rabattis le bras ainsi menotté dans son dos et poussai le second bracelet contre l'autre poignet. L'homme se réveilla et tenta d'écarter les bras à l'instant où le cliquet s'enclencha. Triomphante, j'appuyai sur les deux bracelets pour les serrer le plus possible, imprimant le métal dans la chair des poignets. L'homme se mit à agiter les pieds et à m'abreuver des injures les plus crues ; mais déjà je ne pensais plus à lui, et je courus à la salle de bains où, sans allumer la lumière, j'ouvris grand le robinet d'eau froide du lavabo et y plongeai avec avidité mes lèvres. Les yeux fermés, je bus longtemps, jusqu'à en avoir mal au ventre. Puis je me rinçai le visage et la nuque, coupai l'eau, et revins dans la chambre en massant mes poignets endoloris. L'homme braillait toujours ; avisant sur la table de nuit un lourd cendrier, je m'en saisis et l'abattis sur son crâne, le fracassant en une pluie de petits cubes de verre qui s'éparpillèrent sur les herbes brodées du tissu. L'homme, le visage soudain inondé de sang, se tut. Je le regardai en respirant lourdement, évitant son œil inquiet qui cherchait le mien. « Écoute, ne sois pas idiote, c'était juste un jeu », articula-t-il enfin d'une voix calme mais comme imperceptiblement tremblée. « Tu es payée pour ça, non ? Allez, détache-moi, je te donnerai plus d'argent, ne t'en fais pas. Il faut pas prendre ça trop au sérieux, ce n'était qu'une fantaisie. » Je ne répondis pas mais, me rendant compte que je coulais encore un peu, je ramassai mon bâillon, un simple gant de toilette, et m'en torchai la vulve. Puis je m'approchai du lit, appuyai sur les côtés de sa mâchoire pour lui faire ouvrir la bouche, et y fourrai en entier le rectangle de tissu souillé. Il se mit à gargouiller et à gigoter, ses jambes battant contre la toile recouvrant le lit. Attrapant son pantalon, j'en retirai la ceinture des passants et lui attachai solidement les pieds. Il se calma un peu et resta là sans bouger, respirant fortement par le nez. Je me redressai et examinai la chambre. Mon regard tomba sur le plateau du repas toujours posé dans un coin : je m'emparai du verre de bière vide et en roulai le fond dans un des plats, le barbouillant d'huile. Ensuite je revins vers le lit, écartai les fesses de l'homme, et, tandis qu'il grognait et remuait un peu, appuyai la base du verre contre son anus et poussai. Cela résista, puis céda d'un coup, engloutissant la moitié du verre alors que l'homme redoublait de grognements alarmés dans son bâillon. Je contemplai mon œuvre : le bord évasé du verre, encore recouvert de mousse séchée de bière, s'ouvrait entre ses fesses brunes et charnues, laissant deviner, derrière la fine paroi, la profondeur sombre du rectum. Je le fis tourner, l'enfonçai un peu plus, ne laissant dépasser que le rebord. Puis je fermai mon poing et l'abattis violemment sur son coccyx, broyant le verre encastré en lui.

Assise sur la cuvette des W.-C., la porte fermée pour ne pas avoir à entendre les geignements étouffés de l'homme recroquevillé sur le lit, j'ôtai le reste de mes vêtements, encore collants et détrempés. L'effort rouvrit quelques-unes des petites coupures, qui se remirent à saigner, me forçant à demeurer assise là avec une serviette à la main, pressée contre les taches rouges. Après, les jambes encore flageolantes, je m'assis dans la baignoire et fis couler le jet de la douche, le plus chaud que je puisse supporter, tête baissée sous le flot, les yeux fermés pour ne pas voir l'eau rougie danser autour de mes cuisses. Petit à petit les points de douleur les plus aigus se dissolvaient en un endolorissement plus diffus, mieux réparti à travers mes membres. Lorsque je coupai enfin l'eau je me sentais revigorée, munie d'un corps fort et contrôlé dont je restais toutefois pour l'essentiel détachée. Je me drapai dans la seconde sortie de bain, qui acheva d'éponger les filets de sang perlant encore sur ma peau, et peignai patiemment mes longs cheveux blonds avant de les enrouler dans une serviette propre. Quand ce fut fini je poussai un soupir, ouvris, et revins dans la chambre disposer les vêtements mouillés sur le radiateur.

L'homme, roulé en boule sur l'étendue verte et dorée du lit, son cul éclaboussé de sang crûment éclairé par la lampe de chevet, paraissait évanoui. Un instant, je me demandai qu'en faire. J'étais fatiguée et je voulais dormir, mais dans la chambre avec lui, il n'en était pas question. J'agrippai ses bras menottés et le tirai du lit ; son corps chuta sur la moquette avec un bruit sourd, et il se remit à remuer, poussant des petits sons étouffés dans le bâillon dont un coin dépassait entre ses dents. Son visage était écarlate, il roulait sur moi des yeux effarés, emplis d'une épouvante muette qui me fit insensiblement sourire. Enfonçant mes doigts de pied dans l'épaisse moquette, je m'arc-boutai pour le traîner mètre par mètre jusqu'à la salle de bains, où je parvins tant bien que mal à le faire basculer dans la baignoire. Sa tête était retombée en arrière et il geignait dans le bâillon, incapable du moindre mouvement ; je coupai la lumière et le laissai là, fermant la porte derrière moi. En ressortant, tandis que je rajustais mon peignoir, mon pied se piqua sur quelque chose : c'était le couteau, oublié sur la moquette. Je le ramassai et le posai sans un bruit sur la commode. Puis je rabattis la toile brodée tachée de sang et la jetai en boule sur la moquette, avant de me glisser sous les draps et d'éteindre. Je m'endormis aussitôt et cette fois ne fis aucun rêve. Lorsque je me réveillai mes petites blessures tiraillaient encore ; mes muscles étaient pétrifiés de crampes, et une douleur lancinante me vrillait le bas-ventre. Je m'étirai puis me redressai, allumant la lumière et palpant avec délicatesse les entailles qui semblaient plus ou moins refermées et ne saignaient plus. Je m'extirpai du lit, me forçai à faire quelques mouvements d'étirement, et commençai à enfiler mes vêtements. Dans la poche de la veste, mes doigts rencontrèrent quelque chose de froissé : c'étaient les billets que m'avait donnés l'homme, que je lissai et pressai avec soin avant de les replacer dans son portefeuille. Je regardai la porte de la salle de bains ; j'aurais bien voulu me brosser les dents, mais cela pouvait attendre. Devant l'entrée, j'hésitai : il y avait deux portes, l'une en face de l'autre, je ne l'avais pas remarqué. Laquelle emprunter ? C'était sans importance. J'en choisis une au hasard et franchis le seuil. Tout de suite l'air frais du couloir me redonna des forces, j'inspirai profondément et me mis à courir, laissant la douleur irritant mes membres s'estomper au rythme des petites foulées. Mes baskets, légères, frappaient le sol presque sans bruit ; l'air sifflait avec régularité entre mes lèvres, d'où avait tout à fait disparu le goût âcre du sang. Je refis vite mon chignon sans m'arrêter et me concentrai sur ma course, naviguant un peu au jugé pour éviter de me heurter contre un des murs qui, difficiles à situer dans la pénombre régnant ici, paraissaient s'incurver, tantôt dans un sens, tantôt dans l'autre. En plissant les yeux, je discernais parfois des pans plus obscurs, galeries de traverse peut-être, ou bien juste ouvertures de puits de sécurité ; mais je les ignorai et continuai tant bien que mal, laissant la tension et la douleur se défaire dans mon corps, retrouvant peu à peu le plaisir du souffle et du mouvement. Devant moi, quelque chose brillait dans l'obscurité : c'était une poignée, sur laquelle j'appuyai sans hésiter pour faire jouer une porte qui s'ouvrit grand devant moi. Je franchis le seuil et tout de suite me sentis chez moi. L'espace était très grand, empli d'un fouillis de meubles, divans, fauteuils, tables en tous genres, ployant sous les fleurs et les bibelots ; au fond, une baie vitrée fermait la pièce, dominant un panorama de tours de verre ou de béton, étagées devant une bande de mer pâle et lumineuse. J'allai appuyer mon front contre la vitre froide et contemplai la ville étalée devant moi, suivant des yeux un petit hélicoptère venant se poser comme une guêpe au sommet d'un des gratte-ciel, puis le grand mouvement paresseux et délicieusement irrégulier d'une volée de pigeons, et détaillant les nuances de rose, de fuchsia et d'orange reflétées dans les vitrages au fur et à mesure que le jour baissait. Un puissant sentiment d'affection et même de désir, à la fois débordant et vague, sans objet précis ni direction, me traversait et me remuait lourdement ; incapable de le focaliser sur quoi que ce soit, je jouais abstraitement avec les pommes rouges, jaunes et vertes entassées là dans une coupe en porcelaine, m'amusant à souffler sur la vitre pour regarder la buée rétrécir et disparaître, ou alors y dessinant du doigt des formes enfantines, cœurs, flèches, sourires. Je me détachai enfin de la baie et me mis à errer à travers le labyrinthe de meubles, ôtant et jetant ici et là sans y penser mes vêtements, jusqu'à me retrouver nue. Il faisait un peu frais et j'enfilai une longue robe en dentelle blanche négligemment oubliée sur une chaise, glissant mes bras encore endoloris dans les manches bouffantes et tirant les pans autour de mon corps. Sur une chaîne traînait un boîtier de CD, des vieux enregistrements de concertos pour piano de Mozart, j'en glissai un dans la fente de l'appareil et l'activai, reprenant ma lente divagation entre les meubles tandis que résonnaient les premières notes, allumant au hasard quelques lampes, caressant un vase ou une sculpture chinoise en jade, fourrant mon nez dans un bouquet de fleurs blanches sans odeur, ou feuilletant, sans m'attarder sur une image en particulier, des livres d'art emplis de photographies de piscines ou bien de tableaux clinquants composés à partir de fleurs, d'oranges, d'oiseaux empaillés et de gueules de requins. Je me sentais calme, presque heureuse, mais je ne tenais pas en place, les longs pans du déshabillé en dentelle flottaient autour de mes mollets, je m'assis sur un divan de cuir blanc, jambes repliées sous moi, puis me relevai aussitôt pour saisir le combiné d'un téléphone sans fil et jouer avec, prise d'une furieuse envie d'appeler quelqu'un, sans avoir la moindre idée de qui. Enfin je composai un numéro au hasard, mais tombai sur une voix métallique de femme qui m'annonçait avec des intonations musicales : « Ce numéro n'est plus en service. Veuillez consulter l'annuaire ou bien rappeler ultérieurement. » Je raccrochai, puis me tournai vers un buffet en marbre noir et en bois verni pour me servir, d'un lourd carafon en verre taillé, un petit verre d'eau-de-vie et piocher dans une boîte laquée un cigarillo long et fin que j'allumai avant de revenir me lover sur le divan blanc, dos à la baie vitrée, mes jambes encore couvertes de bleus cachées sous l'extravagante dentelle de la robe. Je vidai la moitié de mon verre, puis amenai le cigarillo à mes lèvres : au premier contact, je le retirai abruptement, crachant avec violence, une affreuse sensation ardente mordant le bout de ma langue. Médusée, je regardai le cigarillo : sans m'en rendre compte, je l'avais retourné entre mes doigts et avais ainsi enfoncé la braise dans ma bouche. Roulant de la salive sur ma langue, j'éclatai d'un rire aigu et écrasai nerveusement le cigarillo dans un gros cendrier en agate grenat, veiné de blanc et d'aubergine, posé sur une longue table basse en verre et en métal plantée sur l'épaisse moquette blanche recouvrant le sol. Un livre reposait à côté du cendrier, un gros livre de photographie au format à l'italienne, relié de toile blanche : tout en continuant à faire jouer la pointe meurtrie de ma langue contre le dos de mes dents, je l'ouvris et le feuilletai. Chaque page présentait une série d'images de femmes nues, série décomposant sous des angles différents toutes sortes d'actions banales : marcher, en talons hauts ou bien portant un seau, courir en se pinçant un sein, fuir en se cachant le sexe, monter ou descendre une planche, des marches, ou une échelle ; sauter, ramper, danser ; se vêtir et se dévêtir, gestes de tous les jours, se peigner, tirer un bas, sécher son corps ; se coucher et se lever, s'asseoir pour lire ; se verser un baquet d'eau sur la tête, le corps effacé par le jaillissement figé de l'eau. Étrangement fascinée, je tournais les pages en songeant à ces femmes mortes depuis longtemps, qui avaient bien voulu se prêter à ce drôle de jeu. Une lumière vive, presque crue, éclairait leurs corps, très blancs devant le décor immuable formé par un mur sombre, et découpait avec netteté les ombres nichées dans les replis des seins, des fesses, des cuisses ou des omoplates ; parfois elle était si forte qu'elle en rendait le corps abstrait, le réduisait à une simple forme indistincte signifiée seulement par les cheveux et le triangle noir du pubis. Ailleurs, on distinguait mieux leurs charmes : fesses charnues mais élégantes, hanches un peu larges, seins parfois tombants, ventre rebondi et mignon, une colonne vertébrale en creux ou au contraire des os qui saillaient sous la peau, l'attache, bien dessinée, de membres flottants. Plus je les contemplais, plus je me demandais comment ces corps pouvaient bien tenir ensemble : il me semblait en effet n'y avoir aucun rapport logique entre tel coude, telle épaule, telle nuque, telle cuisse et tel derrière, chacun aurait pu être rattaché à un autre, pour former une nouvelle combinaison de mouvements figés représentée par ces jolies poupées très blanches. Tout cela avait aussi peu de sens que la douleur cuisante et incongrue isolant ma langue du reste de ma bouche, où elle vivait tapie, un petit animal mobile et souffrant, aux aguets.

La nuit était tombée et il faisait de plus en plus frais, presque froid. Au-delà de la baie vitrée, les gratte-ciel et les immeubles tassés à leurs pieds, tout illuminés, brillaient dans la nuit, à moitié masqués par les reflets, dans les grandes feuilles de verre, des néons, des tableaux, et des bouquets de fleurs décorant l'appartement. Mon eau-de-vie à la main, je me levai, laissant là le livre et ses images troublantes, et allai monter le thermostat avant de revenir boire un autre verre, mes fesses drapées de dentelle appuyées contre l'accoudoir d'un fauteuil tapissé. J'avais un peu faim et je me dirigeai vers la grande cuisine ouverte, toute blanche et propre, pour explorer les placards. À ma surprise ils ne contenaient pas grand-chose, juste des boîtes de sardines à l'huile, des oignons, du pain noir et une demi-bouteille de vin rosé. Je m'en composai un petit repas et revins me camper sur le plateau de marbre froid d'une autre table basse pour picorer un peu. Mais mes doigts trouvaient difficilement le chemin de ma bouche, qui ne se situait pas là où elle devait être ; et lorsque enfin une sardine ou un quartier d'oignon cru passait mes lèvres, il chutait dans un espace vide, sans pouvoir prendre le chemin de l'œsophage. Quant à mon système digestif, je le sentais nettement, il se promenait à l'intérieur de mon abdomen un peu ballonné, se tordant dans tous les sens. Une forte crampe noua mon bas-ventre, puis une autre. Je posai mon assiette sur la table et filai vers la salle de bains, où je remontai à la hâte les plis du déshabillé pour m'asseoir sur la cuvette des W.-C. : comme si on avait ouvert un robinet, le sang se mit à couler, un long flot rouge dont l'odeur ferrugineuse emplit la pièce blanche et étincelante sous ses néons. Mon sexe me paraissait isolé de mon corps, comme détaché, et, tenant toujours les pans du déshabillé serrés contre mon ventre, je me levai pour le laisser achever de se vider seul, avant de le prendre dans mes mains pour le rincer dans le lavabo. Puis j'ouvris le robinet de la vaste douche bleue, laissai glisser la robe de dentelle sur le carrelage, et ôtai ma peau pour la tendre sous le jet brûlant, la retournant dans tous les sens pour la savonner en essayant d'éviter le plus possible d'éclabousser mes muscles et mes tendons. Enfin je l'essorai et l'accrochai à une barre en verre, la laissant s'égoutter lentement. Je me tournai vers le long miroir qui occupait tout le mur au-dessus du lavabo, éclairé par un cadre de petits halogènes. Il était fendu de partout et ces fissures traversaient mon corps, en séparant les morceaux pour les distribuer dans l'espace. J'examinai scrupuleusement les grappes rosâtres de mes glandes mammaires, toutes tendues vers les deux mamelons posés comme des petits bouchons sur le réseau enchevêtré des conduits lactifères, puis admirai la courbe de mes trompes, couronnant mes ovaires comme des corolles de fleur, la jolie poche toute plissée de l'utérus, et le conduit bourrelé, parcouru de veinules, du vagin, qui descendait pour venir s'évaser dans le vide, laissant échapper encore quelques gouttes de sang qui s'écrasaient l'une après l'autre avec un petit bruit mat sur les carreaux blancs. Je retirai de ma tête comme une perruque mes longs cheveux blonds, laissai là aussi mes ongles laqués, et me dirigeai vers la chambre à coucher, décomposant chacun de mes mouvements en un plan fixe et arbitraire, dont seule la séquence, déroulée en esprit vingt-quatre fois par seconde, pouvait m'amener là où je le souhaitais. Ici aussi les bouquets de lilas, de crocus, d'iris et d'œillets blancs décoraient les meubles ; un dessus-de-lit richement ouvragé, avec des herbes longues et fines brodées sur une trame dorée, recouvrait la surface du lit, reflété par le grand miroir rond ouvrant comme une deuxième chambre dans l'étendue blanche du mur. Ce miroir aussi répétait mes formes, mais elles n'avaient aucun sens pour moi : c'était donc ça, un corps ? Si je tournais le dos, la peau et les muscles s'écartaient comme des ailes sur les omoplates et les côtes ; de profil, glissant entre les muscles abdominaux, l'estomac, le foie et le pancréas gonflaient mon ventre ; quant à mon visage, il n'était pour ainsi dire plus visible, caché sous les plis de derme et de tissu adipeux qui révélaient la masse grise, gélatineuse, entassée en circonvolutions à l'intérieur du bol ouvert du crâne, de mon cerveau. Je plaçai mes rotules sur le champ d'herbes du dessus-de-lit et me retournai : mon orifice maculé de sang occupait le centre du miroir, dessiné par deux plis de chair gonflés, velus, que j'écartai et secouai comme de vieilles guenilles crasseuses, découvrant les muqueuses roses et l'ouverture béante qui, au fur et à mesure que j'y enfonçai mes doigts, se dilatait démesurément, sans limites, un organe en creux replié sur lui-même, qui n'avait plus rien à voir avec moi. Ma main entière s'y trouva enfin logée, le poignet enserré entre les tissus spongieux et malpropres, et j'agitai les doigts, pinçant les nerfs comme des cordes, envoyant les trilles d'une musique à la fois blanche et charnelle rouler le long de mon système nerveux pour se regrouper par endroits en des vibrations convergentes avant d'imploser, décochant en retour des flots de lumière qui traversaient mon corps évidé par ricochets, l'éparpillant de tous les côtés de la chambre. Mais le sexe ne cessait de béer pour autant, il occupait maintenant la plupart du miroir de toute sa profondeur ouverte par mes deux mains, noire, abyssale, enfin suffisamment grande pour que j'y fourre toute ma tête et l'y fasse disparaître, suivie de l'ensemble de mes organes qui se dispersèrent par là dans le grand appartement, laissant le corps vide étalé sur le dessus-de-lit vert et doré, une coquille blanche et lisse, sans aspérités, pure surface enveloppée par le sommeil.

Je me réveillai dans le noir et dans le froid. À tâtons, je tendis la main vers le petit plat en métal où j'avais posé mes yeux. Je le soulevai et le dirigeai vers le miroir rond, l'orientant pour tenter de capter un reflet de lumière. Mais il n'y avait rien. Alors, tenant le petit plateau devant moi comme un bougeoir, je me levai du lit et cherchai mon chemin vers le salon. Là, les lumières des immeubles avoisinants jetaient une dure lueur bleutée sur les meubles, les murs et les bouquets de fleurs. Frissonnant de froid, je m'avançai pas à pas vers la baie vitrée, me dirigeant droit vers le reflet brouillé de mon corps nu. Arrivée devant la paroi de verre, je levai le petit plat et promenai mes yeux sur les grandes tours de verre érigées devant la nuit. Distancié ainsi de moi-même, mon regard prenait une acuité surprenante, je distinguais tout ce qui se passait derrière les fenêtres superposées en face de moi, même les plus lointaines ; elles étaient emplies de corps gesticulants qui s'échangeaient des paroles, se nourrissaient, se battaient, forniquaient, déféquaient, agonisaient, mouraient. C'en était presque insoutenable : les corps avaient envahi le monde. De loin en loin, des femmes ou des hommes nus ouvraient leurs fenêtres et basculaient dans le vide ; je les voyais tomber avec une lenteur effrayante, les uns après les autres, flottant tête la première sans un son avant de disparaître dans le gouffre des rues. Je me détournai et orientai mes yeux vers le grand salon. Accrochés au sommet des tiges des fleurs débordant des vases, une myriade d'yeux me contemplaient à leur tour. Fixée contre la vitre par cette foule de regards impassibles, qui détaillaient gravement le duvet de mes bras, de ma lèvre supérieure et de mes seins, les grains de beauté constellant ma peau, les pores faisant de mon épiderme un filet percé de toute part, et les moindres cellules composant sa surface, je pris peur. Mes doigts s'entrouvrirent d'eux-mêmes et le plateau bascula, envoyant mes deux yeux rouler sur la moquette tandis que je me cognais aveuglément contre les meubles et filais comme un animal traqué enfouir mon corps sous le champ d'herbes vertes du dessus-de-lit brodé, fermé à toute cette horreur. Mais mes yeux, grands ouverts au milieu de l'épaisseur de laine blanche de la moquette, voyaient tout. Pendant un très long moment, rien ne bougea. Les yeux posés sur les tiges des fleurs regardaient les miens sans ciller, seules les variations de lumière, à l'extérieur, entraînaient un changement d'intensité dans mon champ visuel. Mais peu à peu apparurent quelques petits insectes ronds et rouges, se faufilant entre les fibres de la moquette, suivis d'autres, de plus en plus nombreux, qui tous se dirigeaient vers mes deux yeux. Puis ils les recouvrirent, parasitant ma vue de leurs corps rouges, avant de l'obscurcir complètement et de l'effacer, toujours sous le regard impassible des bouquets d'yeux. Lorsque je me réveillai de nouveau la lumière froide du petit matin se déversait dans la chambre. Dans le miroir rond, braqué sur moi comme un œil géant, le dessus-de-lit vert et doré scintillait doucement. Je redressai mon corps solide, compact, nerveux, mais lourd de fatigue et hérissé par le froid, et nouai mes cheveux en chignon avant de m'arracher aux draps pour aller farfouiller dans les tiroirs à la recherche d'un survêtement propre. Puis je filai au salon, galopant comme une gamine. La pièce me paraissait très blanche, le jour versait cette même lueur froide sur le tissu blanc des meubles, la moquette blanche, les corolles blanches des fleurs, paisibles et stériles, sans odeur. Je raflai une pomme jaune dans la coupe posée sur la table ronde devant la baie vitrée, la portai à mes lèvres, puis renonçai à la croquer et la remis à sa place. Dans l'entrée, juste devant la porte, une enveloppe reposait sur les dalles. Je l'ouvris et dépliai la feuille de papier : c'était une lettre officielle du syndic de l'immeuble, réitérant les plaintes anciennes d'une voisine concernant les pics de tension dans mon appartement, qui selon elle causaient des délestages dans l'installation électrique de l'édifice, et m'informant que la compagnie d'électricité prendrait prochainement contact avec moi afin de fixer un rendez-vous pour venir réviser mon circuit, à mes frais comme il se devait. Je froissai la lettre, la jetai avec l'enveloppe dans une corbeille, et sortis. Dès que je me retrouvai dans le couloir ma colère retomba, l'air tiède déliait mes membres engourdis et je me mis à courir à petites foulées, coudes au corps et respirant avec régularité, promenant un regard rêveur sur les parois curieusement difficiles à situer dans la demi-obscurité, ou sur l'espace au-dessus de ma tête, où ne se voyaient ni source d'éclairage, ni plafond. Le couloir, de toute évidence, n'était pas droit, malgré tous mes efforts mes bras venaient régulièrement frôler un mur et je devais tout de suite réorienter ma course, ignorant avec fermeté les zones plus assombries que je rencontrais, bifurcations ou simples dépressions, je ne cherchais pas à le savoir. Tout me paraissait aisé dans cette course, mes douleurs et mes courbatures avaient disparu, l'oxygène emplissait mes veines et propulsait mon corps, rendu joyeux par la souplesse de ses pas. Devant moi, un éclat brillant se détachait sur une des parois, je me dirigeai vers lui en tendant la main, comprenant au dernier instant qu'il s'agissait d'une poignée de porte ; sans réfléchir, je la saisis et ouvris. Je passai le seuil sans ralentir, m'avançant vers le centre d'un hall baignant dans une calme lumière chaude. Quelques gravures encadrées, sur lesquelles l'œil glissait sans s'arrêter, rompaient la monotonie des murs ; sous mes pieds, qui piétinaient encore sur place, une longue bande verte brisée barrait la moquette ivoire. Trois visages s'étaient tournés vers moi et me fixaient en silence. Les deux hommes, leurs traits épais tendus comme pour grogner, se tenaient jambes écartées, mains croisées devant le bas-ventre ; ils portaient des costumes noirs, des cravates, et, de manière tout à fait incongrue pour le lieu, des lunettes de soleil. La femme fit un pas en avant sur ses très hauts talons. Ses longues boucles aux reflets roux cascadaient sur ses épaules dénudées, sans parvenir à masquer des seins laiteux qui débordaient d'une courte robe à paillettes noire dans laquelle son corps généreux paraissait engoncé avec peine. Elle tenait une tablette dans le creux de son bras gauche ; ses bracelets dorés tintèrent lorsqu'elle avança les doigts de l'autre main pour tapoter l'écran, le feuilletant ensuite comme elle l'aurait fait des pages d'un livre. Elle arrêta son geste, me dévisagea d'un air soupçonneux, feuilleta encore, releva les yeux vers moi. « Vous êtes en retard, mademoiselle », lâcha-t-elle enfin sèchement. Ses lèvres peintes couleur framboise avaient à peine bougé. « Pardon, madame. J'ai dû courir. » — « Oui, je vois ça. » Elle promena sur mon corps un long regard calculateur, évaluant mes formes sous le jogging. Cela ne dura qu'un bref instant et elle fit une moue. « On ne vous a rien dit, pour le dress code ? » — « Non, madame. » Elle haussa les épaules : « Il faut toujours tout faire soi-même. Heureusement qu'on est prévoyants. » Elle pianota encore à plusieurs reprises sur son écran, pivota sur la pointe des pieds, et poussa la double porte. « Venez avec moi. » Les deux hommes esquissèrent un pas de côté et je suivis mon hôtesse le long d'un couloir décoré de la même manière que le hall. Au fond se dressait une autre double porte ; mais la femme m'entraîna par une porte dérobée et me mena jusqu'à une salle de bains au sol ardoise et aux murs carrelés de blanc, violemment éclairée au néon, une lumière presque douloureuse après celle très feutrée du reste de la suite. « Douchez-vous là, ordonna l'hôtesse. Vous puez la transpiration et ces messieurs n'aiment pas ça. Vous vous croyez où, enfin ? C'est impossible. » Sur le pas de la porte, elle se retourna : « Laissez vos loques ici, vous les reprendrez à la sortie. » Je me déshabillai en vitesse et fis ce qu'elle m'ordonnait, plongeant mon corps sous l'eau chaude et le savonnant vigoureusement. J'achevais juste de me rincer lorsqu'elle revint avec une pile de vêtements qu'elle déposa sur une chaise. J'ouvris la porte vitrée et m'avançai, dégoulinant d'eau, sur les dalles d'ardoise. Elle me tendit une grande serviette-éponge, puis retint son geste pour contempler mon corps trempé. Un instant, son regard se troubla ; puis il redevint dur, métallique. Je n'avais pas baissé les yeux et je l'observai tandis qu'elle évaluait froidement mes seins, mon ventre, mes hanches. Elle s'arrêta sur mes bleus, qui viraient au jaune, et sur les petites coupures déjà presque cicatrisées qui décoraient ma mâchoire, mon épaule et mes cuisses. « Mais qu'est-ce que c'est, ça ? Vous avez été prise dans une rixe ? » Ses yeux tombèrent sur la touffe blonde, frisottante de mon pubis : « Et vous n'êtes même pas épilée », continua-t-elle sur un ton exaspéré. Je gardai le silence et elle haussa les épaules : « Après, c'est à moi qu'on se plaint. » Pendant qu'elle triait les vêtements, me demandant des précisions sur les tailles, je me séchai et remontai mes cheveux en un chignon élaboré dont les mèches s'échappaient en gerbe. Puis j'enfilai ce qu'elle m'avait préparé, un soutien-gorge en dentelle tourterelle dont le balconnet rehaussait un peu mes seins, une culotte moulante en tulle brodé de la même couleur, des bas de soie terminés par une large bande de dentelle, gris eux aussi mais d'une teinte plus foncée, couleur d'acier. J'accomplissais ces gestes familiers sans réfléchir ni y prêter vraiment attention ; glissant mes pieds dans les escarpins à talons hauts, j'avais comme l'impression que c'était quelqu'un d'autre que j'habillais. Mais la robe me tira un instant de mon détachement. Elle était très belle, une courte gaine moulante gris perle tricotée et soyeuse, sans la moindre couture, et doublée à l'intérieur d'une soie couleur pêche qui coulait sur la peau avec un léger froissement. L'encolure, droite, cachait la petite cicatrice à mon épaule ; je lissai le tissu sur mes hanches et, contemplant dans la glace encore en partie embuée ma longue nuque dégagée, ma poitrine et la courbe de mes reins, je me trouvai pour un moment presque belle. Mon hôtesse eut vite fait de me rappeler à l'ordre : « On vous attend, mademoiselle. Vous devez encore vous maquiller. » Elle essuya la glace avec la serviette tandis que je piochais dans une boîte disposée là pour choisir mes couleurs : gris plomb pour les paupières, une teinte plutôt couleur dragée pour les lèvres, du rose aussi, tirant sur la pelure d'oignon, pour les ongles. Pendant que je les appliquais avec soin la femme égrenait ses consignes : « Les règles sont simples, on vous les a expliquées, j'espère : pas de noms. Vous reconnaîtrez certainement plusieurs de ces messieurs, faites comme si c'étaient des inconnus. Pas question que leur présence ici s'ébruite. » Alors que j'agitais les doigts pour faire sécher le vernis elle déposa sur le marbre noir du lavabo quelques bijoux en argent : « Vous n'oublierez pas de me rendre tout ça à la fin », glissa-t-elle sur un ton ironique. Campée sur mes talons, je les enfilai un à un, puis me tapotai quelques gouttes de parfum sur le cou et le haut de la poitrine, détaillant mon apparence dans la glace avec des yeux agrandis par le khôl et le rimmel, fort amusés par ce spectacle surprenant. Même l'hôtesse n'y était pas insensible. « Pas mal », fit-elle en me passant les deux mains sur les reins et les fesses, « pas mal. »

Un brouhaha feutré emplissait le grand salon. Leurs talons plantés dans une épaisse moquette écrue, piquée d'étoiles dorées, des jeunes femmes élégantes et racées conversaient poliment avec des hommes en costumes d'affaires, bien plus âgés qu'elles. Plusieurs visages m'étaient en effet familiers, hommes politiques, chefs d'entreprise, banquiers, comédiens, vus dans les journaux ou à la télévision. Des canapés et des fauteuils de cuir étaient disposés ici et là dans un désordre savant ; les glaces accrochées aux murs redoublaient les immenses bouquets de fleurs tropicales dressés sur les consoles ; jambes croisées sur un divan, sa tablette perchée sur un genou, l'hôtesse surveillait la scène en fumant une cigarette. Dans les coins de la pièce, des baffles cachés derrière des palmiers en pot distillaient les harmonies délicates et apaisantes d'un quatuor à cordes. Un homme en complet bleu s'approcha de moi et me tendit un verre : « Mademoiselle ? » Je le remerciai d'un léger sourire et pris le verre d'entre ses doigts. Tandis que je goûtais le liquide, un gin-tonic frais, pétillant, presque amer, il enchaîna sur les équilibres politiques particulièrement troubles d'un petit pays du Sud, me demandant mon avis. Je tentai en vain de rassembler mes souvenirs des derniers journaux que j'avais pu lire. « Une situation délicate, risquai-je enfin. Riche de périls. » — « Vous avez bien raison », fit-il avec un sourire. Nous trinquâmes et je bus une autre gorgée ; passant ses doigts le long de sa cravate en soie, rayée rose et bleu, il nomma le chef d'une des factions principales du pays : « S'il ne prend pas ses distances avec ses alliés historiques, tout le pays risque d'être entraîné vers la guerre. » Entre-temps, j'avais rassemblé dans mon esprit quelques vagues données sur le pays en question. « Oui.

Aucun des groupes minoritaires n'acceptera de revenir sous la férule de leur grand voisin. Surtout maintenant. » Il me caressa le bras avec un sourire patelin : « Je vois que vous maîtrisez tout à fait la géopolitique. Ça fait plaisir de discuter avec une femme intelligente. » Je répondis par un sourire poli, inclinant légèrement la tête. Dehors, le jour baissait. Derrière les baies vitrées qui encerclaient le salon, encadrées par des rideaux et des cantonnières drapées amande et or, se découvrait, sous nos pieds, le paysage irrégulier de la ville, constellé de carrés de lumière disséminés sur les façades vitrées des tours. Des nuées noires pesaient sur un large pan du ciel ; mais au-delà, vers le couchant, tout était dégagé, et le soleil finissant éclairait encore de sa lumière métallique le dos des nuages, jetant de longues lignes argentées sur la surface immobile de la grande piscine rectangulaire qui occupait le centre de la terrasse vide. Mon compagnon parlait toujours et je l'écoutais d'une oreille distraite, amenant de temps à autre le verre à mes lèvres pour siroter une gorgée du gin-tonic. Il discourait maintenant d'argent, me donnant, si je comprenais bien, des conseils d'investissements pour ma retraite ; chaque fois que je changeais mes jambes de position, faisant glisser la soie de la doublure sur mes hanches, ses yeux se baissaient machinalement pour se fixer sur ma poitrine ou mes cuisses, sans pour autant que son discours s'interrompe. Derrière lui, un autre homme laissait parfois couler sur moi son regard, d'un discret mouvement de tête ou bien par le biais d'une des glaces accrochées au mur, par-dessus l'épaule des trois jeunes femmes avec qui il entretenait une conversation. Massif, chauve, un sourire ironique flottant sur ses lèvres, il dominait ses compagnes d'une bonne tête, et portait avec aisance un beau costume anthracite d'un luxe discret et une cravate brodée de chrysanthèmes argentés ; il gardait une main plantée dans la poche de son pantalon, roulait un verre à whisky entre ses doigts épais, et emplissait la pièce de sa stature ; lui, évidemment, je le connaissais, comme tout le monde. Les autres hommes présents, quand ils lui adressaient la parole, paraissaient incapables, malgré le ton amical et détendu de la soirée, de perdre leur attitude déférente ; les filles, elles, buvaient et riaient, parfois le grand homme chauve tendait sa patte pour leur caresser le dos ou la fesse, elles se laissaient faire sans protester, riant encore plus haut et piochant de nouveaux verres, un petit four ou des gambas grillées sur les plateaux portés par les domestiques qui se faufilaient discrètement entre les groupes. Une d'entre elles en particulier se faisait remarquer, une jolie jeune femme aux longs cheveux roux, vêtue d'une courte robe brodée qui laissait nues ses épaules étroites, parsemées de taches de rousseur ; elle parlait bas et riait moins fort que les autres, et n'en attirait que d'autant plus l'attention. L'hôtesse s'était jointe au groupe et riait aussi ; gloussant amicalement, l'homme chauve se pencha pour lui planter un baiser dans le cou. « Pardonnez-moi, interrompis-je avec un sourire aimable mon interlocuteur. Je reviens dans un instant. » Je me tournai vers un des domestiques et déposai mon verre vide sur son plateau tout en haussant les sourcils d'un air interrogateur ; du menton, il m'indiqua un rideau de velours violet, qui masquait un pan de mur sur le côté. Je l'écartai : un long escalier, recouvert d'un tapis grenat, descendait en courbe ; en bas, un corridor à la lumière tamisée donnait sur plusieurs portes. Je poussai celle frappée d'une silhouette stylisée de femme et pénétrai dans des toilettes au décor feutré. Des néons de basse intensité diffusaient une lumière blanchâtre mais douce, qui creusait dans le miroir les traits maquillés de mon visage. J'ouvris une des cabines en acier brossé et, ayant fermé la porte derrière moi, essuyai par réflexe l'abattant avec une poignée de papier toilette avant de relever ma robe. Lorsque je rouvris, le grand homme chauve se tenait dans l'encadrement de la porte d'entrée, l'épaule appuyée au chambranle, ses yeux jaunes braqués sur moi. Le bruit de la chasse d'eau résonnait encore. Sans le regarder, je me dirigeai vers un des lavabos, fis couler l'eau, et me rinçai les mains. Sa voix grave et tranquille résonna derrière moi : « Alors, il paraît qu'on s'intéresse à la politique étrangère ? » Je levai les yeux sur son reflet dans la glace : « Vous ne vous êtes pas trompé de porte ? » demandai-je poliment, tout en prenant une des petites serviettes roulées dans un panier pour m'essuyer les doigts. Il décolla son corps massif du chambranle et fit un pas vers moi : « Non. Je ne pense pas. » Je jetai la serviette dans un panier posé au sol et m'appuyai contre le lavabo. Dans le miroir, à moitié dans la pénombre tellement il était grand, l'homme dirigeait sur moi un regard à la fois fiévreux et détaché. Je baissai les yeux et examinai mes ongles laqués, très roses sur le marbre beige veiné de blanc, tandis que ses immenses mains remontaient ma robe sur mes reins et abaissaient ma culotte. Ses doigts crissèrent sur la peau tendue de mes fesses, la malaxèrent, glissèrent dans la fente en appuyant un peu. Dans la glace, au-dessus de ma tête, ses yeux jaunes brillaient dans l'ombre, emplis d'une sombre fureur animale. Puis il m'administra une grande claque joyeuse sur la fesse et grogna : « Plus tard, plus tard. Tu peux te rhabiller. » Je me rendis compte que mes jambes tremblaient légèrement et les rapprochai ; juchée sur mes talons, remontant ma culotte, je me sentais ridicule, un peu perdue. Me demandant vaguement ce que je faisais là, je rajustai ma robe ; l'homme, lui, se penchait par-dessus mon épaule pour resserrer sa cravate, s'examinant dans la glace avec un regard carnassier.

En haut, la fête battait son plein. Autour de moi, les hommes, déjà gris, gloussaient ou lâchaient des grivoiseries imbéciles, auxquelles répondait le rire cassant des filles. Les corps commençaient à se montrer ; une jeune femme, pelotée sur un divan par deux types, poussait des petits cris ; les domestiques avaient disparu. Je me resservis un gintonic au bar et bus, contemplant distraitement ce remous humain dans la longue glace suspendue derrière le comptoir. Dehors, il faisait nuit, les lumières de la ville scintillaient entre les corps en mouvement ; on avait allumé des spots au fond de la piscine, et les eaux blanches découpaient un rectangle de lumière dans l'obscurité de la terrasse. Des cris aigus fusaient, trois hommes avaient soulevé la fille aux cheveux roux et, la portant par la baie vitrée grande ouverte, s'apprêtaient à la balancer comme un sac dans le bassin. L'hôtesse s'était approchée de moi et m'avait posé une main dans le creux du dos : « Vous ne vous joignez pas à nous ? » Elle fixait mon reflet dans la glace avec une expression indéchiffrable. Un grand bruit d'eau coupa net les cris de la fille. Je fis un signe de la tête à l'hôtesse et bus une autre gorgée avant qu'elle ne me tende un bâton couleur dragée : je me redressai sur mes talons, retouchai soigneusement le tracé de mes lèvres, et les roulai l'une contre l'autre sans quitter des yeux son regard vert, abstrait. Plus rien n'était obscur pour moi et il n'y avait plus rien à déchiffrer ; tout baignait dans une lumière crue, aussi blanche que celle de la piscine. Je me retournai. Debout au bord du bassin, la jolie fille rousse, dégoulinant d'eau, se débattait en pestant avec sa robe tandis que ses bourreaux

143

riaient grassement. Je me dirigeai vers elle et l'aidai à tirer la fermeture éclair dans son dos. « Merci », dit-elle simplement tout en envoyant valser ses talons aiguilles de deux coups de pied rageurs. « Enlève le reste, lui chuchotai-je à l'oreille. C'est ce qu'ils attendent, non ? » Elle sourit, dégrafa son soutien-gorge, le lança d'un geste de défi dans la piscine, puis envoya ses bas et son string le rejoindre. Les hommes avaient cessé de rire et l'examinaient avec attention. Elle leur jeta un regard de mépris, se tourna vers moi, et me passa les deux bras autour du cou, ses seins aux pointes roses, tendues par le froid, à quelques centimètres des miens. « Je ne veux pas mouiller ta robe », murmurat-elle avec un sourire. — « Ça ne fait rien », rétorquai-je en l'attirant à moi et en écrasant mes lèvres sur les siennes. Son corps sentait encore le chlore, je serrai ses hanches mouillées pendant que je l'embrassais. Enfin elle interrompit le baiser et recula d'un pas pour me dévisager d'un air calme, affectueux. Je la pris par la main : « Viens. » Depuis la terrasse, le salon paraissait une caverne de lumière ; devant la baie, sur un côté, une fille noire avait dégagé de leurs braguettes les verges de deux hommes et, accroupie devant eux, les suçait à tour de rôle. À l'intérieur, les pieds de ma nouvelle amie, sur les cheveux mouillés de laquelle jouaient des reflets cuivrés, laissaient des traces de pas humides sur la moquette ; sans lui lâcher la main, je me baissai et ôtai mes propres escarpins, enfonçant avec soulagement la plante de mes pieds dans le velours ivoire. Ma robe, mouillée par le contact de la jeune femme, collait par endroits à ma peau, celle-ci se hérissait tout en cherchant le contact soyeux des pans encore secs de la doublure rose. Devant nous, le grand homme chauve s'était calé dans un fauteuil, un verre à la main, son pantalon autour des chevilles : agenouillée devant lui, une fille au teint oriental lui léchait consciencieusement les testicules. Lorsqu'elle tendit la tête pour lui aspirer le gland, il posa les yeux sur moi. Il leva son verre et sourit, un sourire de fauve que je lui rendis avec amabilité. L'hôtesse s'était approchée de nous et, prenant la fille aux cheveux roux par les épaules, l'éloigna de moi en se penchant pour me chuchoter : « Alors, mademoiselle. Vous attendez qu'on vous fasse un dessin ? » À regret, je lâchai la main de ma compagne et regardai l'hôtesse la diriger vers un canapé où attendait un homme nu au corps poilu et trop bronzé, la verge à moitié dressée. L'homme qui m'avait parlé de politique étrangère se trouvait non loin de moi : sans un mot, je m'accroupis sur les étoiles dorées de la moquette, lui défis posément ceinture et braguette, et extirpai de son slip son sexe encore mou que je pris entre mes lèvres sur lesquelles flottait toujours la trace délicate de l'haleine de la fille, vite effacée par une lourde odeur âcre de sueur, d'urine et d'eau de Cologne bon marché. Peu à peu, tout le monde quittait ses vêtements. Pressé contre le cul offert d'une fille agenouillée sur un divan, un homme avait gardé sa cravate ; une autre jeune femme, deux hommes se relayant entre ses cuisses, caressait les bas de soie noire qui gainaient ses longues jambes. L'homme chauve, debout maintenant, son corps massif entièrement nu, un long cigare planté dans sa bouche charnue, promenait sa queue entre les lèvres de la fille asiatique tout en soufflant vers le plafond de grosses bouffées de fumée. Une coupe de champagne à la main, des lunettes de soleil fichées dans ses cheveux, une blonde décolorée aux traits épais se frayait un chemin en flageolant à travers la presse des corps, s'appuyant indifféremment sur des dos ou des accoudoirs ; les seins ballants, très blancs en contraste avec son bronzage aux tons orangés, elle enjamba le bras d'un canapé, puis marqua une pause pour tenter de baisser son collant, exposant sa vulve rasée, sous l'œil goguenard d'un jeune homme adipeux qui, en chaussettes, se branlait mollement en la regardant. Les glaces, tout autour, reflétaient l'enchevêtrement grotesque des corps, en partie masqués par les juteuses corolles pourpres, indigo, amarante, corail et topaze des fleurs tropicales ; impitoyable, la musique de chambre continuait à emplir l'espace de ses cadences élégantes, mêlée aux grognements et aux gémissements, parfois aussi aux rires, presque assourdis, des participants. Les verges se succédaient dans ma bouche, je ne levai pas les yeux pour voir à qui elles appartenaient ; parfois, du sperme jaillissait sur mes lèvres ou ma joue, je l'essuyais du dos de la main et continuais ; du coin de l'œil, j'observais parfois l'homme chauve, dont l'énorme corps était recouvert de poils blancs, frisottant par plaques même sur ses épaules, son dos et ses fesses. La jeune femme aux cheveux roux avait attiré son attention et il se dégagea de la fille qui s'acharnait de manière assez mécanique sur son sexe pour se diriger vers elle. Arrivé à sa hauteur, il lui saisit le poignet et la tira avec insistance. Elle ouvrit les yeux, repoussa la tête de l'homme agenouillé devant son sexe, se releva et le suivit. Le jeune homme grassouillet, sa verge toujours à la main, leur emboîta le pas, en compagnie d'un troisième type ; l'homme que je suçais était à point, je le branlai rapidement pour le faire jouir sur ma poitrine et ma robe, puis me relevai sans un regard pour lui et les suivis à mon tour. Le groupe passait une porte dérobée ; des yeux, je cherchai l'hôtesse, mais ne la vis nulle part ; alors j'entrai après eux. Les quatre se trouvaient maintenant dans une grande chambre à coucher et les hommes disposaient la fille à genoux sur un vaste lit recouvert d'un drap en soie vert et doré, la tête en direction de la baie vitrée qui ouvrait le mur du fond sur la ville éclatante de lumière.

Un peu en retrait, je les contemplais, étalant distraitement le sperme éclaboussé sur le tissu de ma robe. Le grand homme chauve s'était hissé derrière la fille et, ses épaules et son cul velus redoublés dans le miroir au-dessus du lit, lui écartait des deux pattes les fesses pour lui cracher sur l'anus. La jeune femme leva son visage étroit, regarda autour d'elle ; son œil croisa brièvement le mien, inquiet, fuyant. Quand l'homme approcha sa verge elle tenta de se dérober, se laissant couler sur le côté et repliant ses jambes ; l'homme lui attrapa sans ménagement une cheville, la retourna de nouveau sur le ventre, et la tira à lui. Son visage caché dans le drap, elle se débattait en le froissant, mais l'homme s'était appuyé sur elle et pesait sur son dos de tout son poids, fouillant entre ses jambes pour guider son sexe. « Non, non, balbutiait la jeune femme, pas comme ça. » L'homme recula et lui décocha une claque sur la fesse qui lui arracha un cri de surprise et de douleur. Puis il se tourna vers ses amis : « Elle se fait prier, la garce. Tenez-lui les mains. » Le jeune homme gras, grotesque dans ses chaussettes de fil outremer, se pencha et saisit les poignets de la fille, la tirant vers lui jusqu'au bord du lit et lui frappant à plusieurs reprises le visage de sa verge tendue ; l'homme chauve la suivit, imprimant une autre grande claque sur les fesses étalées sous lui et écartant des genoux les jambes qui s'agitaient en vain. Une veine pulsait violemment dans ma gorge, j'avais la bouche sèche et mes cuisses mollissaient ; surmontant mon angoisse, je m'avançai à mon tour jusqu'au bord du lit et le toisai : « Franchement, vous ne savez pas vous y prendre. » L'homme me jeta un regard de surprise et recula un peu ; la fille rousse en profita pour dégager ses poignets et se glisser au bas du lit où elle resta debout, les bras ballants, le visage cramoisi, respirant lourdement. Tous maintenant m'observaient en silence : des deux mains, je relevai la robe au-dessus de mon nombril, puis, la coinçant en place, baissai ma culotte sur mes cuisses, exposant le léger duvet blond de mon pubis. Une lueur mauvaise brilla dans les yeux un peu trop espacés de l'homme chauve et il tendit une main vers moi. Sa queue, lourde et engorgée, se mouvait entre ses jambes au rythme de sa circulation. Je montai à mon tour sur le lit et m'avançai à genoux, par petits mouvements de mes cuisses entravées par la culotte, sur les longues herbes imprimées du drap, jusqu'à prendre la position qu'avait occupée la fille, en appui sur mes bras, le cul tendu vers l'homme dont j'entendais une nouvelle fois le souffle rauque derrière moi. Il ricana : « Toi, tu l'auras cherché. » — « Vous vous fatiguerez avant moi », rétorquai-je crânement avant de baisser la tête pour prendre dans ma bouche la petite verge de l'homme adipeux. Comme plus tôt, je sentais les gros doigts épais de l'homme me triturant les fesses ; de la salive coula sur mon anus, suivie de la pression maladroite du gland. Je poussai, comme pour déféquer, et il entra d'un coup en laissant échapper un rugissement. Son ami m'avait agrippé la nuque et plaquait mes lèvres contre son pubis, sa verge étriquée enfoncée dans ma bouche ; je la tétais tout en m'efforçant de respirer par le nez, et tendis une main à tâtons pour attraper la troisième queue que je branlai sans ménagement. Derrière moi, je sentais tout le poids et la force du grand corps massif qui me pénétrait rudement, incapable de se contenir. Je me laissai aller aux mouvements, me concentrant sur ma respiration et le vertigineux sentiment de toute-puissance ouvert en moi par la pure disponibilité de mon corps. Tout à coup l'homme chauve se retira et, m'arrachant par le chignon à la verge de son copain, me tira en arrière pour m'ôter la robe et la culotte, me faisant rebondir comme un pantin sur le drap froissé tandis que je me débattais pour retrouver mon souffle. Je pris appui sur un coude mais une gifle au visage m'étala de nouveau sur les longues herbes vertes du tissu. Puis l'homme était sur moi, mes joues et mon menton serrés entre ses gros doigts : « Ah, la belle salope. Elle aime ça. » Le cœur battant, je fixai avec froideur son visage empourpré et ses yeux jaunes : « Faites comme vous voulez. De toute façon vous ne décidez rien, rien du tout. » Sa bouche se tordit et il me tira du lit pour me plaquer contre la baie vitrée ; je m'y appuyai, contemplant le vaste scintillement de la ville, pendant qu'un des deux autres hommes, j'ignorais lequel, s'agenouillait entre mes cuisses pour venir fouiller avec sa langue dans mon anus et mon sexe. J'écartai un peu les cuisses, laissant la chaleur inonder mon bassin ; or, c'était un plaisir presque abstrait, entièrement détaché de moi, dont je me servais comme d'un jouet. La jouissance me fit trembler les jambes mais je ne bougeai pas ; lorsque l'homme se redressa, je fermai les yeux et laissai aller ma joue contre la vitre froide, creusant une distance béante entre ma tête et mon vagin que venait déjà emplir sa verge. Je n'ouvris les yeux que lorsqu'il se retira pour jouir, m'aspergeant les fesses ; mon seul geste fut de me décaler de la vitre, dans laquelle je contemplai fugitivement l'image jaune et brouillée de mon visage encadré de mèches folles et de mon corps pantelant, toujours vêtu du soutien-gorge et des bas gris. Derrière elle, plus massif que jamais, le reflet de l'homme chauve s'avançait de nouveau vers mon cul.

Des heures durant les trois hommes se déchaînèrent sur mon corps. Entre deux orgasmes, on me passait de la cocaïne : revivifiée, je m'offrais de nouveau, ouverte à tous les vents. Les hommes, eux, avides, frénétiques, ne parvenaient plus à bander et avalaient des pastilles pour faire revenir l'érection. À un moment, le grand homme chauve, assis, attira la fille aux cheveux roux sur ses genoux, face à moi ; lorsque enfin il la repoussa elle se redressa maladroitement, le visage hébété, ses longs cheveux toujours humides entremêlés sur son visage, un filet de sperme coulant à l'intérieur de sa cuisse. Le jeune type adipeux s'évertuait à me baiser en levrette sur le lit et je levai la tête pour la regarder : soudainement apeurée, elle chancelait à travers la pièce, puis s'affaissa lourdement sur la moquette, penchée sur le côté, en appui sur un bras, son petit sein comme suspendu à ses côtes saillant sous l'attache ronde de l'épaule, le regard égaré au milieu des bavures du rimmel qui coulait. L'homme chauve lui secoua l'épaule et lui tendit un verre ; je n'en vis pas plus. Enfin on nous traîna dans le salon, où on nous livra aux autres hommes. Malgré la cocaïne je commençais à m'endormir, je jouissais dans un demi-sommeil entremêlé de rêves fugaces, le corps, entièrement nu maintenant, éclaboussé de sperme. Lorsqu'on me jeta dans la piscine je me laissai aller et sombrai, les membres flasques, sans aucune résistance ; ce ne fut que lorsqu'on me tira de là que l'air froid me revigora un peu, et je courus au salon, encore trempée, me perdre de nouveau dans les cris et la torsion désordonnée des corps, au milieu desquels brillait, reflété ici et là par les miroirs, illuminé, exultant de son pouvoir souverain, mon visage affolé. Bien plus tard je me réveillai dans un coin du grand salon, enroulée dans le drap de soie vert et doré, arrivé là je ne sais comment. Il faisait frais et je le gardai autour de mes épaules en me levant, y serrant mon corps engourdi. À part un homme nu aux traits terreux qui ronflait sur un divan, le salon paraissait vide ; toutes les lumières étaient éteintes et la ville, derrière les baies vitrées, était sombre ; au loin, enfoncée comme un coin entre les immeubles et une épaisse couche sombre de nuages, une bande de ciel pâlissait, virait lentement à l'azurin. J'errai entre les meubles, tentant futilement de retrouver le sens de mon corps, une coquille vide, tout juste fonctionnelle. Arrivée près de l'homme endormi, je levai le pied pour lui tapoter les couilles, appuyant dessus du bout des orteils ; son ronflement s'interrompit un instant, puis reprit tandis que ses doigts venaient par réflexe gratter son pubis. Un grand bol de pommes traînait sur une console ; j'en fauchai une verte et mordis dedans, savourant l'afflux de jus acide qui se répandait sur ma langue. Sur un fauteuil, je remarquai la tablette de l'hôtesse, abandonnée : je m'accroupis devant et activai l'écran qui s'emplit d'un gros plan de mon visage, les traits déformés, couvert de sueur et de sperme, le même visage de gloire que j'avais entraperçu plus tôt dans les miroirs. Croquant de nouveau la pomme, je balayai l'écran du doigt, faisant défiler les photos. Je m'arrêtai un instant sur l'une d'elles : elle représentait, vu de dos, le corps massif de l'homme chauve rabattu sur une femme qui aurait pu être moi ; sa tête blonde, comme écrasée au sol, disparaissait entre les pattes de l'homme ; sa main, entre ses cuisses, masquait les organes entremêlés, ne laissant plus voir que la superposition des culs, deux paires de courbes, jaunies par la lumière, se chevauchant jusqu'à se confondre. Je remis l'appareil en veille et me relevai, étirant mes jambes ankylosées, achevant pensivement la pomme tout en contemplant le ciel. Il s'était encore éclairci, mais les lourds nuages noirs pesaient toujours sur la ville, maintenant la lumière comme enserrée et faisant régner une obscurité ambiguë sur les tours dressées devant le ciel. Le trognon à la main, je m'approchai de la baie vitrée pour regarder la piscine. Là aussi les lumières étaient éteintes. Le corps nu du grand homme chauve flottait dans l'eau grise, bras écartés, le visage tourné vers le haut ; de légers remous teintés de rose par les premières lueurs du soleil venaient battre contre la peau lisse de son crâne, contre ses cuisses et ses flancs velus, gris eux aussi dans l'aube pâle ; ses yeux jaunes, grands ouverts, paraissaient perdus dans le vide. Je me détournai, jetai le trognon dans un cendrier, et me dirigeai vers l'entrée du salon, laissant tomber en chemin le drap et continuant nue par la double porte. Mon survêtement et mes baskets gisaient toujours en tas dans un coin de la salle de bains. Pour la première fois depuis mon réveil, je contemplai mon visage : le rimmel avait coulé, et les baisers brutaux avaient étalé le maquillage sur mes lèvres, barrant de traînées roses et noires mes traits brouillés, flous, encore gonflés par une énergie désespérée, presque inhumaine. Je me démaquillai rapidement puis me douchai, savonnant les plaques de sperme incrustées sur ma peau, dans mes poils et dans mes cheveux. Séchée, vêtue, les cheveux humides tirés en chignon, je quittai l'appartement. Le hall d'entrée était sombre, les deux sbires en costumes noirs avaient disparu, je distinguais à peine les gravures aux murs ; à tâtons, je trouvai la poignée d'une porte de service et la poussai. Le couloir était à peine moins obscur que le hall, mais la vague lueur qui s'y diffusait me permettait d'y voir un peu et je me mis tout de suite à courir à petites foulées, respirant au rythme de mes pas et laissant une douce chaleur détendre mes membres. Les parois, curieusement, n'étaient pas droites, le corridor semblait s'incurver, tantôt dans un sens tantôt dans l'autre, et souvent le tissu de mon coude ou de mon épaule brossait la surface, m'obligeant à corriger ma course. Par endroits, le mur semblait plus terne, comme s'il y avait là un espace vide, le début d'un nouveau couloir peut-être, à moins que ce ne fût juste une crypte ou une chapelle. Mais je continuais sans me laisser distraire, me demandant fugitivement, sans y attribuer une réelle importance, s'il y avait ici ou non un plafond, si ce long couloir ne serait pas par hasard ouvert à l'air libre. Une tache lumineuse brillait au mur : je m'arrêtai, tendis la main pour la tâter, et, constatant qu'il s'agissait là d'une poignée de porte, appuyai résolument dessus. Le battant s'ouvrit d'un coup et je passai le seuil d'un bond souple ; la lumière, au-delà, m'éblouit, je clignai des yeux et les masquai du bras. L'air était comme une fournaise, mon visage et mon torse se couvraient de sueur, j'ôtai rapidement ma veste pour m'essuyer avec, puis la nouai sur mes reins. Alors je regardai autour de moi. Je me tenais à l'orée d'une étendue de terre couleur rouille, sur laquelle se trouvaient dispersés des groupes de cases rondes, aux murs en terre cuite et aux toits en chaume. Des gens allaient et venaient, des femmes et des bandes d'enfants surtout, quelques hommes aussi, tous à la peau noire et aux cheveux courts et crépus, vêtus de couleurs vives, souvent mal assorties. Quelques grands palmiers s'élevaient entre les cases ; plus loin se dressait un vaste mur de végétation, où le vert brillant des manguiers se détachait des teintes plus sombres, vert-gris ou mélèze, des autres arbres. Des bruits d'oiseaux emplissaient l'air, des cris d'enfants fusaient ; parfois aussi résonnaient les aboiements d'un chien invisible. L'air était lourd, électrique. Une femme, assise à l'ombre devant une casserole noircie mijotant sur un petit feu, me fit signe avec sa louche en bois d'approcher. Près d'elle, sur une natte de paille tressée, dormait un petit bébé, une fillette nue avec juste une cordelette de couleur autour des reins. La femme m'indiqua un autre tabouret, et me tendit une écuelle fumante emplie de haricots rouges avec une cuiller en fer-blanc. J'avais très faim et je dévorai allègrement le plat, la remerciant avec un sourire et quelques mots ; elle répondait dans une langue que je ne comprenais pas, m'encourageant d'un geste à continuer à manger ; cela manquait de sel mais peu importait, j'avalai cuillerée après cuillerée et raclai l'écuelle. Je suais toujours copieusement, la chaleur moite me collait les vêtements au corps. Une bouffée de vent chaud secoua les palmiers et la femme leva la tête. Je regardai aussi : de lourds nuages noirs recouvraient le ciel au-dessus de la forêt. Déjà les premières gouttes s'écrasaient au sol, faisant jaillir des particules de terre rouge ; la femme ramassa le bébé dans sa natte puis se saisit de la casserole, gesticulant pour que je la suive sous une toiture de chaume maintenue par des pieux, comme une case sans murs. Il y avait là trois petites chaises ou tabourets en bois et nous prîmes place en silence tandis que dehors la pluie avançait en bruissant, son volume augmentant jusqu'à noyer tous les autres sons. Tout s'était brusquement assombri. Le bébé se réveilla et se mit à pleurer ; la femme le berça, puis d'un geste sec libéra de sa blouse un gros sein rond et flasque dont le nourrisson s'empara avidement, tétant de toutes ses forces. La pluie martelait maintenant la terre et je regardais la femme et son bébé en silence, écoutant les coassements de crapauds qui s'élevaient depuis la lisière de la forêt. Soudain une ombre apparut devant l'abri et cria quelques mots gutturaux. Le visage de la femme se décomposa, elle serra l'enfant contre elle, l'ombre s'était baissée pour entrer dans l'abri, lorsqu'elle se redressa je vis qu'il s'agissait d'un soldat armé ruisselant d'eau, la tête couverte de petites nattes et la poitrine et les bras décorés d'objets hétéroclites, bijoux ou fétiches. Il criait et agitait son arme vers l'extérieur, la femme avait glissé de la chaise et s'était assise à même le sol, le bébé toujours serré dans les bras, l'homme me décocha sans prévenir un grand coup de pied, je basculai et il continua à me labourer de coups jusqu'à ce que je me mette à ramper dehors pour lui échapper. La pluie me trempa immédiatement ; appuyée sur les mains, j'essayai de me relever, mais un méchant coup dans le dos m'envoya voler dans une flaque. Hébétée, sonnée, la bouche emplie de boue que je recrachais en vain, je me recroquevillai sur le flanc, la douleur grésillant comme une brûlure, incapable même de me hisser hors de la flaque. Brouillées, à peine distinctes, les bottes en caoutchouc vertes de l'homme emplissaient tout le champ de ma vision, je roulai sur les épaules, la figure verte et brune, voilée par la pluie, se tenait au-dessus de moi en secouant son fusil, dans mon dos la femme hurlait, je suivis le soldat des yeux alors qu'il la rejoignait, elle s'agrippait convulsivement à son bébé, l'homme le lui arracha d'un geste brutal et l'envoya voler dans un buisson, la femme poussa un cri strident et se rua à sa suite ; mais un violent coup de crosse au ventre la plia en deux, et elle s'abattit au sol où l'homme lui assena un coup de botte à la tête. Je n'en vis pas plus, quelque chose ou plutôt quelqu'un s'était saisi de mon chignon et me tirait dans la boue, je hurlai et cherchai à m'agripper au bras, encaissant une volée de coups pour ma peine, je suffoquais, à moitié étouffée par la fange et la terreur, enfin je parvins à prendre pied et tombai à genoux tandis qu'une main implacable, me tordant les bras dans le dos, me les liait au niveau des coudes. Puis on me hissa debout et une grande bourrade me propulsa en avant. C'était déjà le crépuscule, la pluie m'aveuglait et je ne voyais rien, un dernier coup me jeta de nouveau au sol près de personnes que j'entendais sans les distinguer. Je me tortillai pour me remettre à genoux, clignant furieusement des yeux, plusieurs têtes m'entouraient, des garçons et des filles, tous avaient l'air très jeunes, ils criaient et pleuraient dans leur langue. La

corde me sciait les coudes et je sentais mes mains s'engour-
dir. Peu à peu la pluie se calmait, un coin de ciel terne perça
derrière un nuage et déposa une lueur hésitante sur la scène,
nous étions entourés de soldats tous semblables au premier,
deux d'entre eux nouaient des cordes autour des reins des
enfants assis, un troisième vint m'attacher de la même
manière, plus loin d'autres soldats encore, brandissant
leurs fusils automatiques, poussaient une demi-douzaine
d'hommes vers l'immense manguier solitaire dressé au
milieu de la place, ils les adossèrent au tronc et les lièrent
ensemble, les hommes se laissaient faire sans se débattre,
d'où je me trouvais je ne pouvais entendre s'ils protestaient
ou non, la pluie tombait toujours un peu et le coassement
des crapauds emplissait le soir, la lumière du jour finissant
faisait luire les flaques éparpillées sur la place, un des soldats ramassa un gros bâton qui traînait là et, avec des gestes
calmes, précis, méthodiques, fracassa la tête des hommes
attachés à l'arbre. Déjà on nous rouait de coups pour nous
faire mettre debout, je me rendis compte que nous étions
tous attachés pour former comme une chaîne humaine,
j'avais l'impression d'être la seule adulte là, tous les autres
paraissaient des enfants ou de jeunes adolescents. Deux
soldats se tenaient près de moi : « S'il vous plaît, *please,*
bitte, por favor, min fadlikoum, pozhaluista, molim vas, lütfen,
kudasai », marmonnai-je idiotement dans toutes les langues
que je connaissais, agitant mes bras dans mon dos. L'un
d'eux me fixa avec des yeux très rouges ; son camarade
lança quelques mots, et le premier sortit un couteau pour
couper les cordes qui me sciaient les coudes. Mes mains et
mes avant-bras étaient bleus, je ne les sentais plus du tout,
je les frappai contre mes cuisses et un horrible fourmillement les emplit, presque insoutenable, une douleur cuisante brûlait aussi mes coudes là où ils avaient été liés et

je les massai tant bien que mal, serrant les dents pour ne pas gémir. Un peu plus loin, une jeune fille se débattait au sol en criant. Un soldat voulut la relever mais elle s'obstinait, frappant des pieds le sol boueux et hurlant de toutes ses forces. Enfin le soldat la lâcha et se redressa, ôta le fusil de son épaule, et lui écrasa la tête en quelques coups de crosse, ne s'arrêtant que lorsque la fille cessa tout à fait de tressauter. Puis il détacha la corde de ses reins et la renoua pour reformer la chaîne qui se mettait en marche sous les cris et les coups, laissant le cadavre étalé dans la boue, le sang et la cervelle éclaboussée souillant les flaques, encore piquées par les dernières gouttes de pluie.

On nous força à marcher toute la nuit. Comme les enfants pris avec moi, je dus porter sur la tête un lourd sac empli de grain ou de farine. La souffrance lancinante dans mes bras, meurtris par les cordes trop serrées, aggravait la difficulté de l'exercice ; je ne cessais de glisser dans la boue, de trébucher sur des racines, des lianes ou des ronces, souvent je laissais chuter le sac et recevais une pluie de coups. Les branches épineuses me lacéraient les bras et le visage, les moustiques me dévoraient sans que je puisse me gratter, j'avançais pas à pas en haletant, approximativement guidée par la corde me reliant à la fillette devant moi. Lorsqu'un des enfants, harassé de fatigue, finissait par s'écrouler, on le rouait de coups de botte ; s'il ne se relevait pas assez vite, on le tuait, d'un coup de bâton, de crosse ou de couteau : depuis l'apparition des premiers soldats, je n'avais pas entendu un seul coup de feu. Autour de nous se dressaient les arbres immenses de la forêt, noirs et menaçants, pris dans des filets de végétation comme dans de gigantesques toiles d'araignées, la lumière de la lune filtrait à peine mais cela ne semblait pas gêner les soldats qui guidaient la marche. L'obscurité, des deux côtés de la colonne, était animée par la folle danse des lucioles, minuscules points de lumière verte qui apparaissaient et disparaissaient, brefs comme un clin d'œil amical ; de toute part, la forêt bruissait, cris d'oiseaux ou de singes effrayés par la rumeur de la troupe, sons de feuilles froissées, de branches cassées, de gouttes d'eau secouées des rameaux, un ordre aboyé dans une langue inconnue, le jappement de douleur et de peur d'un enfant frappé, le bruit rauque des respirations désespérées. Des odeurs violentes me prenaient à la gorge, odeurs de terre, de boue, de marécage, de feuilles décomposées, odeur âcre de la sueur des soldats qui parfois passaient à côté de moi, odeur plus doucereuse de la merde quand un des enfants, ne pouvant plus se retenir, se chiait dessus en marchant, odeur reconnaissable, entre toutes, de la peur. Tout à coup je ressentis un fourmillement intense sur mes mollets, à l'intérieur du pantalon, suivi d'une myriade de petites piqûres qui montaient les deux jambes jusqu'au bassin. Je baissai les yeux : partiellement visible dans un rayon de lumière, le sol était couvert d'un tapis animé, une large bande grouillant de milliers d'insectes rouges qui bouillonnaient sur mes pieds et mes jambes. Je hurlai et me jetai violemment sur le côté, laissant chuter mon fardeau et entraînant les enfants devant et derrière moi, dont un tomba à son tour dans la colonne d'insectes et se mit à beugler de toutes ses forces. Aveuglée de panique, je ne lui prêtai aucune attention, je frappais frénétiquement mes jambes pour chasser les fourmis, mais elles s'accrochaient à mes mains, me mordillaient maintenant aussi les poignets et les avant-bras. Un soldat me rattrapa et me décocha une gifle qui m'envoya valser contre un arbre ; me retenant de l'épaule, je continuai de brosser mes jambes, ignorant les piqûres sur mes mains pour arracher à pleines poignées les bestioles infestant mes mollets et les rejeter loin de moi. Du coin de l'œil, je vis que le soldat avait rattrapé le garçon tombé et, le tirant sur ses pieds par les cheveux, l'aidait à dégager son visage des plaques d'insectes qui le recouvraient. Puis, à grands coups de pied, ses bottes en caoutchouc vertes bousculant la marée de fourmis, il poussa vers moi mon ballot et me hurla un ordre, brandissant son arme. J'avais baissé mon pantalon et j'arrachais aussi rapidement que possible les fourmis qui recouvraient mes reins ; elles plantaient leurs mandibules dans le gras de la peau, je ne pouvais pas juste les brosser du plat de la main, je devais les saisir pour les arracher, presque une à une. Le soldat épaula son arme : vite, je remontai mon pantalon, tâchant en un suprême effort d'ignorer la morsure des insectes restants et, le cœur palpitant, attrapai une branche pour frapper le sac, cherchant avec la main aussi à écraser les fourmis courant dessus. Près de moi, le gamin, pleurant de terreur et crachant convulsivement, faisait de même. Le soldat s'avança et me martela les côtes du canon de son arme, aboyant des paroles rageuses ; j'assenai quelques derniers coups au sac, puis m'en saisis et le soulevai contre mon ventre. Immédiatement des fourmis se répandirent sur mes bras et ma poitrine. Bouche fermée, soufflant fortement par le nez, je risquai un premier pas ; une bourrade dans les reins m'encouragea à continuer, je titubai mais avançai vers le gosse qui essayait aussi de reprendre la marche, contournant comme moi l'aire, nettement délimitée, envahie par les fourmis. Un peu plus loin je calai le ballot sur ma tête ; quelques insectes se déversèrent dans mes cheveux, mais je pouvais ainsi libérer par moments une main pour les écraser ou les arracher un à un, me faisant violence pour ignorer ceux restés dans mon pantalon ou sous mon t-shirt. Lorsque nous arrivâmes au camp il faisait encore nuit. Des soldats en armes et une foule d'enfants nous accueillirent dans un vaste murmure contenu ; les sacs, les bidons, les casseroles furent ôtés de nos têtes par des mains agiles et invisibles ; séparés en deux groupes, garçons et filles, nous fûmes menés devant le chef de cette étrange armée. Des mains rudes nous forcèrent à nous agenouiller sur l'herbe humide, à une dizaine de mètres du groupe ; le commandant s'approcha, la lune éclairait ses traits et je pouvais clairement les distinguer, il paraissait jeune, à peine plus âgé que ses hommes, je les voyais mieux aussi et pas un ne semblait pleinement sorti de l'adolescence. Un soldat s'approcha de son chef et celui-ci, d'une voix forte mais aiguë, prononça plusieurs phrases, aussitôt traduites par le soldat dans une langue que je ne comprenais pas plus que la première. Tandis qu'il parlait j'entrepris de chasser discrètement les dernières fourmis errant sous mes vêtements, avec un succès mitigé. Puis, dans un grand froissement et cliquettement d'armes, toute l'assemblée s'agenouilla autour de nous ; le commandant seul resta debout, ses petites nattes huilées et ses gris-gris luisant dans la clarté nocturne, et entonna un cantique solennel, repris en chœur par tous ceux présents. Quand ce fut fini plusieurs soldats passèrent parmi nous, une petite calebasse à la main, à chaque nouveau captif ils trempaient les doigts dans le récipient et lui traçaient avec une épaisse substance liquide une croix sur le front, la poitrine, le dos, et les deux mains. Lorsque mon tour arriva, je me laissai faire passivement, fermant les yeux ; dorénavant, je leur appartenais.

Le commandant avait distribué les filles à ses soldats, en gardant deux pour lui ; quant à moi, on me repoussa avec les garçons vers un coin de la clairière ; de nouveau attachés les uns aux autres par la taille, nous nous allongeâmes pour dormir là où on nous l'indiquait. Au-dessus de ma tête, le feuillage des arbres se détachait du ciel pâlissant, quelques gouttes tombaient toujours des feuilles, la lune brillait plus haut, et je ne voyais aucune étoile. Enfin je dus m'endormir. Le répit fut de courte durée, un coup de botte dans les côtes me réveilla trop vite ; autour de moi, dans la lueur du petit matin, le camp s'activait, des jeunes filles pilonnaient des aliments dans des mortiers en bois, des garçons rapportaient du bois mort, on préparait des feux et faisait bouillir de l'eau. Quelques soldats nous détachèrent et nous désignèrent les fourrés, avec un geste méprisant pour indiquer que nous pouvions aller faire nos besoins. Quand je revins, sous les regards moqueurs des soldats qui échangeaient des quolibets en riant, on me plaça une petite hachette dans les mains en me montrant un tas de bûches. Je ne savais pas vraiment m'y prendre, mes premières tentatives pour les débiter les envoyaient voler et je manquai de m'ouvrir la cuisse, enfin je trouvai qu'en plantant posément le coin de la lame, puis en soulevant la bûche pour la frapper contre une souche, on pouvait à peu près y arriver. En travaillant, je frissonnais ; pourtant, il faisait toujours aussi chaud. Lorsque mes membres se mirent à trembloter je compris qu'il m'arrivait quelque chose. Je m'efforçai de travailler encore un moment ; enfin, n'y tenant plus, je me couchai dans l'herbe, recroquevillée en position fœtale, mes mains crispées sur mes biceps, la mâchoire claquant, et me laissai aller au tremblement qui me secouait par longues poussées. Après, je ne sentis plus grand-chose, juste des impressions fragmentaires, désordonnées : on me traînait par les pieds et les épaules, ma tête pendait et heurtait le sol, la lumière du soleil me meurtrissait les yeux ; on me déposait dans un lieu plus sombre, me recouvrait de quelque chose, des mains soulevaient ma tête, du liquide coulait sur mes lèvres, que je cherchais désespérément, mais en vain, à avaler. Puis on me laissa seule. Je ne ressentais plus que les intensités d'ombre et de lumière ; l'ombre gagnait, et avec elle un semblant de paix. Plus tard, la crise s'était apaisée, on m'apporta de nouveau de l'eau, que j'absorbai avidement, presque paralysée de faiblesse, perdant une bonne partie du liquide qui trempa mon cou et ma poitrine. Le soir tombait et de nouveau la fièvre gagnait mes muscles épuisés, une vaste poussée qui les secouait au-delà de ce qu'ils pouvaient supporter. Je me perdis vite dans ces immenses oscillations, complètement. Je me retrouvai ainsi devant une haute maison, bâtie comme une tour et recouverte de glycine, près de laquelle je remarquai un grand pot de terre cuite empli de fraises des bois, que je connaissais bien. Tandis qu'un chat gris venait se frotter en ronronnant contre l'intérieur de ma jambe, je les arrosai, puis les goûtai, mais elles n'avaient aucune saveur et je les recrachai avec dépit ; par contre, un nouveau rameau avait poussé dans le pot, portant des framboises roses, pulpeuses ; je les cueillis une à une, il y en avait cinq, que je n'avais aucune intention de partager. Plus loin, près d'une piscine, un jeune garçon blond en maillot écoutait attentivement un autre petit garçon de son âge : « Il a peur de toi. Regarde comme il se tient, tout voûté devant toi. » — « Mais pourquoi il s'est laissé aller comme ça ? demandait le blondinet. Pourquoi il est devenu si faible ? » — « Sans doute qu'il voulait la bonne vie avant tout. De belles choses. Et pour ça il était prêt à tout sacrifier. » Ils parlaient, je le savais, du père du petit blond ; mais ce n'était pas mon fils, de cela j'étais sûre. Une sensation étrange me ramena au monde. Des mains, je me rendis compte, couraient sur mon corps, repoussant mes vêtements, triturant maladroitement mes seins et farfouillant entre mes jambes. Je voulus les repousser, mais mes propres mains étaient flasques, cotonneuses, sans force. Mon pantalon et ma culotte avaient été tirés sur mes cuisses, entravant mes mouvements ; je sentais l'herbe, rêche et humide, me piquer les fesses. Une des mains me saisit par la nuque et me hissa en position assise, tirant mon visage tout contre une masse de chair chaude, à la fois molle et ferme qui roulait contre mes traits, m'emplissant d'une odeur âcre, musquée, immense. La nausée me prit sans prévenir, la salive inonda ma bouche et je vomis, un grand flot amer qui se déversa sur ce qu'il y avait devant moi. J'entendis un cri de rage et de surprise, la main me lâcha et je retombai au sol, me tordant de côté, vomissant encore. Puis une douleur éblouissante, jaillissant d'un coup au milieu de ma poitrine, effaça la nausée et je me perdis dans le noir. Quand je me réveillai de nouveau une crampe violente travaillait mes boyaux. Je parvins à me mettre à quatre pattes, puis à forcer mes jambes à se dresser, essuyant mécaniquement du dos de la main les matières immondes recouvrant encore mes lèvres et mon menton. Je titubai et regardai autour de moi : des groupes d'enfants dormaient serrés les uns contre les autres, masses plus sombres que l'herbe, il n'y avait pas de feux, je ne voyais pas de soldats. Mon corps était parcouru de douleurs illisibles, je me sentais immensément faible, mais au moins la fièvre ne me tenaillait plus, je me forçai à avancer vers la forêt, passant entre les arbres, m'éloignant un peu pour chercher un buisson. Enfin je baissai mon pantalon raide de boue et de crasse et m'accroupis : la merde se mit à couler sur-le-champ, liquide, puante, verte. Quand ce fut fini je me torchai tant bien que mal avec des feuilles et me relevai péniblement. Alors seulement je remarquai avec étonnement une hutte, plantée là au bord d'un terrain dégagé entre les arbres, avec des murs en terre, fermée par une petite porte en bois. Je m'approchai, tirai le loquet en métal et poussai la porte, elle céda facilement et je baissai la tête et les épaules pour la franchir. Des deux côtés s'étendait un long couloir obscur, je me redressai et malgré les douleurs et ma faiblesse choisis une direction au hasard pour entreprendre ma course. Déjà, ma fatigue s'était envolée, remplacée par une vigueur légère et nerveuse qui me propulsait en avant, comme automatiquement, en un mouvement en apparence facile, régulier, mesuré, mais qui portait néanmoins en lui le germe d'une inquiétude grandissante. Il faisait bien plus frais ici que dans la forêt, le couloir, en outre, n'était pas droit, et le manque de lumière me privait de repères, je me heurtai à plusieurs reprises contre un mur, vacillant et cherchant à garder mon équilibre sans interrompre ma course, je battais des bras de manière désordonnée en une vaine tentative pour mieux m'orienter, trompée de surcroît ici et là par des ouvertures sombres, petits recoins ou tunnels perpendiculaires, je n'en avais pas la moindre idée, je m'efforçais d'avancer malgré une angoisse tenace, gardant mon esprit concentré sur le rythme un peu trop haché de ma respiration, enfin j'aboutis dans un vestiaire bien éclairé où je me changeai en un éclair, me glissant dans un maillot une pièce puis tirant un bonnet sur mes cheveux encore souillés de boue avant de franchir une paire de portes battantes donnant sur un espace brillant, très bleu, empli de corps en mouvement, de reflets et d'éclats de lumière. Les échos caverneux, les cris, les bruits d'eau me désorientèrent momentanément, je cherchai mon image dans les longues glaces encadrant le bassin mais n'y discernai que des fragments de corps difficiles à relier entre eux ou à attribuer à une personne donnée, j'hésitai, me retournai, et alors mes muscles retrouvèrent leur cohésion et se tendirent en un élan parfait pour me propulser, bras lancés en avant, fesses serrées, pieds joints, en un plongeon impeccablement exécuté qui fendit comme un carreau d'arbalète la surface de l'eau pure et rafraîchissante.

IV

Mes mains crevaient la surface de l'eau et poussaient et mon corps filait en avant à travers le liquide frais. Je ne comptais pas les longueurs, roulant sur moi-même et repoussant la paroi des pieds à chaque extrémité pour repartir dans l'autre sens, happant une goulée d'air tous les trois temps, jouissant de la vigueur de mes mouvements réguliers. Enfin, tête sous l'eau, bras le long du corps, propulsée par mes jambes, je mis fin à l'exercice. Ma tête jaillit à l'air libre et j'inspirai entre mes dents tandis que mes mains trouvaient le bord et prenaient leur appui ; poussée par mon élan, j'effectuai un rétablissement qui me hissa dans un grand ruissellement hors du bassin. Momentanément désorientée par l'éclat des lumières et l'écho des sons rebondissant entre les murs de la vaste salle, éclaboussures, cris, rires, voix déformées et caverneuses, je titubai, fermant un instant les yeux pour ôter mon bonnet et mes lunettes. À mes pieds, l'eau coulant de mes jambes s'étalait pour former une flaque informe, où miroitait la lumière des spots du plafond. Deux enfants filèrent devant moi en manquant de me faire glisser en arrière, et sautèrent successivement à l'eau avec de grands gestes désordonnés.

Je repris mon équilibre et tournai la tête : dans les longues glaces encadrant le bassin, des figures en tous genres se mêlaient, cachant mon reflet au sein d'une presse chaotique et mouvante de bras, d'épaules, de dos, de têtes. Je me passai la main sur la nuque et le crâne, brossant l'eau de mes mèches, me ressaisis, et me dirigeai vers les portes battantes menant au vestiaire. Séchée, revêtue d'un jogging gris d'une matière soyeuse et douce à la peau, je repris le couloir et accélérai le pas, transformant ma démarche pressée en un petit footing aisé bercé par le rythme régulier de mon souffle et de mes baskets blanches frappant le sol d'un pas léger. Mes seins se balançaient mollement dans la brassière de sport, mes coudes frottaient mes côtes, je courais avec bonheur, dépassant sans la regarder une ouverture puis une autre, bifurcations peut-être ou bien escaliers ou encore juste des sortes d'alcôves, c'était difficile à dire car il y avait peu de lumière ici, je ne voyais aucune source d'éclairage, ni même le plafond d'ailleurs, peut-être me trouvais-je déjà dehors, à l'air libre, bien qu'il ne fît pas très frais, en outre ce couloir n'était pas droit, je manquais parfois de heurter un mur et devais allonger la main un peu au hasard pour ajuster ma course, et c'est ainsi que mes doigts effleurèrent une pièce de métal : je m'arrêtai, et reconnus une poignée de porte toute brillante. Alors je la pressai et ouvris, franchissant le seuil d'un mouvement souple pour venir marquer une pause au milieu d'un gazon proprement tondu, un jardin tout à fait familier où le soleil tachetait d'une belle lumière les feuilles entremêlées des bougainvillées et du lierre, bien taillés et disposés sur des treillages, puis devant moi la grande masse confuse d'une glycine qui surgissait d'épais troncs tressés entre eux pour monter recouvrir la haute façade, droite comme une tour contre le ciel, de la maison. Il faisait bien plus chaud ici que dans le couloir et ma sueur coulait librement, collant le tissu de mon t-shirt au niveau de mes seins et de mes aisselles. Je baissai la fermeture éclair du survêtement pour aérer ma poitrine et m'essuyai le visage des deux mains. Derrière la maison, presque entièrement cachées par l'angle, scintillaient les eaux bleutées d'une piscine. Je m'en approchai et contemplai un moment le reflet des nuages sur le miroir troublé de lumière de la surface, obscurci au fond par l'ombre irrégulière déposée par les grandes frondes arquées du palmier épais et trapu planté là. Un chat gris s'approcha dans l'herbe et vint se frotter contre ma jambe ; de la pointe du pied, je lui décochai un léger coup au museau ; l'animal me jeta un regard dédaigneux, recula, puis fila en trottant, la queue dressée, pour disparaître sous un buisson. Je me dirigeai vers la porte d'entrée. Elle donnait sur un couloir, ouvert d'un côté sur un escalier, et qui se terminait par une autre porte dont je m'approchai. Celle-ci était entrebâillée et j'entendis distinctement une série de bruits étranges, des sortes d'occlusives emphatiques alternées avec des sifflements, des sons d'enfant jouant à la bataille. J'eus un violent haut-le-cœur : « Ah non, pas d'enfant ! » m'exclamai-je à mi-voix, avant de me détourner abruptement pour monter l'escalier, n'accordant qu'un vague regard à la grande reproduction de *La dame à l'hermine* accrochée là, image que je n'aurais certainement pas choisie pour décorer ma maison. L'homme se trouvait en haut, s'affairant dans la cuisine ; au bruit pourtant léger de mes pas, il posa son couteau, se retourna et hasarda un sourire qui mourut à l'instant sur ses lèvres : « Mais qu'est-ce que tu as fait à tes cheveux ? » chuchota-t-il, atterré. « Je les ai coupés, rétorquai-je sèchement. Ça ne se voit pas ? » — « Oui, mais... » Il blêmit et n'acheva pas sa phrase. Puis il reprit : « C'est qu'ils étaient si beaux. » Je haussai les épaules : « Moi, je les aime mieux comme ça. Et c'est mes cheveux, après tout. » Il réfléchit et articula enfin : « Oui, c'est vrai, tu as raison. Et c'est vrai aussi que ça te va bien. » Il tendit une main vers moi, hésita, et se ravisa. Je le dévisageai froidement, en silence. Une colère abjecte sourdait en moi, sans que je ne me demande vraiment d'où elle venait. L'homme s'était détourné et tentait de reprendre sa tâche. Sans me regarder, il risqua une autre question : « Tu as vu le petit ? » — « Non, marmonnai-je les dents serrées. Mais je l'ai entendu. Il joue. » Il leva de nouveau sur moi des yeux emplis de tristesse : « Ça ne va pas ? Qu'est-ce que tu as ? » Je me sentais à bout de nerfs, mais je me maîtrisai : « Rien », je lui lançai avant de tourner le dos, « tout va très bien. » Je quittai la cuisine et montai à l'étage supérieur. Dans la chambre, je me déshabillai en vitesse et envoyai voler mes vêtements dans un coin ; puis, nue, je m'assis sur la couette brodée recouvrant le lit, piochai une cigarette dans un paquet qui traînait sur la table de nuit, l'allumai, et tirai quelques bouffées rapides avant de l'écraser dans le cendrier. Je posai mes mains sur mes genoux et les frottai. Au pied du lit, à côté de la porte, se dressait une grande glace verticale, j'y contemplai mon épaule et mon flanc, blanchis par la lumière qui brillait par la fenêtre ouverte dans mon dos, mon sein resté dans l'ombre, mes traits tendus, encore durcis par la crête de cheveux blonds coupés à la garçonne. Je me levai avec un soupir. Sur la commode étaient posées quelques photos que je passai rapidement en revue : elles représentaient toutes l'homme en compagnie de l'enfant, à différentes époques et dans différentes situations, au cirque, à la plage, sur une barque. D'un mouvement rageur, je les jetai dans la corbeille à papier, puis entrai dans la salle de bains pour faire couler la douche. Je n'ouvris que l'eau froide et me plongeai dessous sans hésiter, sentant toute ma peau se hérisser d'un coup tandis que le jet glacé me mordait la nuque.

Lorsque je redescendis, vêtue d'un jeans et d'un chemisier, les notes allègres du mariage paysan de *Don Giovanni* résonnaient à travers le salon. L'homme était assis sur le divan et buvait un verre de vin blanc ; sans un regard pour lui, je me dirigeai vers la stéréo et coupai la musique. Puis je me servis un verre de vin à mon tour et me plantai devant la baie vitrée, contemplant les derniers reflets du jour qui teintaient de touches orange le feuillage de la glycine et des arbres du jardin. Une sourde tension me bloquait les côtes et je vidai mon verre en quelques gorgées avant de me resservir. « Tu ne devrais pas boire si vite », dit doucement l'homme. — « Je ne t'ai rien demandé », sifflai-je. Il se tut et je bus encore une gorgée. « Où est le petit ? demandai-je. Tu l'as mis au bain ? » — « Oui. Et le dîner est prêt. » — « Va le chercher alors. » De nouveau il m'adressa son regard triste : « Je sais que tu es de mauvaise humeur... », commença-t-il. Je l'interrompis de suite : « Je ne suis pas de mauvaise humeur. » Il considéra ces propos puis continua. « Je t'avais acheté quelque chose, en fait. Je peux te le donner ? » Je ne dis rien. Enhardi, il se leva et alla chercher une boîte posée sur la desserte. « Tiens. » J'hésitai, puis posai mon verre sur la table basse et pris le paquet. Il souriait niaisement et ce sourire ne faisait qu'attiser mon ressentiment. Du bout de l'ongle, je fis sauter le scotch et ouvris la boîte, puis en tirai une longue robe grise avant de laisser tomber l'emballage. Des deux mains je la levai devant moi : c'était une merveille, un fourreau moulant gris perle fin et soyeux, tricoté en jersey sans aucune couture, et doublé d'une soie rose pâle légèrement rugueuse. J'aurais adoré l'essayer mais je m'en sentais incapable. Suffoquant d'angoisse, enragée autant par ma propre impuissance que par la maladresse imbécile de l'homme, je froissai la robe en boule, fis coulisser la baie vitrée, et la lançai dans le jardin, en direction de la piscine. Un instant, je crus que l'homme allait fondre en larmes ; il serra la mâchoire, inspira lourdement, puis se détourna sans un mot pour descendre chercher l'enfant. Au dîner, ce dernier, assis entre nous, babillait au sujet de ses batailles. Je me taisais et touchai à peine mon plat, me contentant de vider verre sur verre de vin blanc. L'homme se taisait aussi et décortiquait avec patience ses langoustines sautées à l'ail. Je pouvais à peine supporter sa vue ; chacun de ses gestes, pesants, malheureux, de ses regards stupides me mettait hors de moi. Les histoires sans queue ni tête du petit ne faisaient qu'ajouter à mon énervement et enfin j'éclatai : « Mais tais-toi donc, à la fin. Tu ne vas pas finir par te taire ? » L'enfant, choqué, s'interrompit à mi-phrase et rougit ; confus, il baissa la tête, et se mit à triturer une de ses langoustines. L'homme tendit les doigts et caressa ses cheveux blonds : « Mange, murmurait-il, mange. » Il se pencha et l'aida à nettoyer les queues des langoustines, tandis que le garçon, reprenant confiance, tentait de briser une pince entre ses dents de lait. Je supportai encore un moment ce spectacle puis me levai et débarrassai mon assiette, vidant mes langoustines intactes dans la poubelle mais gardant mon verre pour me resservir. Une coupe emplie de pommes de diverses couleurs traînait sur la table basse ; j'en attrapai une verte, m'assis sur le divan, tournant le dos à la table où l'enfant finissait de manger, et mordis dedans, savourant le jus acide qui se mêlait aux notes plus fleuries du vin. J'entendis les deux se lever, échanger quelques paroles, et débarrasser à leur tour avant de descendre l'escalier vers la chambre du bas. Je ne tournai pas la tête et terminai ma pomme. Je me sentais vibrer, comme si j'étais enfermée en moi-même et devais à tout prix m'en arracher. En face de moi, le soleil achevait de disparaître derrière les arbres, et je m'imaginais que je sentais ses derniers rayons presser sur la peau de mon visage. Lorsque l'homme remonta je le suivis sans un mot, détournant mon regard de ses hanches musclées qui ondulaient dans la pénombre de l'escalier. En haut, il hésita, alluma la lampe de chevet, contempla les herbes vertes brodées sur la fine couette, me glissa un regard angoissé, dirigea de nouveau les yeux sur le lit, les murs vides, la fenêtre derrière laquelle pointaient dans l'obscurité les branches folles de la glycine. Son œil tomba sur la corbeille à papier ; d'un geste exaspéré, il se pencha pour en tirer les photographies, puis se tourna vers moi, les brandissant rageusement : « Mais qu'est-ce que tu as, à la fin ? » D'un coup, mes yeux furent inondés de larmes ; les sanglots me secouèrent les épaules et, main sur la bouche, je courus m'enfermer dans la salle de bains. Assise sur la cuvette des toilettes, je m'abandonnai à la poussée qui m'avait saisie sans que je puisse en comprendre ni même en deviner l'origine. Quand cela se calma je me plantai devant le lavabo et, évitant de croiser mon regard dans la glace, me rinçai longuement le visage à l'eau froide, brossant mes courtes mèches blondes de mes doigts mouillés puis tirant par-dessus ma tête le chemisier pour m'asperger par petits coups les épaules et la poitrine, détrempant mon soutien-gorge. Épuisée, je m'assis de nouveau sur la cuvette fermée, appuyant mon dos contre le réservoir de la chasse d'eau. Je regardai autour de moi, cherchant en vain des cigarettes ; de l'autre côté de la porte, j'entendais l'homme s'affairer ; je m'efforçais de respirer le plus silencieusement possible, je ne bougeais pas afin de ne faire aucun bruit.

Mais mon jeans me comprimait la taille et je me relevai pour l'ôter, me rasseyant tout de suite sur les toilettes, mes fesses collant un peu à travers le shorty en dentelle sur le bois peint du couvercle. Je restai là un long moment, l'esprit vide. Enfin je déverrouillai la porte et sortis. La chambre était sombre et seule la lueur de la lune, par la fenêtre, jetait des reflets blancs sur la couette brodée et la masse du corps de l'homme couché là, dos tourné. Il respirait avec régularité et je ne pouvais décider s'il dormait ou s'il attendait les yeux ouverts, en éveil. Mais ça m'était égal. Les cigarettes traînaient toujours sur la table de nuit et j'en allumai une, puis m'emparai du cendrier pour aller fumer dans l'escalier, calée contre le mur sur une marche de pierre froide, les genoux serrés et le corps crispé, replié sur lui-même. Quand j'eus écrasé la cigarette je me relevai avec résignation et remontai sans bruit poser le cendrier sur la commode, à côté des photographies éparpillées, avant de me glisser sous le tissu rembourré de la couette, dos à l'homme. En le frôlant je devinai qu'il était nu, et je me tassai contre le bord du lit, pour éviter de toucher son corps qui me répugnait autant qu'il me faisait terriblement envie. Dans cette position, mon regard tombait directement sur la glace fixée près de la porte, mais je n'y apercevais pas mon visage, uniquement un pan de la couette, dont les herbes vertes et le fond doré scintillaient à la lumière de la lune. Je fermai les yeux, mais le sommeil ne vint pas. Mon corps entier se hérissait, conscient du corps de l'homme à côté de lui, avec sa respiration qui sifflait un peu. Il devait maintenant sûrement dormir, mais sa présence continuait à constituer une menace sourde, oppressante, dont je ne pouvais me détacher. Peu à peu je laissai des images envahir mon esprit, des images d'autres corps d'hommes, puissants, musclés, couverts de tatouages et de sueur, qui trituraient le mien sans ménagement, le palpaient, le caressaient, le pénétraient avec brutalité, s'escrimant dessus de toutes leurs forces, l'un après l'autre d'abord puis tous à la fois, leurs verges épaisses et forcenées emplissant mes orifices et me rendant folle d'excitation. Désemparée, je me rendis compte qu'une chaleur mauvaise sourdait à travers mes reins, ma vulve gonflait, s'humidifiait, je ramenai vers moi un genou pour la dégager et passai la main sous le tissu de ma culotte, glissant un doigt, puis plusieurs entre les lèvres, les massant, les roulant, puis les écartant pour plonger plus profondément, le plaisir montait dans mon bassin et je serrai aussi un sein sous mon soutien-gorge, le tout en m'efforçant de rester le plus immobile possible et de retenir ma respiration qui s'affolait, je jouis brutalement, une rapide étincelle sèche qui illumina brièvement tous mes membres avant de les lâcher pour refluer vers mon sexe et disparaître. J'ouvris les yeux : dans le miroir, rien n'avait changé, seules se reflétaient les broderies vertes et dorées de la couette, doux monticule recouvrant mon corps.

Je dus m'endormir : quand j'ouvris de nouveau les yeux, l'enfant se tenait debout à côté de moi, son nounours rose aux yeux de verre bleu sous un bras, me secouant l'épaule et me fixant de son regard sévère. Je suais, j'étouffais de chaud sous la couette, je repoussai l'étoffe jusqu'à ma taille et lui demandai : « Qu'est-ce qu'il y a ? » — « J'ai fait un mauvais rêve. J'ai peur. » Je me forçai à tendre le bras et à lui caresser les cheveux et l'épaule. « Qu'est-ce que c'était ? Tu te souviens ? » — « Pas très bien. La voisine criait. Elle avait cassé sa voiture et elle disait que notre électricité brûlait sa maison. Je peux dormir avec toi ? » — « Non, je répondis vivement, non. Il fait trop chaud. » Son petit

visage se ferma : « Mais j'arrive pas à dormir. » Je tapotai
le drap devant moi : « Assieds-toi là. » Il obéit et d'une
main je lui massai un peu la nuque et la peau du crâne.
« Voilà. Le cauchemar est parti. Va dormir maintenant. »
Il hésita, puis glissa du lit et fila par la porte, disparaissant
dans l'obscurité de l'escalier, ses petits pieds nus frappant
à toute vitesse les marches de pierre. Je fermai de nouveau
les yeux. Lorsque je m'éveillai pour de bon le jour se levait,
le ciel, derrière les vitres, rosissait, des oiseaux cachés dans
les branches de la glycine poussaient de longs trilles, un
concert saccadé et joyeux. L'homme me tournait toujours
le dos et dormait profondément. Appuyée sur un coude, je
regardai sa nuque, imaginant sous la couette son dos, ses
fesses pâles et duveteuses ; un instant, je me vis avec une
âcre sensation de dégoût prendre son sexe dans ma main
pour l'attirer à ma bouche. Je me glissai hors du lit, ramassai mon survêtement, mes baskets et mes sous-vêtements
de sport, et descendis les deux étages pour passer dans le
jardin, déjà clair dans l'aube naissante. L'herbe, sous mes
pieds, était humide de rosée, il faisait toujours aussi chaud ;
les eaux de la piscine ondulaient paisiblement, reflétant des
tons lavande, violacés, presque noirs sous la lumière nouvelle. La crête ébouriffée du palmier, imposante, se découpait sombre devant le ciel pâlissant ; plus loin, sur le gazon,
gisait toujours la robe que m'avait offerte l'homme, un petit
tas indistinct, comme du linge jeté au tapis pour les bonnes.
Je me déshabillai entièrement et vins tremper mes mollets
dans l'eau, debout sur la première des marches menant au
fond du bassin. Elle était encore froide, le contact hérissait
agréablement ma peau, j'agitai la surface du bout d'un pied,
envoyant de petites vaguelettes se disperser un peu plus
loin. Enfin je me détournai, et, essuyant mes pieds dans
l'herbe, enfilai ma tenue de sport avant de me diriger vers

la porte du fond, laissant éparpillés là les sous-vêtements que j'avais portés le soir. Le pépiement des oiseaux invisibles emplissait encore le jardin, la chaleur matinale alourdissait mes mouvements, la porte s'ouvrit aisément et je plongeai en poussant un soupir de soulagement dans la fraîcheur relative du couloir, entamant sans hésiter un footing régulier et reposant, calant le rythme de mes hanches et de mes cuisses sur celui de ma respiration. Mes baskets, à la limite inférieure de mon champ de vision, venaient se poser l'une devant l'autre avec une souplesse feutrée, je regardais à peine les parois, ternes et peu évidentes à distinguer dans la curieuse pénombre qui régnait ici. Parfois, des pans quasiment noirs me laissaient deviner un grand renfoncement, ou peut-être même le départ d'une nouvelle direction ; mais je les ignorai, continuant ma course avec patience, sans me poser de questions non plus sur l'absence d'éclairage visible, ou bien même d'un plafond, car ce corridor, me semblait-il, aurait tout aussi bien pu se situer à l'air libre. De temps à autre, mon épaule ou mon coude frôlait un des murs, et alors je corrigeais ma course, tentant de suivre au jugé la courbe paresseuse du couloir ; lorsque je perdais momentanément mes repères, je tendais une main, pour m'assurer de la distance de la paroi. À un moment, mes doigts heurtèrent quelque chose de métallique, qui dépassait et brillait un peu : c'était, à ma surprise, une poignée, j'appuyai dessus, poussai et entrai. La surface molle, sous mon pied, m'arrêta net. Je me trouvais dans une chambre plutôt large, pas trop claire, avec peu de meubles ; aux murs, les vignes dorées du papier peint s'entrelaçaient jusqu'au plafond ; une moquette unie, de couleur rouge sang, recouvrait le sol. Un grand lit orné d'un édredon bien tendu, dont la housse représentait de longues herbes vertes, me séparait d'une figure aux courts cheveux noirs, qui se tenait devant la fenêtre, me tournant le dos. Les volets étaient clos, mais elle semblait fixer quelque chose dans la vitre, son propre reflet sans doute. Je la fixai à mon tour, souriant doucement, heureuse. Sans réfléchir, je repoussai des doigts la porte, qui se referma avec un léger bruit : la figure se retourna, c'était un homme, un bel homme dont le visage étroit s'illumina d'un sourire en m'apercevant. Il contourna le lit d'un mouvement souple et m'enlaça, glissant en riant sa langue entre mes lèvres. Je perdis l'équilibre et basculai avec lui sur les herbes vertes de l'édredon, mon nez contre ses cheveux courts. Sa barbe mal rasée me râpait la peau, mais cela me réjouissait, je lui enlaçai les reins de mes jambes et l'attirai sur moi pour l'embrasser profondément, lui caressant avec ardeur les cheveux, le cou, les épaules, les biceps, m'emplissant de son odeur poivrée, presque trop forte, entêtante. Enfin sa main s'aventura, défit la fermeture éclair de ma veste, se coula sous mon t-shirt pour me caresser un moment le sein. Mon téton se dressa tout de suite entre ses doigts, je tendis la poitrine pour le presser dans sa paume, envahie par la sensation chaude qui se diffusait à travers mon ventre et mon sexe. Il rit encore et s'agenouilla sur l'étendue verte et dorée du lit. « Dans la rue », dit-il en levant ses beaux yeux sombres, emplis de gaieté, « je songeais que je touchais ton visage. Et voilà, tu es là. » — « Le visage n'est donc pas que terreur ? » Il éclata de nouveau de rire : « Mais qu'est-ce que tu es casse-pieds ! » Il me repoussa sur le lit et se rua sur moi en me chatouillant. Je me débattis avec maladresse, riant à mon tour, et parvins enfin à lui saisir les mains. « Mais quelle impatience ! Minute, papillon, je meurs de faim. » Je décrochai le combiné du téléphone, composai le numéro indiqué sur la liste, et, parcourant des yeux le dépliant en carton posé là, nommai quelques plats.

L'homme était retourné près de la fenêtre d'où, adossé bras croisés contre le radiateur, il me regardait avec un sourire goguenard. Je raccrochai, me levai, et secouai mes jambes engourdies. « Tu viens ? » lui lançai-je joyeusement tout en ôtant ma veste. Sans attendre sa réponse, je gagnai la salle de bains où, retirant aussi mon t-shirt et ma brassière, j'ouvris grands les robinets de porcelaine de la baignoire, dos de la main sous le jet pour en jauger la température.

Dans l'eau, épaules contre sa poitrine, j'étendis mon long corps sur le sien. Il replia ses mains sur mon ventre, frôlant mon pubis et envoyant des flocons de mousse buter contre mes seins, dont les pointes affleuraient juste à la surface. Je laissai aller ma tête contre son épaule et sentis son nez chatouiller mon oreille. Je me sentais sereine, imbue comme d'une plénitude tranquille, confiante : ce qui devait arriver, ce ne pouvait être que la continuation de ce doux, de ce tendre plaisir. Quelques coups précis retentirent à la porte de la chambre. Je m'arrachai à l'eau dans un grand bruit, me retournai contre lui pour l'embrasser à la hâte, puis m'extirpai de la baignoire, tirant un peignoir éponge blanc sur mon corps ruisselant avant d'aller ouvrir. Le plateau était posé sur la moquette du couloir, avec la note coincée entre deux plats ; je tendis un instant l'oreille, mais ne discernai aucun bruit. Je soulevai le plateau, prenant garde de ne pas renverser les bières dans leurs hauts verres évasés, et revins le déposer sur le lit, où je m'assis en tailleur en examinant les petits plats en bois laqué emplis de poisson cru et de légumes confits. L'homme sortit à son tour de la salle de bains ; lui aussi avait passé un peignoir, mais il ne l'avait pas refermé, et sa verge veineuse, appuyée sur les bourses, pendait lourdement entre ses cuisses. « Ça m'a manqué, de manger avec toi », lui lançai-je avec un sourire affectueux. Il me rejoignit et goûta un morceau de poisson. Lorsque je voulus en prendre un à mon tour il me le disputa, ses baguettes ferraillant avec les miennes. Nos rires étaient les seuls bruits, derrière les volets, où devait se trouver une rue ou une cour, il n'y avait pas un son ; une unique lampe au chevet du lit nous éclairait de son halo pâle, et je pouvais distinguer nos reflets dans les vitres, deux silhouettes un peu floues, drapées de blanc, qui se détachaient du champ d'herbes vertes de l'édredon. De temps en temps l'un offrait un morceau de poisson à l'autre, qui le happait avec un sourire carnassier ; quand je l'embrassais, ses lèvres avaient le goût amer de la bière. « Raconte-moi quelque chose », lui suggérai-je enfin avec un sourire. Il avala encore un bout de poisson, puis finit par répondre : « Je me suis disputé avec ma voisine aujourd'hui. » — « À quel sujet ? » — « Elle se plaignait de mon circuit électrique. Elle disait qu'il avait des pics de tension, que ça provoquait des délestages chez elle. Mais elle raconte n'importe quoi, je l'ai fait inspecter deux fois, ce circuit, par une entreprise. De toute façon elle est étrange, cette femme. L'autre jour elle s'est acheté une voiture, alors qu'elle n'a même pas son permis. » — « Et tu as déjà couché avec elle ? » lui demandai-je malicieusement. Son visage se rembrunit : « Tu es folle. Pourquoi tu me poses ce genre de questions ? » Je lui ris au nez : « Mais ne le prends pas comme ça ! Je plaisante. » Il faisait très sec dans cette chambre, je sentais ma peau tirer sur mes mains et mon visage, le poisson cru aussi me donnait soif, j'achevai en quelques traits ma bière. Puis je terminai les derniers petits légumes et entassai la vaisselle sur le plateau pour le poser au sol, dans un coin. L'homme me saisit un poignet et m'attira vers lui, me glissant son autre main entre les cuisses, effleurant mes poils drus. Je le repoussai en pouffant de rire : « Décidément, tu es vraiment trop impatient ! » Je me plantai devant lui, le peignoir grand ouvert, contemplant d'un œil ironique la pointe de sa verge qui émergeait entre les plis de son propre peignoir, violacée. Je fis un petit bruit de langue et secouai la tête : « Mais regardez-moi ça. » Sur un signe de ma main, il se débarrassa du vêtement et attendit, penché en arrière, en appui sur les coudes. Je contemplai son beau corps racé d'un air gourmand et dis enfin : « Retourne-toi, plutôt. » Il s'exécuta, roulant sur le ventre et s'étirant sur l'édredon tandis que je me dirigeais vers la salle de bains. Près du lavabo se trouvait un petit sac de toile grise, que j'avais remarqué lors du bain, frappé du sigle d'une marque de chaussures de luxe. Je défis les cordons et en tirai un harnais de cuir noir ainsi qu'un beau phallus de la même couleur, très réaliste, avec des veines épaisses sculptées sur la hampe, fait d'une matière agréable au toucher, à la fois douce et ferme. J'insérai le phallus dans un anneau métallique au centre du harnais puis l'enfilai, serrant les premières courroies sur mes hanches et comprimant entre les deux autres, qui remontaient sous mes fesses, les lèvres de ma vulve. Heureuse, je campai mes mains sur mes hanches et me contemplai dans le miroir en éclatant de rire : la femme aux courts cheveux d'homme, fière, splendide, qui me mirait en retour, bombait son torse aux petits seins en secouant avec bonheur le superbe phallus dressé sur son pubis. Je remplis d'eau un des verres posés là et m'emparai aussi d'un petit tube trouvé dans le sac gris ; puis je retournai dans la chambre. L'homme était toujours couché sur le ventre, ses cuisses velues et ses puissantes fesses musclées offertes sur les longues herbes vertes de la housse imprimée. À mon approche, il se retourna, et un beau sourire de joie éclaira son visage ; il prit le verre de ma main, et but à grands traits. Je souris avec lui, puis me coulai sur ses cuisses, écartant ses fesses des deux mains et dardant la langue dans les poils et l'anus froncé, au goût légèrement amer, qui se dilata sous la pression. L'homme exhala un bref soupir et se laissa aller sur le lit, cambrant ses reins et les faisant glisser sous mes mains. Je le lapai encore un peu, l'excitant par brefs à-coups, puis j'ouvris le petit tube et en fis couler une substance glissante dont j'enduisis le phallus avant de lui en masser l'auréole de l'anus, du pouce, lentement. L'objet fixé à mes reins frappait contre ses cuisses, lourd, soyeux, et il creusa encore un peu ses hanches. Alors je me retirai, l'attrapant par les cheveux et pressant sa tête sur le tissu, écoutant siffler sa respiration rauque ; puis je guidai le phallus vers le centre des poils et pressai de tout mon poids. Il grogna, poussa aussi, cela s'ouvrit d'un coup et je me retrouvai happée, collée contre son cul. Avec un senti-ment soudain de triomphe, je glissai mes mains sous ses aisselles et les refermai sur sa nuque, enfonçant mon nez dans ses cheveux à l'odeur mêlée de terre et de cannelle. Sa verge, oubliée, battait mollement sur l'édredon, il râlait, le visage pressé dans les herbes vertes, poussant ses reins à la rencontre des miens, et je me sentais emplie d'une nouvelle puissance, comme affolée par une joie aussi vio-lente, les courroies, à chacun de mes mouvements, frot-taient contre mon clitoris, envoyant des gerbes de plaisir à travers mon bassin, le creux de mon dos et jusqu'à ma nuque, enfin je m'appuyai sur sa tête et la jonction de son cou, me redressant et regardant par-dessus mon épaule pour voir mon corps sur le sien dans la vitre : sa cuisse brune, marquée de plusieurs cicatrices, s'étirait sous la mienne, bien plus pâle ; les lanières de cuir qui mainte-naient en place l'objet avec lequel je le fouillais formaient avec ma chair de petits bourrelets ; et mon cul, deux globes blancs repoussés vers le haut par les courroies fixées en dessous, chevauchait haut le sien sur le champ vert et doré de l'édredon. C'était d'une beauté insoutenable et sans réfléchir je tendis la main pour couper la lumière, plongeant la chambre dans le noir, effaçant d'un coup tout cela et me laissant subitement enfermée dans mon corps dont la musculature même semblait métamorphosée par le renversement des positions. L'homme, sous moi, crucifié par le plaisir, jouissait en bandant tous les muscles des cuisses et du dos, je me retirai un peu, pris appui sur ses épaules, et frappai trois fois mon corps contre le sien, jouissant à mon tour dans un éclat brutal, presque oppressant tellement il bouleversait les règles de mon corps. Enfin je m'affalai sur son dos, mon bassin contre ses fesses, le phallus immobile fiché en lui. Avec un gémissement, il passa une main derrière sa tête pour me frotter les cheveux ; il remuait encore spasmodiquement les reins, je lui mordis la nuque et glissai ma main sous son ventre, prenant entre mes doigts encore poisseux sa verge à moitié dure et commençant à la caresser tout en poussant insensiblement mes hanches contre lui, imprimant à ses fesses une légère pulsation. Il durcit tout de suite et je le branlai plus suavement, mordillant sa nuque et ses cheveux courts, jusqu'à ce que son sperme chaud s'écoule sur mes doigts. Déjà, son corps, à moitié retourné, s'abandonnait sous le mien, se relâchait, s'étalait sur la housse maculée. Je voulais me ressaisir, peut-être me dégager pour le retourner et l'enfoncer en moi à mon tour, mais une grande somnolence m'envahissait, je bâillai, mes mains se mouvaient avec de plus en plus de langueur et de légèreté, j'effleurai encore son dos, ses reins et ses cuisses et je m'endormis ainsi, ma verge logée en lui et mon corps étalé tout contre le sien, fondant de plaisir.

Le retour de l'électricité me réveilla. L'homme avait roulé sur le côté et allumé la lumière, ses jambes emmêlées dans les miennes, le phallus toujours coincé en lui. Écartant sa fesse, je le retirai avec soin, c'était sec maintenant et cela accrochait un peu, enfin l'objet se dégagea et tomba sur l'édredon avec un petit bruit mat. J'avais la bouche pâteuse ; l'embrassant entre les omoplates, je me dépêtrai de ses jambes, me levai et me dirigeai vers la salle de bains. La lumière blanche du néon m'éblouit, je la coupai aussitôt ; clignant encore des yeux, je me penchai sur le lavabo pour boire goulûment au robinet. Je rinçai aussi le phallus noir, mais ne l'ôtai pas. En ressortant je contemplai l'homme : il dormait de nouveau, replié sur le flanc ; derrière lui, la lumière jaune de la lampe de chevet illuminait son dos nu et brun, les longues herbes vertes du tissu froissé sous son corps, les vignes dorées du papier peint. Je m'assis à ses côtés et lui passai avec tendresse la pulpe des doigts sur l'épaule, la poitrine, la cuisse. Il frissonna mais ne se réveilla pas. Sa peau, rêche, crissait sous mes caresses ; il faudrait baisser le chauffage, me dis-je confusément. Mais je ne voyais aucun thermostat, aucune manette. Je me relevai, emplis deux verres d'eau, les déposai sur le radiateur ; puis j'éteignis la lumière et me recouchai le long de l'homme, sur le flanc, une main posée sur le creux de ses reins. Des bruits d'eau, provenant de la salle de bains, me réveillèrent tout à fait. La lumière était de nouveau allumée et j'étais seule sur le lit. Je me levai, frappai à la porte, et entrai sans attendre de réponse : l'homme, campé sur ses jambes, pissait. Sans lui laisser le temps d'appuyer sur le bouton de la chasse, je le poussai en riant de côté et me plantai tout contre la cuvette, les reins cambrés vers l'avant,

écartant les lanières entre mes cuisses pour uriner à mon
tour en un long jet, le liquide éclaboussant le rebord, le
phallus toujours fixé à mon ventre rebondissant joyeusement. « Tu ne vas pas enlever ça ? » me demanda-t-il tandis
que je me rinçais le visage et rajustais mes cheveux. « Pour
quoi faire ? Ça me plaît bien, d'avoir une queue. Je crois
que je vais la porter toute la journée. Tu penses qu'elle
tiendrait, sous mon jogging ? » Il rit et me tapota la fesse,
envoyant l'objet se balancer. Enfin je défis à regret les courroies et le rangeai dans le sac gris, avant de revenir m'étendre
sur le lit. Il faisait toujours aussi chaud et sec et j'avais de
nouveau soif. Il ressortit derrière moi au moment où retentissait la petite sonnerie musicale d'un téléphone portable.
« Oh ! Je dois y aller », fit-il gaiement en examinant l'écran.
Appuyée sur un coude, je le regardai s'habiller. Lorsqu'il
passa son jeans noir et boucla le ceinturon, il tapota le renflement de la braguette : « Beau paquet, non ? » — « Pour
tout ce que ça aura servi », ris-je en tendant la main et en le
caressant. « Elle ne vaut pas la mienne. » Il secoua la tête, me
déposa un rapide baiser sur les lèvres, et fila, le sac gris à la
main. Je me relevai, me douchai, puis m'habillai à mon tour.
Le tissu souple du survêtement, sur la peau de mes jambes,
provoquait une sensation agréable, mais je ne m'y attardai
pas et me dirigeai vers la sortie, remarquant alors seulement
que cette chambre avait en fait deux portes. Je n'avais aucune
idée de laquelle avait prise l'homme, mais cela n'avait pas
d'importance, j'en ouvris une au hasard et sortis, la refermant
derrière moi pour recommencer tout de suite à courir. Il
faisait plus frais, dans ce couloir, cela me revigorait et je
lançais mes pieds avec aise, respirant profondément à travers
les dents. Déjà ma peau se couvrait d'une fine couche de
sueur, il ne faisait plus sec du tout, mes vêtements collaient
à mes épaules, mes seins et mes cuisses. Il y avait très peu

de lumière, je voyais mal les parois et n'apercevais pas du tout le plafond, peut-être n'y en avait-il pas et courais-je à l'air libre, c'était difficile à juger, de part et d'autre je remarquais parfois des zones plus obscures, l'ouverture de nouveaux corridors peut-être, ou bien sinon de petites dépressions, je ne cherchai pas à les examiner et continuai à avancer, m'efforçant seulement de rester plus ou moins au centre du couloir, ce qui n'était pas si simple car il s'incurvait dans un sens puis dans l'autre, rapprochant ainsi les parois, sans que je ne m'en rende bien compte, de l'un ou l'autre de mes bras. C'est ainsi que je faillis heurter du coude une protubérance métallique, je la vis au dernier moment et fis un écart pour l'éviter, c'était une poignée et je mis sans réfléchir la main dessus, appuyant et ouvrant la porte que je franchis dans la foulée. Mon pied claqua sur une dalle, un vaste espace sombre s'ouvrait tout autour de moi, vaguement éclairé par une rangée de hautes croisées au verre teint de toutes les couleurs, qui déposaient des pans de lumière bariolée, espacés avec régularité, sur le sol de pierre poli. Il s'agissait de toute évidence d'une église et je déambulai lentement entre les colonnes cannelées, évitant de marcher sur les inscriptions à moitié lisibles, parfois surmontées d'un crâne ou de tibias entrecroisés, gravées à intervalles réguliers sur le marbre. Il faisait très frais ici, c'était agréable, je promenai mon regard sur les chapelles décorées de crucifix baroques ou de modestes retables, les stations de la croix accrochées entre elles, petites peintures naïves de peu d'intérêt, les volutes usées des chapiteaux des colonnes, les vitraux resplendissants de bleus, de rouges et de jaunes. J'éprouvais une grande sensation de paix et de calme, et je m'assis un long moment sur un banc pour en jouir à mon aise, laissant distraitement courir mes doigts sur le bois lissé par des années d'usage, sans plus de pensée. Enfin je me relevai et continuai vers le chœur. L'abside, je le vis alors, était couverte de fresques, de vastes arrangements aux couleurs passées, difficilement visibles dans l'obscurité. Mon œil tomba sur un boîtier muni d'un bouton, qu'une petite pancarte invitait à déclencher pour éclairer les œuvres ; j'appuyai plusieurs fois de suite, mais sans résultat, le dispositif devait être en panne. Je tentai de discerner quelques figures : tout au fond trônait le visage du Christ, sévère, vide de toute expression mais imbu d'une immense majesté, je distinguai aussi deux séraphins, avec de longues ailes entrecroisées recouvertes d'yeux, qui tendaient vers le spectateur leurs mains ouvertes, un œil au creux de chaque paume. J'aurais voulu en voir plus, mais les autres personnages, étagés vers le haut, disparaissaient dans l'obscurité. Je fis ainsi le tour de l'abside puis gagnai la sortie. Près de la porte, une vieille femme, la gardienne sans doute, se tenait assise derrière une table recouverte de cierges fins et de brochures. « La lumière ne marche pas », remarquai-je en m'approchant d'elle. — « Non, mademoiselle. C'est la faute du voisin. Son circuit électrique a fait sauter le nôtre. On attend depuis plusieurs jours que l'électricien puisse venir. » — « C'est dommage. » — « Oui, tout à fait. » Elle m'offrit un cierge tout en promenant son regard sur mon jogging : « Vous ne voulez pas en allumer un ? » — « Non, merci », fis-je en poussant la lourde porte en bois. Elle s'ouvrit facilement, découvrant une modeste place pavée inondée de lumière, sur laquelle voletait une horde de pigeons gris, picorant entre les pierres. J'hésitai, aveuglée un instant, subitement en nage, désorientée par le passage brutal de la fraîcheur et de l'obscurité de l'église à cette fournaise impitoyable. Un petit magasin, en face, attira mon attention, et je m'y rendis à travers les pigeons qui s'envolaient devant moi en un grand froissement d'ailes mêlé aux roucoulements. Dans la boutique, je fis quelques emplettes rapides, une boîte de sardines, un oignon, du pain noir, et une bouteille de rosé que je tirai d'un frigo et que je fis déboucher avant d'emballer le tout dans un sac plastique. Munie de ces provisions, tout heureuse à l'idée de ce pique-nique improvisé, je me dirigeai vers le portail du petit cimetière attenant à l'église où j'errai parmi les tombes, m'efforçant là où c'était possible de garder mon corps dans l'ombre des cyprès plantés le long du mur. Le sac de provisions battait contre mon mollet ; le seul bruit, à part le piétinement léger de mes baskets sur le gravier, était l'incessant bourdonnement des insectes. Au-delà des tombes s'ouvrait une autre porte, je la poussai et me retrouvai dans un champ d'herbe blonde planté de petits oliviers noueux, alignés avec soin. Il n'y avait pas de chemin, aussi je m'engageai entre les arbres, levant un peu les pieds à chaque pas ; l'herbe desséchée m'arrivait aux mollets, et j'avançais avec aise dans le crissement assourdissant des cigales, un son pur et heureux qui devait être celui de l'enfance. Il faisait toujours aussi chaud, mais une légère brise séchait la sueur sur mon visage, je n'avais pas soif et je continuais mon chemin avec bonheur, chantonnant par moments des bribes de mélodie d'un concerto pour piano de Mozart. Plus loin, c'était une jolie forêt de pins, le sol ici était tapissé d'aiguilles mortes parcourues de petites fourmis noires, les cigales, invisibles, maintenaient leur vacarme, l'ombre apportait un peu de fraîcheur et le sous-bois dégagé n'opposait aucun obstacle. Enfin je débouchai sur une belle rivière, dont les eaux filaient en gargouillant ; l'herbe de la berge, protégée par l'ombre des pins, était encore verte par endroits et tachetée de petites fleurs ; au-delà s'étendait un autre bois, sombre et serré comme un long mur dressé devant le ciel pâle.

Je m'assis sur l'herbe, me mis torse nu, et disposai devant moi ma collation, me servant du sac plastique comme d'une minuscule nappe. Je piochai les sardines dans la boîte avec les doigts, léchant ensuite l'huile qui dégoulinait et croquant à même l'oignon, j'arrachai des bouts de pain que je trempais aussi dans l'huile avant de les avaler, et bus des rasades de vin frais à même le goulot, tenant la bouteille avec la paume, doigts tendus pour ne pas trop la souiller, avec un sentiment rieur d'allégresse. Quand j'eus tout dévoré je rebouchai la bouteille et la plaçai dans l'eau, la calant avec des pierres, et je me servis d'une autre pierre plus plate pour creuser un trou dans un coin de terre meuble, afin d'y enterrer la conserve vide. J'avais gardé du pain, que je mis de côté, roulé dans le sac. Puis j'ôtai les vêtements qui me restaient et avançai vers la rivière. J'y entrai sans ralentir, le froid mordant mes chevilles ; même à un mètre du bord, l'eau ne dépassait pas mes mollets. Le flot coulait autour de mes jambes en glougloutant, faisant danser les taches de lumière posées à la surface. Je me penchai et contemplai mon reflet, un long corps blanc brouillé par le courant avec une crête de courts cheveux blonds surmontant le visage, avec aussi la barre plate des épaules, les deux cercles des seins, celui du ventre et la courbe des hanches, encadrant le triangle blond planté entre les cuisses, tous flous mais identifiables, même si en les regardant ainsi avec plaisir je ne les rattachais en aucune manière à mon propre corps brûlant sous le soleil, au sens duquel j'étais pourtant pleinement présente. Je me redressai et écartai légèrement les genoux ; l'eau, maintenant, reflétait ma vulve, un petit ovale rose et blond niché entre mes cuisses, qui se fendit aisément en deux sous la pression de mon doigt. C'était une sensation tendre et délicieuse mais je n'allai pas plus loin, préférant la laisser se diffuser sur toute la surface de ma peau chauffée plutôt que de la localiser en un point. Enfin je m'assis d'un coup dans l'eau, puis tendis les jambes et m'allongeai, me laissant entraîner avant de bloquer mes pieds contre des pierres et de flotter là, les bras étendus, les yeux clos, la tête portée par le courant, visage au soleil, l'eau glissant sur ma peau, douce, calme, froide.

Lorsque je sortis de la rivière le soleil s'était rapproché du sommet des arbres et faisait briller l'herbe verte de la berge. Je m'y couchai sur le ventre, un bras replié sous ma tête, l'autre à angle droit, le corps à peine tourné pour ne pas écraser mes seins, et fermai les yeux, me remémorant fugitivement quelques vieux vers grecs où une femme avait chanté de telles sensations. Les gouttes d'eau, froides encore, perlaient sur mon dos et coulaient doucement entre mes fesses. Le soleil chauffait de nouveau ma peau, qui, peu à peu, alors que s'estompaient les sons de l'eau et des cigales, devenait mon sens principal, un œil unique de la taille de mon corps qui voyait tout, la rivière, les pins hissés devant le ciel, l'herbe drue et le sol doré où il reposait, ses propres formes, charnelles, relâchées, libres de toute lascivité. Je glissai ainsi dans le sommeil où je rêvai d'un chat gris qui venait se lover sur moi, d'un épais livre d'images de corps nus, d'une maison fermée pour les vacances, d'un ouvrier bien intentionné qui venait me casser la baraque. À un moment je me retrouvais au volant d'une voiture, que je faisais démarrer bien que je ne sache pas conduire. Puis quelqu'un me faisait l'amour, très tendrement : mais je ne pouvais pas distinguer s'il s'agissait d'un homme ou d'une femme, ou de quelqu'un entre les deux, même quand je prenais sa tête entre mes mains pour la serrer contre moi.

La fraîcheur de la nuit me réveilla. Ma peau était sèche, hérissée par la chair de poule, l'eau de la rivière bruissait toujours quelque part près de mes pieds ; la lune, suspendue dans un ciel sans nuages, éclairait la berge, je récupérai mes vêtements que j'enfilai avant de me recoucher dans l'herbe et de me rendormir de suite, paisible comme un enfant. Quand je me réveillai de nouveau l'aube blanchissait le ciel. J'étirai avec volupté mes membres et descendis vers la rivière me jeter de l'eau sur le visage et sur la nuque. La bouteille de vin était toujours à sa place, je restai accroupie pour la boire, fourrant dans ma bouche, entre deux goulées, des morceaux de pain arrachés au quignon de la veille. La bouteille vide, je la rebouchai et la lançai au milieu de la rivière, la regardant danser dans les remous tandis que le courant l'emportait. Je la suivis un peu mais elle me distança vite. Le ciel, maintenant, rosissait, on devinait les premiers rayons de soleil à travers les pins, les cigales déjà se réveillaient et reprenaient leur chant obsédant interrompu par la nuit. Après les bois s'étendaient de nouveau des champs, des oliveraies bruissant dans le petit vent qui se levait, suivies de pommeraies où je fauchai un fruit bien rouge que je croquai à pleines dents, faisant couler le jus sur mes lèvres, toute joyeuse. Devant moi, entre les pommiers, non loin de la rivière, j'aperçus un petit édifice, une cabane peut-être. J'envoyai le trognon voler dans l'eau et m'en approchai. C'était en fait une minuscule chapelle, érigée en pierres sèches et fermée par une porte en planches maintenue par une ficelle. Je la fis sauter et poussai le vantail, baissant la tête pour passer sous la poutre grossière qui servait de linteau. Au-delà s'étirait un long couloir plutôt obscur et je pris sans hésiter un pas de course, avançant à petites foulées, les coudes au corps, laissant siffler ma respiration entre mes lèvres. Il régnait ici une douce tiédeur qui reposait mes membres, je courais avec aisance sans trop fixer mes pieds, à peine visibles de toute façon dans la pénombre, me guidant au petit bonheur, tendant de temps en temps les doigts pour frôler le revêtement lisse des murs et orienter ainsi ma course, déstabilisée par la courbe du corridor. Parfois, mes doigts ne rencontraient que le vide, et un rapide coup d'œil me montrait un rectangle plus sombre découpé dans la paroi, un embranchement, sans doute, ou alors juste un cul-de-sac peu profond, c'était impossible à dire car je l'ignorais et continuais ma course sans changer de cap, attentive au bruit feutré de mes baskets heurtant le sol. Rien dans cette pénombre ne se distinguait particulièrement, et c'est pourquoi mon attention fut soudainement attirée par un éclat métallique sur une des parois, qui vu de plus près s'avéra être une poignée de porte. Je la saisis, ouvris, et franchis le seuil, serrant par réflexe les épaules au contact de l'air frais et un peu humide du lieu. Autour de moi, entre d'épais piliers en béton partiellement effrités, s'alignaient des automobiles de différentes couleurs, ternes et poussiéreuses sous la lueur glauque des néons. Un des tubes, détérioré, clignotait, émettant un bourdonnement irritant. Un peu plus loin, mon ami, appuyé contre une vieille guimbarde de couleur bordeaux, m'observait en fumant une cigarette. D'un coup de reins, il décolla son long corps aux épaules arrondies de la portière ; secouant ses cheveux bouclés, aux vagues reflets roux rehaussés par les néons, il écrasa la cigarette et me lança un sourire : « Il était temps. On y va ? » Je m'approchai en lui rendant son sourire et me hissai sur la pointe des pieds pour lui embrasser les joues : « On y va. » D'un geste galant, il m'ouvrit la portière du passager, et je me baissai pour me glisser sur le siège en cuir usé, en partie déchiré mais très confortable. Il contourna le capot et prit place derrière le volant : « Ceinture », fit-il sèchement tandis qu'il engageait le véhicule sur la rampe de sortie. Je tirai la sangle en travers de ma poitrine et enclenchai la boucle au moment où il freinait pour glisser quelques pièces à un homme installé dans une petite cabine, son visage épais et luisant reflétant la lumière bleue de la petite télévision placée devant lui. Dehors, il faisait nuit, les rues étaient calmes, les réverbères déposaient une lumière jaune sur les automobiles garées le long des trottoirs et les rares passants. Mon ami embraya et accéléra. Nous contournâmes un premier rond-point, puis un deuxième, dont il fit deux fois le tour avant de choisir sa voie de sortie ; enfin, il s'engagea sur les boulevards périphériques, contournant la ville en une longue courbe tranquille. Parfois, une voiture nous dépassait, j'apercevais fugitivement le visage du conducteur, presque toujours figé, braqué sur la route, perdu dans ses pensées. Juste devant moi, calée sur le tableau de bord tout contre le pare-brise, tressautait une pomme jaune ; je m'en saisis, mordis dedans paresseusement, puis la renvoyai rouler à sa place. Je me sentais détendue, confiante, vaguement amusée par l'aventure. Même quand il ne changeait pas de vitesse, la main de mon ami reposait sur le levier, tout près de ma jambe ; je sentais sa proximité sans la regarder, chaude et rassurante, elle ne me touchait pas, mais contrôlait notre marche avec des gestes sûrs. Enfin il engagea la voiture sur une rampe de sortie, décéléra, contourna un autre rond-point. Autour de nous se dressaient maintenant des arbres ; les lumières se faisaient plus rares, nous entrions dans un grand bois. Ici et là nos phares éclairaient une voiture stationnée, une camionnette ; des gens se tenaient au bord de la route, des filles en bas résille aux seins généreux, de grands travestis arrogants et hautains qui agitaient des fume-cigarette en faisant les cent pas sur leurs talons aiguilles, des hommes en pardessus, en costume, ou en vêtements de sport. Parfois aussi on croisait une voiture de police, roulant lentement, observant sans le gêner le ballet rituel qui agitait l'endroit. Les allées s'incurvaient, se croisaient à des angles improbables que mon ami prenait presque sans ralentir, dessinant comme un dédale curviligne où je perdis vite mes repères. Maintenant, tout était vide, seuls de grands arbres pris dans la lumière de nos phares bordaient notre route. Il me semblait que nous tournions en rond, mais je ne pouvais pas en être sûre ; mon ami conduisait placidement, en silence, et je me laissai porter par son idée sans protester. En levant les yeux, je remarquai dans le rétroviseur les phares d'un véhicule, juste derrière nous, puis d'un deuxième, ils étaient plusieurs alignés les uns derrière les autres, nous suivant à travers les bois en une longue ronde motorisée, des chenilles processionnaires mécanisées, sortant la nuit pour satisfaire leurs besoins. Je me sentais très gaie, et lorsque nous croisions une patrouille de police, je me penchais et appuyais sur le klaxon, déclenchant chez mon ami un rire tonitruant ; mes nerfs pétillaient, je me sentais vive et prête à tout. Je baissai le pare-soleil et me contemplai dans le petit miroir rectangulaire, souriant de moi-même tout en passant mes doigts dans ma chevelure blonde pour rajuster quelques mèches un peu de travers. Nous abordions maintenant une partie plus dégagée du bois. Soudain mon ami quitta la route, franchissant la bordure pour engager sa voiture dans un grand pré vallonné. Je me retournai : les autres nous suivaient, cahotant à travers le terrain, leurs feux dansant dans la nuit comme les lanternes de marins ivres. Mon ami décrivit une longue courbe et s'arrêta enfin au fond d'une large dépression, face aux véhicules qui venaient se ranger les uns à côté des autres en éteignant leurs phares, formant un grand arc de cercle sombre ; il coupa le contact et je sortis, les mains enfoncées dans les poches de ma veste. La lune avait disparu derrière les arbres et il faisait très noir ; au-dessus de ma tête, des traînées d'étoiles constellaient le ciel. Une forte lumière m'éblouit et je clignai des yeux : le conducteur du véhicule garé en face de nous avait rallumé ses feux de croisement, me saisissant dans le cône de leur faisceau blanc. Mon ami, qui m'avait rejointe, me prit par la main et me plaça tout contre sa voiture, face aux hommes qui claquaient leurs portières et s'approchaient en empochant leurs clefs, prenant place en demi-cercle autour de moi, de part et d'autre du long triangle d'herbe verte éclairé par les codes, leurs visages fermés, les yeux vides. Mon ami se tenait en retrait, sur le côté ; je le regardai et il me fit un petit signe de la tête, une cigarette fichée entre ses lèvres. À ce signe, ma bouche s'élargissant en un vague sourire, je baissai la fermeture éclair de ma veste de jogging et remontai mon t-shirt, exposant mon ventre très blanc au faisceau de lumière. Les hommes me fixaient sans rien dire, j'entendais leurs respirations dans la nuit, lourde, parfois hachée. Je passai mes pouces dans la bretelle élastique de mon pantalon et sans y mettre de façons le baissai en même temps que ma culotte jusqu'au milieu de mes cuisses. Eux aussi dégrafaient leurs pantalons et en extrayaient leurs queues, qu'ils agitaient mollement entre leurs doigts ; je trouvais cela plutôt comique, c'était comme un jeu d'enfant, ludique et futile, bien qu'exécuté avec sérieux. Mon ami m'encourageait de la tête, et sa présence me rendait confiante, heureuse, presque allègre. Je glissai mes doigts dans mon pubis, écartant encore un peu les cuisses, puis les enfouis entre les lèvres, les séparant, étalant sur elles le liquide glissant qui sourdait, isolant le petit bouton raide qui pointait comme l'amande au cœur d'une pêche blette. Mon autre main, sous mon t-shirt, repoussait ma brassière, caressait un de mes seins ; devant moi, les hommes avaient tous maintenant leurs verges à la main, dures pour la plupart, certains crachaient dans leur paume et se branlaient avec application, tentant de s'ajuster à mon rythme. Tout cela me plaisait énormément. Je calai mes fesses contre le capot encore tiède de la voiture, fléchis les genoux, et tendis mon bassin vers eux, ouvrant encore ma vulve et la massant à quatre doigts en un petit mouvement circulaire. Mes muscles se tendaient, une chaleur voluptueuse irradiait mes hanches et mon ventre, je sentais le sang rougir mon cou et le haut de ma poitrine ; mais plus encore que de ces sensations physiques, mon sentiment de bonheur découlait du ridicule sublime de la situation, du regard avide des hommes qui se branlaient de plus en plus frénétiquement, de la présence enjouée et amicale de celui qui m'avait menée ici. Je levai les yeux : devant moi, bien éclairé par le faisceau des phares, mon ami brandissait un téléphone portable avec lequel il me filmait tout en scrutant l'écran d'un air mélancolique. Autour de nous, les hommes jouissaient tour à tour, déchargeant en longs jets ou bien en quelques petites gouttes sur l'herbe blanchie par la lumière. Je me retournai en me courbant pour m'appuyer sur le capot rouge bordeaux et tendis mes fesses pour jouir, la main enfouie dans mon sexe. Lorsque je rouvris les yeux, je me retrouvai face à mon reflet dans le pare-brise, un visage heureux encadré par de courtes mèches blondes, avec derrière lui les silhouettes à contre-jour de tous ces hommes qui me contemplaient gravement, les traits tendus, comme s'ils assistaient à un mystère religieux, une cérémonie d'ordre transcendant, et plus proche celle de mon ami, son téléphone toujours braqué pour filmer, m'accompagnant de son regard plein de bienveillance.

Nous roulions de nouveau dans la paisible lumière jaune des boulevards périphériques. Pacifiée, assouvie, je me recroquevillai sur le siège, laissant la sangle entre mes seins porter mon poids, et achevai sans me presser la pomme jaune posée sur le tableau de bord. Mon ami fumait une autre cigarette, les yeux fixés sur la route. Il riait pour lui-même et je me joignis à son rire, mise en joie par sa bonne humeur. Sans tourner les yeux vers moi, il me passa son téléphone, et je naviguai à travers le menu pour trouver le film qu'il avait tourné : l'image, minuscule, tremblotait sur le petit écran, on parvenait à peine à distinguer, sur le capot rouge foncé, la ligne pâle de ma hanche et de ma cuisse, découpée entre la voiture, l'herbe verte et la terre dorée du pré, tressaillant, secouée par le plaisir. J'éclatai de rire en voyant cela, un fou rire franc et interminable. Je rendis l'appareil à mon ami. « J'ai soif », finis-je par articuler en essuyant les larmes de rire qui perlaient aux coins de mes yeux. « Il n'y a pas un bar ouvert à cette heure ? » La voiture quitta les boulevards et se mit à tourner dans des petites rues que je ne connaissais pas, un quartier populaire de toute évidence. Enfin mon ami se gara et je m'extirpai du siège, secouant mes jambes ankylosées. « Ah, mais je suis trempée ! » m'exclamai-je. Riant de nouveau, mon ami m'entraîna vers un troquet non loin de là, dont la vitre illuminée jetait un rectangle jaunâtre sur le trottoir. Sans même jeter un coup d'œil au tenancier ou aux quelques personnes appuyées au bar, je me hissai sur un tabouret à côté de mon ami, qui commanda deux gin-tonics ; lorsqu'ils arrivèrent, nous trinquâmes, et je savourai une première gorgée du liquide clair et pétillant, frais, presque amer, avant de me tourner vers la longue glace placée derrière le bar. Un lustre accroché au milieu de la salle éclairait les tables en formica et les visages fatigués ; j'étais, je le voyais maintenant, l'unique femme ici. Nous achevâmes nos cocktails tranquillement ; de temps à autre, mon ami échangeait quelques paroles avec le barman, qui me contemplait sans la moindre curiosité ; bras croisés sur le comptoir, j'écoutais en silence leur bavardage, sans pensées autres que de vagues souvenirs physiques de la scène dans le pré, comme de tièdes courants sous-marins remuant mon corps engourdi. En remontant dans la voiture je fus prise d'un grand accès de fatigue. Je le dis à mon ami : « Dormons quelques heures ici », proposa-t-il. Lorsque j'ouvris de nouveau les yeux le ciel, entre les immeubles, pâlissait ; les fenêtres, noires encore, se découpaient sur les façades comme des yeux pensifs, tournés vers moi. Je secouai le bras de mon ami qui ouvrit les yeux, se redressa, et démarra sans un mot. Tandis qu'il s'engageait dans la rue j'observai distraitement les voitures garées autour de nous ; le jour se levait, la couleur des carrosseries se précisait, bleu canard, jaune citron, vert olive, marron, blanc ; dans leurs vitres, je voyais filer le reflet bordeaux de notre propre automobile. Sur les avenues, les premiers véhicules circulaient déjà, camions poubelles ou camionnettes de livraison, des piétons traversaient les passages cloutés, leurs traits tirés dans la lumière grise de l'aube. Mon ami conduisait avec attention, ralentissant aux carrefours, démarrant sans se presser aux feux. Enfin il vira vers une large ouverture et descendit une rampe circulaire pour déboucher dans un parking souterrain, le même, sans doute, d'où nous étions partis, je ne pouvais en être sûre. Il se gara en marche arrière entre deux autres voitures, coupa le contact, et sortit ; je fis de même, me faufilant par la porte qui ne s'ouvrit qu'à moitié, puis me glissant entre les deux véhicules pour venir l'embrasser sur la joue. « Merci, c'était bien sympathique. On se revoit bientôt ? » — « Je ne sais pas. Je t'appellerai. » Je lui fis un petit signe de la main et m'éloignai, enfonçant mes poings dans les poches de ma veste, inspirant l'air humide, riche d'une odeur de sous-sol, terne et terreuse. Parvenue à la sortie pour piétons, je poussai la porte ; au-delà s'étendait un couloir, dans lequel je me mis à courir, au ralenti d'abord, puis plus vite, trouvant bientôt mon rythme. Mes baskets martelaient doucement le sol lisse ; la pénombre suffisait juste à deviner les murs, qui paraissaient s'incurver légèrement, me forçant à ajuster ma course pour ne pas m'y cogner ; je respirais avec aise, les coudes au corps, réglant mes inspirations sur l'amorti de mon pied gauche. Ici et là les parois s'assombrissaient, il me semblait alors deviner une ouverture, peut-être le début d'un boyau latéral ou sinon tout simplement un sas, je ne savais pas trop car je les dépassais sans m'arrêter, me concentrant sur le sentiment de liberté de mon corps en mouvement. Devant moi, je remarquai quelque chose qui brillait et je ralentis le pas ; c'était une poignée, que j'actionnai sans réfléchir pour ouvrir une porte à peine visible dans le mur. Le seuil franchi, je me retrouvai sur une passerelle fixée à une haute paroi en briques, qui donnait sur un escalier en métal. En nage, je le dévalai au pas de course, le faisant résonner sur plusieurs étages avant de déboucher dans un grand hall gris, péniblement éclairé par une série de vasistas noirs de saleté. Un nuage de poussière dansait dans les rayons de lumière qui filtraient de biais ; il faisait une chaleur épaisse, touffue, je suais dans mon survêtement. Deux hommes en uniformes militaires, fusils automatiques à l'épaule et lunettes de soleil remontées sur le front, arrivaient dans l'autre sens ; ils me saluèrent amicalement, sans s'arrêter. Plus loin, une double porte donnait accès à un vestiaire crasseux où d'autres hommes se changeaient, enfilant ou ôtant leurs uniformes. Une couverture suspendue à une ficelle masquait une partie du fond ; derrière, je repérai mon propre casier que j'ouvris en faisant jouer la combinaison du cadenas. Je me dévêtis en quelques gestes, enfournai mes habits dans le casier que je laissai ouvert, et entrai dans le carré de douche vétuste où je passai sous un filet d'eau froide avant de me frotter la peau avec un petit morceau de savon bleu, dur et râpeux, qui traînait là. Puis je revins m'habiller, enfilant mon uniforme et des bottes de combat que je laçai haut, suivi d'une veste multipoches à laquelle étaient suspendus un pistolet automatique et un couteau de chasse à large lame, et cachant mes cheveux humides sous un fin bonnet de laine noire. Enfin je tirai du fond du casier mon fusil de précision, que je déballai soigneusement de sa sacoche. Assise sur un banc, je l'inspectai en détail, vérifiant les mécanismes et la lunette, rajoutant de la graisse là où il le fallait, soupesant et roulant entre mes doigts chaque cartouche avant de l'insérer dans le chargeur. Arme à l'épaule, je me dirigeai ensuite vers la cantine. Quelques soldats mangeaient en bavardant, en me voyant ils m'apostrophèrent bruyamment ; je ne répondis pas mais allai m'asseoir à l'écart, seule à une table vide, le fusil posé en long sur le banc. Une jeune femme en civil, aux traits jaunes et marqués, les cheveux cachés sous un foulard de paysanne, m'apporta une tasse de thé et une écuelle emplie de haricots rouges, fumants. Je pris la cuiller en fer-blanc qu'elle me tendait et sans un mot me mis à manger. Le plat manquait de sel mais cela m'était égal, je me forçai à avaler cuillerée après cuillerée, allant même jusqu'à racler l'écuelle avant de boire mon thé. La chaleur, lourde, pesait sur moi, je suais de nouveau sous mon uniforme, et je m'essuyai le visage de la manche, impatiente de quitter cet endroit. À une autre table, un des soldats avait rudement attiré à lui la serveuse et, sous les rires et les regards hilares de ses camarades, tentait de lui passer une main sous la jupe ; la femme criait, se débattait, et renversa d'un coup le plat de haricots qu'elle portait ; le soldat la gifla violemment, l'envoyant glisser dans la bouillie répandue au sol. J'achevai mon thé et sortis, fusil à l'épaule. Dehors, il faisait tout aussi chaud ; le ciel était comme lavé, l'air lourd et sec, le soleil étincelait sur les quelques vitres encore intactes de la vieille usine et soulignait d'ombres les impacts de balles et de mitraille criblant la façade de brique. Malgré le sentiment d'étouffement j'étais heureuse d'être sortie. Au fond de la cour, je trouvai une jeep et en quelques mots expliquai au chauffeur où je devais me rendre. Il quitta l'usine par l'entrée principale, slalomant entre les trous d'obus, les lampadaires abattus et les carcasses de voitures brûlées. De temps en temps, devant nous, résonnait le son d'une rafale ou de coups de feu isolés, ou bien encore le martèlement soutenu d'une mitrailleuse lourde, la détonation, plus lointaine, d'un mortier. Tout autour se dressaient des immeubles à moitié en ruine, dont quelques fenêtres exhibaient encore du plastique transparent ou du linge à sécher, signes fugitifs d'une vie incertaine. Dans l'ouverture d'un garage, une vache meuglait à côté d'une petite voiture bleue au coffre ouvert, ruinée par les éclats ; plus loin, le chauffeur quitta l'avenue pour contourner un énorme monticule d'ordures, étrangement sans odeur, autour duquel rôdaient des chiens faméliques revenus à l'état sauvage, qui se ruèrent en aboyant après nos roues. Il n'y avait pas de passants ; la lumière laiteuse du ciel d'été écrasait tout, débris, ruines, décombres, le résidu inutile d'une ville presque entièrement détruite. À un carrefour, nous croisâmes un gros blindé peint en blanc, auquel le chauffeur fit un doigt d'honneur en ricanant ; puis apparut un de nos postes de contrôle, où trois des nôtres, en camouflage violet, fumaient et écoutaient de la musique, assis à l'ombre. Au-delà, le chauffeur bifurqua derrière une série de tours d'habitation entièrement désertées et me mena au pied de la dernière d'entre elles. Je sautai de la jeep, le remerciai d'un signe de tête, et entrai dans le hall encombré de fragments de béton et de chaises renversées. J'ignorai l'ascenseur ouvert et m'engageai dans l'escalier, aux murs sales et noircis par le feu. Il n'y avait plus de courant depuis longtemps, les panneaux de distribution sur les paliers avaient brûlé et même fondu, mais les innombrables trous crevant le mur de la cage d'escalier laissaient filtrer assez de jour pour y voir clair. Je visitai plusieurs appartements, défonçant parfois la porte d'entrée de quelques coups de botte rageurs, avant de trouver celui qui me convenait : un obus avait ouvert un trou assez large dans le mur du salon, au niveau du sol, du bon côté. Accroupie afin de ne pas être aperçue par la fenêtre, bien en retrait du trou, je déblayai un espace au sol suffisamment grand pour m'y coucher, puis reculai avec précaution jusqu'au couloir pour inspecter les autres pièces. Dans la chambre à coucher, sur le lit, je remarquai un grand plaid tissé, de longues herbes sur fond d'or, vertes autrefois mais maintenant jaunies par la poussière, les gravats et les intempéries. Une explosion avait emporté le mur du fond, laissant une ouverture béant sur nos lignes. Prenant garde de ne pas attirer l'attention de mes camarades, qui auraient été capables de me viser par erreur, je secouai la grande pièce de tissu, soulevant un nuage de poussière, de mites et de larves, avant de retourner au salon l'étendre au sol pour m'y allonger. Posément, je disposai mon arme, dépliant le petit trépied au bout du canon et calant la crosse rectangulaire dans le creux de mon épaule avant de fermer un œil et de pencher la tête pour ajuster la lunette de visée. Par le trou au pied du mur, je pouvais nettement distinguer, à un peu plus de sept cents mètres, les positions ennemies, des sacs de sable entassés sur des balconnets ou des rebords de fenêtres, à trois étages au moins ; plus bas, l'angle de tir que je m'étais imposé, par sûreté, ne me permettait plus de rien voir. Lentement, je promenai les réticules de visée sur chaque ouverture, à l'affût du moindre mouvement. Mais il n'y avait rien : il faudrait attendre, je le savais. Le plaid vert et doré, plié en deux, formait une couche confortable, j'étais bien installée et n'avais aucun besoin ; la sueur perlait de mes aisselles et de ma nuque, et venait peu à peu imbiber le tissu collé contre mon ventre et ma poitrine, cela ne me gênait pas, au contraire, je trouvais cette moiteur presque agréable, si on s'y laissait aller c'était comme un bain tiède, on y oubliait vite son corps et toute son attention se réduisait au petit cercle magnifié de la lunette, dont je balayais posément les positions visibles, immobile et patiente, attendant la cible. Je restai ainsi longtemps, une heure ou deux peut-être, sans rien voir. Tout à coup un crissement de débris résonna du côté de l'escalier et je me retournai d'un coup sur le dos, dégainant mon arme de poing et la braquant à deux mains vers la porte du salon. Une voix connue m'apostropha sans que l'homme ne se montre : « Du calme ! C'est moi. » Je replaçai l'arme dans sa gaine et roulai de nouveau sur le ventre, reprenant ma position de tir. « Reste baissé, la fenêtre est à découvert. » — « Je sais, je ne suis pas con », marmonna l'homme en venant s'accroupir près de moi. C'était un des soldats de l'usine, celui qui tripotait la serveuse de la cantine avant de l'envoyer valser dans ses haricots. « Qu'est-ce que tu viens foutre ici ? » — « Je voulais voir comment tu te débrouilles.

Tu as soif ? J'ai de l'eau. » — « Non. » L'œil collé à l'objectif, je ne levai même pas la tête. Il hésita : « Tu vois quelque chose ? » — « Pas encore. » J'entendis un froissement, un bruit de briquet. Toujours sans tourner la tête, je sifflai : « Éteins ça. Tu vas nous faire repérer. » — « Ça va, ça va. » Il laissa passer un moment en silence, puis posa une main sur mon cul : « Ça te donne pas des envies, des heures toute seule ici, comme ça ? Dans cette chaleur ? » Je repoussai sa main : « Laisse-moi tranquille. » La main revint tout de suite, glissa entre mes fesses, appuya sur ma vulve. Cette fois-ci je me redressai un peu et le repoussai rudement, lui faisant perdre l'équilibre et tomber sur son derrière. Il s'épousseta les cuisses en me contemplant avec un sourire mauvais : « Bien, j'ai compris. Tu ne peux pas me sucer, au moins ? Que je ne sois pas venu jusqu'ici pour rien. » Je le fixai avec des yeux vides, lisses. « D'accord, prononçai-je enfin. Allons à côté. » Je laissai là le fusil, reculai en rampant, me relevai dans le couloir et le menai à la chambre à coucher où je m'assis sur le bord du lit défoncé. Il se plaça devant moi, dos à la grande ouverture dans le mur, et défit sa braguette pour en extraire sa verge à moitié molle. Je la pris en main, tirai très vite mon couteau, et posai le tranchant de la lame contre la peau. Il me fixa froidement, mais avec une sourde inquiétude dans le regard. « Fais pas la conne. Range ça. » J'appuyai très légèrement avec le couteau : « Je t'avais dit de me laisser tranquille. Ta pute, la petite esclave, elle ne te suffit pas ? » Je tirai un peu la lame et un très mince filet de sang apparut sur la peau fripée. Blême, il recula d'un pas, je me levai et le suivis, sa verge toujours à la main, sous la lame du couteau. Il recula encore, presque jusqu'au bord du trou. Sans le quitter des yeux je lâchai enfin sa queue et rangeai le couteau. Le visage travaillé par un tic de rage, il remballa à toute vitesse son sexe. Je me détournai, sentant sans les voir ses muscles se tendre comme pour bondir. Alors je lui décochai un grand coup de pied au milieu de la poitrine et il vola en arrière, traversant sans un son l'ouverture ensoleillée. Un bruit mat et lourd résonna depuis le bas de l'immeuble, qui me parvint de loin, comme une brève distraction.

Couchée sur le grand tissu de couleur, je visais de nouveau depuis un bon moment les positions ennemies lorsque j'entendis un troupeau bruyant de bottes monter l'escalier. Sans quitter la lunette de l'œil, je criai par-dessus mon épaule : « Attention quand vous entrez ! C'est exposé. » J'entendis une voix m'interpeller, celle d'un jeune officier qui déboula dans la pièce à peine courbé avant de venir s'agenouiller à côté de moi. « Qu'est-ce qui s'est passé ? » écumait-il. Je me tournai sur un coude et regardai son visage poupin, rouge de colère. « Rien du tout, mon lieutenant, répondis-je calmement. Et baissez-vous, vous allez vous faire repérer. » Il se tassa un peu tout en continuant à crier au sujet du soldat mort. « Il est tombé de cet immeuble. On l'a poussé ? » — « Je ne sais pas, mon lieutenant. » — « Tu ne l'as pas vu ? » — « Il est venu m'apporter de l'eau. Puis il est parti. Je lui ai juste dit de faire gaffe aux types d'en face. » Malgré lui, il se redressait, agitait ses bras. « On ne lui a pas tiré dessus. Son corps ne porte aucune trace d'impact ! » Je haussai les épaules et remis la main sur mon fusil : « Je ne sais pas, mon lieutenant. » L'officier était écarlate maintenant, il s'époumonait : « Comment, tu ne sais pas ! Tu dis que tu n'as rien vu ? » Un coup de feu claqua, sec et lointain, et il tomba comme une bûche, sur le côté, une main plaquée contre son cou. Du sang bouillonnait entre ses doigts et ses yeux emplis de panique me fixaient tandis que sa bouche s'ouvrait et se refermait, sans un son. Deux balles crépitèrent contre le mur derrière moi, puis une autre encore. Je rampai rapidement en arrière, attrapant l'officier par les chevilles et le traînant par à-coups hors de la pièce. Sa main libre battait le sol derrière lui ; l'autre restait vissée à son cou. Je le laissai dans le couloir pendant que ses hommes accouraient et retournai récupérer mon arme ainsi que le plaid. Les soldats placèrent l'officier dessus et le soulevèrent pour descendre. J'épaulai mon fusil et les suivis, ne songeant déjà plus aux heures d'attente perdues, passant mentalement en revue les lieux où je pourrais aller prendre une nouvelle position. En bas, devant l'immeuble, les hommes chargeaient l'officier à l'arrière d'une camionnette, à côté du corps fracassé du soldat. L'officier n'émettait aucun son, je ne savais pas s'il était encore vivant et cela ne m'intéressait pas. Les soldats conféraient entre eux. Enfin ils décidèrent d'aller prendre la position ennemie de flanc, pour tenter d'en tuer un ou deux. Le chauffeur nous regardait tour à tour, visiblement désireux de les accompagner. « Tu ne peux pas les ramener, toi ? » me lança-t-il enfin. — « Je ne sais pas conduire », répondis-je impassiblement. Il haussa les épaules, cracha, et se hissa derrière son volant. Déjà les hommes, à distance les uns des autres, contournaient la base de l'immeuble. Plaid roulé et replié sur l'épaule, je me mis en route dans la direction opposée tandis que la camionnette démarrait et, prenant de la vitesse, bifurquait vers nos lignes.

Le soleil avait baissé mais il faisait toujours aussi chaud. Le ciel, pâle et brouillé, restait vide de nuages. Du côté de nos ennemis me parvenait le bruit de coups de feu ou de courtes rafales. Je marchais pistolet à la main, à cause des chiens, cherchant mon chemin au milieu des ruines, traversant des cours d'immeubles abandonnés, des jardins envahis par la végétation, suivant des chemins qu'il fallait deviner sous les débris puis passant par des caves ou escaladant des murs effondrés, toujours en prenant soin de ne pas m'exposer. Enfin je parvins à l'édifice que je cherchais et je montai. Au cinquième étage il y avait un appartement sans porte, avec des meubles renversés et partiellement brûlés ; dans le salon, un gros divan barbeau, debout contre un mur, masquait partiellement un trou d'obus devant lequel, un peu en retrait, s'étendait un autre sofa, sans doute blanc à l'origine, mais noirci par le feu. J'y étalai la pièce de tissu que je portais, repliant par en dessous les parties encore humides du sang de l'officier, et posai mon arme contre le divan avant de partir à la recherche des toilettes. Mais la cuvette avait éclaté et je finis par me soulager à même le sol, accroupie sur les gravats, avant de retourner au salon me coucher sur le sofa, fusil en joue braqué vers le trou d'obus. J'attendis, parcourant avec la lunette les fenêtres, les portes, et la petite avenue visible depuis mon poste. Je songeais au soldat mort, à son désir brutal et sans frein, comme une soif qui ne pouvait s'étancher. Le souvenir de l'incident, et de sa conclusion, me fit sourire : mes joies, je les prenais maintenant où je voulais, sans demander l'avis de personne. C'est alors que je ressentis une présence dans la pièce, légère, silencieuse, curieuse. Je me retournai : un chat gris venait bondir sur le sofa pour se frotter contre ma jambe en ronronnant. J'étais surprise de le voir, je pensais que les chiens sauvages avaient exterminé tous les chats depuis longtemps. Je l'attirai entre mes deux jambes où il se lova en boule, ronronnant doucement tandis que je visais de nouveau l'avenue. Cette fois, je n'eus pas trop à attendre. Mon œil libre détecta un mouvement et j'y dirigeai la lunette : sur le flanc d'une maison, presque cachée, une porte s'ouvrait avec précaution. Une femme apparut, blonde comme moi mais avec de longs cheveux noués en un chignon hâtif et mal fait, qui regarda craintivement autour d'elle, recula, et revint en tenant par la main un petit garçon au visage pointu et intelligent, blond lui aussi. Je leur laissai faire quelques pas afin qu'ils soient entièrement à découvert avant d'abattre la femme d'une balle à la jonction du cou et de la mâchoire. Elle vola en arrière, sa main arrachée à celle de l'enfant, et s'effondra au sol tordue en deux, le visage dans une flaque. Le garçon blêmit, se rua sur elle et tenta de la traîner, son petit visage tout déformé. Mais elle était bien trop lourde pour lui, il ne parvenait même pas à la retourner, alors il se mit à la secouer dans tous les sens, hurlant des mots que je n'entendais pas, le visage couvert de pleurs. J'hésitai un instant, puis déportai légèrement le canon du fusil pour tirer un second coup à quelques pas de lui. La balle claqua sur le bitume et il détala comme un lièvre, laissant là le corps de la femme, un sac de chiffons abandonné au milieu de la chaussée. Les coups de feu avaient fait bondir le chat qui se tenait maintenant près de la porte, inquiet, le poil un peu hérissé. Je laissai là le plaid vert et or, mis mon fusil à l'épaule, et quittai l'immeuble. Le chemin du retour prit longtemps, la nuit tombait lorsque je parvins à notre premier poste de contrôle, ne laissant qu'une ligne orange et bleu outremer le long de l'horizon, toute fine et écrasée sous le ciel déjà noir. Un camion de ravitaillement me ramena à l'usine. Je me sentais inerte, éteinte, une coquille animée bonne à accomplir certaines tâches sans y réfléchir et sans se plaindre, telle la serveuse de la cantine ; les salutations des autres soldats, à l'arrivée, me parvenaient en un gargouillis informe, comme si je les entendais depuis le fond de l'eau. Machinalement, je passai rendre compte à mon supérieur ; il hocha la tête, griffonna une note dans un registre, et m'informa à son tour que l'assaut donné par nos hommes, après que je les avais quittés, avait tué au moins un combattant ennemi, mais coûté la vie à deux des nôtres, piètre résultat. « Tu aurais dû les appuyer, lâcha-t-il enfin, au lieu de perdre ton temps à la chasse aux lapins. » Je ne répondis rien, saluai et sortis. Dans le vestiaire, je plantai de nouveau mon corps sous la maigre douche froide, puis enfilai mes vêtements de sport. Une fatigue grise pesait sur moi, je voulais aller m'allonger, mais dans les chambrées j'étais sûre d'être dérangée, il fallait que je trouve un autre endroit. Mains fourrées dans les poches de mon survêtement, je pris le couloir de derrière, montai, et empruntai une coursive peu fréquentée. Au fond, il y avait une lourde porte en métal : je la tirai, franchis le seuil, et me mis à courir, un footing sûr et aisé avec des foulées souples, une respiration régulière, sans hésitations. Il faisait pourtant plutôt sombre ici, je ne voyais ni lampe, ni même de plafond et il m'était difficile de déterminer si je courais dans un couloir fermé ou bien à l'air libre, mais cela m'importait peu, au fond, je me sentais soudainement tranquille et sereine, presque gaie, de temps en temps je tendais les bras comme un enfant qui joue à l'avion, mes mains traînaient ainsi sur la surface lisse des parois, m'aidant à orienter ma course, car ce corridor n'était pas droit, il ondulait semblait-il, et l'obscurité ne me permettait pas de bien situer les murs, ce qui aurait pu m'amener à en heurter un. Parfois, aussi, ma main ne rencontrait que du vide, pénétrait dans un espace encore plus foncé, le début d'un nouveau passage, peut-être, ou bien juste une sorte de recoin, une niche pour se reposer, qui sait, mais je ne m'arrêtais pas, je continuais ma course d'un pas égal et enfin je débouchai dans le vestiaire, propre et bien éclairé, vite je me changeai, tirant un bonnet de bain sur mes courtes mèches blondes et remontant le maillot sur mon ventre et sur mes seins, pouces sous les bretelles pour les ajuster, devant moi battaient les doubles portes, je les repoussai sans ralentir, glissai dans une flaque d'eau et donnai un vif coup de reins pour garder mon équilibre, rendue confuse par l'écho caverneux des cris, des rires et des bruits d'eau qui emplissaient l'espace. Les glaces couvrant les murs me renvoyaient des images mêlées de corps et de mouvements, il m'était impossible de dire quels bras, quelle nuque ou quelles épaules m'appartenaient et lesquels appartenaient à une autre, je chancelai, fis encore un pas, et alors mes muscles retrouvèrent leur alignement et mon corps se tendit, droit, fin et racé, j'allongeai une jambe puis l'autre, prenant mon élan, mon dos se raidit et je plongeai, bras devant la tête, lançant dans un fracas de bulles la masse de mon corps à travers la surface limpide et éclatante.

V

J'accomplis mes longueurs en les comptant avec soin, battant des pieds comme on me l'avait appris et lançant mes bras devant moi trois fois de suite avant de tourner la tête sur le côté pour avaler une goulée d'air ; à chaque extrémité, je me laissais aller sur le dos, épuisé et heureux, avant de m'obliger à repartir dans l'autre sens. Enfin, clignant mes yeux rougis par l'eau chlorée infiltrée dans mes lunettes, j'achevai avec un sentiment de triomphe les derniers mètres. Haletant, je restai quelques instants suspendu au rebord, puis tentai de m'y hisser ; mais mes muscles étaient trop fatigués, et je fis quelques brasses de côté pour atteindre l'échelle, tirant mon corps ruisselant hors de l'eau. Désorienté par le bruit et la lumière, j'ôtai mon bonnet et mes lunettes, frottai mes yeux endoloris, puis contemplai mes doigts, fripés et blanchis par le long séjour sous l'eau. Des gens couraient et criaient tout autour de moi, des adultes, des ados, des enfants, leurs corps bruns ou blancs reflétés dans les longs miroirs placés tout autour du bassin ; agacé par ma mèche de devant, que je n'arrivais pas à redresser correctement, je cherchai des yeux mon propre reflet, mais un grand, courant pour effectuer un plongeon, me bouscula au passage, manquant de me faire glisser dans une flaque d'eau et retomber dans la piscine. Je parvins de justesse à garder mon équilibre et, me détournant des miroirs et me faufilant à travers un groupe de gosses surexcités, je passai les portes battantes et gagnai les vestiaires. Séché, bien au chaud dans mon survêtement gris, tellement agréable à la peau, je revins vers le couloir et me mis à courir, pas à toute vitesse mais à petites foulées, en ménageant mes forces. Mes jolies baskets blanches frappaient le sol avec allégresse, je respirais facilement, heureux de la belle odeur de caillou et de propre, me guidant presque au hasard grâce à la lumière vague qui laissait deviner les murs gris ou beiges ou en tout cas sombres et aussi de temps en temps des zones plus foncées, peut-être des ouvertures sur des tunnels mystérieux, ou alors juste des gros trous, je m'en fichais bien et n'allais pas voir, tout cela m'amusait beaucoup, mais en même temps ça me faisait quand même un peu peur et pour me donner du courage je me mis à chantonner. C'était une belle chanson et je me laissai guider par elle, quand elle ralentissait je ralentissais aussi le pas, quand elle allait plus vite j'accélérais ; quand j'hésitais sur la trajectoire à suivre, car ce couloir n'était pas droit mais avait plutôt l'air de tourner, et pas toujours dans la même direction, il ondulait plutôt, je suivais ma petite chanson pour m'orienter tant bien que mal. À la fin d'un couplet, je marquai une pause : juste devant ma main il y avait un objet, une poignée en métal, j'appuyai dessus et une porte s'ouvrit ; je n'hésitai pas, mais la suivis. Mes baskets s'enfoncèrent dans de la belle herbe brillante de lumière, c'était un grand jardin familier, calme, rempli de toutes sortes de plantes dont on m'avait souvent répété les noms, que je ne retenais jamais, des arbustes pleins de fleurs mauves et rouges et puis des plantes grimpantes, touffues, qui recouvraient la façade de la maison, haute comme la tour d'un château fort. Il faisait très chaud et je me frottai le visage de la manche, étalant la sueur. Ici et là, entre les brins d'herbe, poussaient des pissenlits, leurs têtes chevelues comme une boule de coton ; j'en cueillis un et soufflai dessus, dispersant les aigrettes dans l'air jusqu'à ce que la tête reste nue tout en faisant un vœu, un vœu tellement secret que je ne pouvais le dire à personne, même pas à moimême. Puis je regardai de nouveau autour de moi. Sur le côté de la maison, cachées derrière l'angle, brillaient les eaux d'une piscine, bleues et fraîches au soleil ; autour, il y avait un rebord de pierre, et la surface reflétait comme un miroir les petits nuages blancs, parfaitement dessinés, perdus dans le ciel ; au fond, les longues branches d'un gros palmier posaient des ombres toutes découpées sur la surface. Je m'approchai lentement, puis filai me cacher derrière un buisson : une femme aux cheveux noirs coupés très court, comme un garçon, était allongée toute nue sur la pierre de la bordure, sur le ventre, sa peau bronzée encore mouillée et brillante. Je m'enfonçai dans le buisson, délogeant un chat gris qui s'esquiva par la pelouse, et épiai à travers les feuilles, ébahi par le spectacle des fesses tournées vers moi. Je les trouvais très jolies, tout comme la courbe du long dos brun, mais en même temps elles me troublaient, je sentais avec curiosité mon zizi picoter et presser contre le tissu de ma culotte, ce n'était pas très confortable et je restai là indécis, partagé entre l'envie d'essayer de me placer juste derrière la femme et d'attendre qu'elle écarte les jambes pour voir ce qu'elle cachait là, et celle de courir après le chat pour aller jouer à autre chose. J'attendis un peu mais la femme ne bougeait pas, elle semblait dormir, les nuages aussi commençaient à m'ennuyer, alors je me jetai hors du buisson en beuglant de toutes mes forces puis galopai sans demander mon reste vers la maison, bouchant mes oreilles pour ne pas entendre la femme. Dès le seuil la bonne fraîcheur du couloir m'enveloppa ; je dépassai l'escalier qui montait à l'étage et me dirigeai vers la chambre du fond. Mes cavaliers de plomb, avec leurs carabines et leurs lances, étaient tous renversés sur le tapis et je m'accroupis pour les redresser, les alignant avec soin avant de les faire mourir les uns après les autres dans des explosions et des rafales de mitrailleuses, qui décimèrent la charge héroïque bien avant qu'elle n'atteigne son but. Lorsque tous furent morts je les relevai et les disposai à nouveau, en cercle cette fois-ci, leurs lances toutes pointées dans la même direction, vers le centre de la formation. Le chat gris sortit de mon lit, arqua son dos, puis s'assit pour se lécher la patte en me contemplant paresseusement. J'allai chercher ma caméra, ouvris l'écran puis appuyai sur le bouton rouge pour filmer l'animal qui continuait sa besogne, indifférent à tout. Je coupai au bout de quelques instants et contemplai les jouets dispersés à travers la chambre, au sol ou rangés sur les étagères ; je trouvai enfin ma baguette de sorcier et, filmant de nouveau d'une main, je tendis mon bras libre pour tapoter la baguette au milieu du cercle des cavaliers. Le chat cessa de lécher sa patte et se mit à suivre les mouvements de la baguette de ses yeux dorés. Maladroitement, j'essayai de faire un zoom sur son museau, mais c'était difficile de contrôler en même temps la baguette et l'appareil, je revins à un plan large et frottai la baguette sur le tapis, espérant attirer le chat. Les yeux rivés sur la pointe de la baguette, il s'accroupit, malaxa le sol devant lui de ses pattes, derrière levé et queue dressée, puis enfin bondit, éparpillant au passage quelques cavaliers. Sans quitter des yeux l'écran de la caméra que je dirigeais tant bien que mal, je fis tournoyer la baguette, entraînant le chat dans des bonds qui l'obligeaient à tordre tout son corps, agitant en vain les pattes et renversant les uns après les autres les soldats de plomb. Enfin il perdit intérêt pour ce jeu stupide et s'éloigna en secouant la queue, comme s'il me dédaignait ; je refermai l'écran de la caméra, et allai la poser sur sa tablette. Juste au-dessus, accrochées au mur entre de grandes affiches de cinéma, il y avait quelques photos encadrées, en couleurs, me montrant avec une belle femme, blonde comme moi. Je ne sais pas pourquoi, mais à la vue de ces photos je me fendillai comme du verre, mon image, dans les bras de la femme, semblait trop heureuse et je l'enviais terriblement. Je repris la caméra et me mis à filmer les photos, promenant le cadre sur l'une après l'autre, zoomant, avec soin cette fois-ci, sur les visages, celui, radieux, du petit enfant ainsi que l'autre, encadré de mèches folles échappées du chignon, illuminé par un beau sourire joyeux et par des yeux verts et pétillants de bonheur, celui de la mère.

Une forte voix venant de la porte me fit sursauter et brouilla la fin du plan. Chagriné, je coupai la caméra et me retournai. Un grand homme blond se tenait là, torse nu, qui tapait des mains : « Allez, allez, fini de jouer ! C'est l'heure de la douche. » Je regardai sa poitrine musclée : les poils tout fins qui frisaient autour des tétons et qui remontaient en pointe depuis la ceinture jusqu'au nombril m'impressionnaient fortement, j'étais tenté de filmer cela aussi. Mais je me ravisai, posai la caméra, et enlevai vite mon survêtement sous l'œil impassible de l'homme, cachant d'une main mon zizi. L'homme me suivit jusqu'à la salle de bains et me regarda m'asseoir sur la cuvette pour faire caca. « Quand tu as fini tu mets ton pyjama et tu montes, d'accord ? » Gêné par sa présence, je hochai la tête ; à mon soulagement, il ferma la porte et disparut. Quand j'eus fini de m'essuyer je tirai la chasse, puis fis couler l'eau, jouant avec les robinets pour obtenir la juste température, et enfin me plongeai sous la bonne douche chaude, agitant le pommeau pour faire couler l'eau sur mes épaules, mon cou et mon ventre. Quand le jet passa sur mon zizi, je trouvai la sensation agréable et le laissai là ; très vite, il devint tout dur, l'eau le chatouillait et ce merveilleux chatouillement se répandait tout autour. Enfin je sentis comme une secousse, une décharge électrique en bien. J'avais un peu froid et je ramenai le jet sur mes épaules pour me réchauffer. Puis je me savonnai consciencieusement, sans oublier mon derrière et sous les bras, comme il fallait, je me rinçai, coupai l'eau, et sortis m'enrouler dans une serviette. Je courus ainsi jusqu'à la chambre, attendis un instant en sautillant sur le tapis, puis laissai tomber la serviette et me débattis pour enfiler mon pyjama, qui collait à ma peau encore humide. La voix de l'homme retentit dans l'escalier : « Tu viens ? Ça va bientôt être prêt. » Je regardai autour de moi pour chercher le chat, mais il n'était plus là. J'enfilai mes pantoufles et montai. Sur le palier, je m'arrêtai un instant pour examiner la grande photo encadrée accrochée là : elle montrait la femme aux cheveux courts, encore une fois toute nue, debout dans un lac peu profond, le visage détourné mais ses poils et ses seins bien visibles. Cette photo m'attirait, je ne sais pas pourquoi, mais en même temps elle me mettait mal à l'aise, je la détaillai encore un moment puis continuai à monter. En haut, l'homme nettoyait la table : « Ah, tu es là ? En fait, il y en a encore pour dix minutes. Tu n'as qu'à regarder la télé. » Il prit la télécommande, posée sur le rebord de la cheminée, alluma la télévision, et continua sa tâche. J'allai m'asseoir sur le divan et fixai l'écran. D'abord il y avait une jungle, très verte ; puis on voyait des gens, des Blancs habillés comme des explorateurs, en sortir en courant, sauter dans des jeeps, et partir le plus vite possible. La caméra montrait le sol de la jungle : tout était couvert d'un vaste tapis grouillant de fourmis rouges. Elles avançaient en masse, contournant les arbres et recouvrant les lianes et les pousses, et dévorant toutes les petites bêtes qu'elles rattrapaient et qui se débattaient en vain avant de succomber. Ce spectacle me dégoûtait et je baissai les yeux : mon regard tomba sur la table basse entre le divan et la télévision, il y avait un très gros livre posé dessus, avec une femme japonaise presque nue sur la couverture, dedans, je le savais, c'était plein de photos de femmes nues aussi qui écartaient les jambes ou bien faisaient des drôles de choses avec des hommes et aussi avec des cordes ou des jouets en plastique ou même de la nourriture, l'idée me dégoûtait encore plus que les fourmis, alors je levai de nouveau les yeux sur la télé. Devant une sorte de grande ferme, les explorateurs blancs de tout à l'heure, entourés de Noirs silencieux, discutaient avec animation. Ensuite on voyait beaucoup de Noirs creuser très vite une longue tranchée, poussés par les Blancs qui criaient des ordres, puis on joignait la tranchée à une rivière et elle se remplissait d'eau. Les fourmis, elles, continuaient à avancer et à tout recouvrir, elles attrapaient des vaches, les faisaient tomber en envahissant leur bouche et leurs naseaux, puis les mangeaient tout entières, ne laissant derrière elles qu'un squelette tout blanc et tout propre, affreux. La caméra montrait les fourmis, puis la tranchée pleine d'eau, puis les fourmis encore, la tranchée devait servir à les arrêter, les Blancs, perchés sur une colline, observaient tout ça à la jumelle, puis à travers les jumelles on voyait une femme noire qui courait devant les fourmis avec son bébé sur le dos, les

Blancs criaient mais ne bougeaient pas, la femme noire, qui bavait et roulait des yeux, laissait tomber son bébé et les fourmis le recouvraient tout de suite, puis elles rattrapaient la femme et elle tombait et les fourmis la mangeaient aussi. Moi, j'étais mort de peur, mais j'étais comme prisonnier de la télé et je ne pouvais pas m'arrêter de regarder. Les Blancs fixaient la tranchée, leur dernière chance. Arrivée au bord, l'affreuse masse de fourmis tueuses hésitait : puis on les voyait couper des feuilles avec leurs mandibules, les pousser jusqu'à l'eau, et traverser comme ça, en petits groupes sur leurs radeaux de fortune, pour se rassembler de l'autre côté. Les Blancs voyaient tout ça et ils savaient qu'ils étaient foutus, ils hurlaient de peur et moi j'avais envie de pleurer pour eux, mais j'avais honte et je me retins. Terrifié, je cherchai l'homme des yeux, espérant qu'il viendrait éteindre, mais il était dans la cuisine maintenant, en train de rire et de parler avec la jeune femme aux cheveux noirs, sans faire attention à moi. Sur l'écran, la marée des fourmis avançait toujours, hideuse, implacable.

Au dîner, les deux continuaient de discuter en riant et en buvant du vin blanc ; quand l'un d'eux m'adressait la parole, c'était juste pour me dire de manger plus proprement, ou de m'essuyer la bouche avec ma serviette et pas ma manche. De temps en temps, l'homme passait sa main sur les cheveux courts et la nuque de la femme, ou bien la glissait sous la table : je me doutais bien qu'il lui caressait la cuisse, qui était nue sous sa jupe très courte, je l'avais vu lorsqu'elle était venue à table. Son chemisier était très fin et presque transparent, elle n'avait pas mis de soutien-gorge et ses seins pressaient contre le tissu, je voyais très bien les pointes, qui n'arrêtaient pas de bouger. Ils parlaient de choses que je ne comprenais pas, une histoire d'électricité, ça avait quelque chose à voir avec la voisine, l'homme s'énervait et la femme essayait de le calmer en lui caressant les poils de l'avant-bras. Je m'acharnai sur une pince de langoustine, que je tentai sans succès de briser entre mes dents pour en sucer l'intérieur ; l'homme buvait du vin, il parlait de travaux maintenant et sa main était repassée sous la table. Exprès, je fis tomber la pince, puis me coulai au bas de ma chaise pour la ramasser : l'homme retira tout de suite sa main, vite mais pas assez, j'avais quand même eu le temps de voir comment elle fouillait entre les cuisses bronzées de la jeune femme. Elle tenait ses pieds droits et ses genoux écartés, je me baissai encore plus pour essayer de voir sous sa jupe, mais n'aperçus qu'un bout de tissu blanc, l'ombre de sa culotte. « Qu'est-ce que tu fabriques ? » vint pester la voix de l'homme. Je ramassai vite la pince et me relevai en la brandissant. « Allez, dépêche-toi. C'est l'heure de se coucher. » J'achevai de décortiquer la queue d'une dernière langoustine et l'avalai, puis essuyai mes doigts sur mon pantalon, attrapai mon assiette et mes couverts, et courus les porter à la cuisine. Quand je revins la jeune femme s'affairait devant la stéréo, d'où sortit une musique que l'homme aimait beaucoup, des hommes et des femmes qui racontaient une histoire en chantant avec un gros orchestre, Mozart il appelait ça. « Tu vas au lit ? » me dit l'homme sans quitter des yeux la jeune femme qui était venue s'asseoir sur le divan et allumait une cigarette en feuilletant le livre de photos posé là. — « Et mon dessert ? » — « Une pomme, alors. Mais vite, il est tard. » — « Tu me la pèles ? » L'homme prit un couteau, coupa une pomme rouge en quatre, et commença à éplucher les quartiers, qu'il me tendait l'un à la suite de l'autre. Je les grignotai en regardant par la grande baie vitrée : au loin, le soleil se couchait, ça faisait une lumière orange et dorée qui coloriait les nuages et les arbres et les buissons du jardin, c'était très joli mais l'homme me pressait et ne me laissait pas vraiment bien voir tout ça. Je songeai aux fourmis, imaginant soudain avec terreur qu'elles envahissaient le jardin : pétrifié, je les voyais dans ma tête dévorer le chat, puis la jeune femme aux cheveux noirs qui criait beaucoup, et enfin l'homme ; moi, je restais au milieu de la piscine, le seul endroit à peu près sûr. Quand je me réveillai, bien plus tard, il faisait tout noir. Je tremblais de froid et me sentais complètement embrouillé. Les draps et l'oreiller étaient trempés, c'était très désagréable, j'essayai de me blottir en boule pour me sentir mieux, mais quelque chose pesait sur la couverture, quelque chose de chaud et de mou. Où est-ce que je me trouvais ? L'homme, cela me revenait, m'avait couché et bordé, et avait placé mon doudou, un petit nounours rose avec des yeux en verre bleu, près de ma tête ; puis il était parti, laissant la porte ouverte et la lumière du couloir allumée, ça faisait un triangle blanc dans la chambre sur lequel je gardai les yeux fixés avant de m'endormir, parce que comme ça je pourrais voir arriver l'homme qui viendrait m'enlever, un homme habillé, je le savais, d'un pardessus fermé avec une ceinture, un chapeau de feutre, et, malgré la nuit, des lunettes noires. La peur de cet homme luttait avec celle, encore plus forte, des fourmis rouges, qui avaient fini par envahir mon sommeil, le noyant dans un grouillement infâme. Mais c'était tout à fait autre chose qui m'avait réveillé. Timidement, je tendis le bras : la masse brûlante près de moi était le chat, qui se mit à ronronner quand je lui caressai la tête. Le son doux et régulier résonnait tout près de mon oreille, très fort, mais il ne masquait pas tout à fait un autre bruit, lointain, insistant, bruit qui s'était peut-être aussi mêlé à mon sommeil. Enfin je compris de quoi il s'agissait et mon cœur se mit à battre très fort, pris d'une frousse terrible : c'étaient les gémissements d'une femme, longs et soutenus, entrecoupés de cris. Comment interpréter ces sons ? L'homme était-il en train de faire du mal à la jeune femme aux cheveux noirs ? Ça ne me semblait pas possible, mais je ne voyais aucune autre explication. Je tendis le cou et regardai la porte : le triangle de lumière brillait toujours, l'homme au pardessus n'était pas venu. Rassemblant tout mon courage, je me tirai des draps trempés en serrant mon nounours dans les bras, prenant bien garde de ne pas déranger le chat. Mes membres tremblaient de plus belle, je mourais de froid et devais serrer la mâchoire pour éviter de claquer des dents, j'étais en même temps traversé de bouffées de chaleur ; mon pyjama était aussi mouillé que les draps, il me collait à la peau comme la tunique fatale dont parlait un de mes livres, celle qui avait poussé le héros Hercule à se jeter dans le feu. Mais si je devais finir comme lui, alors il fallait imiter sa bravoure. Clignant des yeux, je sortis dans le couloir puis m'engageai dans l'escalier en colimaçon, marquant une pause à chaque marche pour écouter les gémissements qui n'arrêtaient pas. Qu'est-ce qui forçait la jeune femme à pousser de tels cris ? Qu'est-ce que l'homme pouvait bien lui faire ? Mon sang battait dans mes tempes, je frissonnais de froid et de peur, mais je n'arrêtai pas ma montée, irrésistiblement attiré par ma crainte pour la jeune femme et mon désir de comprendre ce qui se passait. Les dalles des marches, sous mes pieds nus, étaient glacées ; au salon, je jetai un coup d'œil sur l'horloge, éclairée par la lune ; la petite aiguille indiquait la lettre V qui, comme je l'avais appris, représentait pour les Romains le chiffre 5 : cinq heures, il était cinq heures du matin et on criait dans la maison. Ça résonnait partout, parfois ça devenait un halètement rapide avant de reprendre, je n'y comprenais rien. Mort de trouille, je me forçai à monter à l'étage suivant. La porte de la chambre était entrebâillée et je la poussai le plus doucement possible. Devant moi, sur le lit, toutes blanches, il y avait les fesses nues de l'homme qui s'agitaient, avec en dessous celles un peu plus sombres de la jeune femme ; entre les deux, je voyais nettement une grosse masse rougeâtre, flasque, en mouvement. Les deux étaient agenouillés sur un drap décoré avec de longues herbes vertes ; sous la lumière de la lune, qui tombait, verdâtre, par la fenêtre recouverte de plantes grimpantes, on aurait dit qu'ils étaient couchés nus dans un champ. Pétrifié, la main agrippée à la poignée de la porte, je n'osais pas bouger un muscle ; les battements de mon cœur, qui faisaient comme un tambour dans mes oreilles, couvraient presque les petits cris que poussait la femme à chaque coup de fesses de l'homme. Tout à coup je me rendis compte que ce dernier avait la tête tournée et me regardait. Sans demander mon reste je claquai la porte et détalai dans l'escalier, le plus vite que pouvaient me porter mes jambes, jusqu'à la chambre où je sautai dans le lit en délogeant le chat pour m'enfouir sous les draps, mon nounours serré contre moi, la couverture tirée sur ma tête dans l'espoir de me cacher de tout. Je restai là en tremblotant, l'oreille tendue, aux aguets. Les gémissements continuèrent un peu, mais plus faiblement, puis enfin cessèrent tout à fait. Je ne bougeai toujours pas ; le chat avait disparu, je me sentais seul et j'avais très peur. Un peu plus tard j'entendis des pas dans l'escalier, des pas lourds, ceux de l'homme. Je restai recroquevillé sous la couverture, dos tourné à la porte, jusqu'à ce qu'il vienne s'asseoir sur le rebord du lit et la tirer pour découvrir ma tête. Sa main caressa mes cheveux, mon front. « Mon pauvre, fit sa voix dans mon dos, tu trembles de fièvre. C'est pour ça que tu es monté ? » Je ne répondis rien et il continua ses caresses. Sa voix hésita : « Tu sais, il faut frapper à la porte avant d'entrer dans une chambre... » Je serrai plus fortement encore mon nounours et criai : « La porte était ouverte ! » Il ne répondit rien, se contentant de dégager mes cheveux trempés de mon front et de me caresser le crâne. Enfin il se leva et sortit. Quand je me réveillai de nouveau une lumière pâle éclairait toute la chambre. Les draps mouillés étaient froids, j'avais encore très froid, mais je ne tremblais plus. Je me levai et me changeai vite, enfilant ma tenue de sport et mes baskets. Des oiseaux, dehors, lançaient de longs trilles ; en haut, tout était silencieux. Prenant soin de ne pas marcher sur les cavaliers de plomb, je me dirigeai vers la porte. Je me retournai, regardai un instant les photos de la belle femme blonde avec son petit garçon, à peine visibles dans le gris du matin, puis sortis. Dehors, dans le jardin, tout était tranquille, une petite brise agitait les feuilles des arbres et des plantes grimpantes, où se cachaient des oiseaux que je devinais à leurs mouvements abrupts et à leur joli chant. Il faisait déjà plutôt chaud et ça revivifiait mon corps transi, qui petit à petit se détendait. Je ne voyais nulle part le chat, mais je ne le cherchais pas vraiment ; sans trop réfléchir, je traversai le gazon et ouvris la porte du fond. Dès que je me retrouvai dans le couloir je me mis à courir, subitement pris de gaieté. La fraîcheur inattendue, un bonheur après la moiteur du jardin, ne me gênait pas, mon corps était bien réchauffé maintenant et même grâce à la course se mettait à suer, le tissu lisse du pantalon et du t-shirt collait à ma peau, sensation très agréable. Il ne faisait ici ni noir ni clair, je pouvais plus ou moins deviner les murs et même des parties plus sombres où je m'imaginais des sortes de grottes, ou peut-être alors les bouches béantes de galeries perpendiculaires, plongeantes, mais j'avais beau regarder, je ne voyais aucune lampe, et d'ailleurs je ne pouvais même pas voir le plafond, c'était curieux, en plus les parois bougeaient, elles se rapprochaient de moi puis s'éloignaient, comme si le couloir décrivait des courbes, ça m'amusait beaucoup et je me mis à faire des zigzags en chantonnant, virant brusquement juste avant de foncer dans un mur, puis effleurant l'autre, et enfin trébuchant sur un de mes lacets, qui s'était défait. Riant, suant, essoufflé, j'interrompis ma course pour m'agenouiller et le renouer ; quand je relevai la tête, je vis que je me tenais nez à nez avec une poignée : sans hésiter, je tendis la main et appuyai dessus, une porte s'ouvrit dans le mur, et je la franchis en me relevant. Tout de suite une chaleur étouffante m'enveloppa. L'endroit était très sombre, bien plus sombre que le couloir, et je clignai des yeux, essayant d'y apercevoir quelque chose. Petit à petit je distinguai quelques formes, des piliers et des poutres, peut-être, un toit en pente, très bas ; des rayons de lumière entraient un peu partout, tout fins, pleins de poussière dansante, l'espace était empli de poussière et je toussai, plissant mes yeux pour mieux y voir : il y avait, je le compris enfin, des ouvertures dans le toit, des fenêtres ou des vasistas, mais fermés par des volets, comme dans un grenier, je devais me trouver dans un grenier. La pièce était envahie d'objets, des cadres en métal où pendaient des robes et des manteaux, des piles de caisses, des cartons à moitié crevés, débordant de livres, de jouets. Le sol, au milieu, était recouvert d'un vieux tapis doré, brodé de longues herbes vertes. Tout à coup il y eut un mouvement : quelqu'un que je n'avais pas encore remarqué se tenait sous une des ouvertures fermées. Je m'approchai et vis qu'il s'agissait d'une petite fille, assise à même le sol, les jambes écartées, et qui jouait silencieusement à la poupée. Je la distinguais mieux maintenant, elle portait une courte robe à fleurs, et ses cheveux noirs étaient coupés comme ceux d'un garçon, avec une frange sur son front. Elle me vit aussi et leva sur moi de beaux yeux tranquilles : « Tu veux jouer avec moi ? » — « D'accord. Mais je n'aime pas les poupées. » — « C'est pas grave. Si tu préfères, il y a des soldats, là. On peut faire la guerre. » Je m'accroupis près d'elle et me mis à disposer les soldats avec leurs obusiers et leurs chars devant elle, les canons braqués sur la poupée qu'elle tenait dressée devant eux comme un affreux géant femelle. Puis, claironnant un air martial avec ses joues gonflées, elle fit avancer la poupée qui commença à renverser des soldats et à écraser des chars, tandis que je faisais reculer les autres pour la mitrailler frénétiquement, un déluge de feu que j'animai avec des sons de tirs, de sifflements, et de cascades d'explosions. La fille aussi entrecoupait sa petite fanfare de rugissements sourds et d'insultes proférées à l'intention des soldats : « Vous ne m'aurez jamais, crapules ! » La poupée détruisit ainsi presque toute mon armée ; mais enfin, vaincue par ma puissance de feu supérieure, elle mordit la poussière, renversant par l'onde de choc de sa chute les derniers soldats encore debout. Après, on joua aux voitures, les lançant de toutes nos forces les unes contre les autres, ça faisait des accidents et des carambolages qui à chaque fois nous arrachaient de grands éclats de rire. Une des voitures, ratant sa cible, frappa mon genou ; vexé, je décochai un coup de poing dans son genou à elle ; « C'est pas juste », cria-t-elle en me tapant au bras. Je me ruai sur elle pour essayer de la renverser au sol, mais elle était aussi forte que moi, on se poussait les bras en grimaçant, enfin je lui fis un croche-pied et la mis par terre, puis sautai sur elle. Mais elle me rejeta d'un coup traître et se retrouva à califourchon sur moi, me frappant le dos et me tordant un bras. On roulait ainsi joyeusement dans la poussière, on se griffait et on se donnait des petits coups, des fois j'avais le dessus, des fois elle. Enfin, essoufflés, on fit la paix, jurant les doigts croisés dans le dos de ne plus se frapper. Nos vêtements, visibles dans la sorte de lumière bizarre dégagée par les rayons de lumière, étaient tout sales, la poussière collait à nos bras et à nos visages trempés de sueur, les cheveux de ma nouvelle amie étaient tout mélangés et crasseux, elle essayait de les peigner avec ses doigts, en faisant la moue. « Viens, dit-elle enfin. On va prendre un bain. »

On avait tellement chaud qu'on s'est déshabillés sur place, abandonnant nos habits en tas sur le vieux tapis vert et or. La fillette ouvrit une trappe, qu'elle laissa retomber au sol avec fracas, dans un nuage de poussière. Tout nus, on dévala l'escalier ; je la suivis en courant par une galerie remplie de vieux portraits, jusqu'à une belle salle de bains où elle fit couler l'eau dans la baignoire, jonglant avec les robinets pour régler la température. Sur une tablette, il y avait des savons, des shampoings, des crèmes, je dénichai une boîte de poudre que je versai en entier dans le bain, pour faire de la mousse. La fillette, assise sur le pot, faisait caca, j'avais très envie aussi de faire pipi et je sautillais en me tenant le zizi, lui criant dessus pour qu'elle se dépêche ; mais elle prenait son temps et je lui tirai les cheveux, recevant une méchante gifle en échange. Déconfit, j'attendis mon tour tandis qu'elle s'essuyait. Elle avait, je le remarquai, une odeur assez forte, un peu comme des herbes sauvages mélangées avec de l'amande, une odeur de parfum, de femme adulte ; le mélange des odeurs, quelque part entre le caca, le parfum et celle du corps d'une femme, me rappelait des souvenirs lointains, vagues mais têtus. Quand elle me laissa enfin la place, je relevai la lunette et reculai de trois pas, pissant en un long arc de cercle en essayant de viser au mieux ; bien sûr, j'en mis partout, mais ça la faisait rigoler, elle applaudit à toute volée en me regardant finir. Elle avait sauté dans le bain et j'y grimpai aussi ; la mousse, épaisse, arrivait jusqu'au bord, j'agitai l'eau pour en amener plus de mon côté, puis lui lançai des poignées de flocons. Elle riposta et très vite on s'envoyait des trombes d'eau, ça éclaboussait les murs et le sol et tout était trempé, le tapis de bain et la plupart des serviettes, la moitié des bouteilles de produits étaient renversées, on hurlait, on frappait la surface de l'eau des paumes pour faire plus de bruit, on riait comme des fous. Un petit chat gris, sans doute attiré par nos cris, avait passé la tête par la porte entrebâillée et, inquiet, prêt à bondir, nous fixait de ses yeux jaunes ; d'un geste brusque, je lui envoyai une grande gerbe d'eau à la tête ; il fila sans demander son reste tandis que la fillette redoublait de rire. Enfin on s'est calmés et elle se mit à se laver les cheveux ; moi, je faisais naviguer un porte-savon en bois entre les tas de mousse restants, comme un paquebot louvoyant entre les icebergs, Titanic qui à la fin en heurta un et coula à pic, entraînant tous ses passagers par le fond. « J'ai faim », déclarai-je alors que le paquebot coulé remontait de lui-même à la surface. — « Moi aussi », répondit-elle avant de se pincer le nez et de plonger toute sa tête sous l'eau. Ses cheveux noirs flottaient à la surface comme des petites algues très courtes, je l'aidai à les rincer en la poussant vers le fond, elle me donna un coup de pied et ressortit le visage en toussant et en criant : « Mais ça va pas la tête ? » — « Je voulais juste t'aider », dis-je tristement. Elle était déjà sortie du bain, toute dégoulinante, l'eau coulait de son corps sur le carrelage blanc pendant qu'elle fouillait parmi les serviettes pendues là pour en trouver une pas trop mouillée. Soigneusement, en fillette bien élevée, elle la noua sur sa tête, formant une espèce de turban avec tous ses cheveux trempés enroulés dedans. Je fermai les yeux et me coulai à mon tour sous l'eau, allongé de tout mon long, laissant les bulles d'air s'échapper une à une d'entre mes lèvres, comme un poisson dans un dessin animé. Quand je ressortis je vis que la gamine avait enfilé un petit peignoir bleu ciel avec des chats cousus dessus, et m'en tendait un autre, rose avec des lapins. « Ah non ! protestai-je, encore debout dans la baignoire, le rose c'est pour les filles. » — « C'est le seul qui reste », dit-elle avec un air malicieux. — « Alors donne-moi le bleu. » — « Non, c'est le mien. » Je croisai les bras et baissai la tête : « Je ne vais pas mettre du rose. » Elle secoua le peignoir : « Allez, chochotte. Personne ne te verra. » Je commençais à avoir un peu froid et j'hésitai : « Tu le diras à personne ? » — « À personne. » — « Promis juré ? » — « Croix de bois, croix de fer, si je mens je vais en enfer. »

La cuisine était tout à fait en bas, après une grande salle à manger sombre, avec des volets fermés et des meubles couverts de draps, comme des fantômes. Il faisait plus frais ici, et j'étais content de la bonne chaleur du peignoir, même si je me sentais bien humilié de me promener en rose. Le frigo était presque vide, il n'y avait pas de pain ou de fruits, même pas une pomme, et encore moins du chocolat ; juste du poisson cru, enveloppé dans du papier ciré, et un récipient en plastique rempli de petits légumes confits. Ignorant les légumes, la fillette posa le poisson sur une tablette, et je me perchai comme elle sur une chaise en bois pour le découper à même le papier, en longues tranches qu'on s'enfournait directement dans la bouche avec les doigts, en pouffant de rire. C'était bien bon mais ça donnait soif. Dans le frigo, il y avait aussi des bières, et j'en brandis une devant la petite fille : « Chiche ? » — « Chiche. » Je pris un décapsuleur dans un tiroir, fis sauter la capsule, que je glissai dans la poche du peignoir pour la garder, et tendis la bouteille à la fillette : « Vas-y, bois. » — « Non, toi d'abord. » — « Non, toi. » Elle hésita, puis prit la bouteille entre ses doigts et posa le goulot contre ses lèvres avant de l'écarter tout de suite. « Tu n'as même pas goûté ! » je protestai. — « Vas-y, toi. Moi j'ai peur. » Courageusement, je pris la bouteille, fermai les yeux, et bus une rasade ; mais c'était horriblement amer et je recrachai tout de suite. « Tu vois ! s'écria la petite fille. Je te l'avais dit. » J'avalai vite le reste du poisson, pour faire disparaître le mauvais goût dans ma bouche, puis tirai ma chaise jusqu'à l'évier et montai dessus pour boire l'eau à même le robinet. Dans un coin de la cuisine, posée sur un comptoir, il y avait une petite télévision. La fillette, après avoir soigneusement essuyé ses doigts poisseux sur son peignoir, alla l'allumer, et je traînai les chaises juste devant pour bien voir. Il s'agissait justement d'une émission pour enfants, pas vraiment un dessin animé mais tout comme, avec des petites figurines qui avançaient par bonds saccadés et disaient des choses bêtes avec des grosses voix, c'était très drôle et on riait de bon cœur. Une des figurines, une sorte de fermier avec une fourche à la main, n'arrêtait pas de répéter : « Mais ! Qu'est-ce qui s'est passé ? » Je trouvais que c'était une très bonne question. Qu'est-ce qui s'était passé ? Qu'est-ce qui avait bien pu se passer ? Je n'avais aucun moyen de le savoir. À la fin de l'émission je glissai de la chaise pour éteindre la télé : « Viens. On remonte. » Le grenier me parut encore plus sombre, le soleil, dehors, devait se coucher, les derniers rayons qui filtraient encore étaient tout pâles et entraient presque à l'horizontale ; mais il faisait toujours aussi chaud sous ce toit, et j'enlevai avec un sentiment de soulagement l'affreux peignoir rose pour aller m'asseoir tout nu sur le tapis aux longues herbes vertes. La fillette avait allumé une ampoule suspendue, qui éclaira d'un coup le grenier d'une belle lumière jaune. Puis elle vint me rejoindre sur le tapis. « Et si on jouait au docteur ? » — « D'accord, je veux bien. » À son tour, elle enleva son peignoir et se coucha sur le dos, les jambes écartées : « Vas-y, examine-moi. » Je me penchai sur sa zézette, qui ressemblait à un abricot fendu en deux, en plus pâle et en plus rose. Avec les doigts, j'écartai les lèvres : dedans, c'était plus foncé, et il y avait là un gros bouton, comme un tout petit zizi que je touchai légèrement, avec curiosité : « C'est avec ça que tu fais pipi ? » La fillette avait le regard perdu dans les poutres, et elle répondit sans lever la tête : « Je crois pas. Je sais pas, en fait. » J'écartai un peu plus : caché au fond, il y avait un trou, tout petit, comme celui pour faire caca : « C'est ça, donc ? » je demandai en le touchant. — « Non, ça c'est pour les bébés, je crois. » — « Les bébés ? Comment ça ? » — « Eh bien, c'est par là qu'ils sortent. » — « Par là ? Et pas par le pet ? » — « Je pense, oui. » — « Mais c'est tout petit ! » C'était tout sec, alors je mouillai mon doigt dans ma bouche et essayai de l'enfoncer. Elle poussa un cri, et repoussa ma main en refermant vivement ses genoux : « Ça fait mal ! » — « Tu racontes n'importe quoi, je claironnai sur un ton triomphant. Comment tu veux qu'un bébé sorte par là si on peut même pas mettre un doigt ? Les bébés, ça sort par les fesses, ça s'ouvre comme quand on fait caca. » J'étais très fier de ma démonstration mais elle n'était pas convaincue : « Qu'est-ce que t'en sais ? T'es même pas une fille ! » Je haussai les épaules : « Ça, c'est sûr. Mauvaise perdante, va. » — « Mauvais perdant toi-même ! »

elle cria, toute rouge. — « C'est bon, c'est bon. Calme-toi. Si tu veux, c'est ton tour. » Elle se releva : « D'accord. Couche-toi sur le ventre et attends. » J'obéis, mais tournai la tête pour voir ce qu'elle faisait. Elle alla dans un coin et fouilla entre des caisses, puis revint en portant à deux mains une grosse sacoche noire en cuir. « Cache tes yeux ! elle ordonna. Je vais t'examiner. » Je mis mes yeux dans mes mains, visage fourré dans le tissu râpeux du tapis, et attendis. Je l'entendis fouiller dans la sacoche ; puis elle écarta mes fesses et enfonça quelque chose de froid et de métallique. Ça faisait un peu mal mais je m'efforçai de le supporter, pour lui faire plaisir. « C'est quoi ? » je demandai. — « Un thermomètre. Je dois prendre ta température. » Elle l'enleva tout de suite : « Tu as trente et un degrés de fièvre, elle annonça enfin. Tu es très malade. Retourne-toi. » Je me couchai sur le dos, bras le long du corps. Elle était agenouillée à côté de moi, mains sur les cuisses, un beau stéthoscope en métal et en caoutchouc noir autour du cou. Émerveillé, je demandai : « C'est un vrai ? » — « Oui. Mon grand-père, il était docteur. Maintenant, il est mort. Tire la langue. » J'obtempérai et elle se pencha sur ma bouche : « Hou, c'est horrible, ça pue le poisson. Bon, je vais écouter ton cœur. » Elle mit les bouts du stéthoscope dans ses oreilles et posa la petite plaque ronde qui pendait au bout du tuyau sur ma poitrine. C'était très froid et je serrai les dents. « Tu entends ? » je demandai enfin. — « Oui. Ça bat très fort. » — « Et moi ? Je peux écouter ? » — « Non, c'est moi le docteur. » Vexé, je me tus tandis que la chipie continuait à déplacer la plaque sur ma poitrine. « Maintenant, déclara-t-elle en retirant les bouts de ses oreilles, on va tester tes réflexes. Lève les genoux. » Elle tira de la sacoche un petit marteau en caoutchouc, le brandit très haut, puis l'abattit sur le genou le plus proche d'elle, assez mollement. Néanmoins mon pied partit d'un coup et la frappa au menton ; sa tête vola en arrière et elle éclata en sanglots : « Tu es méchant ! » elle hurlait en pleurant et en se tenant le menton à deux mains. — « Mais je ne l'ai pas fait exprès, je protestai. C'était un réflexe. » — « Méchant, méchant ! C'est pas du jeu ! » — « Je ne l'ai pas fait exprès ! » j'insistai. Puis, comme elle pleurait toujours et que ça m'agaçait : « Bon, d'accord, je suis désolé. Allez, on va jouer à autre chose. »

On avait joué au duel de poupées et au combat d'avions, puis on s'était bombardés à coups de livres, puis on avait fait les guerriers de l'espace avec des manches à balai et des couvercles de casserole comme boucliers. On était en nage, la poussière couvrait nos peaux d'une fine couche grise, où les filets de sueur traçaient des rigoles. Quand je reçus un coup vraiment douloureux sur l'os du bras, je décidai qu'il était temps d'arrêter et je me laissai tomber en râlant au milieu des longues herbes vertes du tapis, les bras en croix : « C'est fini, mon heure est venue, je suis à l'agonie, etc. » La fillette jeta ses armes et se coucha à côté de moi : « On joue à quoi, maintenant ? » Je relevai la tête et contemplai les débris de jouets et de livres éparpillés à travers le grenier. « À plus rien, je décidai enfin. Je suis fatigué. » — « Oh, t'es pas drôle. » Je haussai les épaules, pris un coin du tapis, et le tirai sur mon corps. La petite fille fit de même et vint se blottir contre moi. « Tu prends pas toute la place ! » — « Non. Ça c'est mon côté. » Elle se tut un moment, puis dit : « On s'est bien amusés, non ? » — « Oui. » On a dû s'endormir comme ça, la lumière encore allumée, enroulés ensemble dans le tapis, à même le sol du grenier. Quand je rouvris les yeux il faisait noir. Ma bouche était toute sèche, pâteuse ; la fillette, près de moi, était très chaude, je sentais la sueur sur sa peau, moite. Je me levai et cherchai à tâtons l'interrupteur ; je l'appuyai dans tous les sens, mais la lumière ne revenait pas, il devait y avoir une panne. J'aurais voulu descendre chercher de l'eau, mais le noir me faisait trop peur ; alors je courus me recoucher auprès de ma nouvelle amie et, blotti contre elle dans les plis du tapis, je jouai avec ma langue pour faire venir de la salive puis l'avaler. Lorsque je me réveillai de nouveau il faisait clair, la lumière du jour passait comme la veille par les fentes du toit, illuminant la poussière et les jouets cassés. Je secouai la petite fille en chuchotant : « Réveille-toi, c'est le matin ! » Elle ouvrit les yeux, me contempla, puis se leva d'un bond et courut vers ses vêtements qui traînaient au milieu du désordre. « Je dois me dépêcher, ma maman va m'attendre. » Je m'assis en tailleur, l'épais tapis toujours tiré autour de mes épaules, pendant qu'elle enfilait sa petite culotte, sa robe et ses souliers. Elle revint vers moi et se pencha pour me déposer un léger bisou sur la joue. « Tu reviendras jouer avec moi ? » Je ne répondis rien, mais lui fis un petit signe de la main tandis qu'elle se dirigeait, pas vers la trappe restée ouverte, mais vers la porte au fond du grenier, celle par où j'étais entré. Main sur la poignée, elle me regarda, me rendit mon salut, puis ouvrit. La porte se referma sur elle avec un petit bruit. Je me levai à mon tour, laissant le tapis en tas sur le sol poussiéreux. Mes vêtements de sport et mes baskets étaient dispersés au milieu des morceaux de jouets et des livres abîmés aux reliures arrachées. Je m'habillai vite, frottant de la main les parties trop sales des habits, puis allai vers la porte : bizarrement, il y en avait deux, je ne l'avais pas remarqué avant. Mais par laquelle alors la petite fille était-elle sortie ? Je n'en étais pas sûr, et je n'avais pas envie de tomber sur sa mère, surtout après le bazar qu'on avait mis. J'hésitai, puis en ouvris une au hasard et avançai. Tout de suite l'air frais et humide du couloir finit de me réveiller et je me mis à courir, content de la sensation de souplesse que donnaient mes baskets en frappant le sol. Je me retrouvai bientôt de nouveau en nage, la sueur coulait sous le tissu de mon survêtement, mais je n'avais plus soif, ma bouche se remplissait de salive que j'avalais avec délice, tout en zigzaguant pour éviter de frapper un mur ou un autre, on ne voyait pas bien dans la lueur grise de ce long couloir. Un mouvement un peu brusque me jeta presque à travers une ouverture, au fond d'un petit réduit ou qui sait peut-être même dans un autre passage ; je tendis les bras pour faire des ailes et poussai entre mes lèvres un long vrombissement, j'étais maintenant un avion de combat naviguant dans un canyon étroit pour échapper à la chasse ennemie, et ma vie dépendait de mes réflexes car mes ailes ne cessaient de frôler les parois, le canyon bien sûr n'était pas droit mais serpentait dans un sens puis dans l'autre, je pilotais au jugé et enfin arriva ce qui devait arriver, je m'écrasai dans une grosse boule de feu et vins m'étaler de tout mon long, poussant des bruits d'explosion tout en hurlant de rire. Lorsque je me calmai je remarquai que quelque chose brillait sur le mur au-dessus de ma tête. Je me relevai et vis qu'il s'agissait d'une poignée de porte : je la tournai, poussai et franchis le seuil. Mes yeux mirent quelques instants à s'ajuster à la demi-obscurité. Quand enfin je pus discerner les formes autour de moi, je vis que je me trouvais dans une sorte de cabane, une construction en rondins, à l'air très solide, avec deux fenêtres fermées par des volets. Je les ouvris pour laisser passer le jour et avec un sentiment de satisfaction examinai ma nouvelle maison. Il y avait là un lit, deux chaises, et quelques meubles, tous fabriqués avec des planches grossièrement taillées ou des petits rondins ; il y avait aussi quelques objets, je voyais des livres, des images, un vieux phonographe-valise resté ouvert, un panier de pommes vertes, rouges et jaunes. Mais je décidai d'examiner tout ça plus tard et d'aller d'abord voir dehors. Lorsque j'essayai de tirer la porte, elle résista ; je tirai plus fort, les vis se détachèrent d'un coup du bois vermoulu et le loquet entier me resta dans les mains. La cabane était nichée sous de hauts arbres bien espacés, au cœur d'une belle forêt où une lumière vibrante jouait sur les buissons et les fougères du sous-bois. Une sorte de chemin s'enfonçait entre les arbres, j'avais l'impression que des gens étaient passés par là autre-fois, et je le suivis. Un peu plus loin, je débouchai sur une rivière. C'était une très grande rivière, un fleuve plutôt avec un courant lent et paresseux, beaucoup trop large pour être traversé à la nage. Les arbres arrivaient presque jusqu'à la berge couverte de sable, et jetaient sur l'eau des reflets déformés par les petits remous. J'enlevai mes baskets et mes chaussettes, roulai mon pantalon de survêtement jusqu'aux genoux, et fis quelques pas dans l'eau, agitant mes doigts de pied dans la vase toute fine du fond, douce comme du velours. Ça faisait bien envie, mais je me sentais fatigué. Plus haut, il y avait une jolie étendue verte, une petite clairière pleine d'herbe parsemée de fleurs sauvages de toutes les couleurs. Une longue tige entre les dents, je m'avançai dans le champ, toujours pieds nus, et vers le milieu me laissai tomber sur le dos, les bras en croix. Le soleil, pâle et pas très chaud, était encore assez bas, le matin ne faisait que commencer ; les tiges des herbes et les boutons des fleurs se balançaient mollement devant mon visage, formant comme un cadre devant le ciel blanc, où il n'y avait rien, juste quelques petits nuages. Des mouches et des abeilles bourdonnaient, les plantes chuchotaient. Je restai là un long moment, en paix. Mais un nouveau froissement attira mon attention. Je me redressai, observai les alentours, ne vis rien ; je me mis debout : assis au milieu d'un espace plus dégagé, un chat gris se léchait la patte tout en me contemplant de ses yeux jaunes. Je m'avançai pas à pas vers lui, tendant la main et faisant des petits bruits avec les lèvres et la langue. Le chat me regarda venir sans bouger, mais quand je sortis des hautes herbes il recula de quelques pas avant de se rasseoir. C'était un petit chat, presque encore un chaton, avec de très longues oreilles. Je me mis à genoux et tendis de nouveau la main, paume en l'air, comme pour lui offrir quelque chose : « Minou, minou. » J'avançai un peu, mais il recula. « N'aie pas peur, dis-je tout bas, je veux juste être ton ami. Viens. » Mais j'avais beau faire, parler le plus calmement possible, de ma voix la plus rassurante, le petit chat continuait à reculer devant moi. La tristesse m'envahissait, je voulais simplement aider ce chat, le prendre avec moi peut-être et lui donner à manger, mais lui ne voulait pas. « S'il te plaît, le chat, suppliai-je, laisse-moi t'aider. » J'essayai une dernière approche : il recula, les yeux toujours fixés sur moi, puis fila entre les herbes. C'en était trop et je fondis en larmes ; je voulais l'aider, et voilà que je me retrouvais seul. Enfin je me séchai les yeux avec ma manche et me mouchai. Le chaton avait disparu, les herbes et les fleurs continuaient à danser dans la brise. Je revins vers la petite plage. Elle était presque toute dans l'ombre des arbres, mais une partie restait au soleil ; un vieux tronc bien lisse était couché là dans la rivière, coincé contre le bord et immobile malgré le courant. Un à un, je jetai mes vêtements sur l'herbe et fonçai tout nu dans l'eau, m'éloignant du bord en quelques brasses. Le courant était plus fort qu'il en avait l'air et dès que je me laissai aller il m'emporta. Je recommençai à nager et revins vers la berge. J'arrivai enfin à atteindre le vieux tronc et je me hissai dessus, essoufflé, pour rester un moment assis à califourchon, les pieds dans l'eau, avant de me coucher sur le ventre, de tout mon long. L'écorce avait disparu depuis longtemps et le bois était très doux, c'était bien agréable contre ma poitrine, le soleil chauffait mon dos et mes fesses mouillées, je croisai les bras sous ma tête et fermai les yeux, bien content de ces sensations, absorbant avec toute ma peau la lumière et la douce chaleur.

De retour à la cabane, j'étudiai paresseusement mes trouvailles. Il y avait là plein de choses utiles, une lampe à pétrole, un couteau, une hache, du fil et des hameçons. Assis sur le bord du lit, je feuilletai un vieux livre d'images moisi, dont la plupart des pages étaient collées les unes aux autres ; celles qui pouvaient être détachées sans se déchirer montraient de drôles de photos d'hommes et de femmes qui faisaient des tas de mouvements différents découpés en séries, un peu comme les images d'un film, des mouvements de tous les jours, par exemple monter un escalier, ou verser de l'eau, ou se battre, mais c'était quand même plutôt bizarre parce que les gens étaient tout nus, très blancs dans ces images sans couleur, rongées par l'humidité. Tout ça me dérangeait vaguement et je refermai vite le livre, me demandant pourquoi le propriétaire d'une si jolie cabane avait eu besoin de choses comme ça. Le gramophone m'attirait plus. Je l'examinai en bougeant toutes les pièces : c'était un très vieux modèle, avec une manivelle pour le remonter, j'en avais jamais vu un comme ça mais c'était pas difficile de deviner comment ça marchait. Les disques étaient rangés à côté et j'en tirai un au hasard ; dès que je posai l'aiguille, la musique, toute pleine de crissements, sortit du pavillon ouvert dans le plateau, c'était un orchestre, avec un piano aussi, et je me penchai pour lire l'étiquette pendant que le disque tournait et tournait, m'amusant à saisir les mots au passage, *Mozart*, puis *Concertos pour piano*, et puis après des chiffres qui ne voulaient rien dire pour moi. J'écoutai alors mieux la musique, je la trouvai gaie, légère, vraiment c'était bien, mais enfin je décidai que je préférais le silence de la forêt et je levai l'aiguille, coupant le morceau pour laisser revenir le bruit des feuilles et le gargouillement distant de l'eau. Je commençais à avoir faim. Dédaignant les pommes, je fouillai les placards et en retirai triomphalement une boîte de sardines, du pain noir dur comme de la pierre, des vieux oignons tout fripés, et une bouteille de vin à moitié vide. J'ouvris la conserve et dévorai les sardines avec les doigts, à même la boîte, croquant fièrement dans un oignon entre chaque bouchée ; je me sentais comme un grand et je goûtai aussi le vin, buvant au goulot, mais il avait tourné au vinaigre et je le recrachai sur le sol en terre battue, avalant encore de l'oignon et le reste des sardines, vite pour faire passer le mauvais goût. Tout ça m'avait donné bien soif et je retournai en chantonnant à la rivière, bouteille de vin à la main, vidant en chemin l'affreux liquide. Je rinçai la bouteille, puis m'en servis pour boire, tellement vite que l'eau coulait sur mon menton et venait mouiller mon survêtement. Le soir tombait, la température avait baissé, et il y avait tout à coup plein de moustiques, des nuages qui vrombissaient au-dessus de l'eau et à la lisière du bois et qui me piquaient les mains, le cou et le visage tandis que je les écrasais en laissant des petites traces rouges sur ma peau. Je décampai sans demander mon reste. Dans la cabane, il y en avait aussi quelques-uns, mais beaucoup moins quand même, et heureusement les piqûres ne grattaient pas trop. J'avais froid et je décidai de me coucher. Plusieurs couvertures étaient entassées sur le lit, lourdes et déchirées et un peu puantes, j'en laissai deux sur la planche pour faire comme un matelas et me glissai sous les autres, les bordant bien confortablement autour de moi. Je m'endormis vite et rêvai obscurément d'un grand homme aux traits sombres ; avec la voix grave d'un père, il donnait des ordres à plusieurs ouvriers et leur faisait démolir de belles maisons en bois pour aller construire plus loin des petites cabanes rabougries, qui ne tenaient pas debout et s'effondraient dès qu'on claquait la porte ; l'homme se plaignait, et envoyait une dame blonde, sa femme peut-être, chercher d'autres ouvriers avec sa voiture ; mais elle ne savait pas conduire et s'écrasait au ralenti contre un arbre, ce qui rendait l'homme encore plus énervé. Quand je me réveillai un rayon de lune tombait par la fenêtre, droit sur mes yeux. Le ciel, au-dessus de la masse noire des arbres, était bleu royal, tout piqué d'étoiles. Je n'avais plus sommeil et je me levai ; tirant les couvertures autour de mes épaules, je descendis encore une fois vers la petite plage, où il n'y avait plus de moustiques, et m'assis sur le sable pour regarder le reflet, qui bougeait tout le temps, de la lune blanche sur l'eau sombre, la ligne des arbres loin sur l'autre rive, les étoiles éparpillées dans le ciel de la nuit comme des grains de sucre sur une nappe. J'étais heureux, et tout à fait tranquille ; peut-être, je me disais, que je ne quitterais jamais cet endroit, il était trop parfait. Du bruit, plus bas sur le fleuve, me fit reculer à l'ombre d'un arbre. Un grand bateau tout illuminé arrivait, avec deux hautes cheminées qui vomissaient une épaisse fumée noire, et le son des voix et d'une musique joyeuse était encore plus fort que le clapotement monotone de la roue à aubes qui brassait l'eau. C'était la fête à bord, je voyais très bien des messieurs joliment habillés et des femmes en robe, qui dansaient dans un vaste salon éclairé par des lustres, ou bien qui prenaient l'air sur le pont. L'étrave fendait silencieusement le courant, et l'eau qui bouillonnait traçait une ligne verte et brillante le long de la coque. Peu à peu le bateau disparut, laissant la fumée se défaire lentement devant le ciel ; puis le bruit s'évanouit tout à fait et le calme revint sur la rivière. Plus tard apparut une autre embarcation, un grand radeau porté par le courant, qui se détachait comme un rectangle noir sur l'eau lumineuse du fleuve. Il passa plus loin de moi que le bateau, mais j'apercevais quand même, assis autour d'un feu au milieu, la silhouette de plusieurs hommes. Ils parlaient fort et leurs voix portaient loin sur l'eau, je ne comprenais pas les mots mais ça s'entendait qu'ils étaient en colère, on se disputait, puis commença une bagarre. Les cris résonnèrent encore un bon moment. Enfin je me couchai dans l'herbe, enroulé dans les couvertures, et m'endormis. Je me réveillai de nouveau avec le jour : sur l'eau, il y avait des traînées roses comme des coups de pinceau, les arbres, en face, formaient un long mur sous le ciel très pâle, encore plus noirs que pendant la nuit. Des pigeons, tout gris, venaient se poser sur la plage pour picorer ; j'en aurais bien mangé un ou deux, rôti sur le feu, ç'aurait été trop bon, mais je n'avais pas de lance-pierre. À la place, j'allai à la cabane chercher une belle pomme verte, le fil et les hameçons, et me mis à pêcher en me régalant avec le fruit. Mais rien ne mordait et je commençais à douter un peu de mes capacités ; enfin la ligne bondit, et je tirai victorieusement la bestiole sur la rive, l'attrapant par sa queue toute glissante pour lui frapper la tête contre un tronc d'arbre. Puis j'allumai un petit feu, embrochai le poisson sur une branche, et le fis cuire en le tournant au-dessus des flammes, comme on faisait dans les livres que j'aimais tant. Quand la peau devint toute noire et craquante, j'arrachai de gros bouts encore brûlants et les fourrai dans ma bouche, soufflant sur mes doigts puis les léchant, trop content. Après l'idée me vint de me déshabiller et d'aller de nouveau me baigner ; cette fois, je nageai contre le courant, de toutes mes forces, puis je me couchai sur le dos pour me laisser emporter, avant de replonger et de recommencer mes efforts vers l'amont. Quand la fatigue me prit je sortis et m'allongeai, nu comme un ver et tout mouillé, sur le sable déjà chaud de la plage. Un autre pigeon, au-dessus de ma tête, roucoulait et sautillait d'une branche à l'autre. Je songeai un instant au petit chat de la veille : mais cette pensée ne me rendait plus triste. Le temps, qui passait comme ça, me paraissait merveilleusement élastique ; je pouvais faire ce que je voulais, il suffisait de décider, et même ne rien décider, c'était encore une décision, libre comme toutes celles que je pouvais prendre ici.

La journée s'écoulait. Je sillonnais la forêt autour de la cabane, je nageais, je pêchais, sans trop de succès. Dans l'après-midi, le ciel s'assombrit, un grand vent se leva, faisant bruisser les arbres, et une grosse averse arriva d'un coup, très violente. Je courus me réfugier dans la cabane, où je m'occupai comme je le pouvais, en feuilletant les livres moisis ou bien en écoutant les vieux disques de Mozart. Mais je m'ennuyai vite et je retournai m'accroupir sous l'auvent de branches et de feuilles que je m'étais construit, regarder les trombes battre la surface du fleuve, illuminées par les immenses éclairs qui zigzaguaient à travers le ciel derrière l'autre rive. Je rêvais d'aller nager sous la pluie, c'était ce que j'aurais préféré par-dessus tout ; mais je me méfiais, l'orage avait grossi le fleuve et le courant allait plus vite, les eaux, gonflées, charriaient beaucoup de débris, des troncs d'arbres, des barques retournées, des morceaux de quais, des chevaux morts, avec les pattes dressées en l'air comme s'ils galopaient dans le ciel. Enfin, la pluie se calmait, les gouttes tombaient encore sur l'eau avec un chuintement paisible, je vis arriver de loin un radeau, en apparence vide, qui dérivait lentement. Je me cachai pour l'observer un moment : non, il n'y avait personne à bord, il avait dû se détacher de ses amarres quelque part plus haut pendant l'orage. Très excité, je le suivis le long de la berge : il se rapprochait peu à peu, et vint enfin buter contre une langue de sable, quelques centaines de mètres plus bas, où il resta accroché, l'eau du fleuve glissant autour de lui. Il fallait que je me dépêche : si je traînais trop, le radeau serait repéré, et il ne serait plus là quand je reviendrais. Courant à en perdre le souffle, je naviguai entre les arbres de la berge pour rejoindre la cabane. Là, je rassemblai vite les objets utiles, avec la bouteille vide et les restes de nourriture, que j'emballai dans les quatre couvertures pour en faire un gros ballot. Laissant tout le reste, livres, almanachs, images pieuses, disques et gramophone, je quittai la cabane sans même une pensée de regret. Le soleil avait baissé quand je revins au radeau. Je pris quand même le temps de me tailler de longues perches, deux au cas où j'en perdrais une ; lorsque je remis le radeau à l'eau, les moustiques bourdonnaient, et le soleil se rapprochait du sommet des arbres en face, projetant une longue ombre derrière moi sur l'eau et sur le sable. Poussant sur le fond avec une des perches, je dirigeai le radeau vers le milieu du fleuve, puis le laissai dériver tout seul. Je m'installai confortablement sur les rondins et regardai les eaux vertes tout autour de moi. Le mieux, je le savais, serait de ne voyager que la nuit, et de trouver des bras morts, des petites îles ou des bosquets pour m'y cacher durant le jour ; mais le bruit de l'eau et le passage monotone des arbres me rendaient paresseux, et je ne voulais pas faire de plans. Petit à petit le soleil disparut, le ciel s'enflamma un court moment puis s'assombrit, l'eau tourna au gris et enfin au noir. Quand la nuit recouvrit complètement le fleuve je fis un petit feu au milieu du radeau, puis laissai flotter l'hameçon dans l'eau, avec une boule de pain sec accrochée dessus. La pêche était bien meilleure ici que sur le bord, j'attrapai trois poissons coup sur coup et les fis rôtir tous ensemble, les dévorant avec appétit. Repu, j'enlevai mes vêtements pour piquer une tête, me couchant sur le dos dans l'eau et flottant le long du radeau, puis faisant quelques brasses pour le devancer, avant de ralentir et de le laisser me rattraper. Je finis par me fatiguer et je me hissai à bord ; je m'accroupis près du feu pour me sécher, puis, tout content de moi-même, je m'allongeai sans me rhabiller sur les couvertures et croisai les bras derrière ma nuque. Je sentais le sommeil venir ; mais le spectacle inouï des traînées d'étoiles qui criblaient le ciel nocturne était trop beau, je ne pouvais m'en rassasier, et je luttais pour ne pas fermer les yeux ; enfin je m'endormis. La pluie me réveilla, une bourrasque abrupte qui étouffa le feu et me doucha avant même que j'aie encore ouvert les yeux. Vite, je ramassai mes vêtements, déjà tout à fait trempés, et les enfilai tant bien que mal. Le radeau allait plus vite, je le sentais ; malgré l'averse, je distinguais à peu près les berges, et debout sous les trombes je cherchai le fond avec la perche, pour essayer de guider le radeau et le maintenir vers le milieu de la rivière déchaînée. C'était un travail difficile, des paquets d'eau me fouettaient le visage, plus loin les éclairs frappaient la rive les uns après les autres, illuminant pour un instant toute la nuit ; puis venait le vacarme monstrueux du tonnerre, si près qu'il me faisait gémir de terreur. Je commençais à regretter de m'être lancé dans cette aventure, mais il n'y avait rien à faire, je ne pouvais pas approcher le radeau de la berge sans risquer de le fracasser, il fallait tenir la course. Devant moi, sur l'eau, j'aperçus à la lueur d'un éclair une grande masse sombre. Elle avançait plus lentement que mon radeau, qui se dirigeait droit vers elle. J'essayai de le faire dévier, mais en vain, le courant était trop fort, et le radeau vint cogner contre la chose, manquant de me jeter à l'eau. Un autre éclair zébra le ciel et à travers le rideau de la pluie je compris que c'était une maison, une haute maison en bois emportée par la crue et qui dérivait comme moi sur le fleuve. À tâtons, je m'en rapprochai, et profitai d'un autre éclair pour attacher une corde fixée au radeau à un petit balcon qui dépassait là. Puis je l'escaladai et essayai de regarder par la fenêtre. Mais l'intérieur était tout noir et la vitre réfléchissait les éclairs, je ne voyais rien. Prestement, je réenjambai la balustrade et me laissai chuter sur le radeau, allai ramasser le couteau, la lampe à pétrole et le briquet, et revins me hisser auprès de la fenêtre. Elle était bloquée et je cassai un carreau avec la poignée du couteau, dégageant bien tous les morceaux avant de passer le bras pour ouvrir le loquet et la tirer vers le haut. Puis je me faufilai à l'intérieur. Là, c'était tout silencieux, je n'entendais que le martèlement de la pluie sur le toit et le bruit de l'orage devant la fenêtre ouverte. Un éclair me montra un instant la pièce, encore meublée. Le sol était un peu penché et très glissant, comme une pierre couverte d'algues sous l'eau, je m'approchai de la table avec précaution, puis ouvris la lampe pour l'allumer. Le verre avait protégé la mèche de la pluie et malgré l'humidité elle prit vite, ça faisait une boule jaune qui jetait une lumière mobile sur ce qui m'entourait : des chaises renversées, une bibliothèque, des vêtements suspendus au mur, un lit. Un autre éclair illumina encore la scène et je remarquai une forme couchée sur le lit, étendue au milieu d'une couverture qui faisait comme un champ d'herbes vertes sur un fond un peu doré. Mon cœur battait très fort, je levai la lampe et m'approchai petit à petit, couteau à la main, bien décidé à ne pas reculer quoi qu'il arrive. La couverture, quand la lumière tomba dessus, se révéla couverte de moisissure, en partie en lambeaux ; je m'approchai encore, tendant la lampe vers la forme : c'était un corps nu, tout noir et rabougri, et je me rendis en même temps compte de l'horrible odeur, qui me noya d'un coup la bouche de salive, me forçant à avaler sans arrêt pour ne pas vomir. Pris d'une frousse terrible, je courus derrière la table et levai bien haut la lampe ; la forme restait immobile ; un nouvel éclair l'illumina tout à fait, c'était bien un mort, un mort dégoûtant, et qui ne bougerait plus jamais. Alors, le nez bloqué, faisant siffler l'air entre mes dents, je m'approchai de nouveau. La personne étendue là avait peut-être été blonde ; mais elle était couchée sur le ventre, et même si elle ne portait pas de vêtements je ne pouvais pas voir si ça avait été un homme ou une femme. Ses fesses étaient toutes blanches et brillaient au milieu de la peau noircie, et on aurait dit qu'elles se mouvaient un peu, ondulaient presque, je me rapprochai encore, elles étaient recouvertes d'asticots, tout un tapis de petits vers blancs qui remuaient doucement, ignobles. Je frissonnai mais n'arrivai pas à détacher mes yeux de cette vision affreuse, je l'examinai en retenant mon souffle, remarquant les moindres détails, comme la coupe des cheveux, ras sur la nuque putréfiée. Mais retourner ce corps, il n'en était pas question, je sentais une nausée violente et je n'osais pas m'en approcher plus. Enfin je fis le tour du lit, m'approchai de la porte de la chambre, et l'ouvris. Sans faire de bruit, je posai la lampe et le couteau au sol et passai dans le couloir ; dès que j'eus franchi le seuil, je me mis à courir. Mes baskets, encore trempées, grinçaient à chaque foulée ; mon survêtement mouillé collait à ma peau ; mais la course me réchauffait un peu, je me concentrai sur ma respiration, m'obligeant à souffler tous les deux pas. Il faisait un peu plus clair ici que dans la maison à la dérive, une drôle de lumière, sans origine que je puisse voir, me laissait deviner les parois et me permettait de me guider, parce que ce couloir ne filait pas droit, au contraire, il tournait par ici et par là, au moins ça rendait la course moins ennuyeuse, et en plus les murs étaient de temps en temps interrompus par une ouverture obscure, un petit antre ou bien carrément le début d'une nouvelle direction, je ne sais pas, parce que je n'allai pas y voir. Mais malgré ces distractions courir ainsi m'ennuyait un peu, et pour me divertir je m'imaginai que le sol était divisé en carrés, comme un trottoir, et que je devais poser chaque pied sur un carré séparé, en écartant les jambes, comme ça je laissais chaque fois une seule trace mouillée de semelle au milieu du carré. J'aurais bien joué à la marelle, tant que j'y étais, mais je n'avais pas de craie. Quand je me lassai de ce petit jeu, je me mis à sauter à cloche-pied, essayant de voir à quelle vitesse je pouvais avancer. C'était bien fatigant, je m'essoufflai vite, mais je m'obstinai et changeai de pied. Ça devenait assez difficile, en sautillant de cette manière, de suivre la courbe du couloir, et je me cognai vite contre un mur, puis un autre ; la troisième fois, je sentis une douleur très vive à l'épaule : quelque chose qui dépassait du mur m'avait cogné, un objet en métal, sur lequel je posai la main sans réfléchir, appuyant avant même de me rendre compte que c'était une poignée et que j'ouvrais une porte. Là, c'était un autre corridor, un peu mieux éclairé par

quelques lampes d'un jaune sale, mais vétuste, abandonné :
la peinture s'écaillait sur les murs, les fils électriques res-
sortaient du plâtre crevé, les interrupteurs étaient noirs,
comme s'ils avaient brûlé ; plus loin s'ouvrait un escalier,
avec une rambarde en stuc bien esquintée et une moquette
qui avait sans doute été rouge, autrefois, mais qui maintenant, tout élimée, parfois déchirée, paraissait presque grise.
J'hésitais à m'y engager quand fusa le rire aigu d'un enfant.
L'instant d'après je me retrouvai entouré par une horde de
fillettes déchaînées qui, sans la moindre pudeur, me frô-
laient, me pinçaient, tiraillaient mes vêtements encore
humides ; l'une d'elles, quelques marches plus haut, relevait
sa jupe pour me montrer sa culotte crasseuse, avant de
bondir vers le palier supérieur ; une autre se coula entre
mes jambes puis se dressa derrière moi pour me chatouiller
les aisselles ; j'essayai de lui saisir le poignet, mais une troisième, aux cheveux complètement emmêlés, me pinça le
nez, me forçant à lâcher prise ; quand je me retournai pour
la gifler, elle se baissa, se faufila sous mon bras, et dégrin-
gola les marches dans un grand éclat de rire avant de disparaître à l'étage inférieur, vite suivie par ses copines qui
cavalaient comme des rates, en gloussant et en poussant de
petits cris. Je restai là abasourdi, un peu effrayé par tout
ça ; pourtant, elles avaient l'air de bien s'amuser : autant
les suivre, me dis-je enfin, prenant mon courage à deux
mains. L'étage suivant était dans le même état de délabre-
ment, mais je ne voyais aucune trace des fillettes. Au
hasard, j'ouvris une porte et regardai : tout, dans cette
pièce, était abîmé, saccagé, les rideaux pendaient en lambeaux, une grosse couche de poussière et même de gravats
recouvrait les meubles ; le papier peint, des vignes qui montaient en s'enroulant les unes autour des autres, était lacéré
par endroits et révélait le papier journal collé derrière ; le

duvet à dessins de longues herbes vertes, qui recouvrait le lit, au fond de la pièce, s'effilocha dès que je le touchai. Une odeur désagréable, puante remplissait cette chambre, je vérifiai sous le lit et le divan mais je n'en trouvai pas la source. Je poussai la porte de la salle de bains : je remarquai d'abord la cuvette des toilettes, complètement fracassée, et le miroir étoilé par un coup violent, et alors seulement la baignoire, où était couché le corps d'un chien marron, son poil tout mité comme un vieux nounours, avec les côtes blanches visibles là où il n'y avait plus de peau. Sans demander mon reste je filai dans le couloir. En avançant, j'entendis du bruit ; j'hésitai, puis me risquai à ouvrir une autre porte. La pièce était dans le même état que la première ; une des fillettes, accroupie avec sa robe relevée au-dessus de ses fesses, pissait sur la moquette rouge. Au son de la porte elle se retourna et me fixa avec des yeux brillants, remonta sa culotte sans s'essuyer, et me bouscula pour plonger dans le couloir, en laissant partir un rire strident. Je courus après elle jusqu'à la chambre suivante, pareille aux précédentes ; là, deux filles se bagarraient sur le lit, dans un nuage de poussière et de bouts de tissu ; l'une d'elles avait le dessus et, assise à califourchon sur le dos de l'autre, lui tordait violemment le bras et lui tirait les cheveux ; la culotte de sa victime, déchirée, pendait accrochée à son mollet, et ses petites fesses tressautaient devant moi, au milieu des herbes vertes massacrées du duvet. La fillette que je poursuivais piailla et bondit les rejoindre ; tout de suite, je me retrouvai entraîné, et on se mit à rouler tous ainsi gaiement d'un bout à l'autre de la chambre, en se griffant et en se frappant, en se tirant les cheveux, en s'arrachant les vêtements. Enfin, fatigué, je me dégageai de la mêlée et allai me percher sur le divan ; ma bouche était sèche, pâteuse, j'aurais bien voulu boire, et je criai en mettant mes mains en cornet autour de mes lèvres : « Hé, les filles ! Vous savez où il y a de l'eau ? » Elles s'arrêtèrent d'un coup pour me regarder toutes les trois, assises dans des positions bizarres sur la moquette. Puis l'une d'elles se leva et ouvrit la porte d'un petit meuble sous une télévision à l'écran fracassé ; j'entendis des bruits de verre et de liquide, puis elle se redressa et avec un sourire angélique me tendit un gobelet. Je le pris de ses doigts et le bus d'une traite ; le liquide me brûla la gorge et je le recrachai tout de suite sur la fille. Toussant jusqu'à en étouffer, le visage rouge et gonflé, je lui lançai le gobelet au visage ; elle l'esquiva facilement et éclata de rire. Puis, sur un signe de sa main, les trois se ruèrent vers la porte du couloir et disparurent dans un martèlement de petits pieds rapides, me laissant de nouveau seul, la poitrine déchirée par des quintes de toux qui me coupaient le souffle et m'interdisaient tout mouvement.

J'avais enfin trouvé de l'eau, une bouteille en plastique rangée dans le petit frigo éteint d'où la mauvaise fille avait pris l'alcool qu'elle m'avait fait boire. Maintenant, je m'ennuyais un peu, et même si ça semblait étrange, je désirais très fort rejoindre les petites filles sauvages et jouer de nouveau avec elles. Je ressortis dans le couloir et ouvris au hasard plusieurs portes de l'autre côté : il n'y avait aucune trace des fillettes, mais chaque fois je me retrouvai dans une chambre identique à toutes les autres, différente seulement par son état de saleté et de décrépitude. Je montai donc à l'étage au-dessus et commençai à ouvrir les chambres les unes après les autres. Enfin je tombai sur elles. Elles étaient assises en cercle sur la moquette, un bébé poupée tout amoché couché au milieu de bougies allumées, et murmuraient entre elles des formules que je ne discernais pas. Je m'avançai et les interrompis : « Dites, les filles, je peux encore jouer avec vous ? » L'une d'elles se leva et me dévisagea d'un regard orgueilleux : « Oui, on veut bien. Mais tu dois obéir à nos conditions. » — « Et c'est quoi vos conditions ? » — « Tu vas voir. D'abord, déshabille-toi. » Je n'avais pas le choix et je commençai à enlever mon survêtement, pliant chaque pièce sur le divan et posant les deux baskets à côté. « La culotte aussi », insista la petite fille, secouant ses boucles aux reflets roux. — « La culotte aussi ? » — « Oui, tu dois tout enlever. » J'hésitai, puis obéis, me tenant nu devant elles, les mains croisées sur mes objets précieux, tandis qu'elle m'examinait avec un air ravi, avide. Puis on fit se déshabiller une des filles, dont les longs cheveux blonds étaient remontés en un chignon mal fait, d'où les mèches s'échappaient de tous les côtés, et l'orgueilleuse petite fille me tendit sa vieille robe à pois dégoûtante : « Maintenant, tu mets ça. » Honteux, gêné, confus, je fis ce qu'elle exigeait, tirant la robe fétide par-dessus ma tête ; on me passa aussi la culotte de la fillette, qui resta toute nue au milieu de ses copines, impudique et heureuse. Enfin, on me mit la poupée dans les bras, et on m'obligea à la bercer et à lui tenir la bouche contre mon téton, pendant que la petite fille aux cheveux bouclés ouvrait une boîte en plastique et commençait à me mettre du maquillage sur les lèvres, les joues et les yeux. Ce jeu ne me plaisait pas du tout mais je me forçai à faire ce qu'elles disaient. Après, les fillettes, glapissant et surexcitées, me poussèrent dans la salle de bains et m'obligèrent à me regarder dans le miroir, tout piqué mais intact : j'avais les lèvres violettes et brillantes, les paupières vertes et les joues rouges, je trouvais ça horrible, ridicule, mais elles ne me laissaient pas un instant de répit, déjà elles me traînaient dans une autre chambre où elles allumaient les lumières pendant qu'elles dansaient dans tous les sens, puis dans une autre encore où elles reprirent le même manège, avant de revenir dans la première où elles commencèrent à se disputer. Elles se criaient dessus et se tiraient les cheveux ; à la fin, elles sautèrent ensemble sur celle qui était nue et la tirèrent sur le lit, lui bourrant les épaules, les côtes, le ventre de coups de poing félons. La fille hurlait et se débattait, elle essayait de se protéger des coups, mais ça ne marchait pas ; son chignon se défaisait encore et ses longs cheveux blonds s'éparpillaient sur les herbes vertes du duvet mangé par les mites ; une des fillettes s'assit sur sa tête, étouffant ses cris entre ses cuisses, trois autres lui attrapèrent les bras et les jambes, et une dernière lui enfonça méchamment un doigt dans la zézette. Je regardais tout ça en serrant la poupée dans mes bras, stupide dans ma robe et mon maquillage mal fait. Enfin la gamine orgueilleuse se souvint de moi et me lança un vif coup de pied au derrière, me faisant basculer sur le lit, sur les pieds de la fille nue. Je sentis des mains me tirer les cheveux et les bras, on me traînait en avant et on me poussait la bouche entre les jambes de la fillette couchée, ça avait un goût vraiment affreux, comme du pipi et du fruit pourri et ça m'écœurait, je me tortillais de toutes mes forces en hurlant : « C'est pas drôle ! C'est pas drôle ! », mais les filles ne me lâchaient pas, elles me tapaient sur la nuque et sur le dos en beuglant : « Lèche, lèche ! », le ventre de la fillette sur laquelle on m'appuyait était tout secoué de rire, d'autres mains tiraient mes fesses en l'air, baissaient la culotte et m'administraient de grandes claques, et malgré les cuisses sur mes oreilles j'entendais leurs hurlements : « Vilaine fille ! Vilaine petite fille ! Tu vas être punie ! » Alors je n'arrivai plus à me retenir, la frayeur m'engourdissait et je me laissai aller, vidant ma vessie sur l'épais duvet à moitié en charpie, mort de honte, accablé par les huées et les insultes de cette meute de petites filles sans vergogne.

Une des fillettes avait attrapé une souris et les autres s'étaient détournées de moi pour lui arracher une à une les pattes, la queue, et enfin la tête. Je m'étais réfugié sur le divan et je remettais vite mon survêtement, évitant de regarder en direction du répugnant spectacle. La fille nue au chignon défait ne restait pas à l'écart, elle saisissait les membres pleins de sang de la pauvre bestiole et les jetait au visage de ses copines en ricanant comme une sale petite hyène. Horrifié, je lui lançai sa robe : « Mais couvre donc tes sales fesses puantes, toi ! » Plutôt que d'obéir, elle se frotta entre les jambes avec et la relança vers moi. Je courus pour m'enfermer dans la salle de bains, mais il n'y avait pas de porte, et une autre gamine, perchée en équilibre sur le rebord en balançant ses jambes, faisait caca dans la baignoire. J'ouvris quand même les robinets et m'aspergeai le visage, frottant très fort pour rincer le maquillage. Quand je ressortis, on me fourra quelque chose contre la tête, mou d'abord et très doux et puis tout de suite après ça fit affreusement mal, des pointes me lacéraient la peau, je hurlai et me rejetai en arrière, me cognant contre le montant de la porte. C'était un chat gris, une des fillettes le tenait par la peau de la nuque et l'agitait dans tous les sens, le chat sifflait de rage et lançait ses griffes vers mes yeux. Une autre le lui arracha des mains, le prit par la queue, et riant de ses miaulements désespérés se mit à le faire tournoyer au-dessus de sa tête avant de l'envoyer s'écraser contre un mur. La bête, sonnée, tomba en tas au sol et les fillettes s'accroupirent tout autour. « Et si on le mangeait tout cru ? » proposa l'une d'elles en le soulevant par une patte. Sans réfléchir, je fonçai sur elle, la frappai de toutes mes forces au ventre, et lui arrachai le chat des mains avant de fuir dans le couloir. La troupe entière des petites filles se rua à ma poursuite en beuglant et en riant. Je fus presque tout de suite acculé au fond du couloir et dus entrer dans une autre chambre où les filles me suivirent en chahutant. Pendant que plusieurs d'entre elles s'avançaient vers moi en claquant des dents et en agitant les doigts comme des tentacules, une autre se mit à jouer avec l'interrupteur du plafonnier, l'allumant et l'éteignant le plus vite possible. J'étais coincé contre le lit, le chat dans mes bras commençait à gigoter, les fillettes m'entouraient ; tout à coup l'ampoule grilla, laissant la pièce dans le noir. J'en profitai pour me lancer entre les jambes des filles, franchissant leur cercle et plongeant un peu au hasard vers la porte. Le couloir était tout aussi noir, elles avaient dû faire sauter les plombs avec leur bête jeu, et j'avançai en tâtonnant, le plus vite possible, essayant comme je pouvais de retenir le chat qui se débattait et me plantait ses griffes dans le bras. Derrière moi, j'entendais les cris effrénés des filles, qui semblaient trouver tout ça merveilleusement amusant. Juste au moment où j'atteignais la cage d'escalier, le chat m'échappa des mains et disparut. Je dégringolai les marches palier par palier, moitié sur mes pieds, moitié sur mes fesses, sans m'arrêter jusqu'au rez-de-chaussée, où je tapai furieusement des mains sur la paroi, localisant enfin une poignée que je poussai pour ouvrir la porte. Au-delà il ne faisait pas tout à fait noir, l'espace sentait très fort l'eau et la pierre, je claquai la porte derrière moi et repris ma course d'un pas plus égal, presque ferme et assuré malgré mon émoi et ma respiration entrecoupée, frottant mon visage de ma manche pour effacer les dernières traces du maquillage. Mon souffle reprit bientôt son rythme, le couloir se déroulait tranquillement devant moi, tournant tantôt d'un côté, tantôt de l'autre, plus ou moins visible dans la pénombre, sauf pour le plafond que je ne voyais pas du tout, et des zones vraiment noires sur les côtés, peut-être d'autres corridors, ou bien juste des failles ouvertes dans la paroi mais qui ne menaient nulle part. J'étais tout à fait calmé maintenant, je rajustai mon survêtement et, tout en égrenant une petite comptine, je me retournai pour courir en marche arrière, à petites foulées serrées, cognant mon épaule contre un mur avant de changer de cap et de continuer dans une autre direction, interrompue à son tour quand je frappais le mur d'en face. Je riais gaiement pour moi-même, ça c'était plus un jeu pour moi, je me sentais content, léger et rassuré, et je continuai comme ça jusqu'à ce qu'un petit obstacle vienne me coincer l'épaule, une poignée de porte métallique que je tournai sans réfléchir, suivant le mouvement du battant pour franchir le seuil, toujours à reculons. Un homme en pardessus et en chapeau mou m'attrapa tout de suite le bras : « Mais qu'est-ce que tu fais là, voyons ? Dépêche-toi, je te dis. » Il me secoua un peu, puis me passa les doigts dans les cheveux. Une très belle femme nous avait rejoints, blonde, élégante, avec une jolie robe grise d'été et un chignon impeccablement noué, qui se pencha pour m'embrasser sur la joue : « Tu es prêt ? Il est temps d'y aller. N'oublie pas ton doudou. » Elle me tendit un nounours rose dont je m'emparai avec soulagement, le serrant contre ma poitrine tout en la regardant avec reconnaissance. Sur le palier, il y avait une valise et un gros sac à dos, dont l'homme s'occupa ; d'autres personnes, chargées comme lui, sortaient des appartements voisins et descendaient l'escalier ; la femme se retourna, verrouilla la porte, puis tendit les clefs à l'homme qui les glissa dans la poche de son pardessus. Dans la rue, une rivière de gens avançaient, chargés de sacs, de valises et de ballots, parfois tirant une petite charrette avec un vieillard assis dessus, ou bien menant une grappe de gamins étrangement sérieux. Tous se dirigeaient dans la même direction, et avec nos voisins on se joignit à eux. La femme me tenait par la main, la serrant avec tendresse. La rue tournait, montait, plus bas, au fond, on voyait la gare avec sa haute façade vitrée, de nombreuses autres personnes s'écoulaient des portes des immeubles ou des rues transversales pour venir grossir le flot humain ; parfois, la colonne s'arrêtait d'un coup, les gens posaient leurs valises et attendaient, puis ça repartait. «On va où ?» je demandai à l'homme, en faisant passer mon doudou sous mon bras. — «On ne sait pas, mon petit. Ils nous amènent travailler quelque part, c'est ce qui se dit.» — «Tout le monde ? Les enfants vont travailler aussi ?» Il rit sèchement : «Non, bien sûr. Mais ils ne vont pas nous séparer.» — «Et l'école ? Il y aura l'école ?» Son visage s'assombrit : «Je ne sais pas, mon petit.» La femme me caressa la nuque : «Ne t'en fais pas, mon chéri. S'il n'y a pas une vraie école, on en organisera une nous-mêmes.» Sa main, légère et ferme sur ma nuque, me faisait du bien. Je frissonnai : un vent mordant soufflait dans la rue, agitant les feuilles mortes au sol et coupant à travers mon survête-ment ; je regrettais de ne pas avoir enfilé une veste par-dessus, mais il était trop tard. J'avais faim aussi, je regardais avec convoitise les colliers d'oignons au cou des vieilles dames, ou les bocaux de conserves que certains portaient à deux mains, parfois aussi gros que les gosses morveux qui les suivaient. Une odeur délicieuse chatouillait mes narines : à l'angle d'une grande rue, des soldats en uniformes gris, avec quelques-uns de nos policiers, faisaient rôtir à la bro-che un cochon entier. Je le contemplai avec envie, les sol-dats, eux, nous toisaient en riant, se moquant de nos coups d'œil furtifs en direction de leur festin. Plus loin, sur la droite, le corps d'un homme était couché sur la chaussée ; du sang coulait de sa tête, et sa casquette avait roulé jusqu'au caniveau, où se rejoignaient les filets de liquide rouge. Les gens le contournaient sans s'arrêter, ou bien même l'enjambaient, ça me faisait une pitié terrible. Je tirai sur la main de la femme blonde et pointai le cadavre du menton. « Ne regarde pas, mon chéri », dit-elle en se plaçant entre lui et moi. — « Mais qu'est-ce qu'il lui est arrivé ? » — « On ne doit pas s'en mêler. » — « Et on va le laisser là ? » Elle ne répondit rien. Plus loin, il y avait un vaste brouhaha. Des soldats casqués s'étaient emparés de plusieurs hommes, des messieurs barbus et imposants avec de longs favoris frisés qui ne portaient rien sauf leur chemise blanche, et les battaient férocement à coups de trique ou de crosse de fusil ; des femmes criaient, les hommes barbus gémissaient, le sang trempait leurs belles chemises, vif. Puis les soldats se saisirent d'eux et les emmenèrent. « Ils sont foutus », marmonna l'homme à mes côtés. — « Tais-toi ! siffla la femme. Pense au petit. » La foule s'était calmée et avait repris son avancée. Mais j'entendis distinctement une autre phrase qui échappa à l'homme, comme s'il se parlait à lui-même : « Espérons que ceux-là leur suffiront. » Le soleil, pâle, éclairait le ciel recouvert, mais la journée était toujours aussi froide et sèche, j'avais la chair de poule et je serrai mon nounours contre moi pour me tenir un peu chaud. Des gens continuaient à affluer de toute part, le flot principal grossissait, se dirigeant vers le côté où le soleil se couche, avec des arrêts et des départs saccadés, comme un jeu de cour de récréation. Devant nous, des barbelés et des obstacles antichars, entourés de soldats aux casques d'acier et de policiers en uniformes verts, rétrécissaient la chaussée, et la foule s'engouffrait dans ce goulot ; de là, on débouchait sur un terrain vague rempli de monde, avec au fond un long mur de briques rouges derrière lequel de grands arbres se hissaient devant le ciel, tout couverts de feuilles rouges et jaunes. Je connaissais cet endroit, c'était un vieux cimetière où on venait parfois se promener, les fins de semaine. Partout autour de moi résonnaient des cris, des coups, des injures, des altercations furieuses, j'étais ballotté dans tous les sens mais la femme au chignon me tenait fermement la main, m'empêchant de me perdre. Le sol était jonché de documents, de papiers d'identité, de photos de famille ou de vacances, j'aurais bien voulu me pencher pour en ramasser quelques-unes et les examiner de plus près, mais j'étais trop bousculé. Une bourrade me fit trébucher ; en me retenant à la main de la femme, j'aperçus fugitivement ma tête blonde dans une flaque d'eau ; l'instant d'après, un pied d'homme éclaboussait la surface, effaçant le reflet de mon visage aigu, sérieux, têtu. La femme m'entraînait ; mais mon doudou, je me rendis compte avec horreur, avait été arraché de ma main, et je me retournai dans tous les sens pour le chercher, l'apercevant enfin un peu plus loin, gisant entre les bottes d'un policier qui s'époumonait sur nous, le visage écarlate ; ses yeux de verre bleu, pleins de reproches muets, me regardaient silencieusement m'éloigner. Puis la foule le masqua à ma vue. Me débattant toujours pour aller le récupérer, je me retrouvai enfin avec les deux adultes devant une série de tables, derrière lesquelles trônaient des officiers en uniformes noirs, entourés de soldats et de policiers locaux. À chaque table, il fallait donner des objets : l'homme vidait ses poches, la femme blonde enlevait une à une ses bagues, ses bracelets et son collier, les jetant d'un geste dédaigneux. Je vis passer un paquet de photos ; l'officier l'attrapa, y jeta un coup d'œil rapide, et les envoya voler au sol ; j'eus tout juste le temps de les apercevoir, elles me montraient en compagnie de l'homme, à différentes époques et dans différentes situations, au cirque, à la plage, sur une barque ; déjà il fallait avancer jusqu'à la table suivante, où l'homme écrivait quelque chose sur une étiquette qu'il attacha aux clefs de l'appartement avant de les donner à l'officier. À la dernière, derrière laquelle des soldats lançaient des piles de vêtements dans des camions, on força l'homme et la femme à se déshabiller, entièrement, la femme essaya de garder ses sous-vêtements mais un policier la gifla, les deux tremblaient de froid et j'étais malheureux pour eux, tellement que j'en oubliai presque mon nounours, moi heureusement on m'avait ignoré, j'avais pu garder mon survêtement. L'homme et la femme essayaient de s'embrasser, mais un soldat frappa l'homme avec sa trique et tira la femme par le bras, brutalement ; elle cria, tendit un bras vers moi avec un regard de désespoir, je pus juste effleurer le bout de ses doigts, le soldat la frappa aussi et l'obligea à monter dans un camion avec d'autres femmes nues et de tout petits enfants, sa belle tête blonde disparut dans la foule et j'eus beau tendre la nuque, je ne la voyais plus, le camion démarrait, l'homme m'avait pris par la main qu'il serrait avec force et me tirait dans l'autre direction, sa main libre me caressant machinalement les cheveux.

On avait rejoint une colonne d'hommes et de garçons, presque tous nus, et on marchait le long d'un chemin qui s'éloignait de la place et du cimetière, gardé toutes les dizaines de mètres par un soldat armé. De temps en temps, quand le vent qui coupait à travers mes vêtements se levait, je distinguais une faible pétarade, plus loin devant nous. L'homme qui me tenait la main ne semblait pas le remarquer, il avançait d'un pas ferme, le visage sombre, figé. Autour de nous des hommes chantaient, des litanies tristes qu'ils reprenaient en chœur, dans une langue que je ne comprenais pas. L'homme, lui, ne chantait pas, mais serrait seulement ma main dans la sienne. Devant nous, le chemin tournait le long d'une colline boisée. L'homme me tira la main, je levai les yeux et rencontrai les siens, puis du menton il indiqua la courbe. Je regardai : une grosse canalisation en béton passait sous le chemin en terre battue. Je dévisageai de nouveau l'homme. Il ne disait toujours rien, mais serrait violemment ma main et me fixait d'un air féroce, brûlant. Je fis un signe de la tête et son regard se radoucit. J'examinai de nouveau la courbe : un des policiers en vert se tenait juste au-delà, fumant une cigarette, mais de l'autre côté du chemin il n'y avait personne. Quand on arriva près de la canalisation l'homme me lâcha la main et me tapa sèchement l'épaule. Je me faufilai entre les jambes des hommes qui nous suivaient, prenant soin que le policier ne puisse me voir, et me coulai dans la canalisation. Elle était humide, la boue me mouillait l'épaule ; je tordis la nuque pour regarder par les deux extrémités : à part de la terre et un peu de verdure, je ne voyais rien. Alors je fermai les yeux et restai là le cœur battant, à écouter les cadences monotones des hommes qui défilaient au-dessus de ma tête. Je dus m'endormir ; un frôlement doux au visage me fit ouvrir les yeux, me ramenant cruellement hors d'un long rêve embrouillé où la belle femme blonde, souriante et heureuse, tentait sans succès de démarrer une voiture tandis que derrière elle des ouvriers démolissaient étage par étage notre immeuble. Il faisait encore jour et les pas de la foule martelaient toujours la terre battue au-dessus de mon abri. Je tendis les mains et rencontrai quelque chose de soyeux : un chat s'était glissé dans la canalisation pour se coucher juste derrière ma tête, et je le tirai à moi et l'installai sur ma poitrine pour le caresser ; il se laissa faire sans protester, replia ses pattes sous lui, et se mit à ronronner, en plissant les yeux, tout content. Je restai ainsi avec lui pendant très longtemps, sans penser à rien, même à l'homme et la femme qui m'avaient accompagné jusque-là, même à mon doudou qui pourtant me manquait terriblement. Dehors, le jour baissait, le vent de temps en temps sifflait à travers la canalisation, me transperçant jusqu'aux os, je me blottissais et serrais le chat contre moi, le bruit de la marche n'arrêtait pas, enfin il diminua puis cessa tout à fait. La nuit était tombée, je tendis l'oreille, quelques appels résonnaient encore dans la langue des soldats, je ne bougeais toujours pas, le ronronnement du chat s'interrompait puis reprenait de plus belle, emplissant l'espace étroit de la canalisation, ce son me rassurait et je ne cessais de caresser le dos de la bête, enfin je n'entendis plus un seul autre bruit, j'attendis encore le plus longtemps possible, puis repoussai le chat et rampai sur les coudes pour risquer ma tête hors de la canalisation. Mais je ne voyais rien, rien que du noir et le vague mouvement obscur des feuilles des arbres dans le vent. Je tendis l'oreille, tout était silencieux, et je me risquai un peu plus, me hissant sur mes fesses et jetant enfin un coup d'œil rapide sur le chemin. Il paraissait vide. Je me baissai, écoutai encore, puis me relevai de nouveau, la bouche sèche et le cœur serré, il n'y avait personne, tout le monde était parti. Je m'extirpai de la canalisation ; le chat m'avait suivi et se glissa entre mes jambes, se frottant contre mon mollet, la queue dressée, miaulant paisiblement. Je regardai autour de moi, essayant de me situer. Le ciel de la nuit était clair, les étoiles brillaient, la lune, aux trois quarts pleine, s'était levée et elle éclairait les arbres sur la colline, qui bruissaient dans le vent. Le cimetière se trouvait dans la direction d'où j'étais venu, et je décidai de me diriger par là ; mais reprendre le chemin, il ne fallait pas y songer, et je m'enfonçai entre les arbres pour escalader la colline, toujours suivi par le chat qui ne semblait pas vouloir me quitter. Je me guidai au jugé, faisant un long détour tout en essayant de garder mon cap tant bien que mal. De toute façon il n'y avait personne. Enfin j'atteignis le mur du cimetière, en hauteur sur la colline au-dessus de la place d'où on était parti. Il n'était pas très haut et je pris le chat pour le poser au sommet, puis me hissai à mon tour et me laissai tomber de l'autre côté. Je me dirigeai au hasard entre les tombes et les arbres, évitant les allées, caressant des doigts les pierres tombales usées et couvertes de mousse, aux noms à moitié effacés. Plus loin il y avait un monticule sur lequel je me tapis ; caché derrière une tombe, je tendis le visage pour observer le terrain vague au pied du cimetière. Il était rempli de gens, groupés par familles autour de petits feux, assis sur leurs ballots et leurs valises, cuisinant dans des pots ou des petites casseroles. Une délicieuse odeur de haricots rouges montait jusqu'à moi, ça faisait gargouiller mon ventre et me mettait l'eau à la bouche, je mourais de faim mais il n'y avait rien à faire, les gens sur la place étaient entourés de militaires armés et demain matin, sans aucun doute, ils allaient suivre le chemin de ceux d'aujourd'hui, et moi je devais rester caché, parce que sinon je repartirais avec eux, rejoindre l'homme qui avait tout fait pour que je ne le suive pas. Quelque part aussi, mon nounours attendait, en vain. Trop triste, je me retirai vers le haut du cimetière et trouvai enfin un coin sombre, un petit tapis de mousse coincé entre deux caveaux et caché par des arbres, sur lequel je me roulai en boule pour dormir, tremblant de froid, de faim et de chagrin, le petit chat serré entre mes bras.

Cette fois-ci je ne rêvai pas. Quand j'ouvris les yeux, la mousse, juste devant moi, reflétait une lueur blanche : la lune s'était déplacée, et sa lumière tombait maintenant de travers entre les arbres, éclairant le tertre. Je me rendis compte avec angoisse que le chaton gris avait disparu ; je regardai vite derrière les caveaux, mais il n'y avait rien. L'émotion m'envahissait, j'avais des larmes aux yeux, je ne supportais pas l'idée de perdre aussi ce chat et je me mis comme un fou à explorer les alentours, poussant des petits sifflements discrets. Mais il n'y avait rien d'autre que les arbres, les tombes, les ombres jetées par la lumière de la lune, et le silence. Finalement j'arrivai près du mur de brique, là où j'étais passé dans le cimetière. L'idée me vint, tout à coup, que si je ne pouvais pas retrouver ce petit chat, peut-être que je pourrais retrouver l'homme et la femme avec qui j'avais quitté l'appartement ? Ils devaient être plus loin, gardés pour sûr, peut-être qu'ils avaient déjà reçu les vêtements pour le travail, mais si je parvenais à me glisser entre les soldats je pourrais les rejoindre et partir avec eux, au moins. Cette pensée me donna du courage et j'escaladai prestement le mur. Je ne redescendis pas vers le chemin, mais me tins plutôt entre les arbres sur le haut de la colline, me guidant d'après la lune pour suivre une longue courbe au-dessus de la route qu'avaient empruntée tous les autres. Plus loin, j'entendis du bruit et m'approchai avec précaution : en bas, des bulldozers, éclairés par des lampes posées sur des pieds et gardés par des militaires arme au poing, creusaient ou élargissaient une sorte de tranchée dans le côté d'un remblai. Au-delà, je devinai, il devait y avoir un ravin ou une grosse dépression, je continuai ma route pour les contourner et essayer d'aller voir plus loin, sûr que j'y trouverais enfin ceux que je cherchais. Derrière moi, les bruits des machines diminuaient ; je tendis l'oreille, je n'entendais rien d'autre, il semblait n'y avoir personne. Je me rapprochai des derniers arbres et restai un long moment accroupi derrière un buisson, scrutant le terrain dégagé entre le bord du bois et le ravin, à l'affût du moindre mouvement. Mais il n'y avait rien. Alors je me risquai hors de ma cachette. Courbé en deux, je traversai le terrain au pas de course, puis me jetai à plat ventre pour faire les derniers mètres en rampant. C'était bien un ravin, très large, avec au fond un petit ruisseau qui serpentait, et il s'étendait aussi loin que je pouvais voir, jusqu'à disparaître dans le noir de la nuit. Je me hissai encore sur les coudes vers le rebord, bien conscient du fait que la lune éclairait toute l'étendue et que si quelqu'un était posté en face, il me verrait obligatoirement. Mais je ne pouvais pas reculer et je continuai d'avancer, m'arrêtant à chaque instant pour scruter les ténèbres de l'autre côté du ravin. Enfin j'arrivai au bord. Je repris mon souffle, attendis encore, puis avançai un peu plus pour voir. Partout, des grappes de gens nus étaient couchés sur le ventre, leurs fesses et leurs dos très blancs sur l'herbe verte, tassés ensemble, tordus, immobiles. Le ruisseau, au fond, était sombre, couleur de boue, avec des reflets rouges là où tombait la lueur de la lune ; la terre, entre les longues herbes et les corps blancs, paraissait dorée ; rien ne bougeait. Je regardai encore un long moment puis me retirai en rampant, me forçant à inspirer l'air qui avait pris une consistance de pâte et m'étouffait. Quand j'arrivai aux arbres, je me relevai et détalai comme un animal affolé, laissant les branches me fouetter le visage sans même lever les mains. Je retrouvai enfin, je ne sais trop comment, le mur du cimetière, je me jetai par-dessus, et filai me cacher parmi les tombes, tout à fait au fond. Du chat, il n'y avait toujours aucune trace, et je regrettai affreusement sa présence, mais je ne pouvais rien faire, je restai là à trembler, les bras serrés autour des genoux, incapable du moindre mouvement, jusqu'à l'aube. Enfin le ciel devint plus blanc, rosit, et tourna doucement au bleu. Je me forçai à me redresser et étirai mes muscles endoloris. En bas, le brouhaha avait repris ; lorsque je tendais l'oreille, je percevais au loin des crépitements continus, des fois masqués par la brise, des fois très nets. Dos tourné au terrain vague, je me glissai entre les tombes le long du mur arrière du cimetière, avant de rassembler assez de courage pour sauter par-dessus et m'en éloigner, en direction de la campagne. Je contournai des entrepôts désertés, puis fis un large détour pour éviter des ruelles bordées de petites bicoques en bois ; enfin, les chaussées pavées devinrent des chemins de terre battue, les maisons s'espacèrent, et j'arrivai dans les champs, en sécurité entre les hautes herbes et les couronnes sèches des tournesols, que personne n'avait récoltés. Sur un petit chemin, je croisai un cheval mort, encore attaché entre les brancards d'un chariot au fond duquel traînaient une demi-douzaine de vieilles pommes jaunes, toutes fripées. Je les dévorai les unes après les autres, croquant même les trognons et ne recrachant que les pépins, le jus un peu fade coulant sur mon menton sans que je prenne la peine de l'essuyer. Le soleil était déjà haut et je dormis quelques heures au milieu des tournesols fanés, assez loin du cheval pourri pour ne pas sentir son odeur. Peu avant la fin du jour je repris ma route. Devant moi, le soleil se couchait sur les blés, jetant une lumière couleur de beurre frais sur les épis mûrs ; tout autour, des nuées de corneilles tournoyaient en criant, un son qui me rendait fou, comme les pleurs d'un petit bébé qui a faim. De temps en temps je croisais un mort, un des leurs ou bien des nôtres, ses yeux et sa bouche pleins de mouches. J'arrivai ainsi à un petit village abandonné, où je longeai les palissades bleues au milieu du caquètement des oies, du meuglement des vaches que personne n'avait traites depuis des jours, et des aboiements furieux des chiens crevant sur la chaîne, abandonnés par leurs maîtres. Au bout de la rue se tenait quelqu'un, une personne blonde, de là où j'étais je ne pouvais pas discerner s'il s'agissait d'un homme ou d'une femme ; pris de peur, je décidai de me risquer à l'intérieur d'un petit bâtiment officiel, avec des murs blanchis à la chaux tout défraîchis. La porte principale, cadenassée par une chaîne, avait été arrachée de ses gonds et gisait de travers ; je l'enjambai rapidement et m'engageai dans un long corridor, jetant des coups d'œil craintifs dans les bureaux chamboulés, aux meubles renversés et au sol recouvert de papiers maculés de boue. Au fond, il y avait une autre porte : je l'ouvris et passai le seuil, me mettant à courir à petites foulées dès qu'elle se referma derrière moi. Il ne faisait ici ni chaud ni froid, c'était bien plus agréable comme ça et peu à peu mes membres se détendirent, ma respiration devint plus égale, j'avançais comme il le fallait, coudes au corps, suivant du mieux que je pouvais la courbe bizarre de ce long couloir, vaguement visible dans la curieuse clarté grise, sans source apparente. Les murs paraissaient interrompus ici et là par des ouvertures, des recoins plus ou moins profonds ou bien le croisement d'autres couloirs, ils m'inquiétaient un peu à vrai dire et je ne m'y attardais pas, Dieu sait ce qui aurait pu s'y cacher. Mais enfin je redevins plutôt gai, je fis une roue, assez maladroite il faut l'admettre, puis une autre, mes pieds tapaient la paroi mais ce n'était pas grave, je me lançai sur les mains pour faire un poirier mais j'avais du mal à garder l'équilibre, enfin je réussis à tenir assez longtemps pour avancer de trois pas, un fier succès. J'aurais voulu essayer un salto, mais c'était au-dessus de mes forces, et je continuai comme ça, courant à quatre pattes, roulant sur les épaules, ou sautant à pieds joints, rigolant tout seul quand je tombais ou venais à manquer de souffle, jusqu'au moment où je me retrouvai sous la lumière crue des néons du vestiaire ; vite, parce qu'il était temps, je passai mon maillot et mon bonnet, et je fonçai par les portes battantes que je manquai de me prendre sur le nez, pour débouler dans un grand espace empli d'une lumière bleutée, trouble, vacillante, j'étais un peu désorienté et un autre enfant, galopant juste à côté de moi, faillit me faire tomber dans l'eau, les cris, les clapotis et les éclaboussures résonnaient dans mes oreilles, je me ressaisis, ajustai bien mes lunettes sur mes yeux, et cherchai ma petite silhouette parmi celles qui se mêlaient dans les longues glaces entourant le bassin. Mais je n'y arrivais pas, tous ces mouvements de corps étaient bien trop confus, alors je fis quelques pas et je m'approchai du bord, les deux pieds joints et les fesses serrées, je tendis les bras devant ma tête, comme on me l'avait montré, et basculai mon corps en avant à travers le miroir vif et joyeux de l'eau.

VI

Je fendais l'eau de mon corps, filant comme une machine bien huilée d'une extrémité du bassin à l'autre, propulsée par des gestes précis, parfaitement enchaînés. Lorsque je touchais la paroi je roulais sur moi-même et donnais des pieds pour me relancer dans l'autre direction. Les spots alignés au plafond déposaient des petits points de lumière dansants sur les vaguelettes soulevées par les mouvements de mes bras ; sous l'eau, ces points s'élargissaient en taches aux bords mobiles, oscillant sur le carrelage bleu du fond du bassin. La vigueur gonflant mes muscles me réjouissait, j'alignai les longueurs sans les compter. Enfin, plongeant, les bras le long des hanches, je me laissai aller. Ma tête creva la surface, bouche ouverte pour aspirer l'air, mes mains trouvèrent le bord et, profitant de mon élan, effectuèrent un rétablissement souple pour hisser mon corps ruisselant hors de l'eau. Je restai un instant accroupie au bord, doigts au sol pour assurer mon équilibre, puis je me levai et étirai mes bras, tendant le tissu de mon maillot sur les pointes, dressées par le froid, de mes seins. Autour de moi résonnaient les échos de cris, de rires, d'éclaboussures projetées par le contact des corps avec l'eau ; les sons revenaient de tous côtés, déformant l'espace et me désorientant momentanément. Je retirai mon bonnet et mes lunettes et plissai mes yeux, massant les paupières des doigts avant de me passer la main à travers les courtes mèches de ma chevelure pour en brosser les gouttes d'eau. Je rouvris les yeux : une très belle femme au visage triste, dont les mèches blondes, un peu plus dorées que les miennes, s'échappaient de son bonnet de bain, me regardait d'un air étrange ; à mes pieds, la flaque formée par l'eau s'écoulant de mes cuisses allait en s'élargissant. Autour, les longues glaces encadrant le bassin réfléchissaient des formes en mouvement, le miroitement de l'eau, l'éclat des lumières, images fragmentaires au milieu desquelles, quel que soit le côté où je me tournais, se dressait mon corps, droit, lisse, immobile, statuesque. J'essuyai de nouveau l'eau coulant de mon visage et traversai les portes battantes en direction du vestiaire, où, sans m'attarder parmi les femmes nues ou à moitié vêtues bavardant tout autour de moi, je m'enfermai dans une cabine pour me sécher et me changer, libérant ma verge de sa gaine moulante et serrant mes seins dans une brassière de sport avant d'enfiler un survêtement gris, soyeux et agréable à la peau. Rapidement maquillée, légère dans mes baskets blanches, je retrouvai le couloir où je me mis à courir à petites foulées, effleurant la surface lisse des murs pour me guider et tournant la tête avec curiosité vers le haut pour tenter de deviner d'où provenait l'éclairage, faible mais suffisant, qui guidait mes pas. Mais je ne pouvais même pas distinguer de plafond, et je me demandais si je n'étais pas déjà dehors, or après tout cela m'était égal, une fraîcheur agréable régnait ici, une odeur froide de béton humide, je passai ma langue sur mes lèvres desséchées par le rouge à lèvres et continuai ma course, respirant avec aise, heureuse et confortable, mon corps revigoré par la dépense. De temps en temps, je remarquais sur la paroi une portion plus obscure, une ouverture où je m'aventurais un instant, riant de surprise lorsque je me rendais compte qu'il ne s'agissait que d'un petit abri, ou bien rebroussant vite chemin si je découvrais ainsi une nouvelle galerie, encore plus sombre que celle où je courais. À un moment, mes yeux rencontrèrent un objet brillant placé au milieu d'un mur : il s'agissait d'une poignée, vers laquelle je tendis la main sans réfléchir, ouvrant une porte que je franchis en ralentissant le pas. Mon pied s'enfonça dans de l'herbe : je m'arrêtai dans un grand jardin paisible, familier, où le soleil de fin de journée déposait une lumière rasante sur les feuilles entremêlées de bougainvillées et de lierre soigneusement taillés sur des treillages avant de venir illuminer les épais troncs tressés et les branches folles d'une vaste glycine qui grimpait pour recouvrir la façade, haute comme une tour, de la maison barrant le fond de la pelouse. Celle-ci grouillait de monde, des policiers en uniforme, des hommes en civil dont l'aspect, moustaches, fronts dégarnis, costumes en polyester mal taillés, trahissait aussi l'officiel de police. Leurs ombres, démesurément allongées par le soleil couchant, striaient l'herbe brillante de lumière ; je m'avançai au milieu d'eux sans que personne ne fasse attention à moi, manquant de trébucher sur un chat gris qui filait affolé entre mes pieds. Un des policiers, carnet ouvert à la main, expliquait quelque chose à un de ses supérieurs et je saisis une ou deux phrases au passage : « C'est la voisine qui l'a trouvé. Elle était venue se plaindre, une histoire de fusibles, je n'ai pas tout compris. » La plupart des policiers semblaient se diriger vers la piscine, presque entièrement cachée derrière l'angle de la maison, et je les suivis. Le corps de l'enfant, nu, flottait tête vers le bas dans l'eau aigue-marine du bassin, encadré par l'ombre en dents de scie portée par les longues frondes arquées d'un palmier court et trapu. Tout autour des hommes en civil photographiaient, filmaient, prenaient des notes, effectuaient des mesures ; un policier en uniforme dressait un grand spot, qui s'alluma dans un claquement sec : l'éclairage troua le crépuscule, chassant l'ombre des palmes et isolant le corps maigre du petit, ses cheveux blonds agités comme des algues par le léger ondoiement de la surface de l'eau, ses fesses très blanches sous la lumière. Je restai là un instant, main sur la bouche, puis me détournai et entrai dans la maison. Dans le couloir, deux policiers me croisèrent sans un mot ; un autre, en civil, montait l'escalier. Je me dirigeai vers le fond et ouvris la porte de la chambre de l'enfant, m'avançant un peu en prenant soin de ne pas marcher sur les rangées de cavaliers de plomb, armés de lances et de carabines, méticuleusement alignés sur le grand tapis. Je contemplai le lit à moitié défait, où reposait de travers un nounours rose aux yeux de verre bleu, les étagères croulant sous les livres, la caméra posée sur une tablette, les murs recouverts d'affiches de cinéma et de photographies encadrées. La plupart représentaient le petit garçon en compagnie d'un homme blond aux traits francs et dégagés, toutes prises à différentes époques et dans différentes situations, au cirque, à la plage, sur une barque. Sur plusieurs photos l'enfant était blotti dans les bras de l'homme, des bras puissants et duveteux, dont la vue éveillait en moi une forme de nostalgie, ou plutôt une tristesse douce que ne teintait aucune forme de regret. Le beau visage intelligent du garçonnet, confiant, rayonnant, illuminait la présence de l'homme, chacun semblait ainsi le reflet de l'autre, se renvoyant sans se regarder tout ce qui les liait, irrémédiablement. Ma gorge et mes yeux se gonflaient, je les contemplai tous deux encore un instant, bouleversée ; enfin je revins dans le couloir, m'engageant dans l'escalier. Mais je n'avais même pas atteint le palier, dominé par le regard grave, perdu dans le vide, d'une grande reproduction encadrée de *La dame à l'hermine*, lorsque retentit un long cri rauque, suivi d'un autre. Je m'arrêtai et écoutai ces hurlements de bête qui emplissaient la maison, bien trop profonds pour un gosier humain ; alors je renonçai à continuer et fis demi-tour. Dans le couloir, un policier m'interpella en me saluant : « Bonsoir, madame. Je peux vous demander ce que vous faites ici ? » — « Je suis une amie de la famille. » Il hésita : « Je pourrais voir vos papiers, s'il vous plaît ? » demanda-t-il enfin. Je lui adressai un petit sourire sec mais poli : « Bien entendu. » Je sortis un portefeuille en cuir de la poche intérieure de ma veste, en tirai mon permis de conduire, et le lui tendis. Il tressaillit, me dévisagea attentivement, examina de nouveau le permis, et enfin me le rendit avec un air interloqué : « Très bien, euh... » Il hésita encore avant d'achever : « Monsieur ? » Je le fixai sans me départir de mon sourire : « Non », répliquai-je enfin aimablement tout en rangeant le portefeuille. « Mademoiselle. » Il porta la main à sa casquette et s'effaça pour me laisser passer. « Bonsoir, mademoiselle. » Dehors, la nuit était presque tombée ; derrière la maison, la lumière blafarde du spot éclairait le ballet des policiers et des photographes, les lourdes frondes du palmier, l'eau pâle de la piscine, le balancement tranquille du corps de l'enfant. Je tournai le dos à la scène et me dirigeai vers la porte du garage. À l'intérieur, j'allumai, ouvris la portière du beau cabriolet noir garé là, et me glissai derrière le volant, me calant confortablement dans le fauteuil en cuir couleur crème. Les clefs se trouvaient là où elles devaient être et le moteur s'alluma sous une simple pression, ronronnant paisiblement. J'actionnai la commande à distance pour ouvrir la porte à bascule et démarrai, passant la seconde et accélérant dès que j'eus tourné dans la rue. La voiture répondait docilement à la moindre pression de mes pieds et de mes mains, grondant sourdement tandis qu'elle glissait à travers les rues et les boulevards illuminés de la ville. Lorsque je m'engageai sur la rampe menant à l'autoroute de l'est, il faisait nuit. La lueur jaune des lampadaires, les cônes blanchâtres des feux des voitures éclairaient les dix voies de l'immense route presque comme en plein jour. Je glissai d'une voie à l'autre, me plaçant enfin dans l'avant-dernière, roulant bien au-dessus de la vitesse autorisée. J'allumai la radio et fis défiler les stations, m'arrêtant enfin sur la voix rauque, magnifiquement voilée, d'une femme qui chantait l'implacabilité des portes refermées, la solitude des chambres d'hôtel, l'allégresse des départs. Je me sentais légère, comme libérée de tous les poids qui entravent une vie. À la sortie de la ville, la circulation s'éclaircit, la route, ici, n'avait plus que quatre voies, sans séparations, parfois je doublais un camion, ou bien croisais une voiture roulant en sens inverse, ses feux trouant l'obscurité comme deux boules blanches ; le terrain s'encaissait, les collines se resserraient, je traversai une large vallée où le vent s'engouffrait en trombe, faisant lentement tourner les pales de dizaines d'éoliennes alignées en rangs serrés le long de la route, blanches et spectrales dans la nuit, gardiennes impassibles du mystérieux pays au-delà, attendant avec patience leur Don Quixote. Mais je n'avais aucun souhait de livrer bataille et je les dépassai sans ralentir, les regardant s'effacer dans mon rétroviseur, mêlant leurs pales en un lent ballet monotone. Je roulai ainsi toute la nuit, sans fatiguer. Lorsque l'aube rosit enfin le ciel la ville et ses masses humaines grouillantes se trouvaient loin derrière moi, et je filais à travers le désert. Le soleil, lamelle orange de feu, pointait à l'horizon droit devant moi, diffusant une lumière ténue sur la terre, les plantes épineuses dispersées à distance les unes des autres, les crêtes des collines dressées au loin. À part quelques camions il n'y avait presque plus aucun véhicule sur la route. Peu à peu le soleil quitta l'horizon et, suspendu en face de moi, jaunit dans le ciel qui virait au bleu pâle. Je fouillai dans la boîte à gants et en tirai des lunettes de soleil, puis une pile de CD. La radio ne captait plus de station depuis longtemps, et j'enfournai un des disques dans le lecteur : une musique de clavecin vive et folâtre emplit l'habitacle, me mettant en joie et m'entraînant à chantonner avec elle entre mes dents. La chaleur, maintenant, montait vite ; je trouvai le bouton qui commandait l'ouverture automatique de la capote et elle se replia silencieusement en arrière, ouvrant la voiture aux odeurs du désert et au vent qui jouait avec mes mèches, me transportant dans la plénitude du matin et des immenses étendues ouvertes devant moi.

En milieu de matinée je m'arrêtai à une gargote en bord de route. Assise devant une longue baie vitrée sur une banquette en skaï couleur groseille, je bus un mauvais café à petites gorgées tout en contemplant le passage des camions, puis dévorai un énorme petit déjeuner fait d'œufs au lard, de patates sautées et de galettes noyées sous le sirop. Après, je repris la voiture, fis encore plusieurs kilomètres et, quittant la route principale, m'aventurai sur un chemin en terre battue. Je me garai à l'écart, dans l'ombre d'une haute colline abrupte, fermai la capote, et dormis quelques heures, couchée en chien de fusil sur la banquette arrière. Le soleil me réveilla en début d'après-midi, et, après avoir fouillé parmi les CD pour y choisir un opéra ancien, je repris la grande route. Elle coupait droit à travers le désert, interminable, le souffle tiède du vent se mêlait au phrasé raide et hiératique des airs et des chœurs. Dans une petite ville, fatiguée de mon survêtement, je fis plusieurs magasins pour me reconstituer une garde-robe, et je me changeai dans les toilettes d'une station-service, émergeant en cache-cœur olive avec mes hanches moulées sous une minijupe abricot, juchée sur des sandales à talons compensés en liège, les poignets et le cou décorés de bijoux de fantaisie, grotesques et réjouissants. Je me sentais très belle ainsi en reprenant le volant, mes jambes nues sur le cuir pâle du siège, un coude posé sur la portière et une cigarette entre les dents, comme la parodie ludique d'une starlette de cinéma, et je levai les yeux vers le rétroviseur pour rajuster les mèches blondes de ma coupe très masculine, tombant momentanément en arrêt devant mon visage fin et anguleux mangé par les énormes lunettes de soleil et le tracé épais, très rouge, des lèvres. Derrière moi, visible dans les rétroviseurs extérieurs, le ciel flamboyait au-dessus du désert, barré de langues orange et safran, virant doucement à l'indigo vers les collines lointaines. Devant il faisait presque nuit et mes phares déposaient un grand cœur blanc de lumière sur la route, trouant l'obscurité pour révéler les plaques d'immatriculation des camions que je doublais et les formes fantomatiques des grands cactus parsemant l'étendue nocturne. Je m'arrêtai enfin dans un curieux complexe isolé au bord de la route, un ensemble de bâtiments ridicules et amusants, peints de couleurs criardes, imitant les constructions du Far West. Je me dirigeai vers la vaste caverne du restaurant, traversant le hall d'entrée entre des grizzlis empaillés, dressés gueule béante sur leurs pattes arrière, avant de m'arrêter un moment pour faire quelques parties à un stand de tir, agitant ma carabine à plomb dans tous les sens et riant comme une folle chaque fois que je crevais un ballon. Le gérant du stand était déguisé en cow-boy, les serveuses en squaws, tous les murs de l'immense salle du restaurant, ouverte sur deux étages avec une galerie en hauteur, étaient recouverts de cornes de bison, d'oiseaux empaillés, de parures de plumes, de fusils, d'arcs et de flèches et d'innombrables photos jaunies, reproductions de cartes postales d'époque où posaient des Indiens déjà bien apprivoisés, écrasés par la puissance qui avait pris leurs terres et les avait ravalés, eux autrefois si libres et fiers, au rang de curiosités vivantes, paradés dans les foires et les cirques, ou devant les objectifs des chambres photographiques. Une des serveuses, une blonde joufflue avec une permanente et d'énormes seins laiteux débordant de son costume à franges, vint prendre ma commande. « Et ça, qu'est-ce que c'est ? » demandai-je en indiquant une entrée nommée *huîtres de montagne*. La femme regarda autour d'elle avec un air narquois et ostentatoire, puis se pencha pour me hurler à l'oreille : « Ce sont des couilles, chérie ! » Ces testicules, revenus à la poêle, étaient servis avec une sauce cocktail un peu aigre, ils gardaient une consistance gélatineuse assez particulière, pas désagréable ; je les fis suivre d'un steak saignant épais comme trois doigts, rinçant le tout avec une bière de la région, ambrée et amère. Après, j'allai m'asseoir au bar et commandai un bourbon, que je bus en fumant et en contemplant mon reflet dans le long miroir disposé derrière les rangées de bouteilles. Le juke-box passait une musique country, le barman portait un chapeau de cow-boy et deux pistolets enfoncés dans un ceinturon en cuir décoré, j'avais l'impression d'évoluer dans un décor de cinéma, qu'on écarterait pour découvrir les spots et les caméras ; pourtant, même s'il s'agissait ici de toute évidence de l'invention entièrement factice, pour touristes de passage, d'un promoteur mégalomane, c'était néanmoins devenu une partie de la texture de la vie des gens qui y travaillaient, et je m'y sentais confortable, étrangère mais à l'aise, comme si ici il y avait une place pour tout, moi y compris. Accoudé près de moi au bar, un jeune Noir ne me quittait pas des yeux ; lorsque j'achevai mon verre, il leva le sien vers moi, faisant tinter ses glaçons avec un sourire. Je lui rendis un sourire encourageant et il se laissa couler de son tabouret, commandant au barman deux whiskies avant de venir s'asseoir à côté de moi. Je trinquai avec lui et ris de plaisir, c'était un très beau garçon, bien découplé, aux longs muscles noueux, avec des cheveux tressés en rangées serrées se finissant en petites nattes dans son cou. « Les Noirs n'ont plus peur de venir draguer une fille blanche, par ici ? » je lui lançai joyeusement. Sa bouche s'ouvrit en un grand sourire carnassier, plein de dents éclatantes : « C'est fini tout ça. À moins que tu n'aies des frères méchants et bien armés. » — « Je n'ai pas de frères », répondis-je en posant ma main sur son biceps. Le néon du bar se reflétait dans ses yeux, une petite barre de lumière plantée comme un coin dans chaque pupille. Il m'amena à l'étage jouer au billard ; penchée sur la table, jambes tendues dans ma minijupe, seins effleurant le tapis vert, j'alignai boule après boule, et le battis quatre parties sur cinq. « Tu joues comme un mec ! » s'exclama-t-il, me faisant rire de son dépit. Pour le consoler, je l'invitai à danser dans la discothèque au sous-sol, il y avait peu de clients et ce n'était décidément pas mon genre de musique, mais j'étais bien dans ses bras, il me tenait légèrement, comme s'il avait peur de me faire mal, avec une tendresse et un désir maladroits, sa peau sentait bon, une odeur riche, musquée, lourde de sueur, elle m'excitait terriblement et en dansant je collais mon bassin contre le sien, frottant ma jupe contre la verge dressée sous son jeans tandis que sa main me caressait le dos, inquiète, pressée. Lorsque je l'entraînai vers l'escalier il me suivit sans rien dire, la main sur mon bras. Le motel se trouvait un peu plus loin, à l'orée du désert, je repris ma voiture et m'arrêtai après la réception, lui donnant de l'argent et l'envoyant seul nous prendre une chambre. C'étaient des grandes pièces très simples, avec une fenêtre rectangulaire devant laquelle je tirai le rideau, une moquette grenat, presque couleur de sang, un papier peint beige, où des vignes dorées grimpaient en s'entrelaçant, et un vaste lit recouvert d'un drap doré décoré de longues herbes vertes, comme s'il s'était agi d'un pré. Je laissai le garçon devant la télé et allai me doucher. Avant de ressortir de la salle de bains je remis, par coquetterie, un soutien-gorge et un shorty en dentelle, et je me remaquillai en quelques gestes, étirant mes cils avec du mascara et biffant mes lèvres de rouge. Le jeune homme m'attendait nu sur le lit, jouant distraitement avec son sexe épais et encore à demi mou, un sourire nerveux aux lèvres. Devant lui je me sentis subitement comme une vieille femme : il était si jeune, si beau. Sous la fine dentelle aubergine de la culotte, je bandais. Il m'attira vers lui, me renversa sur le fin tissu recouvrant le lit, et me chevaucha, sa lourde queue luisante, dure maintenant, pressée entre mes cuisses. Je les écartai et serrai son dos avec mes jambes, caressant ses épaules et ses fesses et embrassant ses lèvres qui sentaient encore le bourbon, éperdue, folle de joie.

Le matin, au réveil, il me baisa de nouveau avant même que je n'aie vraiment ouvert les yeux, son corps puissant pressé contre mes fesses et m'ouvrant comme un fruit mûr ; agenouillée devant lui, le dos cambré, la tête et les seins forcés sous ses mains contre les draps, ma propre queue presque oubliée battant mollement, je jouissais sans discontinuer, affolée par la douceur inouïe des sensations envahissant mon corps encore engourdi de sommeil. La lumière du matin filtrait autour des rideaux, la tête de lit, branlante, cognait contre le mur, alors cela prit fin et je restai un long moment couchée entre ses bras, mon derrière pressé contre son ventre, le corps fondant, heureuse. Finalement je me levai pour enfiler un maillot de bain et sortis nager dans la piscine du motel. J'étais seule, tout semblait dormir et il n'y avait personne, le bassin était vieux et vétuste et la peinture bleue s'écaillait, mais l'eau était fraîche et emplissait mon corps de vigueur. Le soleil brillait au-dessus du toit du motel et éclairait le désert tout autour, vide, paisible. Encore mouillée, je me couchai sur une chaise longue en plastique blanc à moitié démolie, puis, séchée au soleil, revins à la chambre où le garçon dormait à nouveau. Délicatement, je pris sa belle verge entre mes lèvres ; lorsqu'il se réveilla il bandait déjà, et il jouit rapidement, le dos arqué, son sperme aigre-doux, presque alcalin emplissant ma bouche. Après, pendant qu'il se douchait, j'ouvris les rideaux et m'assis sur le bord du lit pour nouer mes sandales. De la fenêtre, je voyais la route avec ses voitures et ses camions, et plus loin de basses montagnes sombres, barrant l'horizon sous le ciel pâle. J'avais enfilé une robe d'été rouge, et ma jambe, croisée sur l'autre, oscillait sous le tissu fin et léger ; j'attendis le garçon sans changer de place, les pieds pris dans un carré de soleil, fumant sans la moindre pensée. Après le petit déjeuner je le déposai en ville. Il me laissa au bord du trottoir avec un baiser affectueux, et je le regardai un instant s'éloigner, ses belles fesses râblées moulées dans son jeans, avant d'embrayer et de reprendre la route. Peu à peu, le paysage changeait. Je traversais maintenant d'immenses champs de blé ; parfois, lorsque le macadam, parvenu à une crête, redescendait subitement, des gratte-ciel surgissaient de la mer d'épis blonds ondoyant sous la brise, dressés contre le ciel délavé, signes incongrus d'une grande ville encore invisible, plantée au milieu de nulle part. Chaque fois, j'y passais deux ou trois jours, j'allais au cinéma, je flânais dans les rues en m'achetant à l'occasion une robe ou de beaux sous-vêtements, je m'offrais de bons repas puis allais danser dans une discothèque ou un concert de rap, perdue au milieu de foules joyeuses ; la nuit, je dormais dans des hôtels choisis au petit bonheur, parfois seule, parfois non. Le matin je demeurais souvent un long moment devant les fenêtres de ces chambres de hasard, assise nue avec des escarpins aux pieds dans un fauteuil en velours vert, ou bien installée sur le lit, les jambes remontées contre ma poitrine, une cigarette à la main, observant la lumière tombant sur des façades rouge brique rythmées par des rideaux jaunes et blancs, sur les devantures silencieuses de magasins fermés, sur de hauts immeubles albâtre aux fenêtres noires, qui me fixaient en retour comme les yeux innombrables couvrant le corps, les ailes et les mains des séraphins ; puis je mettais une jupe ou une jolie robe et allais prendre un café quelque part, la tasse chaude entre mes mains tandis que je contemplais l'agitation de la rue au-delà de la vitre. J'arrivai ainsi à une ville du sud en bord de mer, où je pris une chambre à l'étage, avec vue sur la plage. Les vagues étaient fortes et bruyantes et je restai sur mon petit balcon, dans la lueur grise du crépuscule, à les regarder venir s'écraser sur la longue bande de sable, léchant les pieds des promeneurs avec leurs chiens et renversant dans leur écume les rares baigneurs assez courageux pour se ruer en elles. Ce soir-là j'avais très envie d'un amant et je me fis belle avant de sortir, soulignant mes lèvres d'un incarnadin brillant et enserrant mon corps dans une nouvelle robe, une belle gaine gris perle tricotée en un fin jersey soyeux, sans la moindre couture, qui chuinta sur ma peau quand je la fis couler par-dessus ma tête. J'allai manger du poisson cru et des petits légumes confits dans un restaurant élégant, où une immense baie vitrée, reflétant une double rangée de néons, me laissait face au spectacle silencieux de l'animation du soir, comme un film muet projeté, sans accompagnement musical, juste pour les convives ; puis je pris ma voiture pour visiter les bars du quartier derrière le bord de mer. Un jeune garçon très fin, aux yeux timides, attira mon regard et je me décidai pour lui sans réfléchir, lui offrant des verres puis le ramenant avec moi à la chambre, garant en cours de route le cabriolet près de la mer rageuse pour lui saisir la nuque et l'embrasser, mes doigts posés sur sa verge déjà dure sous le tissu du pantalon. Dans la chambre, il m'aida à ôter ma robe et mes sous-vêtements, et je lui enlevai à mon tour son t-shirt, frôlant ses côtes de mes doigts et baissant mon nez pour humer l'odeur de déodorant et de jeune peau à la base de son cou. Nous avions dansé un peu et j'étais en nage, j'allai prendre une douche rapide et il me suivit pour m'observer, appuyé les mains dans le dos contre la porte ouverte, attendant avec patience. Sa queue, lorsque je glissai mes doigts dans son pantalon pour la libérer, était longue et mince ; mais lui de toute façon préférait ma verge à mon cul, et je le baisai lentement sur le lit, à genoux d'abord puis sur le dos, ses mollets par-dessus mes épaules, contemplant abstraitement son visage étroit déformé par le plaisir, l'encourageant avec des mots doux à se branler, travaillant son cul jusqu'à ce qu'il jouisse avec violence, le sperme giclant sur sa poitrine et son menton en grands traits épais. Lorsque je me retirai il se rabattit sur le flanc, une jambe sur l'autre, respirant lourdement ; des fluides s'échappaient sur sa cuisse, du gel et un peu de merde mêlés, mais cela ne me dégoûtait pas, au contraire, ça m'émouvait, l'étrange poésie de tout ce qui coule, et je l'essuyai avec tendresse, lui caressant le dos et les cheveux alors que son souffle s'égalisait lentement. Je n'avais toujours pas joui et j'allai rincer mon sexe sous la douche, puis enfilai une paire d'escarpins à talons avant de revenir au bord du lit, jambes arquées, ma verge entre mes doigts, l'autre main refermée sur un sein. Il se mit à quatre pattes face à moi et je promenai ma verge molle sur ses lèvres, l'enfonçant par petits coups et lui laissant sucer la pointe jusqu'à ce qu'elle durcisse, puis branlant rapidement la base tandis que le gland rebondissait sur le bord de sa bouche. Il attendait sans bouger, sans intervenir, se laissant faire, et je jouis ainsi sur ses lèvres et sur sa langue, frottant ma verge dans le sperme laiteux contre son nez, ses joues, son menton.

L'envie d'une cigarette m'avait prise et j'enfilai le fourreau de jersey sur mon corps nu pour aller fumer au balcon, face à la mer qui continuait à s'abattre sur la plage avec un fracas monotone et apaisant, emplissant la nuit de son grondement. La crête des vagues, toute blanche, brillait sous la lune ; l'eau, lorsqu'elle se retirait du sable, laissait derrière elle de longues ondulations phosphorescentes. Le garçon sortit derrière moi, toujours nu malgré l'air frais, et se colla contre mon dos, ses bras autour de moi me caressant le ventre et la verge à travers le fin tissu soyeux de la robe. Le matin, au réveil, je découvris une piscine dans la cour derrière l'hôtel, mais elle était vide depuis longtemps, et je me promenai autour du bassin avec mon nouvel amant, savourant une pomme jaune et profitant des premiers rayons du soleil. Ce garçon, je ne sais pas pourquoi, me plaisait beaucoup, et je restai plusieurs jours dans cette ville, nageant dans la mer et prenant des bains de soleil avant de m'enfermer avec lui dans la chambre pour lui faire l'amour, décorant parfois son long corps flottant comme une algue avec mes bas et mes sous-vêtements fins, puis le maquillant avant de le mettre à genoux sur le lit, pour le baiser comme il m'en suppliait. Enfin je me lassai et je repartis. La route, sans fin, s'étendait devant moi, je mettais la musique à fond et roulais sous le soleil étincelant, ou encore sous une pluie occasionnelle qui me forçait à remonter la capote et à doubler les camions à travers les grands jets d'eau projetés par leurs pneus. Parfois je roulais toute la nuit, seule dans ma bulle de cuir, de verre et de métal, fonçant vers le soleil qui toujours enfin émergeait en flottant de l'horizon, lourd et rouge comme une boule de métal en fusion, montant dans le ciel bleuissant pour amener sur moi sa joie tranquille. Mais cette route à la fin vint buter contre l'océan, un autre océan bien plus à l'est, froid et gris. Cette nuit-là je me garai près d'une maison en bois abandonnée, à moitié effondrée au milieu des roseaux, les planches usées sous la peinture bleue écaillée, face à une île inhabitée séparée du rivage par un étroit bras de mer, couverte de pins poussant dans le sable. Je dormis recroquevillée sur le siège avant, les pieds sur le tableau de bord, et je me réveillai avec le soleil qui dardait une lumière aiguë par-dessus les cimes des pins. Sur la longue plage de l'île, une harde de chevaux alezans galopait, sauvage et libre, prise dans des nuées de goélands qui tournoyaient puis venaient planer au-dessus des vagues avant de basculer et de plonger en piqué, émergeant des flots avec un poisson dans le bec, au milieu des coassements et du grondement sourd du ressac. Autour de moi, un léger vent marin agitait les roseaux ; la maison en ruine dressait sa toiture crevée et ses fenêtres vides devant le ciel pâle, témoin muet d'une vie passée ailleurs. Je ne pouvais pas aller plus loin ; maintenant, il fallait découvrir d'autres territoires. Je revins sur une route principale et tournai en direction du sud. Je franchis un pont sans fin qui, sur des dizaines de piliers, dessinait une vaste courbe au milieu de la bouche d'une immense baie sillonnée de voiliers et de navires de guerre, ses rives bordées d'immeubles et de constructions industrielles ; puis je longeai la côte, traversant des petites villes aux maisons en bois peintes de couleurs pâles, où j'avalais un repas rapide dans un restaurant endormi, assise sur une banquette en similicuir ou une chaise en bois verni. Enfin j'arrivai dans une très grande ville, où de hauts palmiers agitaient paresseusement leurs frondes devant un ciel tout à fait bleu. Des voitures circulaient dans tous les sens ; les fenêtres des immeubles étincelaient, réfractant en éclats innombrables la lumière du soleil suspendu au-dessus de l'océan. Je me dirigeai sans hésiter à travers les rues jusqu'à une grande tour de verre, où une petite télécommande attachée aux clefs du cabriolet ouvrit un garage souterrain empli de voitures aux couleurs ternies par le néon. Je vins me garer entre deux d'entre elles, en marche arrière, et coupai le contact. Dans la boîte à gants, parmi les objets entassés en vrac, je trouvai deux jeux de clefs ; j'en pris un au hasard, refermai le clapet, et laissai là le cabriolet, qui m'avait bien servi. Un ascenseur me mena au dernier étage, où la plus grosse clef du trousseau ouvrit une porte blindée peinte en blanc, me donnant accès à un vaste loft très clair, peu meublé, au plancher en bois ciré et aux poutres métalliques visibles. Je posai mes sacs près de l'entrée, jetai les clefs dans un bol en céramique vert anis, et m'avançai à travers l'espace quasi vide, mes hauts talons claquant sur le plancher. Les deux parois du fond, formant l'angle, étaient faites de baies vitrées montant jusqu'au plafond, et j'appuyai mon front contre l'une d'elles, contemplant l'enchevêtrement d'immeubles bas qui ne masquaient qu'à moitié la mer, grise et pâle sous un ciel blanchi, sans nuages, calme. Des oiseaux migrateurs, en formation, tournoyaient loin en haut ; sous mes pieds, un groupe de perruches vertes allaient et venaient autour d'un palmier à moitié mort ; pour une fois, il n'y avait pas de pigeons. Je me sentais tout à fait satisfaite d'être arrivée là, presque gaie, c'était bien une demeure mais elle n'ôtait rien à l'exaltante liberté de la route : au contraire, elle lui permettait de se déployer autrement. Debout dans un rectangle découpé par le soleil sur le plancher, j'observai la lumière évoluant sur les façades et les vitres aux alentours. Puis j'ôtai mes escarpins et, faisant craquer sous mes pieds le bois lisse du plancher, je déambulai dans la grande pièce, tapotant des doigts sur le dos des livres emplissant les bibliothèques, jetant un œil distrait sur les gravures et les reproductions, parfois passées à cause du soleil, et faisant rouler sous la paume de ma main les pommes jaunes, vertes et rouges entassées là dans une grande coupe. Je m'arrêtai devant la chaîne et enfonçai dans la fente un disque de concertos pour piano de Mozart qui traînait là : les notes, allègres, emplirent la pièce, me mettant en joie et me pénétrant de leur autorité ludique et souveraine. Je me servis un verre d'eau-de-vie, allumai un petit cigare trouvé dans une boîte, sur le bout duquel je laissai une trace rouge en l'humectant entre mes lèvres, et me coulai dans le long divan en cuir noir calé devant la baie vitrée. Posé sur une table basse, un épais album, un livre de format horizontal relié en toile blanche, montrait des séries de photographies d'hommes et de femmes nus, effectuant tous les mouvements possibles de la vie quotidienne, décomposés en séquences de douze ou quinze images par le système de prise de vue. Je le feuilletai page par page, un peu étonnée par l'incongruité de ces gestes très ordinaires, se coucher dans un lit, verser de l'eau, monter un escalier, descendre une échelle, accomplis par des gens entièrement nus et comme inconscients de cette nudité, dont ni la rigueur du dispositif ni la volonté scientifique ne pouvaient tout à fait gommer le côté trouble. L'éditeur avait séparé en chapitres distincts les hommes des femmes, et de toute manière les images prises de face ne permettaient aucune ambiguïté ; mais de dos ces petites figures, très blanches sous la lumière artificielle, en venaient à se confondre, ces nuques, ces cuisses et ces fesses auraient à la rigueur pu appartenir à n'importe qui, et je ne voyais pas l'utilité de les avoir divisées ainsi, renvoyant chacune aux limitations de ses organes, comme si seuls des testicules permettaient de lutter et un utérus de servir du thé. Cela me troublait et je refermai le livre avec un sentiment un peu amer, gardant néanmoins la trace du plaisir laissé par la vue de ces formes blanches, vitales, saines et actives, saisies dans toute la richesse de ce que des corps pouvaient contribuer à la vie.

Il faisait frais dans ce loft, presque froid, et sous ma longue robe en lin écru ma peau nue se hérissait. Je me frottai les bras, passai le disque suivant, et ouvris quelques placards à la recherche de nourriture. Il n'y avait pas grand-chose mais je pus néanmoins me composer une délicieuse collation de sardines à l'huile, d'oignon cru, de pain noir et de vin rosé, que je dévorai assise sur le divan en cuir, regardant la lumière rasante du soleil transformer une à une les vitres des immeubles en coulées aveuglantes de métal en fusion. Mon corps picotait de froid, j'achevai vite mon repas et traversai l'étendue du loft pour aller me faire couler un bain très chaud. Je me dévêtis, imitant en quelques mouvements simples les séries si rigoureuses de l'album de photographies, avant de glisser mon corps dans la masse brûlante du liquide, où il vint s'insérer comme un objet de pierre poli dans une boîte doublée de velours. Je fermai les yeux et flottai là, abandonnée à la sensation, l'étendue de ma peau, mis à part le visage qui pétrifié par l'air baigné de vapeur restait déposé à la surface, enveloppée par ce contour chaud qui la massait avec une tendresse infinie, annulant toutes ses intensités en les lissant, les dépliant, les égalisant. Peu à peu je perdais toute spécificité, je n'étais plus que cette peau et les organes tièdes qu'elle contenait comme un condamné cousu dans son sac, grinçant doucement dans le jeu de leur agencement nocturne. On aurait pu venir, soulever mon visage de dessus la surface comme un masque : dessous, il serait resté un ovoïde lisse, aussi indéterminé que le reste de ce corps. Cela dura. Enfin, je fis quelques mouvements, effleurant du bout des doigts mes seins et mon ventre, puis prenant appui sur les bords pour me hisser hors de l'eau dans un ruissellement patient. Je restai ainsi un moment, les pieds encore dans l'eau, avant de les passer l'un après l'autre par-dessus le bord pour les enfoncer dans un petit tapis de bain moelleux. Je me penchai et tirai le bouchon ; tandis que l'eau fuyait en un gargouillement irrégulier, je me couvris le corps d'une serviette mauve, absorbant l'eau et frictionnant la peau pour relancer sous elle le mouvement assoupi du sang. Sèche enfin, j'enfilai un déshabillé blanc en dentelle, ouvert sur le devant, avec des épaules et des bras bouffants, et, les pans élargis voltigeant autour de mes jambes, traversai la largeur du loft vers le lit, un grand matelas posé à même le sol, recouvert d'un très beau tissu aux longues herbes brodées sur une trame dorée, qui occupait tout un angle de la pièce, ouvert au reste de l'espace. Un miroir rond, haut comme un homme et ébréché en plusieurs endroits, était posé contre le mur à côté du lit, et je m'arrêtai de l'autre côté de l'étendue verte et dorée pour y contempler mon apparence disjointe par les fêlures, me retournant pour admirer la chute de la dentelle fleurie sur mes reins. Quand je refis face au miroir, le déshabillé s'ouvrit de lui-même, exposant le petit sexe discret reposant sur des bourses recroquevillées par le froid, enchâssé au centre de courbes richement féminines, marques d'une beauté délicate qui ne manquait jamais de me couper le souffle, et que je n'aurais échangées pour rien au monde. Enfin la fatigue me prit : tournant le dos au miroir, je laissai couler le déshabillé à mes pieds et me faufilai sous l'épais tissu brodé, me blottissant tout contre l'oreiller, genoux remontés sur ma poitrine, repliée en une sorte d'œuf qui se referma sur lui-même, m'enveloppant dans une blanche coquille de sommeil à l'intérieur de laquelle mon corps, masse de matière molle, pulsait lentement, se dissolvant peu à peu dans un sommeil opaque qui le cernait et l'isolait comme la mer cerne une île dont elle ronge patiemment les plages, veillé par les fenêtres muettes des immeubles voisins, par la brise froissant au loin les frondes des palmiers, par la noirceur de la nuit que perçaient de tous côtés les lumières irritées de la ville. Un grand bloc de soleil, tombant par les baies vitrées en travers du couvre-lit, me tira de cet état. J'ouvris les yeux et me redressai : devant moi, épousant les courbes de mon corps, les longues herbes vertes du tissu scintillaient comme si elles étaient couvertes de rosée, dessinant un pré bosselé dans lequel je restai perdue. Je tentai de me souvenir si j'avais fait un rêve, mais il n'y avait rien. Alors je me ressaisis et me levai. Le soleil avait ouvert le loft, repoussant les murs éclatants de blancheur pour former comme une boîte translucide, aérienne, à peine suggérée par la lumière. Enjouée, je me promenai dans cet espace nouvellement formé, rongeant distraitement une pomme verte un peu acidulée et léchant avec allégresse le jus qui coulait sur mes lèvres. Je ne pensais pas : une pure transparence, je laissais la lumière me traverser, faisant de moi une simple diffraction joyeuse de la pièce, un écho visible plutôt que sonore qui au lieu de rebondir sur les parois résonnait entre elles, presque sans bouger. Enfin me prit la fantaisie de sortir. Dans un tiroir, je trouvai un maillot deux pièces vert turquoise, que j'enfilai après avoir fait disparaître ma verge entre mes cuisses, ainsi que des lunettes de soleil assorties et un paréo jaune-ocre à motifs floraux. Je complétai cette tenue estivale par un débardeur, un chapeau de paille, et des espadrilles à talons, puis jetai quelques objets dans un panier, la serviette de bain mauve, de l'huile solaire, un lecteur de musique, un livre pioché au hasard dans une des bibliothèques. Je sortis en verrouillant la porte derrière moi ; le couloir, lui aussi, frémissait de lumière, j'ajustai les lunettes de soleil sur mes yeux avant de laisser l'ascenseur me descendre jusqu'à la rue. Dehors, je me fondis dans la foule bruissant sur les trottoirs, une femme parmi tant d'autres, promenant un désœuvrement insolent fièrement proclamé par sa parure, sa liberté hardie traçant avec aisance un chemin à travers la presse de corps harassés par la chaleur, l'anxiété et le travail, incendiant certains regards, en voilant d'autres, et les ignorant tous. Parvenue à la plage, j'ôtai mes espadrilles et enfonçai voluptueusement mes doigts de pied dans le sable brûlant. À cette heure-là il y avait encore peu de gens, et je m'aventurai entre les corps étendus au soleil jusqu'à un espace dégagé que je m'appropriai en y étendant ma serviette, à mi-chemin entre la ligne droite et grise de la promenade maritime et celle, mobile et frangée d'écume blanche, où la mer venait retourner le sable. J'ôtai la plupart de mes vêtements, y compris le haut du bikini, et, assise en tailleur sur le rectangle mauve de la serviette, me mis paresseusement en devoir d'étaler sur ma peau une fine couche d'huile solaire. Déjà, la chaleur sourde du soleil matinal pressait contre mon visage et mes épaules ; ma peau, sous la caresse de l'huile, se hérissait ; et sans les voir je sentais tout autant pressés contre moi une foule de regards, avides ou curieux, attirés par la beauté de mes formes et par mon impudeur. Me fermant à ces sensations comme une coquille, je plaçai les écouteurs dans mes oreilles et m'allongeai sur la serviette, laissant la musique durcir l'air autour de moi tel un moule qui aurait dessiné en creux l'espace que j'occupais, espace vide de toute pensée où résonnaient seulement les notes gaies et rigoureuses d'un prélude joué au piano. Blottie à l'intérieur de cet espace creux, je vibrais, me déployais sans le moindre mouvement ; la musique s'entrelaçait à mon corps, en explorant les moindres possibilités pour les intensifier, avant d'en susciter de nouvelles ; en retour, le champ neutre que je formais offrait aux intervalles entre les notes la dimension nécessaire pour pleinement développer la folle richesse de leur vide sonore ; ainsi, ils traçaient mes limites tout en les annulant, et moi, je faisais de cette abstraction une chose charnelle, juteuse, vivante, gonflée de sève s'écoulant par la moindre fente. Peu à peu, tout cela coulait vers la mer. Elle aussi venait à ma rencontre : un éclat froid tout contre mes pieds, subit, me fit ouvrir les yeux. Les flots, depuis tout à l'heure, avaient monté, chassant vers la promenade maritime les gens installés plus bas. Un réflexe d'enfance me fit poser mes mains sur mon ventre et un sein : ils étaient aussi chauds que le sable. La musique retentissait toujours dans mes oreilles mais s'était retirée loin de moi, petite, distante ; une autre vaguelette, joueuse, lapait mes talons. J'ôtai enfin les écouteurs, me levai, fourrai mes affaires dans le panier, et allai le déposer plus haut, à une vingtaine de pas. À chaque vague, la ligne ondoyante de l'écume venait lécher l'endroit où je m'étais trouvée, fonçant le sable et le lissant, effaçant toute trace de ma présence, comme si elle n'avait jamais été. Je laissai mes affaires et me dirigeai vers la mer, y entrant sans ralentir, frissonnant de joie au contact froid et visqueux, renouvelé à chaque pas, qui enserrait mes chevilles, mes mollets, mes cuisses. Une petite vague s'abattit sur mes hanches, enrobant mon bassin ; j'écartai les bras, emplis mes poumons d'air, et plongeai. Immédiatement, la ligne de mon corps, exacerbée par l'huile et la morsure du soleil, devint quelque chose de flou, un peu brouillé, opaque et distant, comme si ma peau, au lieu d'opposer une barrière à l'eau, l'épousait jusqu'à s'y confondre. Mais sous cette enveloppe instable, mes muscles jouaient à plein, réjouis et emplis de vitalité ; brasse par brasse, je fendais les flots, me glissant sous les vagues successives, droit vers le large. Au loin, sur les côtés, posés à la surface de la mer, quelques repères me permettaient de m'orienter : une jetée, un phare, de petits voiliers. Mais je les perdis bientôt de vue pour m'enfoncer tout entière dans la limite entre ces deux gris, celui, pâle, bleuté, nettoyé par le soleil, du ciel et celui, plus lourd et métallique, de la mer au sein de laquelle je déployais en vain – mais avec une allégresse immense, souveraine – la totalité de mes forces. Chaque vague qui s'écrasait sur ma tête, plaquant mes cheveux contre mon crâne, était comme la caresse claquante d'un rêve, soulevant en moi une houle de sensations muettes et innommables, aussi pesantes que le sable tranquillement brassé par les remous des bas-fonds. Je ne cessai pas de nager mais il me semblait que je n'avançais plus, ou alors, si j'avançais, c'était en moi-même ; le mouvement de la mer me pliait et me repliait, dépliant ainsi toutes les contradictions de mon corps, les aplanissant et les égalisant comme si elles n'avaient jamais été. Je ne ressentais aucune peur, aucune fatigue, juste une confiance sans bornes : si je devais couler, ce ne serait que pour retrouver ce qui avait toujours été. Ainsi, la mer, me portant, me transformait imperceptiblement, tout en laissant les choses à leur place, intactes, intouchées, mais remises en jeu en de nouveaux rapports, sans cesse modifiés, qui garantissaient un nouvel équilibre tout en ruinant à jamais la possibilité même de l'équilibre, de l'unité, et de la cohérence ; comme dans un désert, où j'aurais erré ravagée par la soif, je titubais en direction d'un mirage qui sans cesse reculait, se jouant de moi, narquois et insolent, sauf qu'ici, le mirage, c'était la plénitude de mon corps et de ses orientations multiples, qui se défaisaient au fur et à mesure que j'avançais. Tout comme le récit que je tente maintenant de cet événement inouï, je faisais eau de toute part ; je fuyais, mais en moi-même, libre à jamais. J'avais cessé de nager et je flottais, tournée maintenant sur le dos, la tête toujours orientée vers le large, le visage ouvert à la promesse du soleil. Les vagues me ballottaient, me portaient comme un nouveau-né débordé par le flux des sensations, vagissant de bonheur et d'angoisse ; or je ne criais pas, au contraire, les choses en moi étaient silencieuses, un lent mouvement sourd, ondulant, où parfois une faille s'ouvrait, me déchirait sur tout mon long, puis se repliait sur elle-même pour me reformer, intacte. Insensiblement, la houle me rapprochait du rivage ; enfin, mes pieds butèrent sur le sable ; une vague retourna mon bassin et je restai couchée là, un bras allongé sous ma tête, le corps étalé sur la rive, mollement remué par le flot, heureuse.

Je ne rentrai à l'appartement que vers la fin de l'après-midi. J'avais déjeuné au bord de la plage, puis lu à l'ombre de la terrasse d'un café, en sirotant une coupe de champagne qui tiédissait au fil des pages. Après, j'avais flâné dans les rues du quartier maritime, entrant dans des boutiques pour essayer une robe, une blouse ou un soutien-gorge avant de ressortir sans rien choisir, ou au contraire achetant directement un vêtement au hasard, sans même me donner la peine d'en vérifier la taille. Lorsque je regagnai enfin l'espace blanc et étrangement rassurant du loft, les vitres des immeubles proches flamboyaient les unes après les autres, annonçant par leur violent éclat orange la venue du crépuscule et de l'obscurité. Je me dévêtis, mêlant avec indifférence mes frusques encore ensablées à mes achats dont je n'ôtai même pas les étiquettes, et, debout dans la baignoire, me douchai longuement, balançant le jet chaud sur ma nuque, mes épaules et ma tête, laissant l'eau ruisseler sur mon visage et ma poitrine ; enfin je me frictionnai, traquant dans mes cheveux courts et les replis de ma peau les derniers grains de sable obstinés. Mes jambes râpaient un peu et je pris le temps de les épiler avec soin, un pied après l'autre calé contre le rebord de la baignoire, faisant de même pour mes aisselles et le bas-ventre, bloquant ma respiration et frissonnant sous la morsure, infime et démultipliée, des poils arrachés. Le miroir et la cloison en verre de la salle de bains étaient tout embués ; je passai la paume de ma main sur la glace, dégageant une large bande où je pouvais contempler les traits de mon visage, à la fois intensément familiers et distants de moi, comme s'ils étaient venus se glisser sous d'autres traits, les miens, pour les déformer subtilement et en modifier imperceptiblement l'architecture, les laissant en l'état tout en bouleversant la moindre ressemblance. À ce sentiment d'étrangeté le maquillage, comme toujours, venait apporter une réponse, et je pris mon temps pour l'appliquer, rehaussant les yeux, les cils, les pommettes avant de terminer par les lèvres, que je roulai l'une contre l'autre en un geste si intimement féminin qu'il diffusa une bouffée de joie nerveuse à travers mon corps. Enfin j'éteignis, plongeant le loft dans une obscurité paisible, à peine éclaircie par les lumières de la ville qui commençaient à s'allumer. Mon corps, détendu, fourmillait de plaisir, je sentais le sang se bousculer dans mes artères, me tirant ici et là, sans but. Sur la table basse près du divan, un nouveau message faisait luire l'écran de mon téléphone portable, mais je ne cherchai pas à le lire. J'errai sur l'étendue du plancher, sans hâte. Près de la porte, je décrochai l'interphone et écoutai : en bas, il n'y avait que le silence. Je m'aventurai jusqu'à la baie vitrée pour regarder ; les fenêtres des immeubles avoisinants, éclairées ou non, étaient vides, je ne voyais personne. Finalement je lus le message, reposant le téléphone sans y répondre. Je retournai à la salle de bains retoucher une dernière fois mon maquillage, puis fouillai dans mes sacs d'achats pour m'habiller, enfilant, par-dessus des sous-vêtements fins et des bas-cuissardes bordés de dentelle, une courte robe noire en tulle brodé, avec quelques bijoux en argent, très simples. J'enfilai aussi une veste en cuir d'homme, carrée aux épaules et qui découvrait les fesses, et une paire de bottines en cuir. Attrapant au passage un petit sac dans lequel je fourrai toutes mes affaires, je me dirigeai vers la porte. Sur un tableau, juste à côté de l'interphone, pendaient plusieurs jeux de clefs : j'en empochai un, laissant là celui de la voi-

ture, ouvris et sortis. L'ascenseur m'emporta silencieusement vers le garage. Non loin du cabriolet se trouvait un
scooter noir assez puissant. Je tirai du top-case un casque
intégral et le mis, après avoir enfoncé dans mes oreilles les
petits boutons de mes écouteurs ; jouant avec les com-
mandes du lecteur, je sélectionnai une cantate baroque,
puis le calai au fond de la poche de la veste en cuir. Le
scooter démarra sur une simple pression du commutateur
et je glissai hors du garage, accélérant et posant mes bottines sur le plancher avant de virer dans une longue avenue
bordée de palmiers aux troncs élancés et de filer dans la
nuit. Bien calée sur la selle en cuir couleur tabac, les
couches de sons étagées de la musique résonnant dans le
casque fermé, je me laissai porter par les pulsations du
rythme, tournant un peu au hasard des avenues que je
croisais. Je rejoignis enfin une rocade et accélérai sur la
rampe, glissant ma main dans ma poche pour augmenter
le volume de la musique, puis coulant le scooter dans le
flux de la circulation, dérivant au gré de mon envie, libre
et saoulée de mouvement. Ma veste en cuir était bien san-
glée sur mon torse, mais le vent tiède caressait mes jambes
gainées de soie et se faufilait dans le bas de ma robe, chatouillant la peau de mes cuisses ; les voitures que je doublais reculaient à toute vitesse dans mes rétroviseurs, les
sorties, brillamment éclairées, fulguraient dans le coin de
mon œil, je me guidais sur les bandes blanches en oscillant,
portée par la joie légère de la vitesse. Enfin je quittai la
bretelle et me dirigeai vers les collines. Les boulevards,
larges et droits, se resserrèrent puis se transformèrent en
routes mal éclairées qui grimpaient en serpentant dans les
canyons, bifurquant ou bien se rabattant sur elles-mêmes,
en des tracés sinueux certains de désorienter tout nouveau
venu. Je mis un certain temps à trouver la rue que je cher-

chais mais je m'en moquais, j'étais heureuse de cette reconnaissance, rien ne me pressait. Enfin je localisai l'adresse que l'on m'avait fournie. Sans descendre du scooter, je coupai la musique, remontai la visière du casque et sonnai à un interphone surmonté d'un petit objectif rond. Personne ne répondit et je fixai l'objectif, contemplant le reflet déformé et luisant de mon casque dans la lentille convexe. Quelqu'un d'autre, devant un écran, me contemplait-il aussi, en silence ? Avec un sursaut, le portail en métal s'ouvrit vers l'intérieur, et je m'engageai sur une allée pavée qui montait en courbe à travers un jardin dessiné avec un goût extravagant, éclairé par des flambeaux électriques fichés à intervalles réguliers dans le gazon. Je garai le scooter dans un pan de lumière déposé sur l'étendue de gravier au pied de la maison, rangeai le casque, ôtai les oreillettes et entrai. Quelques pas plus loin m'attendait une belle femme orgueilleuse au physique pulpeux, une grosse paire d'écouteurs autour du cou. « Tu es en retard, murmura-t-elle sur un léger ton de reproche. On a dû commencer sans toi. » Elle agitait devant moi un paquet de feuilles imprimées ; je me penchai et effleurai des lèvres son épaule dénudée, le nez dans ses longues boucles aux reflets roux, inspirant leur riche odeur d'ambre, presque musquée. « Pardonne-moi. J'ai eu du mal à trouver. » — « Ce n'est pas grave. Viens. » Je la suivis dans un couloir qui débouchait, au fond de la maison, sur un grand jardin en pente, où des bosquets de palmiers, de ficus et de bougainvillées se perdaient dans la pénombre au-delà d'une vaste pelouse dont l'herbe, très verte, reflétait les lumières à l'étage. Un escalier de pierre longeait la façade et mon amie le gravit en faisant claquer ses hauts talons, balançant ses hanches devant mon visage. L'escalier débouchait sur une piscine vivement illuminée par des lampes serties au fond, ses eaux vert émeraude découpant un rectangle de lumière dans l'obscurité de la terrasse. Je ris de plaisir en découvrant le spectacle qu'elle offrait : un homme et une femme, nus, faisaient l'amour sous la surface, filmés par un plongeur en combinaison rouge équipé de bouteilles et d'une caméra sous-marine. Un autre opérateur, un homme plus âgé en t-shirt noir, flanqué d'une fille tatouée aux cheveux rasés sur les côtés qui brandissait une perche à micro, filmait depuis le bord ; au-delà, une grande baie vitrée ouvrait sur un salon où s'affairaient plusieurs techniciens, déroulant des câbles électriques et disposant autour des meubles des projecteurs et des diffuseurs. D'un geste, mon amie m'indiqua le côté du bassin où mon ombre ne traverserait pas le plan ; riant toujours sous cape, je fis quelques pas en direction du bord et regardai. Les longs cheveux roux de la fille ondulaient autour de sa tête comme l'ombrelle d'une méduse, terminant un beau corps souple, très blanc dans l'eau opaline ; des petits filets de bulles s'échappaient entre ses lèvres, et elle agitait lentement les bras et les mains, s'en servant comme de gouvernails pour maintenir sa position. L'homme la prenait par-derrière, l'appuyant presque contre le fond ; un tatouage inachevé barrait sa poitrine, un œil grand ouvert d'où rayonnait une couronne de cils. Après quelques instants la fille se détacha de lui et se propulsa d'un rapide coup de pied vers la surface ; son visage émergea, cheveux plaqués sur son crâne, bouche grande ouverte pour inspirer l'air ; puis elle replongea et revint se lover contre le corps de l'homme, face à lui cette fois, jambes nouées autour de sa taille, ses longues mèches couleur rouille dansant autour de son visage et de ses épaules. La beauté du spectacle me coupait le souffle et je restai là figée, incapable d'en détacher mes yeux. Une main m'effleura le coude et je me retournai : une jeune femme brune, souriante, ses cheveux tressés en une épaisse natte, les seins nus sous un fin pull rouge très vif dans la pénombre, me tendait un verre empli d'un liquide clair et pétillant. Je la remerciai d'un sourire muet et bus une gorgée avant de me tourner de nouveau vers la piscine, le goût amer du gin-tonic sur la langue. La fille rousse venait de plonger encore une fois, tête la première, pour prendre la verge de l'homme dans sa bouche, une main posée sur ses testicules et l'autre sur sa hanche, ses cheveux balayant le tatouage inachevé avant de se refermer comme une corolle autour de sa tête ; ses fesses, tournées vers moi maintenant, oscillaient dans les eaux vert pâle, une jolie double masse blanche sur laquelle jouaient les reflets. Enfin le sperme de l'homme s'échappa, en petits filaments blanchâtres qui se dispersèrent dans les remous ou vinrent se coller contre sa peau ; la fille, lâchant la verge, remonta se laisser flotter un moment sur le dos, sa chevelure rousse déployée en nimbe autour de sa tête, ses seins laiteux et les arêtes de ses membres affleurant juste à la surface verdâtre. L'homme aussi était remonté et s'ébrouait bruyamment en se passant les doigts dans les cheveux. « Coupez ! » retentit la voix de mon amie. Elle se tenait tout près de moi, sa main posée dans le creux de mon dos, sa forte odeur ambrée envahissante. « Je ne sais pas si je pourrais faire ça », ris-je avec gaieté en buvant une autre gorgée du gin-tonic, contemplant le plongeur qui se hissait hors de l'eau, empêtré dans ses palmes et son harnachement. — « Mais on ne te le demande pas, ma chérie », me susurra-t-elle à l'oreille sur un ton ironique, moqueur. « On a autre chose de prévu. » De la main qui tenait le verre, je désignai l'homme nu qui suivait le plongeur, l'eau ruisselant sur sa peau bronzée, faisant briller le tatouage : « Avec lui ? » demandai-je en contemplant joyeusement ses épaules puissantes, sa belle nuque, ses fesses nerveuses. La main de mon amie glissa sur mon dos : « Entre autres. »

Dans le salon, les techniciens achevaient de disposer les lampes et les diffuseurs. Le chef opérateur, qui nous avait suivies, discutait avec l'un d'eux, agitant sa main vers le matériel ; son interlocuteur, un homme à la peau burinée et bronzée, ses longs cheveux gris filandreux tirés en arrière pour former une petite queue, hochait la tête ; les deux, discutant ainsi, ressemblaient à des ouvriers approchant la retraite, durant une pause à l'usine. Mon amie m'avait passé quelques-uns des feuillets qu'elle tenait toujours en main, et je finis mon gin-tonic tandis qu'elle m'expliquait la scène. Sur le côté, un homme moustachu, nu avec des grandes ailes aux plumes blanches fixées dans son dos, se tenait les deux mains serrées entre ses genoux tout au bord d'un divan saphir, les yeux perdus dans le vide. Une baie vitrée coulissa et un jeune homme à casquette entra à reculons, déroulant un câble électrique ; la fille rousse, toujours nue, les cheveux empaquetés dans une serviette couleur menthe roulée en turban, était venue se jeter au fond d'un autre canapé et dévorait un morceau de pizza pioché dans un des cartons empilés sur une table basse ; le plongeur, quant à lui, remballait son matériel et s'apprêtait à partir. Une femme vieillissante, aux cheveux décolorés, son visage fané trop maquillé, nous avait rejointes et m'entraînait vers une chambre au fond de la maison, où vêtements et accessoires les plus divers emplissaient des penderies et s'entassaient sur le lit. « La salle de bains est par là », m'indiqua-t-elle en se penchant sur le lit pour fouiller parmi les costumes ; le devant de sa tunique bâillait, révélant une guirlande de fleurs de couleurs vives tatouée en travers de ses lourds seins tombants. « On choisira quelque chose quand tu ressortiras. Ne traîne pas trop, ils sont presque prêts. » Je refermai la porte derrière moi en ôtant mes bottines, glissant dans mes bas de soie jusqu'au grand miroir rond fixé au-dessus de la vasque en marbre noir. J'allumai le cercle de néon placé autour du miroir et m'appuyai sur les mains pour contempler mon visage : malgré la fatigue qui tirait mes traits, je me trouvais belle, et l'idée d'exposer cette beauté comme j'allais le faire me réjouissait. Dans la glace, deux ronds de lumière blanche encerclaient mes pupilles, reflet démultiplié du néon, renvoyé entre le miroir et mes yeux. Rapidement, je me déshabillai et ôtai mes bijoux, soupesant mes beaux seins et me retournant pour contempler par-dessus mon épaule les longues fesses prolongeant la courbe de mes reins. Puis je me douchai et refis mon maquillage avec soin, peignant mes paupières au fard satiné dans un dégradé allant de l'écrevisse à l'ambre et rehaussant mes pommettes de rouge. L'habilleuse, lorsque je ressortis, détailla mon corps d'un regard appréciatif : « Tu es bien jolie, dis-moi. » Je cambrai la hanche avec un sourire de contentement tandis qu'elle levait devant elle un corset en jacquard bourgogne et noir : « On commence avec ça ? » Comme deux petites filles surexcitées, nous fouillions dans les masses de costumes en pouffant de rire, exhibant nos trouvailles avant d'en rejeter la plupart ; le corset, fortement lacé dans mon dos, me comprimait la taille et me coupait un peu le souffle ; mes seins, libres au-dessus des baleines, se balançaient devant les penderies. Je me retrouvai avec une gaine qui bloquait ma verge vers le bas, de hautes cuissardes en vinyle avec des talons extravagants, un fin chemisier fraise pour masquer ma poitrine, et une perruque noire, coupée au carré juste sous les oreilles. Pour finir, la femme me passa au cou un lourd collier doré avec un papillon ouvragé, dont les ailes se déployaient entre mes seins. À sa demande, je me tournai dans un sens et dans l'autre, campant des poses outrées sur mes talons ; satisfaite, elle me renvoya au salon d'une claque amicale sur la fesse. Le premier plan se tournait en extérieur, devant l'entrée principale de la maison : comme le détaillait le scénario, je devais mener par la main l'acteur tatoué, vêtu maintenant d'un jeans et d'une veste en daim à franges, jusqu'à la porte, contre laquelle il me retournait pour un baiser passionné. Sa barbichette râpait un peu, mais je fermai les yeux et me laissai aller à ses lèvres gourmandes, savourant son haleine de bière et de réglisse, les deux mains sur sa nuque, jouant avec ses cheveux bouclés. Lui me parcourait le corps avec des gestes impatients, ses doigts déboutonnaient mon chemisier et malaxaient mes seins entre lesquels rebondissait le papillon doré ; juste à côté de lui, le chef opérateur se penchait en arrière, redressant sa caméra pour un gros plan sur ma poitrine. La scène suivante se situait au salon, où la jeune femme au pull rouge, qui avait tout débarrassé, achevait d'allumer des bougies disposées ici et là. Je me fis servir un autre gin-tonic puis pris place pour le plan : au son d'une musique industrielle hypnotique et pulsée, je me mis à danser face au bel acteur musclé, lui ôtant sa veste puis laissant tomber mon chemisier à ses pieds pour venir frotter mes mamelons contre son tatouage, bras levés au-dessus de ma tête, les glaçons tintant dans mon verre. Le grotesque de la scène m'enchantait et je devais me retenir de rire : avec mes talons je le dominais de plusieurs centimètres, ses yeux se trouvaient au niveau de ma bouche et s'il se penchait mes seins cognaient presque son menton. Mais son corps puissant me faisait bien envie, je lui glissai une main dans le dos et me serrai contre lui, exagérant le soupir qui m'échappait pour qu'il soit audible. Mon amie me demanda de m'accroupir, en appui sur mes talons, cuisses serrées dans la gaine, et de boire en pressant mon verre contre sa braguette, avant de la défaire. En dessous du jeans il ne portait rien et sa verge se libéra lourdement, venant battre contre mon nez tandis que l'objectif de la caméra flottait là, à peine en retrait. J'arrondis les lèvres et pris le membre dans ma bouche, faisant remonter de la salive que je laissai s'écouler sur mon menton et ma poitrine, les yeux braqués vers la lentille de l'objectif où je discernais clairement mon propre reflet. Puis, faisant aller et venir la peau veloutée de la queue entre mes lèvres, je levai les yeux vers la poitrine de mon partenaire, fixant l'œil unique gravé là et qui ne cillait jamais, insondable, aveugle. La perche à micro vint flotter dans mon champ de vision et je la suivis des yeux : la fille tatouée aux cheveux en crête, casque vissé sur les oreilles, la braquait des deux mains au-dessus de sa tête et m'observait avec un sourire complice, me décochant un clin d'œil lorsqu'elle remarqua mon regard. Un « Coupez ! » sec et un peu agacé vint mettre fin à la scène qui s'éternisait. Mon amie me fit ôter la gaine, et me positionna à genoux sur un divan, avec l'acteur accroupi derrière moi, main sur mes fesses. Je fermai les yeux et m'abandonnai à la sensation, si agréable, de sa langue me fouillant les muqueuses et de la barbichette chatouillant la peau sensible de la raie ; un moment, j'en oubliai même la caméra, mais je sentais toujours peser sur moi un regard et j'ouvris de nouveau les yeux pour rencontrer ceux de la perchiste ; ils pétillaient, à mi-chemin entre l'ironie et l'envie, et elle souriait encore ; son micro pendait juste au-dessus de ma tête, et sans la lâcher des yeux j'intensifiai mon halètement, le faisant siffler entre mes lèvres de plus en plus fort à mesure que son sourire s'élargissait. Tout à coup, un téléphone se mit à sonner. « Mais coupez-moi ça ! » aboyai-je, exaspérée par l'interruption. — « On ne peut pas », intervint l'habilleuse, appuyée bras croisés contre le mur du couloir au-delà de la porte ouverte du salon. « C'est le téléphone de la maison. » — « Eh bien va répondre ! » lui ordonna mon amie d'un ton courroucé. La femme s'arracha du mur et disparut ; en attendant son retour je me recroquevillai sur le divan, jambes repliées sous moi, parcourant du bout des ongles le tracé inachevé du tatouage ornant la poitrine de mon partenaire. Le téléphone cessa de sonner et on entendit une voix de femme, peu distincte, prononcer quelques mots. L'acteur me souriait et des yeux m'indiqua sa verge, qui commençait à débander ; j'y posai la main et la caressai amicalement, faisant glisser la peau sur le gland et passant les doigts sous les bourses. L'habilleuse était revenue et se campa mains sur les hanches au seuil de la porte : « C'était une voisine. Elle se plaignait de délestages. La compagnie électrique lui a dit que les pics de tension venaient d'ici. » — « Ça doit être les spots », grogna le chef électro, secouant sa queue-de-cheval. « Ils tirent beaucoup, et l'installation électrique ici est ancienne. » — « Tu crois que les plombs vont sauter ? » demanda mon amie, inquiète. — « J'espère que non. Je vais en couper un, on fera avec les autres. » Tandis qu'il repositionnait ses projecteurs, la jeune femme au pull rouge me rendit mon gin-tonic, et je le bus en quelques gorgées, sans lâcher la verge de l'acteur tatoué qui s'était durcie sous mes doigts et pressait contre ma paume. Une envie brûlante d'en être pénétrée me crispa subitement ; mais le scénario prévoyait d'autres épisodes, et il fallait en passer par là. Mon amie repositionna l'acteur avec son nez entre mes fesses ; puis on entendait sonner, et nous dûmes jouer toute une scène où, encore à moitié nus, nous accueillions avec surprise l'acteur moustachu et la fille rousse qui se dévêtaient promptement pour se joindre à nous. Je me retrouvai ainsi à mon tour à quatre pattes devant le cuir saphir du divan, la tête entre les jambes très blanches de la fille rousse, roulant dans ma bouche les épaisses lèvres glabres de sa vulve comme un gros fruit savoureux, un abricot à la peau très douce et à la chair onctueuse qui se fendait sous mes coups de langue pour exposer son noyau, tout dur et dressé. La fille avait gardé une touffe de poils sur son mont de Vénus et ils frisottaient juste devant mes yeux, aussi roux que ses cheveux et étonnamment beaux sur l'étendue pâle, bleutée par les veines, de la peau. Une violente odeur émanait du sexe et je lui enviais un peu cet organe si étrange, capable de tant de profondeur et de tant d'abandon ; en même temps, je ne l'aurais pour rien au monde échangé contre mes formes si versatiles, offertes ainsi dans toute leur ambiguïté aux mains et aux bouches décidées des deux autres acteurs, au regard fixe et impassible de la caméra.

La fille rousse, maintenant, ligotait l'acteur à moustache. Nous avions changé de pièce et les techniciens achevaient de placer leurs spots et leurs diffuseurs. C'était un deuxième salon, avec une longue vitre donnant sur les lumières de la ville, et pour unique meuble une sorte de grande couche ou de divan sans dossier en skaï doré, décoré d'un motif de longues herbes vertes. Agenouillé sur ce divan, l'acteur bandait ses muscles contre les liens qui l'enserraient ; les cordes, violettes, formaient un contraste séduisant avec sa peau très pâle, recouverte de poils. J'admirai un moment le travail patient, presque affectueux de la fille, elle formait chaque nœud avec un soin extrême, lissant les cordes de la main ou passant les doigts en dessous pour s'assurer qu'elles étaient bien plates. La preneuse de son, qui avait déposé sa perche, s'était approchée d'elle et lui prodiguait des conseils, lui suggérant de nouer une des cordes autour de la base des organes de l'homme ; l'énorme verge, ainsi enserrée, prenait l'apparence d'un jouet artificiel fixé au corps, détachable à tout moment. Près du moniteur, placé sur une petite table, mon amie prenait de la cocaïne dans un plateau argenté que lui tendait la fille porte-serviette, la brune au pull rouge. J'attrapai le regard de cette dernière et elle se dirigea vers moi, le plateau tendu devant elle comme un serveur de restaurant ; me saisissant de la paille en verre posée là, je me penchai et inspirai par le nez plusieurs lignes de poudre blanche, me délectant du frémissement nerveux qui traversait mon corps et le cambra, lorsque je me redressai, sur mes longues jambes tendues par les talons des cuissardes. Mon amie me gratifia d'un coup d'œil admiratif et donna quelques instructions : le chef opérateur épaula sa caméra, la preneuse de son hissa sa perche, la fille rousse, délaissant l'homme ligoté sur l'étendue de skaï vert et or, achevait de boucler autour de ses reins un harnais de cuir noir muni d'un épais phallus pioché dans une grande boîte en plastique emplie de gel, de préservatifs et de jouets ; l'objectif déjà braqué sur moi, je m'avançai majestueusement vers le divan, balançant mes hanches avec cérémonie sur mes talons qui s'enfonçaient dans la moquette blanc d'œuf. Alors les figures, déployées sur les herbes vertes du divan, commencèrent à s'enchaîner, maintenues le temps d'un plan avant d'être défaites puis redistribuées sous la direction de mon amie, qui aboyait parfois un ordre bref, « Tourne la tête, relève ta jambe gauche, redresse-toi, ralentis », tandis que l'opérateur, guidé par les gestes de sa main, se déplaçait pour recomposer le cadre qu'elle souhaitait. Au signal, nos positions changeaient, un autre vêtement tombait, je me retrouvais ainsi tour à tour dessus ou dessous, de face ou de dos, suçant ou sucée par l'un des trois autres, mes yeux brillant de cocaïne et d'excitation reflétés dans l'œil convexe de l'objectif lorsqu'il se dirigeait droit vers mon visage ébloui ; entre chaque prise, la fille au pull rouge s'avançait avec des lingettes, essuyant une cuisse, une fesse, ou des plantes de pieds trop vite noircies. Face à moi, maintenant, la fille rousse, debout, forçait à grands coups le cul de l'homme attaché, ses longs cheveux balayant le dos étalé devant elle, sa peau, sous les spots, rendue encore plus blanche par le contraste du cuir noir du harnais. J'en profitai pour promener mes mains sur la tête de l'homme et sur son corps, savourant le frottement des cordes, tendues sous la pulpe de mes doigts. Sa peau trop rose et poilue était parsemée de boutons, rouges et vilains, mais je n'en ressentais aucun dégoût, au contraire, cela rehaussait étrangement sa beauté un peu louche ; prise d'enthousiasme, je lui redressai le menton et me penchai pour l'embrasser, roulant ma langue entre ses dents tandis que les mains de l'acteur tatoué, appuyant avec fermeté sur mon épaule et mes reins, me poussaient à mon tour à genoux sur le motif vert et doré du divan, ouvrant la voie, enfin, à sa belle queue lubrifiée que je guidai vers mon cul, le roulant un peu, avec un grand soupir, pour m'ouvrir tout à fait et me remplir de lui, savourant en gloussant de joie la puissance que me donnaient les possibilités illimitées de mon corps. Je levai les yeux : de l'autre côté de la pièce, le moniteur, que scrutait attentivement mon amie, était tourné dans ma direction ; la caméra, je le compris sans peine, était positionnée juste derrière moi, et c'était mon cul bombé et mobile que je distinguais sur l'écran, alternativement couvert et découvert, en de longs mouvements réguliers, par celui, plus musclé et planté sur d'épaisses cuisses velues qui encadraient la masse sombre de nos organes, de mon partenaire. Cet étrange assemblage mouvant de chair, ordonné sur l'étendue dorée du skaï, au milieu d'herbes imprimées presque vidées de couleur par la lueur bleutée du moniteur, formait, je le comprenais enfin en le détaillant, un agencement à la fois fluide et spécifiquement conçu, au final, pour diffuser encore plus de plaisir au fond des yeux de ceux qui le contempleraient sur leurs écrans, partout et en tous temps, qu'à travers les peaux et les nerfs qu'il mettait physiquement en jeu, ici et maintenant.

Tout le monde, comme il se devait, avait éjaculé, les deux hommes en longues giclées sur les yeux maquillés, les lèvres et la poitrine de la fille rousse, moi, à mon tour, sur leurs corps couverts d'une fine pellicule de sueur, me branlant au-dessus de leurs verges ramollies pendant que la fille, plaquée contre mon dos, me caressait les seins. Déjà la jeune femme au pull rouge s'avançait avec un paquet de lingettes, la rousse, reculant, s'essuyait le visage tandis qu'un peu plus loin la preneuse de son repliait sa perche et les deux techniciens commençaient à démonter les projecteurs. Je me dirigeai vers la cuisine où je retrouvai l'habilleuse, attablée cigarette à la main devant la pile de cartons de pizza, rapportés depuis le salon. « Café ? » fit-elle sobrement en me voyant. Je fis un signe de la tête et alors qu'elle se levait pour me le verser ouvris un des cartons ; mais les pizzas étaient froides et je n'avais pas le courage d'en réchauffer une, je m'assis, fesses nues sur une chaise en plastique, pour boire avec gratitude le café que m'offrait la femme, un sourire amical sur son visage fané. L'effet de la cocaïne était retombé depuis un moment et je me sentais lourde, prise de fatigue, mais en même temps tout à fait heureuse. Mon amie nous rejoignit et posa sa main sur mon épaule, me retirant la perruque noire et ébouriffant mes courts cheveux blonds. « On va sortir danser, après, avec les filles. Tu viens avec nous ? » J'achevai mon café et me dirigeai vers la chambre où je m'assis pesamment sur le rebord du lit pour défaire les fermetures éclair des cuissardes puis retirer les bas. Je me douchai à la hâte, nuque baissée sous le jet brûlant ; un instant, je songeai à courir me plonger dans la piscine, mais il n'était plus temps ; alors je me séchai, me remaquillai et revins dans la chambre. Je n'avais pas envie de remettre ma robe, et je retournai les vêtements sur le lit à la recherche de quelque chose qui me plairait ; mon œil s'alluma lorsque je vis un petit short en jeans, et plus loin une paire de collants noirs pour aller avec, brodés sur tout le long avec des motifs floraux. Je pris aussi un chemisier blanc à moitié transparent et m'habillai, gardant mes propres dessous et mes bottines, et fourrant la robe dans mon sac avant d'enfiler le blouson en cuir par-dessus le chemisier, que je nouai à la taille. Dans le salon, tout était presque rangé, l'assistant du chef électro roulait encore des câbles ; la perchiste me cueillit avec un bras autour de la taille et, m'embrassant sur les lèvres, me tira vers l'entrée : « Tout le monde est prêt, on n'attend plus que toi ! » Devant la maison, mon amie faisait ronronner le moteur de sa voiture de sport décapotable, qui baignait, jaune citron, dans la lumière versée par la vitre à l'étage ; laissant là le scooter, que je pourrais toujours récupérer plus tard, je m'y entassai en compagnie des autres filles, me retrouvant coincée à l'arrière entre la perchiste et l'actrice rousse, éclatant de rire avec elles au moment où mon amie démarrait sur les chapeaux de roue tout en lançant à plein volume une musique punk, violente et furieuse. Nous filâmes ainsi à travers la ville, beuglant à tue-tête, comme des gamines, les paroles des chansons, nos corps projetés les uns contre les autres au gré des virages que la voiture prenait quasiment sans ralentir. Les rues défilaient comme de longs couloirs de lumière, phares, réverbères, néons, enseignes, vitrines de restaurants et de cafés, panneaux d'affichages criards, entourés de spots. Les passants semblaient des poupées, figés et perdus au milieu de cet univers joyeux de machines, de béton et d'électricité. Enfin mon amie vint se garer dans un grand parking entouré de grillage et nous nous déversâmes de la voiture. La jeune preneuse de son m'avait saisie par la taille, et elle ne me lâcha pas tandis que nous nous dirigions vers l'entrée de la boîte ; trop gaie pour protester, je la laissai faire, frottant amicalement la crête de cheveux décorant le sommet de son crâne, qui dépassait à peine mon épaule. À l'intérieur, tout n'était que bruit et lumière, rythme assourdissant de la techno déversée par d'imposantes colonnes de baffles, pulsations colorées des spots et des lasers subitement hachés par le déchaînement des stroboscopes ou disparaissant au contraire en faveur de lumières noires qui ne laissaient plus apercevoir qu'une nuée de taches violettes, vêtements blancs, blanc des yeux, et le flottement des pellicules poudrant les épaules de certains. Mon amie m'avait prise par la main et, me séparant enfin de la jeune femme, m'entraîna vers le bar où elle m'offrit un shot de tequila ; le seul moyen de parler était de crier directement à l'oreille de l'autre et elle se pencha vers la mienne en indiquant du menton la preneuse de son, qui dansait déjà en compagnie de l'actrice rousse et de l'habilleuse : « Elle, tu lui as tapé dans l'œil. » — « Peut-être bien, rétorquai-je en haussant les épaules. Mais je préfère ceux-là », ajoutai-je en désignant le long aquarium encastré dans le mur derrière le bar, où deux garçons nus, leurs corps enroulés dans des voiles translucides, nageaient l'un autour de l'autre en un ballet aquatique d'une lenteur presque hiératique. L'eau, éclairée par des lampes cachées au fond du bassin, jetait une lueur bleuâtre sur le bar et les gens qui s'y pressaient, sur les bouteilles alignées au fond, les épaules des barmans, nos propres visages. Au-delà de l'aquarium se trouvaient quelques tables rondes encerclées de divans en cuir, occupées par des VIP exhibant avec ostentation, à grand renfort de gestes, de cris, et de bouteilles de champagne, leur liesse magnifiée par les regards envieux appuyés sur eux. Une table seulement se distinguait des autres : elle était occupée par des hommes aux visages fermés, accompagnés de deux filles en minijupe, des prostituées sans doute ; au milieu, et comme isolé des autres, un beau gosse en costume blanc, avec un bouc soigneusement taillé et des cheveux gominés lissés en arrière, buvait pensivement un cocktail. C'était à l'évidence le meneur du groupe, une bande de criminels ou de trafiquants comme il y en avait tant ici. Un instant, nos regards se croisèrent, et il fit un geste imperceptible avec son verre ; mais le temps que je lève le mien, ses yeux s'étaient de nouveau tournés en eux-mêmes, contemplant quelque chose d'invisible aux autres. J'achevai mon verre et entraînai mon amie vers la piste de danse où j'abandonnai mon corps au rythme de la basse, tellement profonde qu'elle faisait résonner les organes à l'intérieur du corps. Je dansai longtemps, oubliant ce qui m'entourait, ouvrant seulement parfois les yeux pour saisir une vision fugace du visage luisant de sueur d'une de mes compagnes, ou, plus loin, la torsion gracieuse du corps nu d'un des danseurs dans l'aquarium. Enfin une envie d'uriner me fit quitter la piste et je me dirigeai vers les toilettes. Dans le couloir, sombre, traversé de gens, la jeune preneuse de son me rattrapa et me poussa contre le mur, me saisissant les deux poignets et tendant sa tête pour presser ses lèvres sur les miennes. Je les laissai s'entrouvrir et sa petite langue mobile se faufila entre elles, je lui rendis un moment son baiser, amusée mais aussi un peu triste, avant de la repousser doucement. « Je suis désolée », murmurai-je avec un petit sourire, si bas qu'elle ne dut pas m'entendre, caressant de la main son visage dépité. Puis je la laissai là et entrai dans les toilettes des filles m'enfermer dans une cabine où je restai assise un long moment après avoir fini de pisser. Lorsque je ressortis des toilettes je me retrouvai nez à nez avec le beau gangster en costume blanc, qui me bloqua le passage tout en me regardant droit dans les yeux ; avec mes talons je faisais une demi-tête de plus que lui, et son visage était levé vers le mien, comme celui de la preneuse de son quelques instants plus tôt. « Je t'ai vue au bar » furent ses seuls mots, comme si tout découlait d'une évidence simple. Prise de nervosité, je sentis mes cuisses mollir. Ses yeux, très sombres, restaient rivés aux miens, mais il ne bougeait pas ; du bout des doigts, je lui effleurai la poitrine : sous son t-shirt, ses muscles étaient incroyablement noueux, comme des racines courant sous la peau. J'hésitai, puis, la gorge serrée, lui pris la main et la posai entre mes cuisses, sur la bosse. Il ne cilla même pas : « Je m'en fous. Viens. » Il m'entraîna vers les toilettes des hommes, plus loin au fond, où il s'enferma avec moi dans une cabine puant la pisse, aux parois couvertes de graffitis. De la poche de sa veste, il tira un long joint roulé en cône, que je fichai entre mes lèvres avant de me pencher vers la flamme du briquet doré qu'il me présentait. Le joint grésilla, j'aspirai fortement la fumée, écartant les lèvres pour la mêler d'air froid et la retenant un moment bloquée dans mes poumons avant de l'exhaler en panache vers le plafond. Je lui rendis le joint et il m'imita tandis que je m'appuyais contre la cloison de la cabine, le corps bourdonnant. Il me repassa le joint et nous l'achevâmes ainsi, d'une bouche à l'autre, tranquillement. Lorsque la braise lui brûla le bout des doigts il jeta ce qui restait dans la cuvette et déboutonna avec une grande simplicité son pantalon. Je m'accroupis sur mes talons devant lui, écartai les pans de tissu et achevai son geste pour tirer son sexe, déjà dressé, court mais très épais, de son slip. Avant même que je le prenne entre mes lèvres je savais que je l'aimais, d'un amour sans raison, sans excuses et sans limites. La queue fondit dans ma bouche, je me poussai tout contre son ventre en un baiser insensé et enfouis mon nez dans son pubis, emplissant mon visage de ses odeurs de poivre, de sueur et de peau, repoussant aussi son t-shirt pour tracer des doigts le contour bleu des lettres gothiques dessinant, comme une arche sur son abdomen, un mot ou un nom que je ne pouvais pas déchiffrer. Sa main caressait délicatement mes cheveux blonds et ma nuque et il murmurait des paroles que je n'entendais pas. Enfin il me prit par le haut des bras et me releva, me tournant vers le mur au fond de la cabine. Le désir et l'herbe faisaient trembler mes membres, j'avais tellement envie de lui que j'avais l'impression que mes entrailles se défaisaient, j'écartai les jambes par-dessus la cuvette et repoussai mon short et mes collants sur mes cuisses, tendant mes fesses vers lui, genoux légèrement fléchis. Je l'entendis cracher, ses doigts lisses de salive vinrent masser mon anus, puis il se poussa contre moi et força lentement son chemin, une main sur un de mes seins et l'autre sur mon épaule, me prenant tout entière avec des gestes dont la brutalité apparente ne faisait que masquer une immense douceur. Éperdue, je tournai le visage, attrapai sa tête, et l'attirai vers moi pour lui mordre les lèvres. Il rit et m'imprima une grande claque sur les fesses : « T'es vraiment

311

pas mal, toi. » Une partie de moi notait encore les détails qui m'entouraient, la cuvette immonde ouverte entre mes jambes, les odeurs de pisse et de vomi, le mur graisseux contre lequel je m'appuyais d'une main, le crissement du pantalon blanc contre mes collants, le battement des pans de sa veste sur mes hanches ; mais le reste sombrait dans un puits sans fond, démesurément empli de lui et de sa force, je perdais pied et chutais, et pour rien au monde n'aurais voulu me rattraper.

Dans la grande salle, c'était la même musique répétitive, avec ses transitions abruptes et ses plateaux rythmiques, les mêmes lumières presque angoissantes, les mêmes gestes frénétiques et saccadés des danseurs ; pourtant, quelque chose avait changé. Je dansais avec mon nouvel amant, un bras suspendu à son cou tandis que ses mains se promenaient sur mes hanches et que son bassin, une érection gonflant encore le tissu du pantalon, se pressait contre le mien. À un moment, j'aperçus entre les têtes des danseurs mon amie, bras levés, dos contre un grand homme noir ; elle remarqua mon regard et m'adressa un petit signe ; pour toute réponse, je pris entre mes paumes la tête de mon homme et l'embrassai avidement. Quant aux autres femmes, je les avais déjà oubliées. Mon amant, enfin, me ramena à sa table, je n'entendis pas les noms de ses compagnons lorsqu'il me les présenta mais cela n'avait pas d'importance, je buvais et fumais avec lui de l'herbe, de temps en temps il me laissait lui embrasser le cou, me malaxant la cuisse en retour, sous la table. La nuit passait et j'avais de nouveau terriblement envie de lui, mais il préférait boire et danser, et j'étais heureuse de lui faire plaisir en buvant et en dansant avec lui. À un moment, à la sortie de la piste, un homme nous aborda et ils se saluèrent. Le type, qui portait une chemise en soie, un pantalon trop serré et des bijoux en or, était tout à fait ivre, ses yeux se brouillaient lorsqu'il me dévisageait, il riait si fort que je l'entendais par-dessus la musique. Mon amant, lui, souriait, un sourire de masque qui ne me laissait pas lire ce qu'il y avait en dessous. De nouveau, l'homme me détaillait, promenant son regard torve sur mon corps, s'attardant sur mes seins, puis mon bas-ventre. Peut-être bandais-je encore un peu ; toujours est-il que sa main vola soudainement entre mes cuisses, me pinçant un instant le sexe avant de le relâcher. Il éclata d'un rire grossier et se tourna vers mon amant pour lui adresser quelques mots que je n'entendis pas mais dont je devinais l'obscénité. Mon amant pâlit et perdit son sourire ; sa main droite glissa dans la poche de son veston, la gauche fusa et saisit l'homme au cou, je vis briller un éclat métallique, puis du liquide qui giclait du ventre de l'homme, comme pompé à chaque coup que mon amant lui donnait, rouge, violacé, verdâtre selon les variations des projecteurs, éclaboussant le tissu immaculé de la veste et du pantalon ; l'homme, les yeux écarquillés, titubait, mais la main à son cou le maintenait debout tandis que l'autre le frappait sans discontinuer, enfin mon amant le lâcha et il s'écroula comme un pantin, recroquevillé sur la piste au milieu d'un cercle de danseurs horrifiés reculant contre ceux qui, ne voyant pas la scène, continuaient à se trémousser au rythme de la musique. Mon amant se baissa, cracha au visage de l'homme, essuya sa lame sur la chemise de soie imbibée de sang, la replia et la rangea ; puis, se redressant, il me prit par le poignet et me tira vers la sortie. Ses amis s'étaient tous levés et accouraient à notre rencontre, mains sous leur veste ou dans leur poche ; ils nous encadrèrent, forçant les gens pressés sur la piste à s'écarter, et nous escortèrent ainsi jusqu'à la

rue, où s'avançaient déjà une berline et un 4 × 4 aux vitres
teintées. Mon amant me poussa dans la berline, à la place
du passager, et prit celle du conducteur ; tournant la tête,
je vis luire des armes à feu alors que ses amis s'engouffraient dans le 4 × 4. Je n'avais pas encore fermé la porte
lorsqu'il accéléra, me faisant basculer contre mon siège. Je
le regardai : son visage était calme, pensif ; l'éclat des lampadaires faisait briller par instants le sang frais maculant son
costume blanc. Je m'appuyai contre son épaule et fermai
les yeux, me laissant porter par le ronronnement puissant
de la berline et le sentiment, si fort, du corps de l'homme
qui la dirigeait.

Il m'installa dans son appartement, qui avait bien besoin
d'une femme : immense, à moitié meublé, empli de déchets
de nourriture livrée et de vêtements sales. Je fis tout nettoyer et l'emmenai acheter du mobilier : il se laissa faire sans
rien dire, et payait toujours comptant. Il parlait en fait rarement ; mais des mots qu'il m'adressait, si abrupts fussent-ils,
l'affection n'était jamais absente. Toutes les nuits, il me
faisait l'amour, en silence et avec détermination, me rendant de plus en plus folle de ses mains, ses épaules, ses
lèvres et son sexe. Nous étions rarement seuls, ses amis
passaient tout le temps, les hommes sous ses ordres ne le
quittaient presque jamais. À la maison, nous mangions tous
ensemble, surveillés par la cuisinière à l'affût de la moindre
critique ; le soir, nous sortions en groupe, dans des restaurants luxueux puis des boîtes de nuit où nous buvions les
alcools les plus chers, qu'il payait dédaigneusement avec
des liasses de billets fourrées dans ses poches intérieures.
Souvent, dans ces endroits, des policiers venaient lui parler,
des hommes trapus et moustachus, en uniforme ou parfois

en civil ; certains étaient reçus avec courtoisie, il les faisait s'asseoir et leur offrait à boire et à manger ; d'autres au contraire se voyaient traités comme des larbins, renvoyés avec un geste ou une parole méprisante ; tous repartaient avec une enveloppe plus ou moins épaisse, qui changeait de mains au vu et au su de tous. Parfois aussi il m'emmenait, jamais accompagné de moins d'une dizaine d'hommes, à des rendez-vous fixés dans un entrepôt, un parking, ou une allée obscure, où des valises s'échangeaient contre des clefs, en un ballet soigneusement minuté où le moindre accroc, le moindre désaccord, se réglait à coups de couteaux, de pistolets et de fusils automatiques. Une fois ou deux, je me retrouvai ainsi sous les tirs, plaquée au sol sous son corps tandis que les douilles tintaient autour de moi ; mais tant qu'il était là, je n'avais pas peur. Un jour il m'emmena avec lui dans le désert. Ses hommes suivaient derrière, dans une camionnette ; le soleil pesait sur l'horizon, brouillant le ciel et écrasant le sable et la pierre. Il conduisait d'une main, l'autre sur ma cuisse, je fumais et caressais du bout des doigts les poils de sa nuque. À un moment, sans prévenir, il quitta la route, s'engageant sans ralentir sur un chemin de terre où ses roues soulevaient une grande plume de poussière qui obscurcissait le ciel derrière nous. Arrivé au pied d'un monticule parsemé de buissons épineux, il coupa le contact et nous sortîmes. Il faisait chaud, très sec, je sentis quelques gouttes perler sur ma lèvre et je m'essuyai le visage avec un mouchoir en batiste avant de remettre mes lunettes de soleil. La camionnette se garait juste derrière nous ; mon amant ouvrit le coffre de sa berline, et ses amis en extirpèrent deux hommes liés et bâillonnés, qu'on détacha et mit sur pied avant de leur donner à chacun une pelle : « Creusez. » Un des hommes, des larmes coulant librement le long de son visage ridé, tomba à genoux en marmonnant des paroles de supplication, recevant pour seule réponse un coup de crosse entre les épaules ; l'autre ne fit que se frotter les poignets, puis se mit au travail sans un mot. Je regardai tout cela en silence, comme indifférente à ce qui arrivait là, et allumai une autre cigarette pour passer le temps. Lorsque la fosse fut creusée on plaça les deux hommes au bord, et mon amant les exécuta lui-même, d'une balle en plein front. Nous repartîmes avant même que ses hommes aient fini de reboucher le trou, filant dans la poussière et la chaleur à travers le désert, vers l'horizon qui tremblait sous le soleil. Après de tels incidents, il me faisait l'amour avec une rage et une envie décuplées, me pliant en deux et me prenant avec une telle force que sous lui je me sentais comme une petite fille, tremblotante, éperdue d'amour. J'avais acheté un grand dessus-de-lit, une pièce faite main, magnifique, avec de longues herbes vertes tissées sur une trame dorée, et il aimait me placer à genoux dessus, tirant mes fesses vers lui et s'accroupissant mains sur ma tête pour me pénétrer ; tournant le visage sous ses doigts pour les embrasser, je voyais dans la grande glace accrochée derrière le lit le reflet de nos culs superposés, le sien brun, noueux, serré, le mien en dessous plus blanc et plus large, parcouru de tressaillements à chaque coup, avec entre nos cuisses pressées les unes sur les autres la masse rougeâtre de nos organes, qui rebondissaient à chaque poussée de ses reins. Lorsqu'il jouissait sur mon visage ou mes seins, j'étalais le sperme avec mes doigts en une fine couche qui se fripait en séchant ; lorsqu'il jouissait dans mon cul, je me lovais contre lui et m'endormais sur le ventre, laissant le liquide s'écouler entre mes jambes, heureuse. Mais parfois aussi il partait, et me laissait seule des jours durant avec la cuisinière, pleurant de rage et de peur sur le grand lit, couchée dans les longues barres de lumière blanche déposées sur le dessus-de-lit vert et doré par les fentes des volets, ou bien assise au sol, vêtue seulement d'un t-shirt et fumant un joint avec application, en plein dans un carré de soleil, près d'un miroir où je ne voyais qu'une de mes jambes, la courbe de ma hanche, et la fumée grise qui flottait en couches étirées, perturbées chaque fois que j'expirais à nouveau. Je passais des nuits entières à arpenter le salon, incapable de dormir, le visage couvert de larmes ; quand je trouvais enfin le sommeil, c'était tout au plus pour une heure ou deux, recroquevillée sur un divan ou un coin de moquette. Les lumières de la ville baignaient l'appartement d'une lueur bleutée mais derrière mes paupières fermées je ne voyais que du sable, un soleil infernal, et son beau corps couvert de sang, brisé, crevé, et jeté là pour les chiens. Puis il revenait et je courais me blottir dans ses bras, riant de plaisir et pleurant et le giflant de colère tandis qu'il me renversait sur le lit et me dénudait, m'emplissant furieusement de lui en des gestes aussi désespérés que les miens. Or les événements se bousculaient, imperceptiblement. Un des camions affrétés par mon amant fut intercepté non loin de la frontière : la dispute au sujet de la perte dégénéra, et trois de ses hommes furent tués avant qu'un compromis ne puisse être négocié. La somme était importante et il dut redoubler d'activité pour la compenser. Lorsque nous sortions, la nuit, il n'était plus rare de croiser une voiture encastrée dans une bouche d'incendie ou un autre véhicule, la portière et la vitre criblées de balles, le plafonnier allumé éclairant de manière incongrue les visages ensanglantés des hommes affalés sur les sièges. On retrouvait des corps suspendus aux ponts sur les autoroutes avec une pancarte comminatoire au cou, entassés en vrac dans des camionnettes hâtivement incendiées, saucissonnés avec du ruban adhésif, une balle dans la nuque, dans les décharges. Mon amant n'en devenait que plus fou, plus hautain, plus sauvage. Dans les clubs où nous sortions presque tous les soirs, il s'enivrait et distribuait les billets de banque à pleines poignées, en arrivant même à payer la tournée à la boîte entière ; ses proches le regardaient faire avec des visages figés, mais personne n'osait ouvertement hasarder une remarque. Les policiers continuaient à venir le voir et à prendre son argent, mais se comportaient avec de plus en plus de morgue, voire d'insolence ; selon son humeur, il doublait la somme qu'il leur donnait, leur payait des bouteilles et des putes, ou bien il envoyait quelqu'un leur briser les os à la sortie. Parfois il me semblait que tout cela lui était égal, et que son propre sort lui restait indifférent ; seule la frénésie accrue de certains de ses gestes, dans l'obscurité et la solitude de notre chambre, trahissait la lente montée du désespoir. Quant à moi, lorsque, couchée près de lui dans le noir, ou bien quand je l'attendais dans la lumière crue de l'après-midi, la vision obsédante de son cadavre m'emplissait d'une terreur sans bornes, seule la certitude d'être tuée avec lui parvenait à m'apaiser. Un jour, son meilleur ami disparut. Sa femme vint nous voir, affolée, le visage décomposé ; mon amant la fit envoyer avec ses enfants de l'autre côté de la frontière, et se mit à la recherche de son *compañero*. On le retrouva trois jours plus tard, abandonné dans un terrain vague, la tête et les mains dissoutes dans de l'acide, un crâne très blanc décorant encore ses épaules intactes. Il n'avait aucune autre blessure et ses tatouages l'identifièrent formellement. Alors mon amant entra dans une fureur froide, méthodique. Il m'enferma dans l'appartement, avec des hommes pour me garder : je leur servais des plats de haricots rouges qui mijotaient des heures durant dans plusieurs casseroles, et suivais les progrès de sa guerre sourde à la télévision. Dès que j'entendais la clef tourner dans la serrure je bondissais dans le hall d'entrée ; parfois, il rentrait couvert de sang, et je mettais ses vêtements à tremper, s'ils pouvaient être récupérés, ou bien les enfournais dans un sac plastique que j'envoyais faire brûler, tandis que lui se douchait, restant un temps interminable sous l'eau brûlante, attendant que je le rejoigne pour lui masser les épaules et me coller contre son dos. Un soir, ses amis et lui ramenèrent un homme, les poings liés et la tête recouverte d'un sac. Dans le salon, on le mit à genoux pour lui ôter son capuchon, et je vis ainsi le visage hagard et mal rasé d'un très jeune homme, qui roulait tout autour de lui des yeux épouvantés. « *Mi hijo* », lui disait tendrement mon amant en lui caressant les cheveux, « *mi hijo*, ne t'en fais pas, tout ira bien. » On augmenta le volume de la télévision et ils s'enfermèrent dans la salle de bains. Assise sur le divan, je croquais une pomme rouge et fumais un joint en essayant de me concentrer sur la ridicule série diffusée à ce moment-là. Par la porte fermée venaient des éclats de voix, des exclamations furieuses, puis le vrombissement aigu d'un outil, suivi de hurlements atroces, prolongés. La cuisinière était venue s'asseoir à côté de moi. « Ça va ? » demanda-t-elle sans détourner les yeux de l'écran. — « Je suis fatiguée », murmurai-je en expirant une bouffée de fumée. La série avait depuis un bon moment laissé place à un match de catch lorsqu'ils ressortirent. Les hommes transportaient plusieurs sacs-poubelle bleu ciel, pas très gros et solidement liés ; mon amant s'était déjà changé. « Va nettoyer », lâcha-t-il sans me regarder avant de sortir à la suite de ses hommes. J'attendis la fin du match, puis me levai, avec un obscur sentiment de tristesse, pour aller à la cuisine chercher le seau et les éponges.

Je rêvais : un ouvrier, nommé Emilio, embauché pour des réparations, avait ouvert un énorme trou dans le mur de notre appartement, et mon amant et ses amis l'étranglaient dans la baignoire tandis qu'un chat gris, assis sur la cuvette, léchait placidement ses babines. Puis un court-circuit plongeait l'appartement dans le noir et je fuyais, dévalant l'escalier de secours, propulsée par une terreur hideuse qui m'ôtait toute possibilité de réflexion. Dans la rue, je me jetais dans la berline de mon amant : les clefs étaient sur le contact et je démarrais puis accélérais, me rendant compte avec une angoisse grandissante que je ne savais pas conduire ; j'avais beau tourner le volant, la voiture continuait droit, glissant avec un heurt sur le trottoir avant de venir s'encastrer dans un grand bruit de tôle contre un lampadaire. Le fracas m'éveilla et j'ouvris les yeux : mon amant, nu, avait déjà bondi du lit, un pistolet dans chaque main, et fonçait vers le salon en ouvrant le feu, déchaînant une intense fusillade. Des balles traversèrent le mur de la chambre, projetant des fragments de bois et de plâtre et faisant éclater les miroirs autour de moi ; prise de panique, je basculai à côté du lit en me couvrant les oreilles, tout entortillée dans l'épais tissu du dessus-de-lit. J'essayai de me glisser au-dessous, mais il n'y avait pas de place, alors je restai là, roulée en boule fœtale, les paupières serrées, pendant que les tirs continuaient à résonner à travers l'appartement et à ravager la chambre. Tout d'un coup cela cessa. J'entendis encore deux détonations isolées, puis des voix inconnues et des bruits de bottes crissant sur le verre brisé en se rapprochant. Une main s'abattit sur ma nuque, me souleva, et me jeta sur le lit, découverte jusqu'aux hanches ; j'ouvris les yeux et aperçus un homme trapu bardé d'armes, tout en noir et le visage masqué ; avant même que je puisse lever les bras ou pousser un cri, un rapide coup de crosse au ventre me coupa le souffle. L'homme me regarda calmement me tordre de douleur et appela : « Hé, mon lieutenant ! Il y a une femme ici. » Il me gifla, je l'observai de nouveau, muette, puis il arracha le dessus-de-lit : ses yeux, derrière son masque, s'écarquillèrent, sa bouche se tordit méchamment, et il fit passer son arme dans la main gauche pour me frapper du poing au visage, brutalement, plusieurs fois. Je perdis brièvement connaissance. Lorsque je rouvris les yeux plusieurs hommes pareils au premier entouraient le lit. Ils avaient allumé la lumière et je distinguais maintenant clairement les cagoules et les casques, les vestes pare-balles, les protections en plastique renforcé aux articulations. L'un d'entre eux, un officier d'après ses insignes, me jeta au visage un survêtement gris et quelques nippes : « Enfile ça. » Terrorisée, je m'habillai le plus vite possible, sans quitter des yeux leurs masques opaques où bougeaient seulement des yeux froids, féroces, sardoniques. L'officier leva la main et me décocha une gifle ; sonnée, je retombai sur le lit, déjà deux des hommes fondaient sur moi, me retournaient et me mettaient des menottes en plastique, serrant jusqu'à ce que la bande s'enfonce dans la chair. On me tira du lit par les aisselles pour me mettre debout ; l'officier fouillait mon sac, qui traînait sur une commode, et enfourna mon portefeuille dans une poche, non sans l'avoir d'abord vidé de ses billets. Puis on me traîna vers le salon. Des cadavres gisaient partout, tordus dans les positions les plus diverses : ceux de nos gardes du corps, celui, couché sur le seuil de l'office, de la cuisinière, ceux aussi, je le notai avec une satisfaction sourde, de trois policiers. Mon amant s'était abattu sur la table basse, et son corps compact et noueux, le tatouage sur son ventre rendu illisible par le sang, gisait sur le dos au milieu du verre brisé, les bras en croix, les yeux ouverts, les deux pistolets encore serrés dans ses mains crispées.

On me jeta, toujours menottée, sur le plateau d'un pick-up, et je fis le voyage à travers la ville le nez sur la botte d'un des policiers, debout à côté de moi avec sa mitrailleuse brandie, son pantalon noir zébré par les éclairs bleus et rouges du gyrophare. Au commissariat, on me mena dans un bureau éclairé par des néons blafards, où un homme en civil, assis derrière un petit bureau, feuilletait une revue en fumant. Je le connaissais bien : c'était un des policiers qui venaient si souvent rendre visite à mon amant, pour repartir avec son argent et sa bénédiction ; avec moi, il avait toujours été courtois, aimable. À ma vue il ricana : « Ah, la petite pute est toujours vivante ? » On me fit asseoir face à lui ; sur un signe, un des policiers coupa la bande qui me sciait les poignets, tandis que l'officier cagoulé lui présentait mon portefeuille. Il en tira les papiers qu'il examina en mâchonnant pensivement sa cigarette. Puis il me scruta avec des yeux voilés, emplis de pensées cruelles et de ressentiment. « Eh bien, mon garçon », prononça-t-il enfin en expirant vers moi un nuage de fumée, « c'est fini la belle vie ? » Je soutins son regard tout en frottant mes poignets endoloris : « C'est mademoiselle, vous le savez bien. » — « Tu te fous de ma gueule, connard ? » Il fit un autre geste et un des policiers à côté de moi commença à me frapper au visage, le poing fermé, une série de brefs coups puissants qui m'assourdirent de douleur et finirent par faire valser la chaise, me renversant dans un coin de la pièce, la bouche inondée d'un goût métallique que je tentai en vain de cracher. On me frappait toujours, le torse et les jambes, des coups de botte sans doute, à chaque impact une douleur violente éclatait comme une gerbe, interminable. Enfin on me releva et on me fit rasseoir devant l'officiel en civil. Il se tourna vers l'officier cagoulé et esquissa un geste méprisant : « Mettez-le en bas. » — « Avec les hommes ou les femmes, *comandante* ? » — « Avec les mecs, bien sûr. » On me hissa sur pied et on me fit descendre un escalier boueux, sordide, pour me jeter dans une grande cage emplie d'hommes. J'entendis la serrure claquer derrière moi, puis un gros ricanement. Je me retournai : plusieurs policiers, ceux en cagoule qui m'avaient descendue ici, et d'autres en uniformes ordinaires, riaient et fumaient en me contemplant. Je me traînai jusqu'à une couche et me hissai dessus, assise, serrant mon survêtement tacheté de sang sur mon torse. Mes compagnons de cellule m'observaient en silence, les yeux avides, mauvais. Puis ils commencèrent à avancer vers moi. Les policiers s'étaient approchés des barreaux et riaient de plus belle. Résister n'aurait servi à rien et je ne le tentai pas. Alors ils me firent des choses horribles ; mais cela, je ne veux pas le raconter. Je repris conscience dans un coin de la cellule, recroquevillée contre les barreaux. Mes yeux, gonflés, collaient, je parvins à peine à les entrouvrir ; des douleurs insensées fusaient dans mes membres, me vrillaient les entrailles, me tenaillaient les os. Je me rendis compte que mon pantalon était empêtré autour de mes chevilles et que mes cuisses étaient trempées, gluantes. Mes doigts, quand je me touchai par là, revinrent rouges. Je regardai autour de moi : une ampoule jaunâtre éclairait vaguement les châlits superposés, où les hommes dormaient enroulés dans des couvertures crasseuses ; seul un homme blond, au visage maigre et aux yeux enfiévrés, me contemplait fixement, assis les jambes pendantes, les mains posées sur les genoux. En m'agrippant aux barreaux, je parvins peu à peu à me hisser sur mes pieds, puis à remonter mon pantalon autour de ma taille. Du liquide coulait toujours entre mes cuisses, je ne sentais plus rien là qu'une vaste douleur pulsante et informe, j'avais l'impression d'avoir perdu tout contrôle de mes muscles. Je tendis une main par les barreaux, doigts ouverts, et gémis, puis gémis encore. Enfin un policier m'entendit et s'approcha : « Tiens, la poupée s'est réveillée. Qu'est-ce que tu veux, poupée ? » — « Toilettes, marmonnai-je appuyée aux barreaux, je dois aller aux toilettes. » Il hésita, puis héla son compagnon : « Viens m'aider ! La poupée veut aller chier. » Ils déverrouillèrent la porte, entrèrent, et me prirent par les aisselles ; sur les châlits, quelques yeux s'étaient ouverts et nous considéraient avec curiosité. Les policiers fermèrent la grille derrière eux et me tirèrent le long du couloir. Les latrines consistaient en trois cabines rouillées et écaillées, sans portes, avec juste un trou au sol maculé de merde séchée ; ils m'abandonnèrent sur la dalle boueuse et ressortirent en gloussant, faisant tinter leurs clefs. Je réussis à me mettre à genoux, puis à ramper jusqu'à un des trous et à m'y accroupir, agrippée aux montants de la cabine, pour laisser s'écouler une merde liquide, mêlée de sang et d'autres matières trop immondes pour y penser. Il n'y avait pas de papier et lorsque plus rien ne vint je me hissai debout pour avancer pas à pas, pantalon toujours autour des chevilles, jusqu'à un robinet disposé au mur au-dessus d'un seau. Il laissait couler un filet d'eau froide et je me rinçai tant bien que mal les mains et le visage, puis le cul et les cuisses, avant d'enfin remonter mon pantalon souillé. L'eau m'avait un peu ramenée au sens de mon corps et malgré la douleur je tenais mieux debout : je lâchai le mur sur lequel je m'appuyais et, titubant un peu, respirai attentivement. C'est ainsi que je remarquai une autre porte, au fond des latrines non loin d'un soupirail grillagé, un placard à balais sans doute. Prise d'une curiosité incongrue, je me traînai vers cette porte, saisis la poignée, et ouvris. Elle donnait sur une sorte de couloir obscur, baigné d'une lueur diffuse qui permettait tout juste d'en discerner les parois. Dès que j'eus passé le seuil je me sentis mieux. La porte se referma silencieusement derrière moi et je me mis à courir, à toutes petites foulées, inspirant lourdement par mes narines meurtries une odeur de métal et d'eau morte. Chaque mouvement crispait mes membres, mais peu à peu je m'y habituai et récupérai un semblant de vigueur ; machinalement, je soupesai mes seins, tout en testant mes dents du bout de la langue, elles goûtaient encore le sang et bougeaient peut-être, mais semblaient tenir bon. Je m'orientais presque au hasard, la lumière, très faible et sans source apparente, me permettait à peine de me situer, et le couloir devait s'incurver, car tous les quelques pas je me heurtais au mur, manquant chaque fois de m'étaler de tout mon long. La sueur et le sang séché collaient le survêtement à ma peau, cela gênait mes mouvements ; un moment, je trébuchai et partis de côté, me retrouvant dos au mur dans une sorte de petit renfoncement encastré dans la paroi ; je restai là un long instant, pantelante, palpant des doigts les côtés de l'ouverture, avant d'enfin m'en arracher pour continuer ma course en tâtonnant. D'autres ouvertures paraissaient se découper dans les parois, à peine discernables par un aspect légèrement plus sombre, j'étais complètement désorientée et les évitais par réflexe, titubant d'un mur à l'autre en agitant les mains, et c'est ainsi que je surgis dans le vestiaire, filant, éblouie par les néons, me jeter sous la douche pour rincer les matières souillant mon corps avant de passer maillot et bonnet et de courir en direction des échos de cris, de rires, et de clapotement d'eau pour déboucher dans un vaste espace bleu à la lumière trouble, empli de figures en mouvement démultipliées par les miroirs. Hébétée, je cherchai en vain mon propre reflet, incapable d'identifier les fragments de corps que j'apercevais, alors je me ressaisis, avançai d'un pas vers le bassin, accélérai, et, muscles tendus à l'extrême, fesses serrées, je plongeai tête la première à travers la surface miroitante, envoûtante de l'eau.

VII

J'enchaînais les longueurs comme si le temps n'existait pas, m'enivrant de la force de mes muscles et de la régularité de mon souffle, frappant la paroi des pieds, à chaque extrémité du bassin, avant de repartir dans l'autre sens, porté par une vigueur qui me paraissait inépuisable. Enfin, j'achevai une longueur entière sous l'eau, les yeux ouverts, laissant l'air s'échapper entre mes lèvres en petites bulles. Arrivé au bout mon corps jaillit de la surface, mes mains cherchant le bord pour soulever mon torse en un puissant rétablissement qui me hissa hors du bassin, l'eau ruisselant de ma peau et éclaboussant le carrelage bleu. Debout dans la flaque, momentanément désorienté, assourdi par les cris, les rires et les bruits d'eau, j'arrachai mon bonnet et mes lunettes et restai planté là, cherchant à relier entre eux les fragments de mon corps, épaule, reins, cuisse, reflétés dans les longues glaces encadrant la piscine. Tout près de moi, une jeune fille éclata de rire, me faisant chanceler ; j'hésitai, puis me ressaisis, me dirigeant d'un pas décidé vers les portes battantes que je repoussai des deux mains. Dans le vestiaire, je me séchai et enfilai avec un sentiment de plaisir diffus un survêtement gris, soyeux, très doux sur ma peau, avant de retrouver le couloir et de prendre un pas de course, coudes serrés au corps, mes baskets blanches foulant le sol avec légèreté. Ma respiration sifflait au rythme de mes pas, emplissant mes poumons d'un air tiède et insipide parcouru d'effluves d'eau stagnante, dont la moiteur couvrait déjà ma peau d'une fine couche de sueur ; je me guidais un peu au jugé, car la faible lumière du lieu, diffuse et sans origine visible, permettait à peine de deviner les parois, que le tissu de ma manche venait de temps en temps frôler, me forçant à ajuster ma course pour suivre ce que je devinais de leur courbe. Parfois, elles laissaient la place à des segments plus sombres, ouvertures donnant sur un réduit où je marquais une pause pour respirer un instant, dos contre le fond en soufflant profondément, ou encore une bifurcation d'où partait un nouveau couloir, devant lequel il m'arrivait de piétiner sur place un instant pour l'examiner avec curiosité. En plissant les yeux, il me semblait ainsi deviner au loin des ombres, des figures humaines peut-être, mais il faisait vraiment trop sombre pour en être sûr, je retenais ma respiration pour écouter mais n'entendais rien, ou bien alors de vagues bruits indistincts, sans source, la curiosité me suggérait d'aller explorer mais je n'osais dévier de mon chemin, de peur de me perdre plus encore. Ainsi je reprenais ma course, louvoyant toujours pour éviter de me cogner aux murs, tendant parfois les mains sur les côtés, et c'est comme cela que mes doigts effleurèrent un objet métallique, une sorte de poignée semblait-il, je l'ignorai et continuai de courir, jusqu'à ce que mes doigts, sur la paroi opposée, rencontrent un objet semblable au premier. Alors je m'arrêtai et le contemplai. Il se détachait vaguement dans la grisaille, c'était bien une poignée et j'appuyai : la porte s'ouvrit, et sans plus hésiter je franchis le seuil. Je me retrouvai dans un jardin inconnu mais qui néanmoins suscitait en moi une forte impression de déjà-vu, comme le lointain souvenir d'un rêve effacé par l'aube, un jardin presque sauvage, abandonné, envahi par les mauvaises herbes. J'avançai avec difficulté entre les longues branches épineuses des bougainvillées, à moitié étouffées par le lierre qui les recouvrait ; devant moi, la haute façade de la maison, dressée comme une tour, disparaissait sous la glycine qui proliférait vers le toit ou par endroits se rabattait sous son propre poids, masquant le soleil et plongeant le jardin dans une semi-obscurité qui ne diminuait en rien la chaleur pesante, saturée d'humidité. Au-delà de l'angle de la demeure s'étendait une piscine vide, en partie ombragée par les frondes grisâtres d'un gros palmier trapu desséché, dont la couronne, brisée net, pendait lamentablement de travers. Je m'avançai : le carrelage bleu du bassin, fendillé et manquant par endroits, était jonché de détritus, papiers froissés, verre brisé, petits morceaux de céramique, crottes d'oiseaux verdâtres. Je restai un instant au bord à contempler cela, puis, essuyant de la manche la sueur qui baignait mon visage, fis demi-tour et entrai dans la maison. Tout était silencieux. Au fond du couloir, je poussai une porte entrouverte : c'était une chambre d'enfant, j'examinai un instant les jouets, les affiches de cinéma, les cavaliers de plomb éparpillés sur le grand tapis avant de rebrousser chemin et de m'engager dans l'escalier en colimaçon qui menait à l'étage. Une reproduction encadrée de *La dame à l'hermine*, décolorée et à peine visible sous la saleté, ornait le palier ; en haut tout était vide. Je visitai une à une les pièces, évitant les crottes de chat séchées qui maculaient le sol, et passai mes doigts sur des surfaces grises de poussière, des couches épaisses, intactes, comme si la maison avait été abandonnée depuis longtemps ; pourtant, je discernais partout des traces d'une présence récente, la vaisselle sale s'entassait dans l'évier, le frigo était plein même si les aliments commençaient à puer, les iris disposés dans un vase étroit achevaient à peine de se flétrir ; au salon, la table était toujours mise, les reliefs d'un repas emplissaient les plats et les assiettes ; des vêtements traînaient sur les meubles, un livre ouvert sur le sofa, une bouteille débouchée sur une commode, un trognon de pomme moisi sur la table basse. Je montai à l'étage suivant. La chambre était sombre, baignée d'une faible lueur verte, la lumière du jour presque entièrement filtrée par la glycine recouvrant les vitres. Il régnait ici une chaleur suffocante et j'essayai d'ouvrir la fenêtre, mais la glycine m'en empêcha et je ne réussis qu'à l'entrebâiller. Je voulus allumer la lumière mais les ampoules semblaient grillées ; dans un placard de la salle de bains, cachée sous une pile de factures de travaux électriques émises par deux sociétés différentes, j'en dénichai une neuve, et ressortis changer celle de la lampe de chevet, mais elle ne marchait toujours pas ; je redescendis, localisai le boîtier à fusibles dans la cuisine, les plombs avaient sauté et je réarmai le disjoncteur principal, allumant du même coup plusieurs plafonniers. En haut, la lampe de chevet jetait maintenant sur la scène une lumière jaune et morne. Je regardai autour de moi. Au pied du lit, négligemment jetée là, s'entassait une grande courtepointe avec des longues herbes vertes représentées sur un fond doré ; des habits de femme gisaient un peu partout, des culottes sales, des jupes, des chaussures dépareillées ; sur la commode traînaient plusieurs photographies que je ramassai et examinai brièvement, les unes après les autres. Elles me représentaient toutes en compagnie d'un beau petit garçon blond aux yeux vifs et pétillants, on le voyait à différents âges et dans différentes situations, à la plage, au cirque, sur une barque, mais toujours proche de moi, entre mes bras ou assis sur mes genoux. Photos à la main, je me mis à parcourir les tiroirs ; dans celui de la table de nuit, je trouvai ce que je cherchais, une paire de ciseaux à papier, en métal très lourd ; je commençai sur-le-champ à découper les tirages, séparant chaque fois mon image de celle du petit, que je jetais dans le tiroir pour le refermer quand j'eus fini. Puis je brassai les morceaux de photos restants comme un jeu de cartes et les déployai en éventail. Abstrait ainsi de son contexte, mon visage figé prenait vie, il réfléchissait comme un miroir la présence de l'enfant éliminé, mettant à nu tout ce qui le liait à ce dernier et ne pourrait jamais être défait. Cela suscitait en moi un sentiment glacial, je ne pouvais détacher les yeux de ces images et en même temps je ne pouvais plus les regarder ; enfin, débordé d'angoisse, je les lançai rageusement sur la commode où elles tombèrent en s'éparpillant.

Dans la cuisine, je fouillai le frigo et le congélateur à la recherche de quelque chose de comestible ; je tombai enfin sur quelques langoustines surgelées que je fis sauter dans une poêle avec de l'huile d'olive et de l'ail. Je les dégustai avec un vin blanc un peu passé mais très frais, écartelant des doigts la carapace des abdomens et faisant craquer les pinces entre mes dents pour en sucer les fibres et le jus. Le repas achevé, je débarrassai vite et lavai soigneusement mes doigts, qui sentaient l'ail et les fruits de mer, avant de revenir siroter le vin devant la baie vitrée du salon, contemplant la lumière safranée du soir à travers l'enchevêtrement de la glycine. Lorsque le jour tomba tout à fait j'allumai une à une les lampes du salon. J'essayai aussi de mettre un disque, mais la chaîne restait morte, quelque chose avait dû griller.

Enfin je montai. Près du lit, la lampe de chevet éclairait toujours la chambre de sa lumière sale ; mon regard parcourut les draps froissés, malpropres, tachés ; lorsque je tentai de battre l'oreiller, un nuage de poussière s'en dégagea, me faisant éternuer à plusieurs reprises. Agacé, j'ôtai la taie et tirai les draps, puis retournai un placard pour en chercher des propres et refis à la hâte le lit. Je traînai la courtepointe jusque dans l'escalier pour la secouer ; l'espace s'emplit de poussière et de mites, je la frappai plusieurs fois contre les marches de pierre, éternuant convulsivement au milieu des fragments de tissu voletant, avant de retourner la jeter sur les draps. La lumière de la lune, s'infiltrant à travers les interstices de la glycine, tachetait de petits points blancs les lambeaux verts et dorés du tissu. Je me déshabillai ; un film de sueur recouvrait ma peau, il faisait toujours aussi chaud, j'avais la sensation d'étouffer. Je m'allongeai sur le ventre, étendant mes bras et caressant des doigts la trame rongée de la broderie. Mes fesses fourmillaient, ma verge s'était coincée sous mon ventre et je la dégageai ; je me retournai pour observer la grande glace verticale, toute piquée, dressée près de la porte : elle ne renvoyait l'image que d'un coin vide du lit, un pan de mur blanc, le bord de la croisée. Je m'endormis ainsi, mon corps nu sur les restes de la courtepointe, baigné dans cette lumière inégale et hésitante. Un bruit indéfinissable me tira d'un rêve où je tentais de convaincre une jeune femme blonde, au chignon méticuleusement coiffé, de prendre des cours de conduite. Sans me retourner, je regardai pardessus mon épaule en direction de la porte : elle était maintenant ouverte, alors que j'étais certain de l'avoir fermée. Le rectangle noir de l'escalier se détachait du cadre de la porte, je scrutai cette obscurité, en vain, il n'y avait rien. Lorsque ;e m'éveillai de nouveau le ciel, derrière la glycine, semblait pâlir. À part un très léger bruissement de feuilles il n'y avait toujours aucun son. Je me levai, enfilai mon survêtement et descendis au salon. Devant la porte de la cuisine, je caressai brièvement l'idée de me faire un café, puis j'y renonçai et descendis à l'étage inférieur. Dans la chambre de l'enfant, je tentai de me diriger vers le lit, mais les cavaliers de plomb dispersés sur le tapis gênaient mes pas, j'avais peur de les écraser et je demeurai un moment près de la porte, contemplant le lit vide et les draps roulés en boule, avant de faire demi-tour et de traverser le couloir pour sortir dans le jardin. Les feuilles mortes et les brindilles craquaient sous mes pieds, la chaleur matinale collait à ma peau, la profusion de la végétation incontrôlée m'inspirait une inquiétude sourde, vague. Lorsque je m'approchai de la piscine, le tissu de mon épaule s'accrocha à la pointe d'une des longues frondes grises du palmier et celle-ci s'effondra dans un craquement, révélant l'intérieur du nœud, entièrement rongé, pourri. Curieux, je secouai une autre fronde et elle se rompit de même ; les extrémités des branches cassées dégorgeaient des larves blanchâtres grosses comme le pouce, qui tombaient sur la margelle de la piscine en gigotant. Dégoûté, je lâchai la palme que je tenais toujours et reculai vers l'extrémité de la piscine où, planté un instant au bord, je luttai contre l'inquiétude que m'inspirait le bassin vide avant de descendre pas à pas les marches carrelées menant au fond. Les débris crissaient sous mes pieds, de la pointe de mes baskets j'écartai la moitié d'une tasse de thé au bord doré, les restes verts de moisissure d'un sandwich, des lunettes de soleil auxquelles manquait une branche, un nounours rose couché sur le dos, qui me fixait de ses yeux de verre bleu. Le fond du bassin était encore dans l'ombre, mais je n'avançai pas aussi loin. Je revins sur mes pas, remontai les marches et me dirigeai vers la porte à l'arrière du jardin, qui s'ouvrit aisément sous la pression de ma main. Au-delà il faisait bien plus frais, je soupirai d'aise et me mis à courir, refermant la porte derrière moi. Le couloir où je me trouvais, empli d'exhalaisons souterraines, des odeurs d'argile et de ciment mouillé, baignait dans une vague clarté qui me permettait de me guider tant bien que mal dans les longues courbes partant tantôt dans un sens, tantôt dans l'autre ; j'avançais à petites foulées, rapides et délibérées, respirant avec régularité au rythme de mes pas. Lorsque je levais les yeux je ne voyais aucune lampe, ni même de plafond, cela me rendait curieux, car je n'avais pas l'impression, malgré la sueur baignant mon corps et collant le tissu soyeux de mon survêtement à ma peau, de courir à l'air libre, ce mystère m'intriguait mais je l'oubliai vite, distrait par les ouvertures obscures que je dépassais, petites grottes où l'apparence d'une figure, recroquevillée sur elle-même, plaquée contre le fond, me faisait bondir de surprise, ou encore percées plus profondes, parfois même un embranchement à l'extrémité duquel il me paraissait apercevoir des ombres en mouvement, un autre coureur comme moi peut-être ou bien seulement quelqu'un en marche, enfin je n'y tins plus et, parvenant à un endroit où le mur s'ouvrait sur un corridor latéral, je tournai sans hésiter et repris ma course dans cette nouvelle direction. Ici aussi les parois s'incurvaient, il régnait toujours une odeur entêtante de catacombes et il faisait peut-être un peu plus sombre, j'avais du mal à éviter de me cogner et je devais constamment corriger ma course par à-coups, manquant souvent de me heurter à l'angle d'une nouvelle encoignure, ou bien à l'un des objets métalliques qui brillaient sur le mur, sortes de poignées que je caressais furtivement des doigts sans ralentir. Enfin l'une d'elles frappa mes phalanges, envoyant une onde de douleur à travers ma main, et par réflexe je l'attrapai, tournai et poussai. Au-delà du seuil mon pied rencontra une surface molle et je m'arrêtai net. Je me trouvais dans une chambre assez large, plutôt claire, avec peu de meubles ; aux murs, les vignes dorées du papier peint s'entrelaçaient jusqu'aux moulures ; une moquette rouge foncé, couleur sang, recouvrait le sol. De l'autre côté de la chambre, séparée de moi par un lit recouvert d'une couverture synthétique où des herbes vertes striaient un fond doré, se tenait une figure aux cheveux jais coupés court. Les volets de la fenêtre étaient clos, mais elle fixait quelque chose dans la vitre, son propre reflet peut-être. Je repoussai la porte qui se referma avec un bruit sourd ; la figure se retourna, et je vis alors qu'il s'agissait d'un homme, un beau jeune homme qui en m'apercevant laissa un petit sourire fugitif traverser son visage mat et anguleux. Il était d'une beauté irréelle, presque parfaite, une beauté qui l'isolait définitivement du monde. D'un mouvement las, un peu ennuyé, il contourna le lit et sans un mot me saisit la nuque avec la main pour attirer ma bouche contre la sienne. Sa barbe, mal rasée, râpait ma peau, mais je lui rendis fébrilement son baiser, à la fois enivré et rebuté par son odeur d'eau de Cologne bon marché mêlée à une sueur musquée. Je me laissai aller en arrière, m'allongeant sur l'étendue verdoyante de la couverture, et l'attirai à moi, palpant du bout des doigts les bras robustes sur lesquels il se tenait appuyé, ses épaules, sa nuque, son flanc. Ma verge, coincée de travers, durcissait sous le survêtement ; il se redressa, je tendis les mains et entrepris de défaire la boucle de sa lourde ceinture de cuir, il recula encore et se mit debout, mes doigts fouillaient pour dégager son sexe, bloqué sous l'élastique du slip, enfin il se libéra, déjà gonflé, doux et ferme, et je me penchai pour en lécher la pointe avant de la faire glisser entre mes dents. Il durcissait encore et emplissait ma bouche, se pressant contre ma langue et le fond de la gorge, je le roulai entre mes lèvres, savourant sa suavité et sa puissance, la main du jeune homme, sur ma nuque, me plaquait contre les poils de son bas-ventre, je respirais par le nez, affolé par son odeur fade et âcre, aspirant la verge dressée avec la langue et les lèvres, enfin un haut-le-cœur me fit hoqueter et je m'arrachai à lui, déglutissant convulsivement. Sa queue humide frappa ma joue en même temps qu'il laissait fuser un bref rire sec, sa main toujours rivée à ma nuque. Je voulus rapprocher ma bouche du sexe mais il s'éloigna, le laissant battre au rythme de son cœur entre les pans ouverts du jeans avant de le fourrer de nouveau dans le slip et de tout reboutonner. « Pas maintenant. J'ai faim. » Il décrocha le combiné posé près du lit, composa un numéro et, brandissant devant ses yeux un dépliant en carton, commanda quelques plats. Je me relevai, secouant mes jambes engourdies, et passai dans la salle de bains où j'ouvris grands les robinets de porcelaine de la douche, une main sous le jet pour en évaluer la température.

Sous l'eau brûlante je me frottai contre lui, lui étreignant le cul et me pressant contre son corps, sa verge toujours à moitié raide cognant contre la mienne. Je le fis tourner pour lui savonner les épaules, le dos, les hanches, glissant mes doigts entre ses fesses et caressant les touffes de poils bouclés autour de son anus. Sa peau mate était couverte de nombreuses petites cicatrices, assez épaisses à certains endroits pour former des bosses, j'en comptai trois sur son épaule et en sentis encore quelques-unes sous mes doigts, sur sa poitrine et son aine, et une aussi longue et fourchue à l'angle de la mâchoire. Je poussai ma verge contre son cul et posai ma tête sur son dos tandis qu'il s'appuyait à son tour à la paroi carrelée. Des coups sourds retentirent à la porte de la chambre. Il se dégagea, sortit de la douche, et enfila un grand peignoir éponge avant d'aller ouvrir. Je me laissai aller au jet d'eau, pliant la nuque sous sa pression brûlante. L'indifférence ostentatoire du garçon m'exaspérait ; une envie puissante me parcourait, tendant mes muscles d'excitation tout en me laissant traversé d'un sentiment vide, grésillant. Enfin je coupai l'eau et me séchai avec vigueur, enfilant l'autre peignoir suspendu là sans prendre la peine de le refermer. Assis en tailleur sur la couverture verte et dorée, le jeune homme contemplait un grand plateau où s'alignaient des plats en bois laqué emplis de poisson cru et de légumes confits. Deux bières dorées moussaient dans de hauts verres à peine évasés. Je le rejoignis et commençai à manger en silence. À part le cliquetis des baguettes il n'y avait aucun bruit ; derrière les volets, qui donnaient, je supposais, sur une rue ou une cour, tout était silencieux ; une lampe unique, au chevet du lit, nous éclairait d'un halo pâle, je voyais nos reflets dans les carreaux de la fenêtre, deux silhouettes un peu floues, drapées de blanc, qui se détachaient du champ verdoyant du couvre-lit. J'achevai les derniers petits légumes, déposai le plateau au sol, et défis le nœud de son peignoir, glissant ma main entre ses cuisses pour caresser sa verge. Il poussa un soupir et se rabattit sur la couverture. J'écartai ses jambes et me penchai en avant pour passer ma langue autour de ses bourses puis les faire rouler entre mes lèvres, l'une après l'autre. Des deux mains, je repoussai ses genoux, presque contre ses épaules, et continuai à le lécher, glissant ma langue le long du périnée puis fouillant entre les poils et dardant la pointe pour enfin venir lui chatouiller l'anus. Cela avait

337

un goût piquant, âpre, j'enfonçai la langue jusqu'à ce qu'il soupire, les yeux fermés, les bras allongés derrière la tête. Il faisait très sec dans cette chambre, je manquai vite de salive, je laissai aller ses jambes et me redressai pour boire une gorgée de bière ; il prit le verre de ma main et but à son tour, puis d'un mouvement nerveux se dégagea de son peignoir. Mon sexe raidi tendu entre mes cuisses, je lui pris le menton dans la main et attirai sa tête vers la mienne ; il se laissa faire avec une apathie désespérante, ses lèvres, passives, avaient encore le goût amer de la bière. Je me dénudai à mon tour et rampai vers lui sur les herbes du couvre-lit avant de venir le chevaucher, sa verge calée tout contre mon derrière tendu, fébrile. Il ne disait rien, il restait là sans bouger, disponible mais se refusant à la moindre initiative, sa respiration rauque sifflait entre ses lèvres pendant que j'ajustais mes genoux sur le tissu un peu râpeux de la couverture, caressant légèrement ses flancs du bout des doigts. Je cabrai les hanches et avec une lenteur toute délibérée fis glisser la verge entre mes fesses, avant de laisser un filet de salive couler dans ma paume que je passai dans mon dos pour la lubrifier avec soin. J'ajustai la pointe contre l'ouverture et pesai de tout mon poids : alors mon cul s'ouvrit et l'engloutit, jusqu'à ce que mes bourses viennent frotter contre les poils bouclés ornant le bas de son ventre. Une flamme froide et mordante m'emplissait le bassin, je creusai encore le dos et m'appuyai des deux mains sur ses pectoraux, mes reins maintenant allaient et venaient en un long balancement fauve qui dispersait toujours plus loin à travers mon corps des sensations d'une douceur épouvantable, mes jambes repliées se tendaient, s'écartaient encore sur son bassin, lui ne bougeait toujours pas, les mains repliées derrière sa nuque, me contemplant d'un air morne, éteint. « Putain, lâcha-t-il enfin, tu baises vraiment comme une fille. » Fermant les yeux, j'ignorai ces paroles, que j'aurais après tout pu prendre pour un compliment, le plaisir m'électrisait la nuque et les épaules en une longue poussée diffuse, je me cambrai en avant, ma verge, presque oubliée, battait contre son ventre au rythme de mes coups de reins ; prenant appui sur une de ses épaules, je me retournai et rouvris les yeux, détaillant sa cuisse brune, marquée de plusieurs cicatrices, enserrée par la mienne, bien plus pâle et recouverte de poils frisés ; puis je les relevai vers les vitres, où je distinguais nettement nos deux corps superposés, la double lune de mon cul et mes cuisses écartées au-dessus des siennes avec entre elles une masse plus sombre, indistincte. Déjà la jouissance me crevait le dos, me tirait la peau de la nuque ; je ralentis le mouvement ; à ce moment-là, le téléphone sonna, me figeant sur lui. Tout en me tordant pour décrocher, je serrai le plus possible les muscles du bassin, mais c'était trop tard, la jouissance m'avait pris et mon sperme, au moment où j'articulais un « Oui ? » rauque dans le combiné, jaillit en longues saccades, éclaboussant la trame verte et dorée, un peu rugueuse de la couverture. « Oui ? » Dans le combiné, personne ne répondait. Je pressai l'oreille, répétai plusieurs fois « Allô ? Allô ? », mais je n'entendais que le léger bourdonnement de la ligne vide. Toujours allongé à côté de moi, le jeune homme se branlait rapidement, je raccrochai enfin et me retournai pour lui saisir à pleines mains les bourses et la cuisse, crispant les doigts tandis qu'il jouissait à son tour.

Une coupure de courant nous plongea dans le noir alors que je tentais d'essuyer les traces de sperme sur la couverture à l'aide d'un rouleau de papier toilette. Je me couchai auprès du garçon, qui me tourna le dos avec un soupir difficile à interpréter. Je me pressai contre lui, ma verge, flasque maintenant, nichée dans le creux de ses fesses. Nous dûmes nous endormir ainsi. Le retour de l'électricité me réveilla. J'avais la bouche sèche, pâteuse ; clignant des yeux, je m'extirpai du lit pour aller boire avidement au robinet de la salle de bains, aveuglé par la lumière du néon que je coupai de suite. En ressortant je contemplai le garçon : il dormait toujours, étalé sur le ventre, ses jambes velues froissant la couverture. J'effleurai de la pulpe des doigts son dos et ses fesses, butant sur les cicatrices ; la peau crissait, rêche ; entre ses cuisses, son sperme avait séché en traînées blanchâtres. Il faudrait baisser le chauffage, me dis-je confusément. Mais je ne voyais aucun thermostat, aucune manette. J'emplis enfin deux verres d'eau et les posai sur le radiateur avant d'éteindre la lumière et de me recoucher auprès du jeune homme, une main sur son flanc. Des bruits d'eau, provenant de la salle de bains, me réveillèrent tout à fait. La lumière était de nouveau allumée et j'étais seul sur le lit. Je frappai à la porte et entrai sans attendre de réponse : le jeune homme, debout devant la cuvette, pissait. Je lui embrassai l'épaule puis me rinçai en vitesse sous la douche. Lorsque je ressortis, une serviette nouée autour des reins, il achevait d'enfiler son jeans et de boucler le ceinturon. Avec un sourire je tapotai le renflement formé par sa verge : « Beau paquet. » Il eut un rire sec, passa son t-shirt par-dessus sa tête, tira un téléphone de sa poche et le consulta : « Je dois y aller. Tu me donnes l'argent ? » Je le regardai avec surprise : « L'argent ? » — « Oui, l'argent. Comme toujours. » Il était assis sur le bord du lit maintenant et enfilait ses chaussettes et ses bottines de cuir. Une inquiétude sourde me durcissait les muscles, j'hésitai, puis allai fouiller dans les poches de mon survêtement avant de me retourner avec un geste d'impuissance. Le garçon s'était relevé et se tenait devant moi, les épaules un peu fléchies, le visage calme et froid ; un sentiment de menace émanait de sa personne, pas de son visage mais de l'arrondi de ses épaules, de la tension de ses cuisses, du repos trompeur de ses bras ballants. « Alors ? » — « Je n'ai pas d'argent, en fait. » — « Tu te fous de ma gueule, ou quoi ? » Son bras se leva et avant que je ne puisse esquisser un geste de défense me décocha une gifle qui me propulsa contre le mur ; un second coup, du poing fermé au ventre, me plia en deux et me mit à genoux devant lui, hébété, le souffle coupé. Il me prit par les cheveux, me souleva, et me frappa encore plusieurs fois au visage, m'envoyant voler sur le lit où ma bouche éclaboussa de sang l'épais tissu de la couverture. « Tu te fous de ma gueule ? » Il me poursuivait à travers la pièce, la serviette était tombée et je rampais nu tandis qu'il me bourrait les côtes et les membres de coups de pied qui éclataient dans mon corps comme des gerbes de feu. Enfin il me laissa affalé sur la moquette, la bouche et le nez emplis de sang, me débattant en sifflant pour inspirer un peu d'air. Le dos de ses jambes se dressait devant moi, je voyais mes vêtements tomber au sol les uns après les autres. « Putain, c'est vrai que t'as rien, mon salaud », fit sa voix loin au-dessus de ma tête pendant que ses jambes se tournaient vers moi. Je vis encore reculer la pointe d'une de ses bottines, puis plus rien. Lorsque je revins à moi je gisais toujours ainsi, nu sur la moquette rouge trempée de sang ; heureusement, ça ne se voyait pas trop. Je restai là un long moment à haleter, laissant la douleur irradier dans mon corps, puis je me traînai jusqu'à la salle de bains où je parvins à me hisser devant le lavabo. Je me rinçai le visage, la bouche ; l'eau, rougie, éclaboussait la porcelaine et la glace, je me palpai délicatement le nez et les dents, une ou deux bougeaient un peu mais elles étaient toutes là, le nez ne paraissait pas cassé, je continuai à boire et à me rincer, jusqu'à ce que l'eau coule presque claire. Enfin je revins dans la chambre où je ramassai avec difficulté mes habits et m'assis comme une masse au bord du lit pour les enfiler, péniblement. Vêtu, je me laissai aller en arrière quelques instants afin de reprendre mon souffle. Puis je me dirigeai vers la porte. Il y en avait en fait deux, je ne l'avais pas remarqué, et je n'avais aucune idée de laquelle avait emprunté le jeune homme, sur qui je ne souhaitais pas tomber de nouveau. Au hasard j'en ouvris une et sortis. Tout de suite l'air frais du couloir me redonna de la vigueur, la douleur tenaillant mes membres s'estompa et je me mis à courir à petites foulées, posant avec régularité un pied devant l'autre et respirant avec aise. Il ne faisait plus si sec et rapidement une fine pellicule de sueur recouvrit mon visage et mon corps endoloris ; en avalant ma salive, je sentais toujours la pointe âcre, un peu ferrugineuse du sang ; je pressai mes dents de la langue, cela faisait mal mais elles tenaient bon. Le corridor où je courais était sombre, je distinguais à peine les murs gris et lisses, légèrement incurvés comme je le déduisais du fait que je ne cessais de me rapprocher dangereusement de l'un ou de l'autre, en outre ils étaient interrompus ici et là par des pans plus noirs, bouches de nouvelles galeries au fond desquelles il me semblait deviner des mouvements indistincts, déplacement d'ombres silencieuses qui refusaient de se solidifier tout à fait en figures, ou bien alors étranges et inutiles petites alcôves dans lesquelles je me blottissais un instant, trottinant sur place en soufflant par le nez, tournant sur moi-même pour en évaluer la profondeur avant de retourner dans le couloir. Dans une de ces niches, pris de fatigue, je cessai de courir et appuyai mon dos contre la paroi du fond, inspirant profondément une curieuse odeur de latrines, de métal rouillé, de terre battue, fermant les yeux et m'endormant pour quelques minutes peut-être ; lorsque je les rouvris je titubai, tout à fait désorienté, je battis des mains sur les murs latéraux, rencontrant ainsi à l'angle, à ma surprise, une nouvelle ouverture que je n'avais pas remarquée, étroite mais suffisante pour y glisser mon corps, et qui donnait sur un autre corridor au remugle épais dans lequel je repris sans hésiter ma course. Il faisait toujours aussi sombre et je tendais les mains pour me guider, heurtant parfois des doigts des protubérances métalliques avec lesquelles je jouais un instant, des poignées que je tournais pour les lâcher de suite, allant même parfois jusqu'à pousser la porte avant de repartir dans un éclat de rire mesquin, la laissant bâiller derrière moi, à moitié ouverte. Enfin je me lassai de ce petit jeu et me décidai, la main sur une nouvelle poignée, à passer le seuil : continuer, après tout, ne changerait pas grand-chose. Cette porte donnait sur un espace sombre, un studio vide que je traversai à tâtons, me dirigeant au petit bonheur vers une fenêtre derrière laquelle résonnait le battement monotone d'une averse. Des immeubles modestes s'entassaient les uns derrière les autres, brouillés par le rideau de pluie avant de disparaître, au fond, dans une grisaille indistincte. Des doigts, je parcourus le mur près de la fenêtre, à la recherche d'un interrupteur ; j'en rencontrai enfin un, mais il ne fonctionnait pas. Dehors, il n'y avait pas de lune, mais la pluie reflétait une faible lumière, et au fur et à mesure que mes yeux s'habituaient à l'obscurité je parvins à mieux discerner la pièce. Elle était vide, avec des murs nus et un plancher en bois qui craquait sous mes pas. En face de la croisée, une ouverture donnait sur une seconde pièce, elle aussi vaguement éclairée par une autre fenêtre. Un matelas gonflable traînait au sol, à moitié recouvert d'un sac de couchage vert et or ; à côté se dressait un escabeau en bois, avec cinq marches sur lesquelles reposaient quelques objets. À part un carton négligemment rejeté contre un mur, il n'y avait rien d'autre. J'examinai sans curiosité les objets rangés sur l'escabeau, tous plus inutiles les uns que les autres ; sur la dernière marche, presque au niveau de mes épaules, traînaient quelques vieux CD, des concertos pour piano de Mozart, mais il n'y avait pas de lecteur. Déçu, car j'aurais au moins voulu un peu de musique, j'essayai tous les interrupteurs que je trouvai, sans plus de succès qu'avec le premier ; les douilles à ampoule pendant des plafonds, je me rendis enfin compte, étaient vides. Le sol et les murs, par endroits, étaient maculés de déjections, des petites coulées vertes, éclaboussées. Un oiseau était-il donc entré ici ? Je visitai les pièces, examinant même la douche et la cuvette des W.-C., mais il n'y avait rien. Peut-être avait-il pu ressortir ? Pourtant, les fenêtres étaient toutes fermées, scellées même avec du papier journal et de la bande adhésive, sèche, en partie effritée. Je regardai encore autour de moi, incertain. Alors je remarquai de nouveau le carton, abandonné dans un coin sombre. Je le tirai vers la fenêtre et le fis basculer : le pigeon gisait au fond, couché sur un tas de vieilles photos, mort depuis longtemps, de faim sans doute. Je tirai délicatement quelques-unes des photos, tachées elles aussi de merde verte, de sous son corps ; mais l'obscurité rendait les images malaisées à discerner, je devinai simplement, sur chacune, une série de silhouettes d'hommes et de femmes nus, effectuant des gestes variés. Fatigué, je les laissai retomber sur le corps du pigeon, repoussai le carton, et m'appuyai contre la fenêtre pour écouter la pluie. Je me sentais subitement vieux, vidé de mes forces ; sous le survêtement, mon corps endolori, marbré de bleus, se fripait, se ramollissait.

Il faisait frais dans ces pièces, presque froid. Je fouillai les placards de la cuisine à la recherche de quelque chose à manger, mais je ne trouvai en tout et pour tout qu'un quignon de pain noir tout à fait sec, des oignons verts de moisissure, une bouteille de vin vide, et une boîte de sardines intacte, mais sans rien pour l'ouvrir. Mon ventre se contractait de faim, et je tentai de cogner la conserve contre le rebord du comptoir, sans succès. Je tremblais aussi de froid, et je laissai enfin tomber la boîte pour revenir vers la salle de bains, où j'ouvris grands les robinets rouillés de la douche : un minuscule filet d'eau rougeâtre s'écoula un instant du pommeau, puis cessa. Contrarié, je retournai à la chambre, où je tâtai dubitativement le matelas du pied : il était mal gonflé, et s'enfonçait de moitié, mais je n'avais pas le courage de me débattre avec. J'ôtai mes baskets et mes chaussettes et entortillai mon corps dans le fourreau inconfortable du sac de couchage, me laissant bercer par le crépitement continu de la pluie au-delà des fenêtres. Je dus m'endormir. Quand j'ouvris de nouveau les yeux il pleuviotait toujours, et la lune était sortie, éclairant la chambre. Le sol autour de mon matelas, à ma surprise, paraissait recouvert d'herbe, comme un pré ou du gazon, très vert et bien entretenu ; je me redressai, laissant glisser le sac sur mes reins, et tendis le bras pour effleurer du bout des doigts les brins d'herbe. Elle était fraîche et j'achevai de m'extirper du sac de couchage pour m'y mettre debout, la malaxant avec bonheur entre mes doigts de pied. J'étirai tant bien que mal mes muscles raidis par le sommeil ; la douleur des coups, elle, s'était enfin évanouie, seuls quelques élancements, quand je tendais un membre, me la ramenaient au souvenir. La lumière de la lune, près de moi, tombait sur le mur, et je remarquai alors qu'il n'était pas lisse, comme je l'avais d'abord pensé, mais au contraire piqué de petits trous, qui formaient des renflements légèrement bombés. Je me rapprochai. Sous mes doigts, le mur s'avéra tapissé d'un cuir très fin, doux et tiède comme une peau humaine, qui venait par endroits se replier en de petits anus, parfaitement formés avec leurs replis, un mur constellé d'anus. Lorsque j'en touchais un, très délicatement, du bout des doigts, il se contractait ; je me penchai pour en examiner quelques-uns de plus près, certains étaient pâles et clairs, d'autres plus foncés, voire violacés, mais rien d'autre ne permettait de les distinguer, ni de discerner s'ils appartenaient à des mâles ou des femelles. J'humectai mon doigt de salive et le passai sur le rebord de l'un d'eux : il tremblota, se fronça, trembla encore sous mon toucher très doux. Lorsque j'enfonçai le bout du doigt il s'ouvrit comme une corolle, résistant un peu tout d'abord à ma poussée, puis aspirant le doigt entier, au-delà de la seconde phalange. Je tournai le doigt, appuyant et massant la paroi molle, chaude, humide. Un autre anus se situait tout près de mon visage et je tendis la langue pour le lécher, de la pointe d'abord, puis en pressant plus fort, y appuyant enfin mes lèvres en un long baiser, savourant le goût à peine musqué qui s'en dégageait. Quand je retirai la bouche et le doigt les anus cillèrent lentement, comme des yeux me regardant à leur tour, petits miroirs me reflétant fragment par fragment. J'ôtai tous mes vêtements et me pressai contre le mur, enchanté par la douceur de sa peau lisse contre la mienne ; mes pieds plantés dans l'herbe du sol, je tendis les bras pour caresser sa surface, brossant de la paume les anus que je rencontrais ou bien les chatouillant des doigts, léchant et baisant ceux à proximité de ma bouche, enfin pénétrant comme dans du chocolat fondu celui qui se trouvait devant ma verge, plaquant mon ventre et mes hanches tout contre le mur. C'était une sensation incroyablement délicieuse, ma peau entière palpitait au contact de ces anus, de cette peau souple et tiède, elle fondait à son tour, se mêlant à l'autre, je coulais dans le mur, mon corps en émergeait encore comme une figure en ronde-bosse et je continuais à osciller des hanches et à bouger les mains, le pénétrant de plus en plus profondément, enfin je m'y confondis tout à fait, ma peau tendue comme celle qui la prolongeait sur toute la surface, seul mon propre anus se démarquait encore, un petit renflement sur la surface lisse, que je serrais et relâchais, le sentant picoter d'excitation, prêt pour le doigt ou la bouche qui viendrait le caresser à son tour.

Lorsque je me réveillai une lumière froide tombait dans la chambre, faisant scintiller la matière du sac de couchage et ne réchauffant rien. J'étais nu, empêtré dans l'épais duvet sur le matelas qui se gondolait sous moi à chaque mouvement. Je me levai et m'habillai sans perdre de temps, rêvant de quelque chose à me mettre sous la dent, ne serait-ce qu'une pomme. Dehors, la pluie tombait toujours, drue, voilant la ville et la mer grise qu'on devinait tout au fond, derrière les immeubles. J'inspectai une dernière fois les pièces et, ne remarquant rien d'autre que ce que j'y avais déjà vu, me dirigeai vers la porte. À l'instant de l'ouvrir j'hésitai, la main sur la poignée, distrait par un sentiment fugace, mais il s'évanouit aussi vite qu'il était apparu et je tirai la porte et sortis. Dans le couloir, je repris tout de suite ma course, lançant un pied devant l'autre d'un pas souple, régulier, respirant avec aise un air riche en senteurs de pierre détrempée, de boue, et de décomposition. Mes muscles se réchauffèrent rapidement et je me concentrai sur les parois, à peine visibles dans la demi-lumière qui régnait ici, qui paraissaient se rapprocher ou au contraire s'éloigner de moi, comme si le couloir serpentait imperceptiblement, me forçant à ajuster tout le temps ma trajectoire pour éviter de venir me cogner contre elles, interrompant le rythme de mes pas et de ma respiration. Ici et là, des parties plus assombries surgissaient du mur, des petits renfoncements ou des sortes de boyaux tronqués que j'explorais brièvement avant de revenir au corridor principal, ou encore l'ouverture d'un nouveau passage, tout aussi irrégulier et obscur, dans lequel je me jetais un peu au hasard, poursuivant ma course par à-coups, encouragé par des ombres que je discernais au loin, des figures qui semblaient croiser ma route sans s'arrêter, disparaissant comme elles étaient apparues, impossibles à rattraper quelle que soit la bifurcation que je prenne. Il devait y avoir, je me disais à certains moments, un endroit où percer, une manière de changer de cap, pour suivre une nouvelle ligne, mais rien ne servait, ni accélérer ni ralentir ni même s'arrêter, toujours c'étaient les mêmes couloirs et les mêmes embranchements, réseau que, tout comme sans doute ces autres figures vaguement aperçues, je parcourais inlassablement, au rythme des poignées brillantes qui jalonnaient les murs et que j'ignorais ou avec lesquelles au contraire je jouais un instant, par distraction ou par ennui, jusqu'à ce qu'enfin, pris de lassitude, j'en saisisse une et pousse la porte, passant le seuil sans ralentir pour me retrouver dans une grande salle sombre, enfumée et bruyante. Assis autour de tables en bois grossier, des hommes en costume de toile et aux bottes terreuses buvaient, s'égosillaient, braillaient des fragments de chansons paillardes en tripotant des filles aux chairs lourdes et aux visages rouges, surexcités. Un autre groupe, près du comptoir, discutait vivement. Je me joignis à eux en tendant la main à mon ami : il se retourna avec un sourire et la prit dans la sienne, secouant en riant ses boucles aux reflets roux. « Tu arrives juste à temps. Qu'est-ce que tu bois ? » — « La même chose que toi. » Il se retourna vers la tenancière, une vilaine femme édentée entre deux âges, et, indiquant son verre, leva deux doigts. Tandis qu'elle s'affairait il me saisit l'épaule et me secoua. « C'est bien que tu sois là. Imagine-toi ce qui nous arrive. » Un de ses compagnons, un garçon trapu vêtu comme un valet de ferme, rota, vida son verre, et roula des yeux injectés de sang : « Elle m'attend dans les bois ! » beuglait-il. — « Savez-vous », interjeta un autre d'une voix aiguë, éraillée, « ce qu'elle aime, cette chienne, c'est courir nue sous les arbres. » — « Et alors, grinça un autre, ça ne t'a pas empêché de l'avoir. » — « Elle est folle de moi, je vous dis, éructa le premier. Folle de moi. » — « De toi, et de nous tous. Cette femme, c'est un panier pourri. » — « Panier pourri ! » se mit à scander, en chœur, tout le groupe, « Panier pourri ! » La patronne nous tendait deux verres et mon ami m'en offrit un. « Que se passe-t-il, enfin ? » demandai-je en sirotant le cocktail, un gin-tonic frais, pétillant, presque amer. Mon ami se pencha pour me glisser quelques mots à l'oreille, à peine audibles au milieu des cris et des exclamations : « Il se passe que nous nous sommes rendu compte que nous avons tous la même maîtresse. Une femme riche, la plus riche du bourg. Chacun de nous croyait qu'elle l'avait distingué, mais en vérité elle se servait de tous. » Le vacarme ne faiblissait pas. « Allons-y, allons-y ensemble ! » criaient plusieurs des garçons de ferme. Derrière nous, une jeune femme aux cheveux noirs coupés à la garçonne avait entamé une chanson des faubourgs, et les autres se turent enfin pour l'écouter. « Une femme à tempérament, avançai-je. Où est le mal ? » — « Facile pour toi de le dire », rétorqua-t-il pendant que je reprenais une gorgée de mon cocktail. Il alluma une cigarette et exhala orgueilleusement une bouffée de fumée en l'air. «Tu ne la connais pas. Mais on va lui donner une bonne leçon, à cette traînée.» À ce moment les lumières vacillèrent, se rétablirent, vacillèrent de nouveau ; tout le monde s'était tu, il y eut un grésillement, et la salle plongea dans le noir tandis que des cris, amusés ou irrités, fusaient de toute part. «Ce n'est rien, piaillait la patronne, ce n'est rien. Juste les plombs qui ont sauté.» Des petites lueurs apparaissaient ici et là, des hommes qui allumaient quelques instants leurs briquets ; on en approcha un d'une bougie, un halo tremblotant illumina quelques visages congestionnés ; au fond du comptoir, le pinceau jaunâtre d'une petite lampe torche dansait sur le mur. «Pourtant, maugréait mon ami, on a fait réparer tout le circuit par un professionnel. Deux fois, même.» Il y eut un claquement sourd et les lumières revinrent dans un brouhaha d'applaudissements et d'exclamations joyeuses. La fille aux cheveux courts, perchée maintenant sur les genoux d'un des valets, se remit à chanter. Je contemplai mélancoliquement ses bras bruns, ses épaules rondes, ses petits seins fermes sous sa fine robe imprimée, le cou massif et les muscles solides, bien découplés de son compagnon. Sa voix était vulgaire, mais riche et langoureuse : *C'est aux jeux, c'est aux amours, qu'il faut donner les beaux jours,* elle chantait pendant que son ami lui pelotait les cuisses avec un gros rire. Enfin elle s'interrompit et sauta de ses genoux, secouant ses mèches couleur de charbon avant de se diriger droit vers nous. «Vous me payez à boire ?» s'exclama-t-elle en partant d'un grand éclat de rire suraigu. Je levai mon verre avec un sourire amical, et fis signe à la tenancière ; mais la fille, heureuse et légère, n'attendit même pas, elle ôta le verre de mes doigts et le vida d'un trait, laissant de nouveau jaillir un grand rire avant de me le tendre, son rebord taché de rouge à lèvres. Déjà un autre verre arrivait, je le pris, l'entrechoquai contre celui de mon ami et celui, vide, que la fille tenait toujours, et le vidai à mon tour, une grande gerbe fraîche pétillant dans ma gorge.

La troupe avinée avançait maintenant à travers l'humidité des bois, lourdement. Autour de nous se dressaient les grands hêtres, les sorbiers et les noyers, ici et là un vieux chêne au tronc à moitié recouvert de mousse ; des fougères, des buissons, quelques petits pins rachitiques encombraient les sous-bois ; de loin en loin, les torsades du lierre enserraient les troncs, étouffant lentement, année après année, les arbres qui les portaient. Nous suivions une sorte de chemin ouvert dans la végétation par le tracé aléatoire des sapins, franchissant parfois un petit ruisseau exhalant un air froid et vif. À l'approche pesante de nos pas, les oiseaux qu'on entendait chanter dans les branches se taisaient, pris de peur. Mon ami me tenait l'épaule et marchait à mes côtés en silence ; je gardais les yeux au sol, prenant soin de ne pas trébucher sur les racines ou les pierres couvertes de lichen qui encombraient le chemin ; lorsque je risquais un regard vers le haut, il butait sur la voûte sombre des crêtes des arbres, sur le foisonnement du lierre, sur les rares coins de ciel gris visibles à travers les branches. Il faisait frais, un temps pinçant d'automne, mais mon ami m'avait prêté un grand manteau, que je maintenais serré par-dessus mon survêtement. Les hommes parlaient peu ; lorsqu'un d'eux laissait échapper un bref commentaire, suscitant des ricanements mauvais, un autre ne manquait jamais de le rappeler au silence. Enfin, la main de mon ami se tendit sur mon épaule : nous arrivions. Devant, une haie de buissons touffus entourait une petite clairière ; des baies blanches, orange, rouges, vénéneuses sans doute, brillaient calmement au milieu des feuilles luisantes, presque noires ; au-delà, des violettes sauvages, des pissenlits et des plaques de trèfle se mêlaient aux herbes vertes et mouillées tapissant le sol doré. Un des hommes, le garçon de ferme trapu, se détacha du groupe et s'avança vers le centre de la clairière ; les autres s'accroupissaient derrière les buissons, murmurant à voix basse. Mon ami avait allumé une nouvelle cigarette et l'odeur de la fumée se mêlait aux effluves musqués qui se dégageaient de son corps. Sous le manteau, je frissonnai : « Il ne fait pas chaud. » — « Ne t'en fais pas. Ça ne sera pas long. » Durant de longues minutes, toutefois, il ne se passa rien ; au milieu de la clairière, le valet trapu tapait du pied et maugréait ; près de moi, les hommes se frottaient les bras et faisaient circuler une flasque d'alcool. La fille coiffée à la garçonne, qui nous avait accompagnés, chantonnait de nouveau à voix basse, une complainte sentimentale et désuète : *En vain, de mille amants je me voyais suivie, aucun n'a fléchi ma rigueur.* Tout en soufflant sur mes doigts engourdis, je remarquai un grand panier à ses pieds : il était rempli de pommes de toutes les couleurs, vieilles, quasi pourries. Enfin, une figure apparut entre les arbres du fond de la clairière et s'avança calmement vers le garçon de ferme. C'était une femme, une grande femme élancée à la peau blanche, toute vêtue de gris ; lorsqu'elle défit sa voilette et ôta son chapeau à large bord, je vis qu'elle avait les cheveux blonds couleur de champagne, remontés en un élégant petit chignon maintenu par des épingles. Plus personne ne parlait, les hommes retenaient leur souffle, leurs regards braqués sur elle. Arrivée devant le valet de ferme, elle s'arrêta. « Vous voilà enfin », grogna-t-il, se plaçant de côté pour que nous puissions tout voir. La femme ne répondit rien, mais tendit juste les bras pour écarter les pans de la veste de l'homme, puis dégrafer avec lenteur la boucle de son ceinturon avant d'extraire, toujours aussi posément, une verge courte et épaisse, déjà gonflée sous ses doigts. Le valet ricana : « Tu ne peux pas t'en passer, hein, ma belle ? Ça te plaît trop. » — « Oui », articula-t-elle clairement avant de se pencher vers le sexe qu'elle tenait toujours en main. Mais l'homme interrompit son mouvement d'un geste brusque, enfonçant ses gros doigts dans le tissu gris de son épaule. « Attends. Je veux te voir nue. Enlève tes vêtements. » La femme le dévisagea : « Il fait froid », dit-elle, toujours avec le même calme effrayant. « Je m'en fous », aboya-t-il rudement. Il commença à attaquer les boutons de son col, mais elle repoussa sa main et se mit elle-même à défaire les boutons un par un. Au fur et à mesure que la robe s'ouvrait, l'homme tirait sur le tissu, révélant ses membres, ses longs muscles élancés, sa peau qui même de loin semblait recouverte d'un pâle duvet. Enfin la robe tomba, l'homme lui retirait ses dessous et elle resta nue, la pointe de ses seins dressée par le froid, exhibant sans pudeur une épaisse toison blonde entre ses cuisses, rendue encore plus affolante par les bas gris perle qu'elle avait gardés. Non loin de moi, la fille aux cheveux noirs ne put s'empêcher de laisser fuser une exclamation : « Ah, la belle gueuse ! » — « Vas-tu donc te taire ? » siffla mon ami, tendu, crispé. Mais la femme blonde n'avait rien entendu. De nouveau, elle tendait la main vers le sexe du valet, dressé entre les pans de sa veste comme un bâton courtaud. « D'abord, pisse », ordonna-t-il d'un ton veule, grossier. « Je veux voir une femme riche pisser. » Sans un mot, la femme s'accroupit et urina, un jet puissant, bruyant, interminable. L'homme de nouveau laissa échapper un bref ricanement, puis brandit sa verge vers le visage de la femme. Sans hésiter, elle entrouvrit les lèvres, laissant le sexe emplir sa bouche tandis que le valet plantait ses doigts dans les mèches blondes. Il grogna, puis se mit à taper du ventre contre le front de la femme, l'obligeant à écarter les jambes et à lui agripper les hanches pour garder son équilibre. Le valet ahanait ; enfin il râla, cassé en deux, sans que la femme ne détache un instant sa belle bouche de son bas-ventre. Tout de suite il se retira, fourra sa verge dans son pantalon, et d'un geste bien plus leste que n'aurait dû le permettre son corps trapu rafla les vêtements éparpillés de la femme avant de s'éloigner d'un pas gaillard : « À vous, les gars ! brailla-t-il. Montrez-lui, à cette chienne. » Inquiète, la femme s'était subitement redressée ; déjà, les hommes déboulaient des fourrés, la bombardant d'œufs et de pommes pourries tout en l'accablant d'invectives. Elle leva les mains pour se protéger, mais ne tenta pas de fuir ; les œufs éclataient sur son corps, dégageant, même à cette distance, une puanteur intolérable, la recouvrant d'une glu répugnante dans laquelle restaient collés des bouts de coquille ; les pommes, même molles, devaient la meurtrir affreusement, mais pas un son ne sortait de ses lèvres. Mon ami s'était mis debout mais ne bougeait pas. Du doigt, il indiqua le panier de pommes : « Tu ne vas pas en lancer ? » Envahi d'un indicible dégoût, je contemplai avec effarement la scène et secouai la tête. Alors l'autre femme, agitant ses courtes mèches noires, plongea devant moi avec un cri de joie : « Si toi tu ne veux pas, couille molle, moi je ne vais pas me gêner ! » S'emparant du panier, elle courut rejoindre les autres et se mit à son tour à viser le corps frêle, tremblant de peur, mais raide d'orgueil sous les coups et la colle puante, de la femme aux cheveux blonds.

La fille aux cheveux jais, ses mèches dressées sur son crâne, menait triomphalement le cortège du retour en chantant à tue-tête de sa voix effrontée : *Plus on connaît l'amour plus on le déteste, détruisons son pouvoir funeste !* Derrière elle, les hommes avançaient dans un tapage d'interjections grossières et de ricanements ; mais sous leur apparente satisfaction semblait flotter comme un doute, l'ombre peut-être d'une honte secrète, voilant leur rire. Incapable de me défaire de l'image de la nudité, affolée par la fierté, de la jeune femme droite sous la pluie des projectiles, taraudé aussi par mon immobilité au moment de l'assaut, qui m'avait autant empêché de me joindre à ses bourreaux que de la défendre, je les suivais dans un silence morne. Mon ami, silencieux lui aussi, s'était mêlé au groupe et fumait. À l'embranchement d'un chemin, un des valets lança avec un rire fanfaron : « Elle a bien eu son compte, la bourgeoise. Les gars, on retourne trinquer ? » Mon ami indiqua l'autre direction : « Moi, je rentre », fit-il d'un ton cassant. — « Je vais avec toi », acquiesçai-je. Tous les deux, nous bifurquâmes vers la droite tandis que la troupe s'éloignait entre les arbres, reprenant en chœur, comme pour se rassurer, la ritournelle de la fille aux cheveux noirs. Peu à peu, le silence revint. Un oiseau, sur le côté, lança un long trille ; le vent remuait paisiblement le feuillage ; autrement, le seul bruit était celui de nos pas, pesant sur les brindilles et les feuilles séchées. Plus loin le chemin tournait pour longer un haut mur de briques rouges, l'enceinte d'un parc ou d'une demeure. « C'est ici qu'elle habite », murmura mon ami. — « Qui donc ? » demandai-je tout en connaissant par avance la réponse. — « Le panier pourri, celle qui se donne au premier venu. » À l'angle du mur, le chemin s'enfonçait de nouveau dans la forêt ; au-delà, de l'autre côté, commençait une étendue de fougères qui m'arrivaient à la taille.

« Je continue par là », fit mon ami, indiquant le chemin. J'hésitai à le suivre ; mais quelque chose, du coin de l'œil, avait accroché mon regard, une forme nue, plus loin, se mouvant dans les fougères. Je dévisageai mon ami, mais il semblait n'avoir rien vu. « Moi, je vais passer par là », répondis-je enfin. J'ôtai le long manteau, le pliai, et le lui tendis : « Tiens, reprends ça. » — « Tu n'auras pas froid ? » — « Non, ça ira. » Il me salua de la main et reprit son chemin, s'arrêtant quelques pas plus loin et se retournant : « Elle l'a bien mérité, non ? » Il souriait et agitait doucement ses mèches. Je ne dis rien et il se remit en route, le manteau plié sur un bras, disparaissant derrière un arbre. Je tournai les yeux vers les fougères, mais j'avais beau scruter l'étendue, je ne voyais plus rien, à part la verdure et les arbres au fond. Je repris la marche à la hâte, forçant mon chemin à travers les frondes, traînant les doigts sur la brique humide et les plaques de mousse recouvrant le mur. Les fougères, élastiques, cédant facilement, bruissaient sous mes pas ; un vague souvenir dansa un instant dans mon esprit, l'image fugitive d'un enfant nu se faufilant à travers une telle végétation, mais je n'arrivais pas à la saisir ou à la préciser et je l'oubliai tout aussi vite, me concentrant sur mes enjambées, essayant aussi de ne pas penser au corps de la fille au chignon blond, si disponible et comme imperméable à la honte, cette honte qui glissait sur elle comme la glu immonde des œufs pourris. Un peu plus loin je l'aperçus de nouveau : immobile, le haut de son corps dressé au-dessus des fougères, elle tenait tranquillement la main d'un petit garçon blond. Les deux s'étaient arrêtés devant une ouverture dans le mur et je discernais clairement les souillures maculant le corps nu de la femme, le visage pointu, brillant d'intelligence, de l'enfant qui la regardait avec un air têtu. Puis ils disparurent, avec un petit bruit sourd de porte qui se referme. J'accélérai le pas et arrivai à mon tour presque en courant devant la porte, un vantail en bois peint en vert, vermoulu et écaillé, mais fermement encastré dans le mur. Sans hésiter, je saisis la poignée de fer forgé et tournai. La porte s'ouvrit facilement et dès que je l'eus franchie je me remis à courir, martelant de mes baskets le sol lisse du couloir, ma respiration sifflant avec régularité entre mes lèvres, les yeux écarquillés pour tenter de me situer dans la demi-obscurité qui me faisait voir les murs tantôt assez éloignés, tantôt tout près de moi, comme si ce corridor s'était mis à louvoyer, me forçant à corriger ma course par à-coups et me projetant parfois, avec un heurt brutal, contre une paroi ou même à l'intérieur d'un des petits recoins qui ouvraient dans la surface grise une zone encore plus sombre, indéfinissable. Parfois, cette sorte d'abri n'était pas fermée au fond, mes mains, en palpant à l'aveuglette les parois, décelaient une ouverture par laquelle je me glissais avant de me remettre à courir, pleinement concentré sur l'équilibre de mon corps, le rythme de mon souffle et de mes foulées. Il arrivait aussi que je me retrouve face à une bifurcation, en forme soit de V, soit de T, et que je ne discernais toujours qu'au dernier moment, ce qui ne me laissait, pour choisir ma direction, pas même un instant de réflexion, je devais afin d'éviter l'impact immédiatement propulser mon corps d'un côté ou bien de l'autre, et continuer ainsi au hasard ma course folle, où ne se profilait ni air, ni lumière, ni brèche ni sortie, et qui paraissait ne jamais finir. Parfois, aussi, les ouvertures donnaient sur d'autres couloirs, devant lesquels je marquais à l'occasion une brève pause, en courant sur place, pour tenter d'y voir plus clair, reniflant dubitativement les relents de souterrain, de poussière humide, de vieux béton écaillé. Il m'arrivait ainsi, même si je n'apercevais rien qui puisse déterminer

mon choix, de m'y engager et de reprendre dans cette nouvelle direction ma course désœuvrée ; mais il se pouvait
aussi que mes yeux discernent, au loin, une ombre mouvante, une sorte de figure peut-être humaine, courant,
pourquoi pas, tout comme moi ; alors je la hélais, toujours
en vain malheureusement, je mettais mes mains en porte-
voix devant ma bouche et criais dans sa direction une série
de mots sans suite, qui se voulaient amicaux mais qui n'ob-
tenaient pas le moindre retour, ce qui me forçait donc à
courir vers la figure, dans l'espoir de prendre contact avec
elle et de nouer ainsi un lien, espoir toujours déçu car
l'ombre, si tant est qu'il y en ait eu une, s'évanouissait dès
que je me rapprochais, elle aussi devait obliquer dans un
carrefour, un embranchement, un détour ou un cul-de-sac,
tout cela était futile et je fatiguais de plus en plus, ma vue
se brouillait et je multipliais les erreurs, me cognant ainsi
plus que de mesure contre les murs, ou encore heurtant
violemment des doigts les objets métalliques, brillant dans
la pénombre, qui à intervalles saillaient des parois, des poignées qui actionnaient des portes que je m'amusais de
temps en temps à ouvrir et à refermer, sans jamais en franchir le seuil, jeu idiot auquel j'épuisais encore plus mes
forces, définitivement égaré, jusqu'à ce qu'enfin je trébuche
et vole en avant, me rattrapant au dernier instant à une de
ces poignées et ouvrant ainsi la porte qui m'entraîna avec
elle, me sauvant d'une chute définitive tout en me tirant
au-delà du seuil. Mes baskets crissèrent dans la neige et je
m'arrêtai. Un homme passa devant moi, menant un cheval
par une longe, suivi de deux autres portant une marmite,
leurs haleines gelées suspendues dans l'air glacé qui coupait
à travers le fin tissu de mon survêtement. Je frissonnai et me
frottai les bras. Un peu plus loin, sous un grand hêtre aux
branches nues et grises, un groupe d'hommes se pressait

autour d'un feu. Je m'en approchai, mes pieds s'enfonçant dans la neige fraîche ; un des hommes me remarqua et me héla : « Hé, mon commandant ! Vous allez prendre froid. Venez vous changer. » Il m'entraîna vers un petit cabanon où je trouvai dans un grossier placard de planches tout ce qu'il me fallait : pantalon de solide toile brune et chandail à col roulé, que je passai par-dessus le survêtement pour plus de chaleur, veste d'officier aux boutons dorés, bottes en cuir, et un long manteau en laine, à haut col avec des pans amples qui battaient autour des mollets. Il y avait aussi une toque en fourrure et une paire de gants blancs bien ajustés, que j'enfilai et boutonnai avec un remarquable sentiment de satisfaction. Le soldat m'attendait à la sortie : « N'oubliez pas ceci », fit-il en me tendant une cravache et un étui de cuir qui contenait un pistolet à canon long, avec une crosse ronde en bois poli. La neige commençait à tomber, une pluie de flocons légers comme l'air qui dansaient gaiement et fondaient au moindre contact. Je fixai l'étui au ceinturon de ma veste tout en suivant le soldat vers le feu. D'autres hommes étaient venus se joindre aux premiers, tous portaient un uniforme semblable au mien, lorsqu'ils me virent approcher ils se mirent au garde-à-vous, claquèrent des talons, et me saluèrent. Plusieurs portaient au col une lourde croix de métal ouvragé ; je tirai la mienne de la poche de ma veste et me la passai au cou aussi, caressant le métal des doigts avant de lever la tête vers un homme nu, pendu par un seul pied à une branche du hêtre, sa peau grise lacérée de coups et d'estafilades. « Lui ? » — « Un espion, mon commandant. Il rôdait près des chevaux, on lui a donné une bonne leçon. » Je hochai la tête et m'approchai du brasier. Un homme avança un tabouret pliant sur lequel je m'assis, un autre me tendit une écuelle fumante emplie de haricots rouges et une cuiller en fer-blanc. J'avais très faim et je dévorai avec alacrité le plat, cela manquait de sel mais peu importait, j'avalai jusqu'à la dernière cuillerée et raclai l'écuelle. J'étais maintenant tout à fait réchauffé, le feu me rôtissait agréablement les pieds et les cuisses, quelques flocons s'accrochaient un instant à mes manches avant de fondre et je les contemplais avec plaisir. Je rotai et bus de l'eau. « Faites seller les chevaux, ordonnai-je en me relevant. On part. » Immédiatement les hommes commencèrent à s'affairer. Au-dessus du feu, l'homme pendu oscillait lentement, maintenu en place par une branche plus fine empalée dans son anus. Un soldat s'approcha et salua : « Et les prisonniers, mon commandant ? » Je réfléchis un court instant : « Fusillez-les. » — « Les femmes aussi ? » — « Les femmes aussi. » Je me dirigeai à grands pas vers l'enclos. Un homme menait vers moi un beau cheval bai, dont les naseaux laissaient échapper des volutes de vapeur mêlées aux flocons qui tombaient toujours plus dru. Je pris la longe des mains du soldat, flattai l'encolure de la bête, vérifiai la sangle, et me hissai sur la selle où je me campai pour observer les préparatifs. Dans la poche de ma veste se trouvait un étui à cigares, j'en allumai un et tirai dessus, les bouffées de tabac me procurant une sensation de sérénité, légère et joyeuse comme la neige qui emplissait le ciel. Autour de moi les hommes allaient et venaient, alignaient les chevaux, repliaient les tentes ; plus loin, des soldats escortaient un petit groupe d'hommes et de femmes, la plupart vêtus de haillons. Arrivés à un bosquet de pins, ils les obligèrent à s'agenouiller dans la neige. Puis un soldat braqua son fusil, visa une nuque, et appuya sur la détente ; l'homme vola en avant dans un brusque jet de sang ; déjà le soldat se tournait vers le suivant et ajustait son arme. Des hommes à cheval venaient se joindre à moi. L'un d'eux me tendit une lance, au manche en frêne poli et à la lame acérée, longue et fine en forme de feuille ; je m'en saisis avec bonheur, la soupesant puis la posant sur mes genoux. Lorsque tout fut prêt je tirai une dernière bouffée du cigare, jetai le mégot dans la neige et brandis la lance pour donner le signal du départ. Mon cheval piaffa et je le guidai des talons, calant la lance sous mon bras et apprêtant les rênes de ma main libre. Autour de moi la colonne se mettait en branle, longeant les arbres, contournant les corps des fusillés qui gisaient face à terre dans la neige rougie, les membres disloqués comme des poupées. Nous rejoignîmes un chemin de traverse et je lançai mon cheval au trot, les sabots volaient dans la neige vierge, les lances frappaient les branches et faisaient pleuvoir sur nous de grandes gerbes de neige, d'aiguilles et de pommes de pin, je riais et mes hommes riaient avec moi, heureux de cette course vespérale impromptue. Plus loin s'ouvraient de vastes champs enneigés, rayés de brun par la terre retournée des labours, nous les franchîmes sans ralentir l'allure, la neige ne tombait plus, le ciel virait au gris et s'assombrissait encore, petit à petit les nuages s'effilochaient, déversant sur la tranquillité du paysage la lumière blanche de la pleine lune. Enfin la nuit s'installa et je fis passer les chevaux au pas. Nous avancions à travers champs dans le cliquetis des harnais et des éperons, les ébrouements des chevaux, le son feutré des dizaines de sabots dans la neige, enveloppés par les riches effluves de terre gelée, d'huile à fusil, de sueur de cheval, de cuir et de crottin. La lune maintenant éclairait tout, on distinguait les étendues blanches et vallonnées entrecoupées de bosquets, masses plus sombres dispersées ici et là sous la voûte bleuâtre du ciel nocturne. Au loin brillaient des lumières et sans un mot je dirigeai la colonne vers elles. Peu à peu se dessinèrent devant nous les formes d'une grande bâtisse nichée dans les arbres et entourée de dépendances, un manoir isolé comme il y en avait encore tant sur ces terres. Un chien, averti de notre approche, se mit à aboyer, suivi par un autre, de nouvelles lumières s'allumèrent et l'on entendit des cris brefs et des bruits de portes. D'un geste de ma lance, j'envoyai deux groupes d'hommes encercler la demeure par les flancs, et continuai à avancer au pas, suivi du gros de la troupe. Arrivé devant le grand portail de l'enceinte, construit de fortes planches ferrées, je le frappai de ma lance et criai : « Ouvrez ! » Les chiens aboyaient de plus belle, personne ne répondit. « Ouvrez ! Ouvrez ou je brûle tout ! » Enfin une voix se fit entendre : « Qui va là ? » — « Ouvrez, au nom de Dieu, grondai-je, si vous voulez la vie sauve. » Les gonds grincèrent et les lourds battants s'écartèrent. Un homme un peu âgé apparut, brandissant une lanterne d'écurie : « Qui êtes-vous ? Que voulez-vous ? » Sans prendre la peine de répondre je lui envoyai un coup de lance à la gorge ; sa voix s'étrangla dans le sang, la lanterne chuta dans la neige où elle continua à briller, lui resta suspendu un instant sur la lance, jusqu'à ce que j'imprime un petit mouvement à la hampe pour la dégager. Le cadavre glissa à son tour dans la neige et je secouai la lance pour l'égoutter ; puis je la fichai au sol et mis pied à terre, y attachant la longe de mon cheval. Je n'avais besoin de rien dire, mes hommes connaissaient la besogne, j'allumai calmement un autre cigare et tirai dessus tandis qu'ils se ruaient vers la maison, à pied ou encore à cheval. Des coups de feu retentirent, l'un d'eux roula à terre et s'étala de tout son long, les autres mirent genou au sol et ouvrirent le feu, mitraillant les croisées qui éclatèrent les unes après les autres dans des pluies de cristal. Ce fut vite fini. Une douzaine de soldats s'engouffrèrent comme des chiens enragés par la porte d'entrée défoncée, de l'intérieur provenaient encore quelques coups de feu, des bruits de portes volant en éclats, des cris rauques, des hurlements affolés de femmes. Laissant là mon cheval, je tirai mon pistolet de son étui et entrai à mon tour, enjambant le corps d'un jeune homme à moitié vêtu dont le sang imbibait le tapis du hall d'entrée. Des femmes en robes de nuit s'égaillaient par les couloirs, pourchassées par des soldats rieurs ; dans le salon, au milieu des meubles renversés et des cadavres affalés comme des pantins, un vieillard se tenait assis dans son fauteuil, les yeux écarquillés, la lèvre inférieure tremblotante, une jatte de pommes vertes, jaunes et rouges calée entre ses mains. Un chat gris, épouvanté, fila entre mes bottes, manquant de me faire trébucher : je lâchai un coup de feu paresseux en sa direction, mais il s'était déjà esquivé. D'un coup, toutes les lumières électriques s'éteignirent, les plombs avaient dû sauter, mais les bougies et les chandelles allumées suffisaient à éclairer la scène. Une forte odeur de cordite et de sang me prenait au nez et je la flairai avec délectation. Dans l'office, un soldat violait une grosse boniche sur une table, sous l'œil hilare de ses camarades, un autre, paisiblement assis sur une chaise, se découpait des tranches de pain et de fromage ; sur un signe, deux hommes renversèrent un buffet empli de vaisselle, qui s'effondra dans un grand fracas de porcelaine brisée. Quelques coups de feu claquaient encore au fond de la maison ; dans l'arrière-cour, au-delà des communs, trois soldats s'efforçaient en jurant de saigner un cochon, qui grouinait et se débattait de toutes ses forces sous le couteau ; près d'eux, on hissait sur une charrette deux paysans mal rasés, les mains liées dans le dos, pour les pendre à un gros chêne ; plus loin flambait une grange, allègrement. Je montai à l'étage : le même joyeux tapage y régnait, un sous-officier, coupe de champagne à la main, dansait seul devant une grande glace en s'étreignant l'épaule, un soldat pissait dans les rideaux, un troisième exhibait des mains couvertes de bagues et de bracelets de femme. D'une porte entrouverte émanaient des cris perçants ; deux hommes, culotte baissée, enfilaient un jeune garçon dénudé, plié en avant sur un lit de fer, la tête enfouie dans les coussins brodés. Plus loin, au fond du couloir, se trouvait une porte fermée. J'essayai la poignée, la porte était verrouillée, je frappai, pas de réponse, je frappai encore du poing en criant : « Ouvrez ! », toujours rien. Alors je reculai et fis sauter la serrure d'un coup de botte. Le battant vola ; debout devant le lit se tenait une femme en robe d'intérieur gris perle, fine et légère, ses cheveux blond vénitien relevés dans un chignon savamment décoiffé qu'éclairait la lumière blafarde de la lune, tombant par les croisées. Lorsqu'elle me vit elle poussa un cri et porta sa main à la bouche. « Toi ! gémit-elle. Toi ? Mais tu es fou ! Tu es fou ! » Je la regardai, interloqué par ces mots : « On ne se connaît pas », fis-je sèchement en avançant d'un pas et en lui décochant une gifle qui l'envoya en tournoyant sur l'étendue verte et dorée du couvre-lit brodé. Elle se recroquevilla et se mit à sangloter, griffant des ongles son beau visage crispé. Je repoussai la porte, ôtai mon manteau puis mon ceinturon que je posai sur une chaise, et m'approchai du lit en dégrafant ma tunique. La jeune femme tenta de me lancer un coup de talon, j'attrapai la cheville en riant et tordis, la retournant sur son ventre. Je caressai ses fesses sous le matériau soyeux de la robe, un jersey tricoté sans la moindre couture et doublé d'une fine soie rose pâle, elle hurla de toutes ses forces, le visage perdu dans les longues herbes vertes brodées du tissu, je lui assenai un coup de poing dans le dos et les cris cessèrent. Je remontai la robe jusqu'à ses reins et baissai sa culotte d'un geste sec, révélant un cul rond et

blanc, elle gémissait maintenant : « Non, non, je t'en prie »,
je la frappai encore une fois pour la faire taire, défis ma
braguette, me hissai sur le lit et, lui écartant les fesses, la
forçai d'un violent coup de reins. Elle eut un dernier cri
aigu, puis se tut. J'enfonçai mes mains, toujours gantées de
blanc, dans le chignon décoiffé et m'appuyai de tout mon
poids sur sa tête, humant les senteurs de bruyère, de mousse
et d'amande qui émanaient de ses cheveux. Mais elle était
sèche et je trouvais la sensation peu agréable, je me retirai,
crachai à plusieurs reprises sur son anus, niché au milieu
de touffes de poils blonds, frottai mon gland dans la salive
et m'enfonçai là, lentement cette fois-ci, elle n'émettait
toujours pas un son, étalée dans sa robe grise sur le
couvre-lit verdoyant, le visage caché par ses cheveux défaits.
Je me retournai : à côté de la porte entrebâillée se dressait
un grand miroir vertical, j'y voyais mon cul, blanc sous la
lumière de la lune, allant et venant entre les longues cuisses
blanches coincées sous les miennes. Je ralentis, me repais-
sant du spectacle, la femme, sous mon corps, respirait en
sifflant mais se taisait toujours, je la frappai encore une fois,
sans trop savoir pourquoi, puis encore, à chaque coup elle
suffoquait mais se retenait de crier, et ce mutisme m'enra-
geait, je me mis à l'étrangler, mes deux mains gantées serrées sur sa nuque, je sentais ses cuisses se tendre et battre
sous moi, son cul se contractait et je jouis violemment, me
vidant en elle en une grande secousse avant de la lâcher et
de rouler sur le dos, étalé de tout mon long sur les herbes
brodées, les yeux fermés. À côté de moi j'entendais la
femme hoqueter, tousser, avaler convulsivement l'air. J'ouvris les yeux et me rassis, regardant mon bas-ventre, il y
avait des traces de merde sur ma verge, je tirai à moi un
pan du couvre-lit pour m'essuyer, puis remontai mon pantalon et me reboutonnai. La femme était toujours couchée

sur le ventre, fesses à l'air, elle sanglotait doucement maintenant, mordant le tissu du couvre-lit pour étouffer le son. Je lui imprimai une petite claque sur la fesse et elle se tut abruptement : «Tu peux t'en aller», lui dis-je. La tête détournée, elle se redressa péniblement sur les genoux, tirant des doigts le tissu de la robe pour se couvrir le derrière ; elle se mit debout, trébucha, s'appuya sur le bord du lit, puis se pencha pour remonter sa culotte sous la robe. Je ne voyais que son profil. Elle se mordait la lèvre inférieure et la lumière de la lune jouait avec les cheveux décoiffés sur sa nuque. Alors elle me regarda, avec des yeux égarés, vides de toute compréhension. Je lui fis un petit signe des doigts et elle se dirigea en titubant vers la porte. Je me penchai vers la chaise, tirai mon pistolet de son étui, l'armai, et visai sa nuque. Le coup l'envoya voler contre la porte, elle s'effondra sur le tapis en une masse grise et tordue, laissant de longues traînées rouges sur le bois poli. Je posai l'arme à côté de moi et me rabattis sur le dos, caressant distraitement de mes doigts gantés l'épais tissu brodé du couvre-lit.

Lorsque je me réveillai le ciel commençait juste à pâlir. Quelques bruits sourds se faisaient encore entendre, du verre cassé, un chant mélancolique. Je me redressai et tentai d'allumer une lampe de chevet, mais l'électricité ne fonctionnait toujours pas. Devant la porte, la masse sombre du corps de la femme ressemblait à un tas de linge sale, jeté là pour être emporté par les bonnes. Je me levai, allumai quelques bougies, et commençai à fouiller les meubles, empochant les bijoux et les devises que je trouvais. Dans le tiroir de la table de nuit je tombai sur des morceaux de photographies. Ces fragments découpés représentaient un petit garçon blond ; et plus encore que les bras d'un homme qu'on apercevait ici et là, c'était l'expression de l'enfant, tantôt concentrée, tantôt effrayée, tantôt éclatante de joie, qui reflétait la présence d'une autre personne éliminée par les coups de ciseaux, présence qui voulait tout dire pour lui. Je les jetai au sol, achevai ma fouille, et, repoussant le cadavre d'un coup de botte, sortis rejoindre mes hommes. La plupart, ivres, dormaient dans des fauteuils, sur les tapis ou sur les tables, d'autres chantonnaient en vidant les dernières bouteilles ; devant le perron, des soldats plus sobres préparaient le départ, fixant à leur selle des sacs de butin ou de provisions. J'en chargeai quatre de réveiller et de réunir leurs camarades ; puis je fis amener mon cheval et donnai l'ordre du départ à ceux qui étaient prêts. Il avait dû neiger de nouveau durant la nuit, la neige, dans la cour, toute fraîche, luisait dans la lumière laiteuse du petit matin ; lances en main, nous repassâmes le portail, contournant le cadavre du vieillard à la lanterne, raidi sous une fine couche de flocons. Le jour se levait, le ciel était gris, devant nous s'étalait le blanc assourdi des champs de betterave enneigés, parsemé des taches sombres des bosquets. Je lançai mon cheval au trot d'un coup de talon, les hommes suivirent, gaillards et rieurs. Au loin, isolé sur l'étendue blanche, je distinguais un petit point noir, et je dirigeai mon cheval vers lui. Au fur et à mesure que je me rapprochais je voyais qu'il s'agissait d'une figure, la figure d'un petit garçon blond et nu qui titubait dans la neige. Nous le rattrapâmes vite et il nous fit face tandis que nous l'entourions, livide, grelottant de froid, les jambes maculées d'une merde écoulée lors de sa course, et les traits déformés par les pleurs, le froid et la terreur. Mes cavaliers formaient tout autour de lui un cercle de lances et de visages fermés. Mon cheval fit un pas en avant, le gamin tomba sur son cul, recula, se releva, pataugeant dans la neige mêlée de merde, il se souillait encore, le visage tordu par les sanglots, je le tuai d'un rapide coup de lance dans l'œil, le soulevai un peu, puis le rejetai comme une marionnette dans la gadoue piétinée, sous le rire grossier de mes hommes. Déjà je lançais mon cheval au galop à travers les champs, soulevé par un sentiment exaltant de liberté souveraine, l'air froid mordait mes joues et mes poumons et je m'en repaissais, je me sentais grandir sur ma selle, jusqu'à devenir l'égal de la vaste plaine, de la neige, et du ciel au-dessus de moi. En fin d'après-midi nous atteignîmes une gare tenue par des forces ennemies. Le gros de mes troupes nous avait rejoints et nous l'investîmes de tous les côtés, dans un déluge de feu et de cris incohérents, ils avaient placé une mitrailleuse à l'angle principal d'attaque et elle nous tint longtemps en échec, jusqu'à ce qu'un de mes soldats, rampant au pied du mur, ne parvienne à la faire taire d'un lancer de grenade. Alors ce fut la curée. Les survivants se déversèrent par les portes, mains au-dessus des têtes, mes hommes les collaient contre le mur de la gare et les fusillaient à tour de bras, je fus un des premiers à pénétrer dans la bâtisse elle-même, pistolet au poing, un soldat ennemi braquait son fusil sur moi et je l'abattis d'un coup, plus loin rampait un blessé et je l'achevai aussi, tout autour résonnaient les coups de feu et les cris des mourants. Au fond de la pièce principale se trouvait une porte, je l'ouvris d'un coup de pied, elle donnait sur une galerie vide que je traversai en défaisant mon manteau et mon ceinturon, au bout il y avait une autre porte, je laissai tomber le pistolet et ôtai ma veste, jetant aussi mes gants blancs, rapidement je me défis du reste de mes vêtements, ne gardant que le survêtement et enfilant les baskets que j'avais gardées en poche, la porte était ouverte et dès que j'eus franchi le seuil je me mis à courir. Il faisait sombre ici, une épaisse odeur de terre et d'eau imprégnait l'espace, j'étais désorienté et je me cognai aux murs à plusieurs reprises avant de trouver un semblant d'équilibre qui me permette d'avancer d'une manière régulière, respirant avec aise, au rythme de ma course. Mais le couloir s'incurvait, je ne parvenais pas à rester au centre et de nouveau mon épaule heurta une paroi, je croyais distinguer des taches encore plus foncées, peut-être des bifurcations ou juste une dépression, et j'aurais pu me jeter dans une de ces ouvertures, obliquer ou changer ainsi de corridor, peut-être cela aurait-il servi à quelque chose, mais je me sentais envahi par un vaste sentiment de futilité, peut-être, me disais-je, si j'avais aperçu quelqu'un d'autre, une figure humaine, j'aurais pu la rejoindre, nous aurions cheminé ensemble et cela aurait peut-être un peu allégé nos pas, car même si nous ne nous étions pas parlé, si nous n'avions pas échangé une seule parole, nous aurions entendu nos souffles respectifs et le son de nos foulées, une présence, donc, elle aurait été là à côté de moi et moi à côté d'elle, cela aurait eu quelque chose de vaguement réconfortant, mais il n'y avait rien, même pas une ombre, et ainsi je continuai droit, car de toute façon tourner ou tenter un nouveau passage, dans l'état des choses, n'aurait servi à rien, j'évitai ces ouvertures, tant bien que mal car il pouvait être difficile de les localiser avec précision, jusqu'à ce qu'un coup plus fort que les autres me fasse tituber, je ralentis mais ne cessai pas de courir, enfin je déboulai dans le vestiaire et me changeai sans hésiter, ajustant mon bonnet de bain et passant les portes battantes, elles donnaient sur un grand espace empli d'échos de cris et de bruits d'eau, tout bleu et lumineux et encore agrandi par les longues glaces serties tout autour, dans lesquelles je n'apercevais que des fragments de mon corps, fugaces et sans lien entre eux, je vacillais, manquai de tomber, enfin je me repris et me redressai, mon équilibre soudainement revenu, mon corps retrouva son axe et, muscles tendus, jambes serrées, je plongeai droit comme une lance, fendant de tout mon poids l'eau sereine et scintillante du bassin.

Composition Nord Compo.
Achevé d'imprimer
sur Roto-Page
par l'Imprimerie Floch
à Mayenne, le 20 février 2018.
Dépôt légal : février 2018.
Numéro d'imprimeur : 92306.

ISBN 978-2-07-277684-7 / Imprimé en Fran

330461